Zu diesem Buch

Deutschland am Vorabend von Hitlers Macht-
ergreifung. Das Lebensgefühl der Zeit ist rausch-
haft, und das Verlangen der jungen Menschen
nach Veränderung manifestiert sich grell und laut.
Ekstasen und Ernüchterungen, Flucht aus der
Realität, enttäuschte Hoffnung und Liebe, aber
auch der gefährlich aufkommende Nationalsozia-
lismus – das sind die Themen von «Treffpunkt im
Unendlichen». Sie machen den Roman zu einem
pointierten Gesellschaftspanorama, in dem das
faszinierende Bild einer «Verlorenen Generation»
gezeichnet wird. Mit der Figur des Tänzers und
Karrieristen Gregor Gregori schuf Klaus Mann
zugleich einen Vorläufer seines «Mephisto»-Hel-
den Hendrik Höfgen.

Ein Verzeichnis der im Rowohlt Taschenbuch
Verlag erschienenen Werke Klaus Manns findet
sich am Ende dieses Buches.

Klaus Mann

TREFFPUNKT IM UNENDLICHEN

ROMAN

Mit einem Nachwort
von Fredric Kroll

Rowohlt Taschenbuch Verlag

Neuausgabe
61.–67. Tausend Oktober 1998

Veröffentlicht im Rowohlt Taschenbuch Verlag
GmbH, Reinbek bei Hamburg, Dezember 1981
Copyright © 1981
by Rowohlt Taschenbuch Verlag GmbH,
Reinbek bei Hamburg
Umschlaggestaltung Barbara Hanke
(George Grosz: Schönheit, dich will ich preisen /
© VG Bild-Kunst, Bonn 1997)
Autorenfoto: Monacensia, München
Satz Garamond PostScript PageOne
Gesamtherstellung Clausen & Bosse, Leck
Printed in Germany
ISBN 3 499 22377 5

TREFFPUNKT IM UNENDLICHEN

Erstes Kapitel

Berlin, den 6. Oktober 193… Am Bahnhof Zoo.

Viele Taxis fahren vor; dazwischen, seltener, ein eleganter Privatwagen. Aus einem Auto steigt ein Mann, aus einem anderen eine Frau; aus diesem dritten ein Paar mit Kindern, aus dem vierten ein Paar, kinderlos. Auf dem Dach dieses fünften liegt ein großer Koffer. Er wird heruntergehoben. Es steigen aus: eine sehr große Dame mit einem blassen jungen Gesicht; ein kleiner Herr mit hängendem schwarzen Schnurrbart; ein junger brünetter Mann, ohne Hut, mit offenem Trenchcoat.

Sie wollen zum Pariser Morgenzug.

Do bezahlte das Taxi. Sie wußte, daß es Sebastian gerne hatte, wenn man Kleinigkeiten für ihn auslegte. Sebastian sagte nervös zum Träger, der sich den großen Koffer auflud: «Glauben Sie, daß er noch mitkommt? Wäre idiotisch, wenn ich die Sachen heute nacht nicht hätte –» Er sprach so gehetzt, daß der Mann ihn mißtrauisch ansah. Doktor Massis sagte mit zartem Lächeln: «Tiens – unser Freund hat Reisefieber.»

Während Do sich um die Gepäckaufgabe bekümmerte, kaufte Sebastian Zeitungen und Zigaretten. Gegen seine Gewohnheit war er streitsüchtig und ungeduldig mit den Leuten, die ihn bedienten. «Nein, ich wollte doch *ohne* Mundstück», machte er enerviert. «Ach, ich muß mir ja auch noch französisches Geld einwechseln.» Obwohl er viel reiste, erregte es ihn jedesmal wieder. – Inzwischen kam Do mit dem Schein für den aufgegebenen Koffer.

Sie ging, ohne ihn zu beachten, an Doktor Massis vorbei,

7

der nervös an den Enden seines Schnurrbartes kaute. Sie winkte mit dem Kofferschein wie mit einer Blume. Der Gang war schön und beschwingt, mit dem sie durch die Bahnhofshalle auf Sebastian zukam. Sie wiegte sich leicht in den Hüften und lachte. Sie lachte mit großem und geschwungenem Mund, wobei ihre Augen freilich ernst blieben. Als sie Sebastian gegenüberstand, überragte sie ihn um einen halben Kopf. Sie war sehr schlank im hellgrau karierten, knapp gegürteten Mantel.

«Wieviel hast du für mich ausgelegt?» fragte Sebastian. Sie lachte: «Das soll meine letzte milde Gabe für dich sein.» – «Sei nur nicht so sicher, daß es die letzte ist.» Er lachte auch, während er das Papier einsteckte.

Inzwischen war das Auto angekommen, in dem Frau Grete mit zwei jungen Leuten zum Bahnhof Zoo gefahren war. Frau Grete nahte sich eilig, ihr Busen wogte, sie kam bunt und stattlich daher, Blumen im Arm, die schönen, dunklen Augen kurzsichtig zusammengezogen und erregt mit den Nüstern schnuppernd. Sie rief laut: «Sebastian – Engel!» und hielt ihm die Blumen hin. Dann sagte sie gleich: «Da ist ja auch mein Herr Chef!» – denn sie arbeitete als Sekretärin bei Doktor Massis. Der suchte nach etwas Ironischem, was er antworten könnte, fand aber nichts und lächelte nur fein. Frau Grete küßte erst Sebastian, dann Do. Währenddessen waren auch die jungen Leute herangeschlendert.

Richard Darmstädter drückte dem Sebastian innig die Hand. Die Art seines Blickens war vertraulich und intensiv. Auf seinem langen, rassigen Gesicht standen Schweißperlen. Er brachte dieses erregte und sentimentale Antlitz, in dem die schwarzen Brauen an der Nasenwurzel temperamentvoll zusammenwuchsen, in bedenkliche Nähe von Sebastian. Dabei schwieg er bedeutungsvoll und ergriffen.

Der andere junge Mensch verhielt sich zurückhaltender und konventioneller. Er war ein eleganter und schöner junger Engländer, der einen braun-seidigen Tschau-Hund an der Leine führte. Der Tschau-Hund hieß Leu und schien empfindlich, ja äußerst scheu von Charakter, obwohl er mit seiner Mähne, seinen kleinen goldenen Augen etwas von einem Miniaturraubtier hatte, von einer Zwergmischung aus Bär und Löwe. Mitten auf seiner Stirne, zwischen den Augen, bildete ein schmales Stück schwarzen Fells eine Art dunkler Falte, was seinem Blick, seinem ganzen Ausdrucke etwas Ängstliches und Besorgtes verlieh.

Do nahm die Perronkarten für alle. Sie gingen die Treppe hinauf, die zum Bahnsteig führte. «Noch acht Minuten, Sebastian», sagte feierlich Richard Darmstädter. Jemand fragte: «Wo ist Gregor Gregori?» Sebastian, der vorne neben Frau Grete ging, wandte sich um: «Von dem habe ich mich schon verabschiedet.» Der junge Engländer bemerkte mit etwas schwerer Zunge – oder klang sein Deutsch nur behindert durch den englischen Akzent?: «Natürlich – wenn die alten Freunde arrivieren, machen sie sich rar.» Diese Bemerkung ward als taktlos empfunden, es entstand eine kleine Pause. Schließlich bemerkte Frau Grete, die stets auf dem laufenden war: «Er konnte ja gar nicht kommen, denn heute früh trifft seine Freundin aus München ein; diese Sonja. Kennst du sie eigentlich?» wandte sie sich an Sebastian. – «Nein, Gregor hat mir nur dauernd von ihr erzählt.» Sebastian antwortete mit einem merkwürdigen Anflug von Ungeduld in der Stimme, als habe man ihn nach einem Gegenstand gefragt, über den er so viel habe hören müssen, daß er ihn nachgerade unerträglich langweilte.

Der junge Engländer, der übrigens Freddy hieß, hatte wegen seines schüchternen braunen Tieres Streit mit einer älteren Dame bekommen, wobei er sich sehr reizbar und hochfahrend zeigte. Sein helles und breites Gesicht flammte rot; er stampfte. Als die Dame ihn schließlich kurzerhand «Sie Lausejunge!» nannte, schrie er mit funkelnden Augen:

«I am a British boy!» – wozu Doktor Massis gedämpft bemerkte: «Dabei ist unser guter Freddy zu drei Vierteln Amerikaner.»

Derart abgelenkt, wandten sie alle dem Zuge, der unerwartet einfuhr, den Rücken. Der Schaffner schrie schon sein: «Einsteigen! Einsteigen!», und Sebastian, wieder von Nervosität gepackt, lief einige Schritte sinnlos umher, um seinen Träger zu finden. Der war aber schon dabei, die Handkoffer im II.-Klasse-Raucherabteil zu verstauen. Sebastian hatte erst vor, allen seinen Freunden auf dem Bahnsteig die Hand zu schütteln, überlegte es aber anders, sprang die Stufen hinauf in den Wagen, lief den Gang hinunter, bezahlte im Coupé erst den Träger und versuchte dann die Scheibe herunterzulassen, um denen draußen adieu zu sagen. Es gelang ihm nicht gleich, er stellte sich ungeschickt an. Hastig zerrte er am Riemen, indessen klopfte Richard Darmstädter von außen mahnend an die Scheibe. Endlich war der Trick gefunden, die Scheibe sank – da setzte sich der Zug auch schon in Bewegung.

Die fünf Personen, denen Sebastian winkte, standen auf dem Pflaster nebeneinander, plötzlich ein dickes und kompaktes Häufchen Menschen, das zusammengehörte. Er, über ihnen, schon ganz isoliert, schon ganz fern, losgelöst und entschwindend. Welcher Schriftsteller – dachte Sebastian – hat gesagt, bei jeder Abreise verwandelt sich der, welcher am Coupéfenster steht, in einen Pfeil, der gefiedert ins Ferne zielt; der aber, der am Bahnsteig zurückbleibt, in ein Ei, aus dem die Bewegung noch nicht geboren ist. Stolz des Scheidens, des Bald-nicht-mehr-Daseins; Stolz des Sterbens.

Sebastians Gesicht, das sich langsam davonbewegte, sehr allmählich weggezogen wurde, stand hochmütig über den Gesichtern seiner Freunde. Wie aus Mitleid beugte er sich noch einmal zu ihnen. Er berührte einen Augenblick Frau

Gretes runden, kleinen schwarzen Hut und nahm dann die Hand, welche Do nach ihm streckte. Do hob ihre Hand, damit er sie noch einmal anfassen sollte. Er legte sie, als wenn er sie in aller Eile wärmen wollte, zwischen seine beiden Hände, und er fand noch einmal, wie schön Dos Hand war, mit den langen, schlanken, spitz zulaufenden Fingern; etwas abgemagerte und doch so unschuldige Hand. Do mußte nun schon ein wenig laufen, um neben Sebastian zu bleiben. Die anderen liefen mit, nur Doktor Massis blieb stehen. Er rief plötzlich ganz konventionell: «Gute Reise!», aber mit so geheimnisvoll gesenkter Stimme, daß es Sebastian nicht mehr hören konnte. Auch was Frau Grete ihm noch mitteilen wollte, verstand er nicht mehr, er sah nur noch ihr aufgerissenes, nacktes und buntes Gesicht, in dem plötzlich etwas wie *Angst* stand – eine ganz wilde, unerklärliche Angst. «Wovor fürchtet sie sich nur?» dachte flüchtig Sebastian. Und dann: «Wie schwammig und schlapp die Partie um den Mund bei ihr wird. Arme Frau Grete –»

Er mußte Dos Hand loslassen und empfing ihren letzten Blick, der tränenvoll war über dem lachenden Mund. Freddy und Richard waren zurückgeblieben; endlich gaben auch die beiden Frauen den Wettlauf mit der Lokomotive auf. Freddy rief plötzlich – es war viel zu spät – mit einer tiefen, brummenden Stimme: «Wiederkommen! Wiederkommen!» – während Massis seinen schwarzen Schlapphut im weiten Halbkreis schwang und sich ironisch tief verneigte. Ehe der Zug in die Kurve bog, erkannte Sebastian noch einmal Dos Gesicht. Nun glaubte er auch in ihren Augen Angst zu finden. Wovor fürchtet sie sich? dachte Sebastian, während er sich vom Fenster zurückzog. Er dachte es so gründlich und besorgt, daß er mehrere Sekunden vergaß, sich hinzusetzen oder überhaupt seine Stellung zu ändern.

*

Sonja, im schwarzen Pelzmantel mit grauem Kragen, winkte aus dem Coupéfenster: «Hallo, Gregor! Hallo! Hallo!» Gregor sagte aus Verlegenheit, noch ehe er Sonja begrüßte: «Da ist ja auch Froschele.» Froschele verkroch sich listig in sich selbst, sie schien winzig klein und verhutzelt zu werden, während sie hinter Sonja aus dem Schlafwagen stieg. «Kalt», sagte sie zur Begrüßung.

Sonja und Gregor lachten; Sonja tief, herzlich und laut, Gregor etwas angespannt und verzerrt. In seinem fahlen Gesicht ist sein Mund entzündet, fleischig weich und dunkelrot. Er nimmt den hellgrauen leichten Hut ab, sein blondes, schütteres Haar weicht weit von den Schläfen zurück und ist auf der Scheitelhöhe künstlich über eine runde Glatze frisiert. Immer noch lächelnd – nun etwas schmerzlich, fast klagend – küßt er beiden Damen die Hand – Sonja und ihrer Gesellschafterin. Er läßt das schöne, fahle Gesicht über Sonjas Hand einige Sekunden lang, er streift sogar ihren Wildlederhandschuh zurück, um mit den Lippen ihr Fleisch zu finden. Sie, über ihm, fragt mit ihrer tiefen, aufgeräumten Stimme: «Und wie stehen die Geschäfte?» Er erwidert, auf eine larmoyant kokette Art die Silben ziehend und miauend: «Eigentlich glänzend.» Froschele bemerkt boshaft: «Unsere Gepäcke ist futsch.» Sie lachen wieder und gehen dem Ausgang zu. Froschele trägte einen mausgrauen Paletot und ein mausgraues Käppchen, ein Zwergenhütchen, das ihr den Kopf merkwürdig vermummt; Gregor Gregori: einen offenen, braunen, etwas abgeschabten Ledermantel und den hellen Hut, dazu offene gelbe Spangenschuhe, eine Art Sandalen, die seinem federnden schlenkernden und wiegenden Gang etwas exzentrisch Beschwingtes geben; etwas Schwereloses, als wollte er gleich auf und davon fliegen. Er lacht immer noch, während er singend und gezogen sagt: «Wunderbar, daß du da bist.» Wie er aber mit dem Träger verhandelt, hat er plötzlich eine

knappe, militärisch zusammengenommene Ausdrucksweise und ein hochgehaltenes, fest und herrschsüchtig um-
rissenes Kinn. – – –

Gregor Gregori ist erster Tänzer und Ballettmeister an
einem der Berliner Opernhäuser; Sonja, die in München
engagiert gewesen ist, soll in Berlin in einem Gesellschafts-
stück und in einer klassischen Rolle gastieren. Froschele
lebt seit einigen Jahren bei Sonja, als ihre Freundin eher
denn als ihre Angestellte. Sie ist in Landshut geboren und
das erstemal in Berlin.

*

Sebastian, in seinem Coupé Berlin–Paris, legte den Kopf an
das Polster, das ihn gleichmäßig bebend und rüttelnd empfing. Er dachte: Nach tausend Leuten, die ihren Kopf hier
angelehnt haben, nun also auch ich. Ekelt mich das? Nein,
eher tut es mir wohl. Man gehört immer in einen Zusammenhang; bleibt immer Glied einer Reihe und ist niemals
allein. Kahle Köpfe der Geschäftsreisenden, rote Frisuren
der Damen, die nach Paris zu den Abenteuern und zu den
Moden fahren. Nun also Sebastian, fünfundzwanzig Jahre
alt; Journalist; Schriftsteller, könnte man wohl sagen. Befreundet mit einigen Menschen. Der Freund eines Mädchens namens Do. Sonst allein.

Das war doch ganz deutlich Angst gewesen, vorhin in
Frau Gretes und Dos Gesicht. Merkwürdig –: Wovor fürch-
ten sie sich? Weil ich abreise? Abreise – – –

Sein übermüdeter Kopf wiederholte diese Vokabel; die
Räder des Zuges wiederholten sie mit. Abreisen, abreisen,
abreisen. Ich reise ab, es reist mich ab, es reißt ab. – Wenn
man so ein Wort sehr lange denkt, verliert es seinen Sinn,
oder es bekommt einen anderen. – Die Angst in ihren
Gesichtern. Der Pfeil und das Ei. Abreisen. Gestern nachmittag in der Rankestraße ist mir ein Geschäft aufgefallen –

komisch, das hatte ich doch bis jetzt übersehen. Nein, nicht
«Blutenschön – Blumen – Rosen auf Eis», das kenne ich
doch schon länger, und das liegt überhaupt in der Motz-
straße. Vielmehr: ein Sarggeschäft. In einem Schaufen-
ster, wo normalerweise Zigaretten, Strümpfe, Bücher oder
Kuchen liegen: – Särge. Metallene Särge. Särge aus Eichen-
holz, Fichtenholz, schwarzem Stein. «Alle Beerdigungsan-
gelegenheiten für In- und Ausland erledigt promptest – – –»
Mitten in der Geschäftsstraße der Tod. Komisch. Der Tod –
als Teil der Geschäftsstraße. Der Tod als Geschäft. Komisch,
komisch.

Sebastian, die Augen zu, Kopf am speckig samtenen Polster, an dem Tausende vor ihm geruht haben, denkt: Sehr,
sehr spaßig und bemerkenswert. – Wir werden abgeholt.
Abreise. Ich reise soeben ab. Ich werde abreisen. – Bitte
exakt und prompt zu antworten, prompteste Erledigung
der Frage: aus welcher Kraft erträgt man diesen spukhaft
provisorischen Aufenthalt – Leben? Wir werden abgeholt. – Angst.

Er war schläfrig. Aus einer merkwürdigen Angst, wirklich einzuschlafen, tastete er nach dem Polster, auf dem er
saß. Es war gerippt, in den Vertiefungen des Stoffes nisteten
Ruß und Staub. Grüner Samt, Ruß und Staub – das sind
schließlich Dinge, die zum Leben gehören. Sebastian tastete
und schnupperte gierig.

Das ist also zweifelsohne noch Leben: Staub, Samt, Ruß.
Rhythmus der Räder. Draußen, der graue Vormittag. Tele-
graphendrähte, steigend und sinkend, Wiesen, Zäune und
Häuser. – Das ist zweifelsohne noch Gegenwart.

Wenn man mit allen Kräften an den Tod gedacht hat,
lernt man schließlich eine neue Art, das Leben zu fassen.
(Das ist also noch Leben, das habe ich noch.) Was man er-
fährt, ist eine merkwürdige Übersteigerung des Besitz- und
Sammelinstinktes; dieses Licht spüre ich noch, diesen Ton

fange ich auf – das macht mich gewiß für den Tod etwas reifer, das wird mein Leben wieder um ein weniges kompletter machen.

Sebastian kannte diese Lebenshabgier. Sie kam zuweilen, ebensooft wie das andere, das ihr vorangehen mußte. Jeden Blick, jeden Schritt, jeden Atemzug, den man auf diese Weise dem Besitz des Gelebten zuführte, um den Tod noch darum zu betrügen, sammelte man recht eigentlich für ihn – für den Tod –, der eines Tages seine dunkle Hand auf diesen hastig zusammengerafften Besitz der winzigen Erinnerungen legen würde.

Fiebrig, um nur nichts zu versäumen, sah Sebastian sich im Abteil um: Lampe, Aschenbecher, Notbremse. Zuletzt bemerkte er das junge Mädchen, das ihm gegenübersaß.

*

Doktor Massis, Do, Frau Grete und Richard Darmstädter hatten beschlossen, daß sie unbedingt erstes Frühstück zusammen haben müßten. Sie behaupteten alle, noch nüchtern zu sein, und bestellten in der Mampe-Stube am Kurfürstendamm sehr viel Kaffee, Brötchen, Käsestangen, Honig und Orangenmarmelade. Trotz einer gewissen Wehmut, die über ihnen lag, schienen sie doch bei gutem Appetit. Nur Do rührte nichts an.

«Kleine Do sieht wie eine Witwe aus», sagte Doktor Massis und beschaute sie mit zärtlich schiefgehaltenem Kopf.

«Ich bin auch eine!» Do lächelte zu tränenfeuchten Augen.

Doktor Massis lächelte mit ihr, er stützte sein schlaues und nervöses Gesicht in die kleinen, zarten, schwarzbehaarten Hände. Es war das Antlitz eines feinen und sarkastischen Franzosen, pikant und überraschend gemacht durch einen slawischen, ja hunnischen Einschlag, der nicht nur durch den schwarzen, glänzenden Schnurrbart, sondern auch durch die zwar fein modellierten, aber entschieden zu hohen Wangenknochen entstand. Über ihnen spannte die Haut sich mattgelb, angegriffen und rauh. Hinter den dicken, scharf geschliffenen Brillengläsern erkannte man die Augen fast nicht, man wußte nie, wohin ihr Blick ging. Nur zuweilen gab es ein überraschend dunkles und gefährliches Aufblitzen hinter den Gläsern.

«Wie lange will Sebastian eigentlich in Paris bleiben?» fragte der junge Engländer mit der schweren Zunge – er gehörte nicht ganz intim in diesen Freundeskreis, sondern trieb sich in verschiedenen Milieus herum und war nur zufällig auch in dieses geraten.

«Er sagt – vielleicht immer», erklärte Do mit ihrer kummervollen kleinen Stimme.

«Dabei hat er nicht einmal einen festen Auftrag von einer Gazette –», bemerkte Doktor Massis auf eine sanft lispelnde und doch scharfe Art. Er hatte einen deutlich gallischen Akzent, obwohl seine Vorfahren seit verschiedenen Generationen Deutsche waren.

«Ja, nun wird unser netter kleiner Kreis ganz auseinanderfallen», bemerkte Frau Grete betrübt – worüber Massis spöttisch lächelte. Do aber mußte aufschluchzen.

«Er war doch das Zentrum», sagte sie und schnupfte die Tränen; Frau Grete und Richard nickten. Beide überlegten einen Augenblick, was oder wieviel sie eigentlich von Sebastian gehabt hatten, genau berechnet. Es war nicht sehr viel, sie hielten ihn, bei all seiner Liebenswürdigkeit und Weichheit, eher für eine kühle Natur. Trotzdem hatte er, so passiv und nachlässig er war, die geheime Kraft, Menschen zusammenzuhalten. Sie fühlten alle, daß nun, da er fort war, Dinge geschehen könnten, die seine Gegenwart nicht geduldet hätte. Er würde ihnen vielleicht nicht so sehr fehlen – ersetzlich ist jeder, um jede Lücke schließt sich das alltägliche Leben –, aber es würde einfach Schaden anrichten, daß es ihn zunächst nicht mehr gab.

«Mon pauvre enfant», sagte Doktor Massis zu Do. «Sie schluchzt wirklich.» Er tupfte mit einem rotseidenen Taschentuch nach ihrem Gesicht, das sie aber zurückzog. «Tiens, tiens» – machte er gütig.

Auf ihren betrübten Wangen hatten die Tränen Spuren in den Puder gegraben, kleine Rinnen, Betten für weitere Tränen, die nun melancholisch-drollig in den vorgeschriebenen Bahnen dahinkullerten. Die Farbe ihres Gesichtes war nicht gut, auch die Beschaffenheit des Fleisches besorgniserregend. Ihr Fleisch schien grau und zu locker von Masse; nicht schwammig gerade, aber zu leicht, zu porös. – Der Blick, mit dem sie auf Doktor Massis' scherzhafte Tröstungen reagierte, war nicht vertrauensvoll, sondern ziemlich böse und traurig. «Lassen Sie doch!» sagte sie. «Sie können sich immer nur über Gefühle lustig machen, zu denen Sie selber zu verdorben sind.» Doktor Massis versuchte die Miene eines gescholtenen Schuljungen aufzusetzen, was nicht sehr angenehm wirkte.

Plötzlich erhob Frau Grete die Stimme, um ihren Brotgeber anzufahren: «Do hat vollkommen recht, und jetzt machen Sie uns gefälligst kein so saublödes Gesicht, verstanden?! Sie sind und bleiben ein gefühlloses, altes Schwein!» Ihre kernigen Worte unterstrich sie, indem sie mit der Faust auf den Tisch schlug. Massis duckte den Kopf, aber unter der gesenkten Stirne konnte man erkennen, wie er pfiffig und genüßlich lächelte. Er hatte es zuweilen gerne, wenn Frau Grete ihn auf diese Art behandelte.

Alle lachten, am lautesten Richard Darmstädter, der sich zur Zeit um Frau Grete bemühte. Wenn Darmstädter lachte, bildete sein Mund eine beinahe viereckige Form – schwarzes Loch, schmerzlich aufgerissen. Seine Augen wurden dann wie aus schwarzem Glas, funkelnd und hart –

während sie, wenn er ernst blieb, feucht und gefühlvoll blickten. Schwarzes und trockenes Haar wuchs ihm tief in eine niedrige, erhitzte Stirne. Auch seine lange, gebogene Nase war erhitzt, und seine Hände neigten zum Schwitzen.

Frau Grete dankte ihm für sein ehrenvolles Gelächter mit einem verlockenden Blick aus den dunklen, kurzsichtigen Augen. Sie spitzte die Lippen und legte ihre Hand eine Sekunde auf seine, die glühte. Er lachte weiter, von ihrer Berührung wie von elektrischer Strömung erregt. Nun schüttelte er sich sogar ein wenig beim Lachen. «Du bist ja wieder *ganz* groß –!» brachte er hervor. Der Engländer, der sein braunes Tier mit Käsestangen fütterte, fügte mit Baßstimme hinzu: «She's always grand –», und warf Frau Grete einen lustigen und siegesgewissen Blick aus den eisgrauen Augen zu. Er war reizend, wenn man ihn bei guter Laune hielt. Leider war er von Natur aus mißtrauisch und reizbar, ständig auf der Hut, gesellschaftlich nicht voll genommen zu werden.

Das allgemeine Gelächter hatte eine Situation entspannt, die gedrückt und befangen gewesen war. Plötzlich redete alles durcheinander, man fand, daß dieses Lokal eigentlich urgemütlich war – goldbraun getäfelt –, man sprach von anderen Lokalen, mittendrin sah Do auf die Uhr und erklärte, daß sie eine Verabredung habe. Sie verlangte die Rechnung, der Oberkellner präsentierte sie, da kein anderer Miene machte, sich zu beteiligen, zahlte Do sie allein. Es machte acht Mark und fünfzig.

Draußen kam es noch zu einem kleinen Krach zwischen Massis und Frau Grete, die sich weigerte, sofort mit zum Diktat zu kommen. «Ich habe auch mal was Dringliches vor», sagte sie, kampfbereit. Darauf er: «Das ist Nonsens. Wofür zahl' ich dich?» – was sie wiederum sehr zänkisch und giftig machte. Er schrie sie mit einer plötzlich ganz ho-

hen, scharfen und klirrenden Stimme an; sie antwortete kei-
fend, die Arme in die Hüften gestemmt. Mit einem Schlage
wurde sie ganz zur alten Kokotte, die sich in der Friedrich-
straße mit ihrem Kavalier um den Preis zankt. In diesem
Schimpfgefecht mußte Massis auf die Dauer der Unterle-
gene bleiben. Schließlich wandte er wütend den Rücken
und eilte mit trippelnden Schritten davon, wobei er die
Schultern hochzog und nervös vor sich hinpfiff.

Do, die wieder ihr schmollendes Kindergesicht machte,
ließ sich von Freddy mit braunem Hund nach Hause fahren. Sie wohnte nicht weit – in der Meineckestraße –; aber
sie behauptete zu müde zu sein, um nur einen Schritt zu
Fuß zu gehen.

*

Sebastian versuchte in einer der Zeitschriften zu lesen, die
er vor sich auf dem Klapptischchen sortiert hatte, aber die
Augen taten ihm weh. Als er sich eine Zigarette anzündete,
schmeckte sie ihm nicht. Sein Mund war ausgetrocknet, der
Rauch biß ihn am Gaumen und in der Kehle. Er überlegte,
ob er eine von den Orangen essen sollte, die er oben im
Netz in einer Tüte wußte. Aber er stellte sich das Schälen
mühsam vor. Man holt sich klebrige Finger, dachte er und
aß etwas Schokolade, was ihn noch durstiger machte.

Gleichsam zur Rache, weil er keinen Genuß von ihr gehabt hatte, bot er auch dem jungen Mädchen an, das ihm gegenübersaß. Das junge Mädchen war von einer gewissen
dürftigen Lieblichkeit, mit einem kleinen, blonden, aufgestülpten Gesicht. Über der Stupsnase hatte sie runde und
helle Augen, die Sebastian fast ununterbrochen leer und
zärtlich musterten. Als er nun zu ihr hinsah und ihr sogar
die Schokoladenschachtel reichte, wurde sie rot und lächelte verzagt. Sebastian beschloß, daß sie Kunstgewerble-
rin sein müsse. Sie trug auf einer braunseidenen Bluse eine

anspruchsvoll schlichte, runde Silberbrosche. Sebastian erkannte, daß die Figuren auf der Brosche einen antiken Mythos darstellten, vielleicht Leda mit dem Schwan oder die beiden Wölfe, an deren Funktion er sich nicht genau erinnerte. – Er sagte: «Mögen Sie so was?» – womit er die Schokolade meinte. Das Mädchen wurde rot bis unter die Haarwurzeln und über den ganzen Hals. Sie nahm sich ein Bonbon mit spitzen Fingern, sagte so leise «danke», daß man es nur als hingehauchten Laut vernahm, und senkte, während sie an der zähen Nougat-Süßigkeit kaute, wie beschämt ihre hellen Augen. Sebastian bemerkte noch, um ihr Mut zu machen: «Furchtbar langweilige Reise.» Worauf sie aber nur wieder lächelte und die Augen auf seine breite, hellbraune Stirne richtete. Sebastian wurde die Situation etwas peinlich, er stand auf und verließ das Coupé. Auf dem Korridor zündete er sich eine Zigarette an, obwohl sie ihm den Mund austrocknen würde. Er legte die Stirne gegen die Fensterscheibe, empfand mit Dankbarkeit, daß sie kühl war, und schloß die Augen.

Warum bin ich eigentlich so verstimmt? dachte er. Ist es wirklich, weil Gregori nicht am Zug gewesen ist? Ja, es ist wohl hauptsächlich deswegen. Er hätte es schon einrichten können, trotzdem seine Freundin ankam – gerade weil wir in den letzten Monaten nicht ungespannt standen. Nein, gar nicht ungespannt, keineswegs. Jetzt haben wir uns überhaupt nicht verabschiedet – konstatierte er mit einer bitteren Genugtuung.

Es ist sehr gut, daß ich nun viele Stunden Zeit habe, das alles einmal gründlich mit mir durchzusprechen. Ich muß das wirklich mit mir in Ordnung bringen. Hoffentlich stört mich die junge Weibsperson dort drinnen nicht. –

Er ging ins Coupé zurück, mit einer gewissen Pedanterie dazu entschlossen, endlich einmal mit seinem alten Freund Gregor Gregori innerlich reinen Tisch zu machen. Das junge Mädchen empfing ihn durch ein verstecktes und doch schamloses Aufblitzen ihrer runden, graugrünen Augen. Ihre Wimpern waren fast weiß, das gab ihren Augen etwas Entzündetes und Nacktes. – Sebastian legte sein Gesicht wieder ans Polster, aus dem ihm vorhin der Geruch der tausend Unbekannten gestiegen war, und stellte sich, als wollte er schlafen. Diese List wandte er an, um ungestört seine innere Besprechung abhalten zu können.

Das junge Mädchen hieß Annemarie und sollte in Paris als Modezeichnerin ausgebildet werden. Die Tante, bei der sie erzogen war, hatte sie loswerden wollen – ihre Eltern waren in Südamerika verschollen – und hatte ihr deshalb einen Wechsel von hundertfünfzig Mark monatlich genehmigt. Es war das erstemal, daß sie reiste – und nun gar allein! – Mehr als den Berliner Westen und Heringsdorf kannte sie noch nicht von der Welt. Lüstern und unerfahren, wie sie war, verliebte sie sich in den jungen Mann, der ihr gegenübersaß, sofort dermaßen, daß ihr das Herz auf eine süße Art wehe tat und sie die Knie öffnete, um ihn zu empfangen.

Sie dachte: Dieser reizende junge Mann hat dunkles Haar, ganz offen gesagt, ist es ein bißchen zu fett und neigt deshalb dazu, in glatten, breiten Strähnen auseinanderzufallen. Er hat bräunliche Haut und trotzdem einen lichten Sattel von Sommersprossen über der Nase, was doch sonst häufiger bei Blonden ist. Er hat einen sehr, sehr angenehmen Mund, und von seiner breiten, hellen Stirn kommen meine Augen gar nicht mehr los. Zwischen den Augenbrauen hat er so einen empfindlichen Zug, immer wie etwas überanstrengt. Er hält sich zwar schlecht, aber ist doch elastisch. Ich möchte in Paris ein kleines Appartement mit ihm nehmen, ja, wie die Künstler es dort wohl haben. Sicher macht er Gedichte und interessante Romane. Jede Nacht bei ihm liegen. Seine Zähne sind auch recht schön. Sieht er nicht aus, als wenn er gerade von sehr anstrengenden Dingen träumte? – Träumt er von mir? –

Sebastian, ihr gegenüber, dachte: Wer von uns beiden hat angefangen, ich oder Gregor? Habe ich damit begonnen, ihn nicht mehr völlig ernst zu nehmen, oder habe ich das erst getan, als ich merkte, daß er mich ein wenig verachtete? Darüber muß ich mir unbedingt klarwerden, das ist natürlich sehr wichtig. Zur Zeit verachtet er mich etwas, das steht einmal fest. Er findet mich kompromißbereit, frivol und träge. Er fängt auch schon damit an, mich geringzuschätzen, weil ich weniger Geld mache als er. Das würde er nicht zugeben, es ist aber so. Gregor wird ohne Frage bald enorm viel Geld verdienen, er verdient jetzt schon mehr, als ich für einen Tänzer schicklich finde. Ich hingegen verdiene entschieden weniger, als für irgend jemand schicklich ist ...

In letzter Zeit ist er auf eine schrecklich ungesunde Art aktiv geworden. Ja, ja, diese hysterischen Willensmenschen. Er bekommt auch schon so einen lächerlich markanten Zug ums Kinn. Dabei ist gerade sein Kinn von Natur weich. Alles Schwindel. – Es könnte doch sein, daß ich damit anfing, ihn zu verachten, als ich den markanten Zug das erstemal an ihm bemerkte. – – Wenn er diesen Unfug mit der Politik wenigstens lassen wollte, interessiert ihn im Grunde doch gar nicht, er hat keine Ahnung. Aber das braucht er; das braucht er, zum Beispiel, um behaupten zu können, *ich* lebte in Kompromissen. Als wenn ich mir nicht auch so blendende Scheinlösungen ausdenken könnte – – zu dämlich, zu dämlich. Kompromißlerisch ist man also gleich, wenn man nicht so schnoddrig und gewalttätig ist, sondern ein bißchen gewissenhaft – –? Aber, Gregor! – Und du warst doch so nett. Du warst doch wirklich von einer ganz begnadeten Nettigkeit, damals – damals – –

Die List, die er dem Mädchen Annemarie gegenüber angewandt hatte, begann sich an ihm zu rächen: er war wirklich drauf und dran, einzuschlafen, die Gedanken verwirrten sich ihm. Das Mädchen dachte: Jetzt löst sich die Spannung zwischen seinen Augenbrauen. Jetzt muß er ganz tief schlafen. Er hat den Mund halb offen und atmet gleichmäßig.

Sebastian, an der Grenze des Traumes, besann sich: ein Gebiet in Gregors Leben, von dem ich so gut wie nichts weiß, ist diese Sonja. Ich hätte eigentlich noch einen Tag in Berlin bleiben können, um sie endlich kennenzulernen. Ich stelle sie mir ziemlich streng vor, und dann doch wieder – – Nein, ich stelle sie mir ganz anders vor – – ziemlich lustig – – –

Während er einschlief, dachte er nicht mehr an Gregor Gregori, sondern nur noch an die unbekannte Sonja.

*

In ihrem Hotelzimmer fand Sonja einen großen Strauß weißer Rosen, dazu eine Karte, auf der stand: «Guten Tag, in Berlin, vom alten W. B.» – «Die sind vom alten Geheimrat Bayer!» sagte Sonja zu Froschele, die mit verkniffenem und mißtrauischem Mienenspiel die Einrichtung des Zimmers musterte. «Er hätte statt dessen lieber Geld schicken sollen!» meinte Sonja fröhlich und trat vor den Spiegelschrank. Sie gefiel sich nicht und murrte. «Ich sehe wieder scheußlich verreist aus. Lauter schwärzliches Zeug im Gesicht. Fürchterlich, diese Eisenbahnen. Wär’ ich doch in meiner kleinen Kutsche gekommen!»

Froschele, die von einer Entdeckungsfahrt ins Badezimmer und in ihre eigene Stube zurückkam, behauptete, während sie sich neben Sonja vor den Spiegel stellte: «Ich bin entschieden noch mieser.»

Ihr Gesicht war nicht reizlos, trotz des eingekniffenen Mundes. Dieser Mund hatte ganz die Form, als ob er zähnlos wäre; auch die kleine, braune, zweimal gebuckelte, von Fältchen durchzogene Stirn und die dunklen, lebhaften kleinen Hände hatten etwas affenartig-zwergenhaft Vergreistes. Anderseits gab ihr die scheue und boshafte Haltung Ähnlichkeit mit einem halbentwickelten Schulmädchen, das, aggressiv vor Schüchternheit, hinter den Männern herkichert, die ihr gefallen. Ihr Körper, zugleich eckig und zart, schien wirklich der einer Vierzehnjährigen. Das hatten schon manche bezaubernd gefunden; auch Sonja, die Froschele von der Seite prüfte, ob sie wirklich so mies war, war diesem Charme keineswegs unzugängig. – Abschließend stellte sie fest: «Du bist ganz komisch so, wie du bist.» Froschele kroch mit ihrem Kopf zwischen die spitzen Schultern. – «Der Gregori ist eigentlich recht ekelhaft», sagte sie plötzlich mit einer flachen Münchener Schulmädchenstimme. Sonja lachte, während sie ihr Gesicht mit einem Stück Watte abrieb, das in Toilettenmilch getränkt war. «Wieviel Dreck abgeht!» konstatierte sie und betrachtete, angewidert und interessiert, das Wattebäuschchen, das sich schwarz gefärbt hatte. – «Ach, weißt du, der Gregor –», sagte sie nachdenklich, als habe sie Froscheles Bemerkung erst jetzt gehört.

Gregor hatte sich vor dem Hotel von ihnen verabschiedet. «Ich muß auf die Probe ins Opernhaus, sei mir nicht böse, Sonja», hatte er mit angespanntester Höflichkeit gesagt und war beflügelten Schrittes auf ein Taxi zugesprungen. Noch einmal winkend, hatte er sich mit flatterndem Ledermantel hineingeschwungen und dem Chauffeur herrschsüchtig über die Schulter zugerufen, wohin's gehen sollte. Sonja erinnerte sich an jede seiner Gesten und Laute, wobei sie die Brauen zusammenzog, als müsse sie scharf kombinieren und aus alldem wichtige Schlüsse ziehen.

Unvermittelt spürte sie das Bedürfnis, etwas zu tun, Tätigkeit zu entwickeln. «Wir sind in Berlin, wir müssen telephonieren», rief sie und eilte durchs Zimmer. «Außerdem haben wir noch gar nicht ausgepackt.» Sie öffnete einen Koffer, nahm mit großen Bewegungen einen Morgenrock, eine Kostümjacke heraus. Dann beschloß sie, doch erst zu telephonieren. «Ich muß das Theater anrufen wegen der Probe. Und dann diesen Sportlehrer Müller, ab morgen früh wird trainiert. Und dann den alten W. B., mich für die Röslein bedanken –» Sie verlangte das Amt.

Froschele sah ihr zu. Sie machte den Mund auf, so schön fand sie Sonja.

Sonjas dunkles Haar hatte einen rötlichen Schimmer. Sie trug es kurz geschnitten und locker, auf der linken Seite gescheitelt. Auch in ihren weiten dunklen Augen konnte man rötliche Lichter erkennen, die zuweilen ins Goldene spielten.

Froschele setzte sich hin, um ihr besser zusehen zu können, wie sie telephonierte.

*

Frau Grete fuhr mit der Untergrundbahn bis zum Nollendorfplatz. Sie rührte sich nicht während der Fahrt, vielmehr saß sie, zugleich gestrafft und ein wenig frierend in sich zusammengezogen, das Kinn in den Kragen ihres schwarzen Pelzmantels gesteckt, die Hände im Schoße gefaltet, die Füße akkurat nebeneinander vor sich hingestellt, so wie man Schuhe vor die Zimmertüre zum Geputztwerden postiert. Sie starrte auf den schmutzigen Boden, wo Zigarettenstummel und zerrissene gelbe Fahrscheine lagen. Mit den oberen Zähnen nagte sie an der geschminkten Unterlippe, so daß die Zähne einen roten Rand bekamen, als habe sie in etwas Blutiges gebissen.

Haltestelle Nollendorfplatz stand sie schnell auf, durchschritt in einer Haltung, die plötzlich wieder auf ihre Umgebung konzentriert schien, wiegend und energisch den

Wagen; eilte, am Schalterbeamten vorbei, die Stufen hinunter; überquerte den Nollendorfplatz, ohne den Kinopalästen, von denen grelle Plakate sie anschrien, einen Blick zu schenken; bog in die Nollendorfstraße ein, ging fünf bis sechs Minuten raschen Schrittes die rechte Straßenseite hinunter. Das Haus, vor dem sie stehenblieb, war häßlich und grau wie irgendeines; unten gab es eine kleine Bierwirtschaft. Sie öffnete die schwere angelehnte Haustüre und stieg die halbdunkle Treppe hinauf. Alle paar Stufen mußte sie stehenbleiben, um zu verschnaufen. Im vierten Stock klingelte sie, nickte der alten Frau, die öffnete, zu, ging über den finsteren Korridor, öffnete eine Zimmertür, ohne zu klopfen. Drinnen war die Luft trübe und ungelüftet. Im Bett lag ein junger Mensch, der ein blaukariertes Nachthemd anhatte. Er mußte neunzehn oder zwanzig Jahre alt sein, als erstes fiel seine breite, ruhige und glatte Stirn auf, die Stirn eines schönen Tieres, eines Rindes. Auch sein Mund war breit, und wenn er sprach, bekam er etwas Malmendes, Käuendes. Seine Hände lagen schwer wie Gewichte nebeneinander auf der Bettdecke. Der Junge sagte: «Tag, Mutter.» Frau Grete öffnete erst das Fenster, setzte sich dann neben das Fenster auf einen roten Plüschsessel und sagte: «Erst muß ich mich mal verpusten.»

Nach einer Pause fragte sie ihn, ob er Fieber habe. Er sagte: «'n bißchen» und reckte sich im Bett. «Uff, ich mag nicht mehr liegenbleiben.» – «Untersteh dich!» Sie erhob sich aus ihrem Plüschsessel, um zu ihm ans Bett zu treten. «Du siehst noch grün aus, wie Ausgekotztes», stellte sie angewidert fest und prüfte ihn aus zusammengekniffenen Augen. – «Na, bist ooch nicht gerade rosig, mein Schatz», sagte er, wozu er kurz lachte. «Außerdem hast du wieder mal rote Zähne.» Sie lief zum Spiegel, um sich zu begutachten. «Na hör mal, Drecksjunge, ich finde mich toll in Form.» – «Kein Mensch würde glauben, daß ich dein Sohn bin», sagte der Junge mit einer tiefen Stimme vom Bett her. Sie machte scharf: «Hoffentlich –» und nahm sich ihr kleines, schwarzes, etwas eingestaubtes Hütchen vom Kopf.

Im fleckigen Spiegelglas prüfte sie aus nächster Nähe ihr ramponiertes Gesicht. Sie fand es glänzend erhalten – «für das, was ich hinter mir habe», sagte sie. Nur das nervöse Schnüffeln der Nase war eklig – «das kommt vom Koks», dachte sie zornig und beschloß, sich wirklich mehr zu beherrschen, wenn sie unter Leuten war. Solange nur Walter es hörte, schadete es nichts. – «Ich seh' immer noch nach mehr aus als zwanzig dumme Jöhren zusammen», schloß sie grimmig ihre Selbstbetrachtung, wobei sie das Hütchen wieder aufsetzte.

Sie rückte den Plüschsessel, der im Zimmer die einzige Sitzgelegenheit war, neben das Bett und konstatierte: «Also der Herr hat Grippe.» Der Junge gähnte. «Kommt dein Mädel nicht mehr?» fragte die Mutter und schnüffelte mißtrauisch. – «Nee; seit vorgestern ist das Stück nicht mehr hiergewesen.» Darauf die Mutter: «Also auch mit Pinkepinke Schluß?» Er nickte so gleichgültig, daß sie ihn anfuhr: «Du scheinst dir wohl nicht viel ernste Gedanken zu machen – wie?!» Er sah sie träge und verständnislos an. «So wie du möchte ich sein!» sagte neidisch Frau Grete. Wie konnte man lächeln, wenn man nicht wußte, wovon den nächsten Tag leben? Von ihrem unruhvollen Ehrgeiz hatte der da nichts geerbt. War sein Vater denn wie er gewesen?

Um nicht an seinen Vater denken zu müssen, sagte sie unvermittelt: «Was zu fressen hab' ich dir mitgebracht, oller Zuhälter», und langte das Paketchen aus der Manteltasche. «Das is 'n ganzes halbes Hühnchen, bei Borchardt gekauft.» Er nahm das Huhn in beide Hände, ohne sich zu bedanken. «Geld brauch' ich auch», sagte er nur.

Da fuhr sie denn doch in die Höhe. «Du bist wohl irre!» schrie sie, ehrlich erschrocken. «Schließlich finde ich's ja auch nicht auf der Straße. Meinst du, 's is 'n Spaß, für den meschuggenen Doktor zu arbeiten?!» Dabei kramte sie aber schon in ihrem Täschchen. «Weil du's bist!» schloß sie plötzlich milde und reichte ihm den Zehnmarkschein mit halb weggewandtem Gesicht, als schäme sie sich der mütterlichen Weichheit. Er knüllte den Schein zusammen und schob ihn unter sein Kopfkissen; sie beobachtete ihn zärtlich. «Hast du's wieder geschafft», sagte sie. «Eine muß doch immer herhalten.»

Schon aufgestanden, ermahnte sie ihn noch, jetzt wieder mit scharfer Stimme: «Übrigens – daß du dich nicht noch mal unterstehst, bei Massis anzurufen. Hat schon ganz wißbegierig gefragt, wer denn das wieder war. Der Mann is dir so enorm neugierig, is dir ja der Mann. Und die denken doch alle, ich bin dreißig Jahre. Is wirklich nich nötig, daß du mir die Tour vermasselst.» – «Ich weeß ja, ick weeß ja», beruhigte er sie mit der tiefen, versoffenen Stimme eines Berliner Kutschers. – «Mit 'nem Jungen wie du als Sohn vor die Öffentlichkeit treten», schimpfte sie, «könnte mir gerade passen –» – «Na, aufs nächstemal, Mutter!» sagte der Junge. Sie brummte, noch erregt atmend: «Na, is doch wahr!» Und dann, während sie ihm schnell noch mal übers Haar fuhr: «Adieu, Walter!»

*

Gregor Gregori zahlte das Taxi vorm Opernhaus, gab dem Chauffeur ein zu hohes Trinkgeld, wobei er, nervös summend, an ihm vorbeisah, und dachte, während er, das Kinn hochgestemmt, an der Portiersloge vorbeieilte: Ich muß hier bald mit meinem eigenen Wagen vorfahren, das geht so nicht weiter. Aber unter einem starken Amerikaner tu' ich's nicht. Mit Opel wird nicht erst angefangen – –

Er traf auf dem Korridor einen hohen Verwaltungsdirektor, mit dem er sich fünf Minuten lang unterhielt. Er brillierte und funkelte, zierte sich mit hochgezogenen Schultern, schielte verführerisch mit blaugrün schillernden Augen. Mit den neuesten Scherzen und Skandalhistörchen wußte er in aller Eile aufzuwarten, wobei er das Kinn senkte, ein wenig an den Hals drückte, so daß einige Falten entstanden, und vertraulich von unten blickte. Der Direktor, derlei Tändeleien sonst unzugänglich, fühlte sich bezaubert und schüttelte am Schluß Gregori warm, fast heftig die Hand, immer noch herzlich über all die kleinen Pointen lachend.

Gregor eilte hochgemut in seine Garderobe, um sich für die Probe umzuziehen. Er spürte auf der ganzen Haut ein Prickeln – Schauer der Genugtuung über den eben errungenen Sieg. Aus solchen Siegen baut sich eine Karriere, dachte er, während er das schwarze Trikot überstreifte. Er probierte seine Positionen vorm Spiegel: neuer Triumph, jeder Muskel straffte sich, wie er's wollte! – Der Wille schafft's, der Wille schafft's – trällerte er, während er über den Korridor zur Bühne flog, trunken von Energien.

Das Orchester übte, die Tänzer lungerten, faul wartend, herum. Gregor Gregori klatschte von der Türe her in die Hände: «Herrschaften! Wir fangen an!» In die unfrische Luft der morgendlichen Szene fuhr seine Stimme, spannungsvibrierend. Er sprang vors Orchester. Wie er die Arme reckte und mit einem Blick die mißgestimmten Mädchen und jungen Leute, die gerade noch in amorphen Knäueln herumgestanden hatten, zur Gruppe ordnete, war es, als ob sein ganzer gestraffter Leib zitterte, eine angespannte Bogensehne. Sein Gesicht schien vor Konzentration beinahe traurig zu werden, ein vor Spannung leidender Zug trat um die Augenbrauen und ums Kinn hervor. Sein fahles Antlitz, herrschsüchtig und melancholisch dieser Menschengruppe entgegengehalten, die der Befehle harrte, die er aussprechen würde, glänzte in einer so zusammengenommenen, strengen und pathetischen Schönheit, daß keiner gewagt hätte, in seiner anspruchsvollen Gegenwart laut zu reden.

Nur der kleine häßliche Tänzer, der die dämonische Charakterrolle innehatte, flüsterte seiner Partnerin zu: «Sieh da – der tänzerische Herrenmensch – –»

*

Sonja sagte am Telephon: «Sind Sie es wirklich, alter W. B.?» Sie hörte seine fette, tiefe und starke Stimme: «Sonja, wie schön, daß Sie da sind.»

Sie sah sein Gesicht, mit dem mächtig breiten Kinn, dem schwarzen, gestutzten Schnurrbart, den zugleich weichen und majestätischen Augen, das Gesicht eines jüdischen Cäsars. «Ich habe Sie als ersten angerufen – nach dem Theater und dem Trainer natürlich», sagte Sonja und lachte. – «Wollen wir umgehend zusammen Mittag essen?» fragte auf der anderen Seite Geheimrat Bayer. Und Sonja: «Wenn es sein muß, sofort.»

Zweites Kapitel

Doktor Massis war Privatgelehrter. Das gestattete ihm seine finanzielle Lage. Sein Vermögen, das ein tüchtiger Vetter ihm über die Inflation gerettet hatte, war nicht groß, aber doch eben groß genug, daß er von den Zinsen behaglich leben konnte.

Er hatte eine Dreizimmerwohnung in der Dörnbergstraße, Nähe Lützowufer. Schlafzimmer und Eßzimmer waren unauffällig, fast spießig möbliert, aber sein Arbeitsraum hatte skurrilen Charakter. Er war schwarz tapeziert und überfüllt mit bizarren Gegenständen. Wo keine Bücher standen oder in Stapeln lagen, hingen chinesische Masken, indianische Fratzengottheiten oder gespenstische Blätter moderner Meister (zum Beispiel ein ungemein verwunschener Kubin). Oben auf den Bücherschränken standen große Modelle von Segelschiffen, dazwischen ein menschlicher Embryo, im Spiritus gräßlich gekrümmt.

Freunde nannten diese düstere Stube das Kabinett des Doktor Caligari, und Massis selbst pflegte über seine Dämonie zu scherzen. «Das sind so altmodische kleine Späße, die man sich gönnt.»

Sein Ehrgeiz war, vieldeutig zu erscheinen, was ihm bei seiner talmudistischen Verschlagenheit nicht übel gelang. Wozu er sich auch bekannte, immer ließ er noch geheime Hintergründe ahnen, niemals war im letzten festzustellen, wo sein Standort war. Was er preisgegeben hatte, nahm er durch ein ironisches Wort wieder zurück, und hatte er sich zu weit hervorgewagt, verhüllte er sich nachher um so gründlicher. Dabei wollte er nicht unzuverlässig oder unredlich scheinen, aber hinter jeder definitiven Erkenntnis, die er aussagte, hatte er stets eine noch definitivere in petto. Dieses Spiel hatte denselben Reiz wie der Blick in den Spiegel, dem ein anderer Spiegel gegenübersteht: die Verführung der unendlichen Perspektive, die foppende Kulissenwirkung einer falschen Ewigkeit. Freilich war jene Unterhaltung so trügerisch wie diese, beide entließen einen ungetröstet und unbelehrt.

Sehr gefährlich waren, zum Beispiel, politische Unterhaltungen mit dem Doktor Massis. Er begann meistens damit, daß er mit ironischem Lächeln jeden verschüchterte, der einen anderen Standpunkt hatte als den konsequent marxistischen. «Tiens, tiens, diese Voraussetzungen fehlen also», machte er liebenswürdig-spöttisch. «Nie von einem gewissen Karl Marx gehört? Der historische Materialismus Ihnen unbekannt? Tiens, tiens. Aber, hören Sie, das sind Dinge, die sich einfach *lernen* lassen. Dialektisch denken kann jeder, der nicht gänzlich auf den Kopf gefallen ist. Sie müssen sich nur erst abgewöhnen, die Scheinwahrheiten einer bourgeoisen Terminologie ernst zu nehmen –» So beängstigend ging es weiter. Der Doktor zitierte Lenin, bemerkte so nebenbei: «Aber ich bitte Sie – ‹Freiheit›, das sind doch kapitalistische Vorurteile, ich habe Sie doch vor diesen idealistischen Flausen eigens gewarnt. Aber was heißt denn ‹Wert des Individuums›? Sie fangen an, mich nervös zu machen. Mann ist Mann, sagt der einzige lebende große Dichter – Da wir also in spätestens fünfzehn Jahren – wenn Rußland den Fünfzehnjahresplan durchgeführt haben wird – den neuen Weltkrieg und, daran anschließend, den Kommunismus haben werden –» begann er triumphierend eine große Satzperiode.

Man glaubte etwas zu haben, worauf man ihn festlegen könnte: den Marxismus, daran konnte man sich halten. Aber, siehe da, schon deutete er mit geheimnisvollem Augenzwinkern an, daß er so einfach nicht zu fassen sei. Hinter dem politischen Standpunkt eröffnete sich der, den er den theologischen nannte. Alles, was er gerade als definitiv geäußert hatte, wurde mit einemmal vorläufig, unwesentlich, nur Vordergrundswahrheit. Plötzlich warf er Gott in die Diskussion, er fiel hinein, ein ungeheures Gewicht, und zerstörte alle Gewebe, die der Doktor selbst gesponnen. Wo erst von Fünfjahresplan, der Überproduktion und der Planwirtschaft die Rede gewesen war, standen unvermutet Erzengel auf. Der Erlösungsgedanke, der gerade noch ein recht erdenschweres Antlitz gezeigt hatte, wurde metaphysisch stilisiert, und statt Lenin hieß es nun der Messias. Dem, der zuhörte, ward verwirrt zumute. War dieser vertrackte Massis treuer Sohn der katholischen Kirche? Warum sprach er dann plötzlich von der Kabbala? Und nun von vorderasiatischen Mysterien, zu denen er in schauerlich intimen Beziehungen zu stehen schien? Und nun sah er plötzlich ganz chinesisch aus. Er schlüpfte immer weiter nach Osten. Mit dem Mann war ein anständiges weltanschauliches Gespräch gar nicht möglich.

Denn nun gab er plötzlich – letzter und gefährlichster Trick – jeden Standort preis und gaukelte zynisch im Leeren. Er verkleidete sich als Ästhet, der nichts sucht als Reize und dem alles Wissen, alle Erkenntnis nur dazu dienen, immer neuere, sublimere und ausgefallenere zu finden. Über die Zukunft der Menschheit scherzte er verächtlich – «was geht der Pöbel mich an?» –, indessen schwärmte er gelehrt und lüstern von orientalischen, spätrömischen und pariserisch-dekadenten Verfeinerungen. Der erst nur dem volkspädagogischen Lehrstück und der proletarischen «Gebrauchslyrik» Daseinsberechtigung zuerkannt hatte, las nun mit genießerisch perfekter Aussprache Strophen aus «Fleurs du mal» vor oder besonders raffinierte, laszive und schwierige Proben aus Huysmans. Er redete in spitzen und geistreichen Worten das Lob der extremen Individualisten, der einsamen Lüstlinge, der narzissisch in sich selbst Versunkenen; er feierte die Opiumesser, die Kinderverführer, Gilles du Rey, den Marquis Sade, alle rauschsüchtigen Gesellschaftsfeinde, die Diener des L'art pour l'art, die in jeder Künstlichkeit den Tod wittern und deren krankhaftem Reizbedürfnis erst der Ruch der Verwesung genügt. «Meine geliebten Freunde», rief Doktor Massis, selbst benommen von seiner makabren Rhetorik, «wer behauptet, Kunst sei Gemeinschaftsdienst oder könne es auch nur sein?! Der Künstler, meine geliebten Freunde, ist ein Monomane des Egoismus, jeder Künstler ein vollendeter Narziß, jeder ganz allein sich selbst und seine Lüste anbetend, jeder ein Onanist, und wenn er drei Frauen liebte pro Tag. Das ist die Wahrheit. Ich weiß sie, denn, bei Gott, ich bin Künstler.»

Von solchem Gipfel anarchistischer Ekstase sprang er plötzlich mit unerhört kühnem Satz ins Gegenextrem, mit phantastischem Saltomortale landete er dort, wo er ganz zu Anfang gewesen war. Dem Lauschenden blieb der Mund offenstehen vor Verblüfftheit, denn plötzlich hörte er ihn wieder von wirtschaftlichen Gegebenheiten, von der Einzelseele als Schwindel und von der Geburt der kollektiven Menschen reden. «Soziologie ist die einzige Betätigung, die eines geistigen Menschen heute würdig ist, solange er sich noch nicht für den Kampf um die Weltrevolution mit seinem Fleisch und Blut einsetzen kann», behauptete er – und jedem wurde taumlig bei diesem Wirbel. – «Die Kunst hat wieder den wenig prominenten Platz einzunehmen, der ihr zukommt: sie ist eine keineswegs unentbehrliche Unterabteilung der Pädagogik und zuweilen für Werbezwecke nicht unbrauchbar. Als Erholungsmittel kommt sie nicht ernsthaft in Frage; zu diesem Zwecke ist Sport vorzuziehen –»

Als geübter Menschenfänger und Geheimniskrämer betrieb er sein Verwirrung stiftendes Handwerk seit zehn Jahren mindestens. Schon auf ziemlich viele Menschen hatte er Einfluß gehabt, vor allem auf Frauen, aber auch zuweilen auf junge Leute.

Er hatte als Psychiater angefangen; kurze Zeit lang, in den Jahren bald nach dem Kriege, hatte er sogar praktiziert. Auch heute versuchte er noch bisweilen sich eines Menschen zu bemächtigen, indem er ihn psychoanalysierte. Manche behaupteten, daß er hypnotische Kraft habe. Er selbst schien ärgerlich zu werden, wenn man auf derlei anspielte. Trotzdem ließ er die Möglichkeit offen, daß etwas Wahres daran sei. Man munkelte, daß einmal, vor Jahren, ein junges Mädchen sich seinetwegen getötet habe. Er stritt dies Gerücht, das Frau Grete ihm zutrug, energisch ab. «Ich bin weder ein Verführer noch ein Scharlatan. Es ist mir gelungen, einige junge Menschen intellektuell zu befruchten, sie anzuregen und auf einen nicht ganz aussichtslosen Weg zu bringen. Das einzige Werkzeug, dessen ich mich bei solchen pädagogischen Bemühungen bediene, ist mein ziemlich klarer Verstand.»

Was seinen Anhängern vor allem imponierte, war, daß jedes Gebiet des geistigen Lebens sein Spezialgebiet zu sein schien, ihm vor allen anderen vertraut. Der ehemalige Schüler Freuds hatte sich auch beruflich als Erzieher betätigt, er war Lehrer für moderne Literatur und Philosophie an einer Freien Schulgemeinde, einem radikal orientierten Landerziehungsheim, gewesen. Pädagogik war sein erklärtes Spezialfach. Ebensosehr war es die Philosophie, die Soziologie, die Medizin, die Literatur aller Zonen und Zeiten (besonders bevorzugt: französische und orientalische Schriftsteller); die Politik, Biologie, die Theologie, unter Berücksichtigung aller geheimen Kulte und Mysterien.

Ein Gebiet, dem er seit neuestem ein auffallend starkes Interesse zuwandte, war das der Drogen und Gifte und ihres Einflusses auf die menschliche Psyche. Eine Arbeit über

«Haschisch und Schizophrenie» hatte in einer Fachzeitschrift Aufsehen gemacht. Im gleichen Monat war in einer literarischen Rundschau ein sehr schwieriger und geheimnisvoller Artikel über die Vorläufer des französischen Surrealismus und in einer politischen eine Charakterstudie über Stalin erschienen. All diese Aufsätze zeichneten sich dadurch aus, daß sie dem Leser durch einen zugleich scharfen und verdunkelnden Stil imponierten. Der Inhalt der Sätze war nie ganz zu verstehen, deshalb vermutete man stets, daß sich noch die merkwürdigsten Erkenntnisse hinter ihnen verbargen.

Es gehörte zu seinen geheimnistuerischen Tricks, daß er die Menschen, mit denen er Umgang hatte – oder, wie er es nannte: die verschiedenartigen «Kreise», auf die er «wirkte» –, niemals miteinander bekanntmachte, ja, den einen vom anderen mit aller Sorgfalt fernhielt. Seinen bürgerlichen Freunden deutete er an, daß er in einer unterirdischen Beziehung zu verschiedenen proletarischen Jugendgruppen stünde, sogar von Besuch aus Moskau war manchmal düster die Rede. Schlichtere junge Leute, die gelegentlich zu ihm kamen, ließ er ahnen, daß er in der großen Lebewelt und in den Zirkeln der verruchten Reichen wie eine Art Heiland verehrt würde (was bis zum gewissen Grade den Tatsachen entsprach).

An Sebastians Kreis war er durch Frau Grete gekommen, die nicht nur seine Sekretärin war, sondern die er als Objekt für allerlei Experimente benützte. Mit ihr – das war auffallend – gab er sich natürlich und weniger prätentiös als mit irgend jemandem sonst. Er konnte ganz gesund und ordinär mit ihr schimpfen, und auch über seine privatesten und heimlichsten Angelegenheiten besprach er sich mit ihr in nicht gerade stilisierten Formen. Frau Grete ihrerseits behandelte ihn, wie ihn kaum vorher eine Frau behandelt hatte: sie fuhr ihm derartig über den Mund und gab ihm

Antworten von einer Keßheit, daß Massis erst sprachlos war, dann aber in Wutanfällen durchs Zimmer tanzte. Es war deutlich, daß solch unwürdige und groteske Szenen ihm eine gewisse masochistische Lust bereiteten. Manchmal prügelten sie sich sogar.

Er äußerte etwa zu Frau Grete: «Du kannst dir nicht vorstellen, wie verächtlich mir diese ganze Jugend ist, mit der ich durch deine Schuld in Berührung gekommen bin. Nicht, daß sie ‹verkommen› ist, stört mich – das sind bürgerliche Begriffe –, aber all das ist hohl, ich spüre dahinter kein Erlebnis, kein vertieftes Gefühl, kein Blut, keinen Kampf und kein Abenteuer. Einer schläft mit dem anderen, das ist alles eine breiige, schleimige Masse, und diese vollkommene sexuelle Freiheit, um die wir selbst einst als reine Toren gekämpft haben, hat als einziges Resultat, daß eine ganze Generation physisch abgestumpft und daher auch im Geistigen unbrauchbar, unpathetisch und schlapp ihren phantasielosen Lüsten frönt. Sehen wir einen Typ wie diesen Sebastian – – – Wenn ich da an die Ekstasen *unserer* Jugend denke – –»

Darauf Frau Grete: «Na, haben Sie sich man nich so. Sie sind doch hinter den jungen Leuten her wie nich recht gescheit und heilfroh, wenn einer Ihren Vorträgen zuhört. Sie wollten nur wieder darauf aus, den Sebastian schlechtzumachen. Und warum? Weil Sie auf seine Do scharf sind! Ich kenne Sie doch!» Dazu Fingerdrohen und freche Lache.

Massis konnte gerade noch: «Impertinente Person!» zischen, da klingelte es. Er befahl Grete: «Mach, daß du rauskommst!» Eine Minute später trat Do ein.

«Wie schön!» sagte Massis mit zarter und bewegter Stimme. Er eilte ihr einige Schritte entgegen. Als er vor ihr stand, fand er es etwas lächerlich, daß sie ihn fast um Haupteslänge überragte. «Setzen Sie sich!» bat er sie deshalb. Er schob ihr einen der schwarz gepolsterten Sessel hin. Sie sah kindlich und verängstigt um sich.

«Es ist recht sonderbar bei Ihnen.»

«Ich mache Ihnen Kaffee», sagte der Doktor begütigend.

Ihre Augen waren verschwollen vom Weinen. Sie trug ein schwarzes Kostüm mit ein wenig glattem schwarzen Pelz am Kragen und an den Manschetten. Wie eine junge Witwe – dachte Massis wieder, und er haßte Sebastian, weil sie um ihn trauerte.

«Sie haben geweint!» fragte er mit väterlich gesenkter Stimme. Er legte seine kleine zarte, schwarzbehaarte Hand auf ihre große, schlanke und kühle.

Der Versuch zu lächeln, den sie unternahm, mißlang kläglich. Vielmehr zitterte ihr großer, schöngeschweifter Mund, als müsse sie gleich wieder losweinen. Auch ihre Augen füllten sich mit Tränen. «Ich mußte zu Ihnen kommen», brachte sie hervor, «ich mußte jemanden haben, um mich auszusprechen mit ihm. Ich glaubte, ich könnte es nicht ertragen, wieder allein zu sein – –»

«Wieder allein?» fragte Massis, der sein zartes und rauhes Gesicht mit dem gallischen Schnurrbart – dieses halb französische, halb hunnische und so sehr durchtriebene Antlitz – so nah zu ihr neigte, als sei er ihr Arzt und müsse sie abhorchen. – «Wieder allein? Kannten Sie es denn anders? Das muß hübsch gewesen sein. Aber es sind doch immer nur sehr vorübergehende Täuschungen.»

Sie schlug kindliche Augen auf. «Nicht doch, keine Täuschung», sagte sie gekränkt, «Sebastian und ich gehörten zusammen. Mit ihm war ich niemals allein.»

Die Erinnerung überwältigte sie. Über ihr gepudertes, weiches und ungeformtes Gesicht flossen Tränen.

Er streichelte von hinten vorsichtig ihr Haar. «Es ist recht, daß Sie zu mir gekommen sind, mir Ihr Leid zu klagen. Erzählen Sie mir – –»

Von der leisen Bitterkeit in seiner Stimme hörte sie nichts. Sie fand ihn gütig und selbstlos, wie den Priester, dem man beichtet, wie den Arzt, dem man sich anvertraut. Eine zugleich beruhigende und sanft erregende Strömung ging von ihm aus. Do war so sehr Frau, daß sie sie dankbar empfing.

«Sie wissen ja alles», sagte sie, noch mit nassem Gesicht.

Er wußte einiges über ihr Leben und wie verzweifelt sie sich an Sebastian gehalten hatte. – Sie war verheiratet gewesen, seit anderthalb Jahren geschieden. Jetzt behauptete sie, ihren Gatten immer gehaßt zu haben, das stimmte nicht, vielmehr war sie sehr verpflichtet, ihm dankbar zu sein, denn er hatte sie gerettet, als sie drauf und dran war, vor die Hunde zu gehen.

Ihre Eltern waren wohlhabende Leute in der Provinz, aber Do pflegte ihre Jugend in Hannover als Martyrium zu schildern. Ihre Mutter sei seelenlos und ihr Vater brutal; beide hatte sie so verabscheut, daß sie ihnen mit achtzehn Jahren fortgelaufen war. Die Eltern dachten nicht daran, sie zurückzuholen, ebensowenig aber, ihr einen Pfennig Geld zu schicken. Sie wurde Verkäuferin in einem Modesalon, dann sogar Bardame. Es stand ziemlich schlimm mit ihr, als Fabrikant Lehmann sie kennenlernte. Er war ein fetter und scheuer Mensch, Mitte Dreißig, der bis dahin noch niemals eine Frau länger als einen halbe Stunde geliebt hatte, so daß er anfing, sich für gefühllos bis zum Anormalen zu halten. Als er sich in Do mit solcher Hitzigkeit verliebt, schien ihm, er habe alle Kräfte seines Herzens für sie ganz allein aufgespart und sie sei in der Tat «die Frau seines Lebens».

Ohne Frage war sie zunächst glücklich mit ihm. Er bot ihr nicht nur seine schwerfällige Zärtlichkeit, sondern auch ein sehr behagliches Leben. Ihre exzentrischen Launen verwehrte er ihr niemals, wenngleich er selber nicht gerne mitkam, wenn sie auf Atelierfeste und in zweifelhafte Lokale ging. Sie war zärtlichkeitsbedürftig und kindlich-sensationslüstern. Ihre geistigen Ansprüche waren damals noch nicht erweckt, dies zu tun blieb Sebastian vorbehalten, und auch später, als sie eine Art «Intellektuelle» war, schien fraglich, ob sie für diesen Lebenszustand eigentlich legitimiert und auch nur geeignet sei oder ob sie sich nicht vielmehr, dem Geliebten zuliebe und mit einer ungewöhnlich großen weiblichen Anpassungs- und Nachahmungsfähigkeit, in ihn hineingesteigert und hinaufstilisiert hatte. Als Sebastian auf der Bildfläche erschien, stellte sich heraus, daß sie die ganze Zeit unter ihrem ungeistig plumpen Gemahl gelitten hatte – bis dahin war er ihr kleiner Brummbär und liebstes Dickerchen gewesen. Wie anständig er war, erwies sich, als er ihr nach der Scheidung, bei der Do aus purer Sensationslust als die Schuldige fungiert hatte, weiter eine Rente ausbezahlte, von der sie Sebastian teilweise miternähren konnte.

Sebastian war, als sie sich kennenlernten, dreiundzwanzig Jahre alt gewesen; genau gleich alt mit Do. Sie hatten anderthalb Jahre miteinander gelebt. Er hatte für einige Zeitungen geschrieben und ab und zu Gedichte gemacht. Abends hatten sie in Nachtlokalen oder bei Freunden zusammen herumgesumpft. O glückliche Zeit!

Warum, woher war plötzlich diese Unruhe über ihn gekommen? Und die fixe Idee, sie müßten sich «vorübergehend» trennen? Und, schon ein paar Wochen später, der Entschluß abzureisen, auf und davon?

Das Gedicht, das er den letzten Tag ihr geschenkt hatte, fing an:

«Abschied ist das ewige Motiv
Aller Lieder, die wir singen – – –»

Als Do diese Zeilen dem Doktor Massis vordeklamierte, mußte sie so weinen, daß es ihren ganzen Leib krampfartig schüttelte. Sie warf das Gesicht in die Hände, während ihr Oberkörper nach vorne sank. Durch ihre langen und schlanken Finger tropften die dicken Tränen.

Massis koste ihren zuckenden Rücken. «Arme Do – und an der Bahn waren Sie noch so aufrecht und tapfer – –»

Plötzlich erhob er sich, sie sah ihm aus tränenblinden Augen nach, wie er geheimnisvoll durchs Zimmer huschte. «Pst, ich mache Ihnen etwas Beruhigendes», verhieß er, während er in einem Wandschränkchen kramte.

Er kam zurück, in der einen Hand eine längliche blaue Pappschachtel, in der anderen ein Instrument, das in der Dämmerung mattsilbern schimmerte.

«Was ist das!» fragte unschuldig Do. Aber sie hatte schon erkannt, daß es eine Spritze war.

«Es ist nur ein Beruhigungsmittel», hörte sie Doktor Massis' Stimme – sie hatte die Augen geschlossen –, «wollen Sie hier den Rock noch ein kleines bißchen in die Höhe schieben! Hier ist Watte, hier Alkohol. Haben Sie denn noch niemals so was genommen?»

«Nie», hauchte Do. Zufällig log sie nicht. Vor allen Drogen hatte sie immer ein ehrfurchtsvolles Grauen gehabt.

«Jetzt kommt der Einstich», machte Massis mit einer hypnotisch murmelnden Stimme. «Warten Sie – es tut beinah nicht weh – –»

Sie schrie: «Au!» Dann erwartete sie mit geschlossenen Augen die Wirkung, von der sie glaubte, daß sie als ein unerhörter Rausch und Ekstase über sie kommen müsse (denn sie zweifelte nicht daran, daß er ihr Morphium gegeben habe).

Statt des Rausches kam friedliches Wohlgefühl. Gleichzeitig wurde ihr etwas übel. Sie spürte den großen Wunsch, sich auf dem Sofa auszustrecken. Das schwarze Kabinett, überfüllt von bizarrem Gerät, verschwamm und weitete sich vor ihren Augen.

«Ist es das?» fragte sie, zugleich enttäuscht und beseligt.

※

Geheimrat Bayer hatte Sonja bei Horcher erwartet. Er gab ihr, vor allen Kellnern, einen Kuß auf die Wange, wobei er innig unter den buschigen Brauen schaute und etwas mit dem Kinn zitterte.

Sie sagte herzlich: «Alter W. B.!» und schlug ihn dabei auf die Schulter. Als sie sich gegenübersaßen, fragte Sonja zunächst: «Was soll es zu essen geben?» Er machte wichtig: «Ich dachte, wir fangen mit Kaviar und Pellkartoffeln an –» Sie meinte, das sei doch pervers, aber er setzte ihr auseinander: «Nein, wissen Sie, das schmeckt herrlich zusammen; so ganz große, mehlige, geplatzte Kartoffeln, die man aus der Schale heraus ißt –» Worauf sie erklärte: «Sei es drum, wenn ich schon mal von einem Kapitalisten eingeladen bin.»

Sie wurden sich auch über das übrige Menü einig. Einen Gang ließ Sonja streichen. «Ich will nicht als fetter Unhold morgen auf die Probe kommen.»

«Sie sehen phantastisch gut aus. Woher sind Sie so braun?»

«Vom Skifahren, Sie kluges Kind.»

«Natürlich, ihr Münchner fahrt ja ausnahmslos Ski.»

«Angewohnheiten fremder Völkerstämme. Ich war sogar in der Schweiz.»

«Daß ich daran nicht gedacht habe –: Ihre schöne bunte Karte aus Silvaplana. Ich möchte mal Skitouren mit Ihnen machen.»

«Was treibt Julia?»

«Es geht so. Sie schwatzt.»

«Ich werde sie der Tage besuchen.»

«Und Sie wollen den Leuten hier Theater vorspielen?»

Sie sprachen über Sonjas Rollen, über Theater im allgemeinen, über die Stargagen, über die schlechten Stücke. Der Geheimrat lachte viel und laut. Er befleißigte sich eines degagierten, flotten Tons – er will mir zeigen, daß er auch auf junge Generation machen kann, dachte Sonja –; seine umbuschten Augen ruhten die ganze Zeit über ihrem Gesicht, sowohl innig-väterlich als begehrlich. Einmal, als sie etwas besonders Nettes gesagt hatte, nahm er ihre Hand vom Tischtuch und küßte sie. Sie dachte: Was für altfränkische Galanterien! Ihre Hand war kräftig und braun, übrigens nicht so durchgebildet und ausdrucksvoll, wie man sie sich vorgestellt hätte, wenn man nur ihr dunkles und bewegtes Gesicht kannte, sondern etwas naiver und glatter, etwas schulmädchenhaft.

Sie reckte sich, erzählte aus München und gab Anekdoten in bayrischem Dialekt zum besten. Es machte sie ein wenig nervös, daß der alte W. B. wieder so entsetzlich verliebt in sie war. Sie hatte ihn gern, mit seinem schweren und bedeutenden jüdischen Haupt, und bis zum gewissen Grade imponierte er ihr. Aber es ärgerte sie, daß er sie so amazonenhaft stilisierte, so sehr auf «junges Mädchen von heute», stählern trainiert, geistreich, grausam, unendlich sachlich und vollkommen «amoralisch». Er hätte ihr glatt einen Mord zugetraut und von ihr erwartet, daß sie sich aus den Haaren des Opfers komische Püppchen drehte. Das war doch recht albern.

Sie aßen Rehrücken mit Preißelbeeren. Den Salat machte Sonja selbst an, sie mochte ihn scharf, mit viel Pfeffer, Senf und englischer Sauce.

Der Burgunder war ziemlich schwer, Sonja bekam immer lebhaftere Augen, der Geheimrat immer gefühlvollere. ‹Komisch, daß er so reich ist›, fiel Sonja ein. Sie fragte ihn nachdenklich: «Haben Sie eigentlich niemals schlechtes

Gewissen?» – «Worüber?» erschrak er. – «Weil Sie so schrecklich viel Geld haben.»

Sie hielt ihn für unermeßlich reich, und er war es wohl auch. Von seiner Tätigkeit machte sie sich nur dunkle Vorstellung. Vielfacher Aufsichtsrat, nahm sie an, Direktor eines großen Bankhauses, vielleicht einmal später Reichsbankpräsident. Sicher nutzt er unzählige Menschen aus, fürchtete sie unklar. Kleine Industrielle, denen er den Hals abschnürt und dadurch tausend Arbeiter brotlos macht. Sie schob den Teller mit Pfirsich-Melba fort. Mit einem neuen und beunruhigten Interesse sah sie in W. B.s wohlbekanntes Gesicht.

Die kahle, gewölbte Stirn und der gemütvolle Blick unter den buschigen Brauen; etwas flache und fleischige Nase, der englisch gestutzte schwarze Schnurrbart; das martialische Kinn, das so leicht ins Zittern kam. Sonja konstatierte in dem Gesicht ihres alten Freundes eine Mischung aus Brutalität und Weichheit, aus Unbarmherzigkeit und Wehleidigkeit. Mit der Unbarmherzigkeit hat er sein großes Vermögen gemacht; mit der Wehleidigkeit kommt er zu den Mädchen, die er haben möchte, dachte Sonja, plötzlich ganz böse.

Inzwischen war Bayer über den plötzlichen Angriff auf sein vieles Geld ernsthaft erschrocken.

«Sie sind ein Kind», sagte er schließlich, um doch etwas zu sagen. Das Kind aber blieb aggressiv. «Na, auf jeden Fall habe ich soeben das Wochengehalt einer Arbeiterfamilie bei Horcher verzehrt.»

Das kränkte ihn wirklich. «Seit wann sind Sie denn so?» fragte er, und sein Kinn begann schon zu beben, «eine so radikalisierte, scharfe junge Dame?»

Sonja schüttelte ernst den Kopf. «Ich bin gar nicht radikalisiert. Die Politik geht mich gar nichts an. Es ärgert mich nur, daß Sie hier so sanft und beschaulich tun, und in

Wirklichkeit ruinieren Sie wahrscheinlich täglich hundert Leute.»

Das war ja eine heitere Tischunterhaltung! Aber wenn sie so anfing, mußte er ihr auch in einem anderen Ton erwidern.

«Hören Sie mal», begann er mit väterlichem, aber doch gespanntem Ton, «Ihre Ansichten über diese Gegenstände scheinen mir ungefähr die eines kleinen Volksschulmädchens zu sein. Das überrascht mich, denn Sie sind doch sehr klug. Sie scheinen sich den großen Unternehmer als den Blutsauger vorzustellen, als der er heute noch in der revolutionären Kinderbibel fungiert. Sie scheinen gar nicht zu ahnen –»

Er setzte ihr auseinander, wie kompliziert alles zusammenhinge. Daß vom Ausnutzen und vom Ausgenutzten schlechterdings nicht mehr die Rede sein könne, daß vielmehr das Interesse jeder einzelnen Klasse sich mit dem allgemeinen unlösbar verschränke. «Wenn wir den Kommunismus in seiner extremen Form heute ablehnen», sagte der Geheimrat vorsichtig, «so nicht, weil es uns persönlich unter seiner Herrschaft schlechter ginge – das wollen wir nämlich noch sehr dahingestellt sein lassen –, sondern weil diese Wirtschaftsform – –»

Er redete wie von einem Vortragspult, Sonja lauschte mit etwas mißtrauisch zusammengezogenen Brauen.

«Außerdem schauen wir nicht mit Haß auf Sowjetrußland», schloß der Geheimrat, «sondern verfolgen das ungeheure Experiment, das sich dort vollzieht, mit fast ehrfürchtigem Interesse.»

«Zunächst machen Sie aus lauter Ehrfurcht einmal Geschäfte mit den Leuten», warf Sonja ein. (Warum war sie eigentlich so hartnäckig?)

Sie ließ nicht locker, als er ihr seine Sympathie mit den Sozialdemokraten versicherte und schwor, er sei bedingungsloser Pazifist. «Sie verwechseln mich mit den Herren Schwerindustriellen vom Rheinland», meinte er gekränkt. Aber sie sagte: «Das kennen wir. Und wenn mit Rüstungen Geld zu verdienen ist, seid ihr alle wieder dabei, die aufgeklärten Berliner wie die blutrünstigen Rheinländer. Am liebsten aber, wenn es doch noch gegen Rußland ginge – –»

Schließlich mußte er das Gespräch in andere Bahnen lenken. Übrigens schien er duch das ganze etwas gefährliche Intermezzo keineswegs abgekühlt, sondern eher noch erhitzter. «Sie sind so herrlich jung», sagte er und hob Sonjas Hand wieder vom Tischtuch zu seinen Lippen. Sein harter Schnurrbart kitzelte an ihrer Haut.

Beim Kaffee sprachen sie wieder über private Dinge.

«Wie geht es eigentlich Gregor Gregori?»

«Danke, er will mich heiraten.»

«Doch nicht im Ernst?» – Wobei W. B. blaß wurde.

«Doch. Er hat es sich in den Kopf gesetzt.»

Der Geheimrat atmete so schwer, daß er Sonja leid tat. «Das wäre schrecklich», brachte er schließlich hervor.

«Es wird wohl auch nicht so weit kommen», meinte Sonja begütigend.

Er, immer noch schnaufend: «Versprechen Sie mir, daß Sie nichts Voreiliges tun. Versprechen Sie es mir, Sonja?!»

Statt ihm irgend etwas zu versprechen, lächelte sie ihn freundlich an – unergründlich, wie es dem erregten Geheimrat schien, dunkel, lustig und grausam.

*

Im Hotel Royer Collard hatte Sebastian schon einmal gewohnt. Es fand sich in einer engen und steilen Straße zwischen Pantheon und Jardin du Luxembourg. Die Straße war schmutzig. Sauberkeit war auch nicht die hervorstechendste Eigenschaft des kleinen Hotels.

Sebastian entschied sich für ein großes und ziemlich

dunkles Zimmer im ersten Stock. Im Teppich, in den Samt-
bezügen der Sessel, in den üppig gerafften braunen Samt-
vorhängen nistete Staub. Auf dem breiten Bett inmitten
des Zimmers lag eine ebenfalls verstaubte, aber prächti-
ge Decke: blauer Samt mit Silberstickereien und schweren Quasten. Gegenüber der Spiegelschrank war reich ver-
ziert mit Bronzearabesken. Vor Waschtisch und Bidet stand
ein Paravent, auf dem violette Phantasiedolden blühten.
Im ganzen Zimmer herrschte ein muffig-süßlicher Geruch
nach Staub und altem Parfüm, den Sebastian mit einem ganz
leicht angewiderten Behagen atmete: So mußte es im kleinen Pariser Hotel riechen. – Unten saß in ihrer Loge die Patronne, die wie eine Bordellmama aussah: mit Doppelkinn,
schweren Ohrringen, schwarzen Ponylocken bis zu den li-
stigen Augen; geizig und amüsant. Das Dienstmädchen
hieß Valéry und hatte ein schiefes, schwatzhaftes Gesicht.
    Man konnte auspacken.
    Sebastian pfiff und trällerte, während er auspackte, er war
selig, wieder in Paris zu sein.
    «Paris, je t'aime –»
    Schwammbeutel, Seife, Zahnbürste, Kämme, Eau de Co-
logne, Rasierapparat auf der Glasplatte über dem Waschbecken gruppiert.
    «Je t'aime, je t'aime –»
    Hemden, Socken, Unterhosen in die Seitenfächer des
Schrankes. Den Schlafrock über das Bett geworfen. Die
Jacken sind scheußlich zerdrückt. – –

> «Avec ivresse
> pour toute ta tendresse – – – »

Auf dem Tisch am Fenster: den Schreibblock, zwei Feder-
halter, den japanischen Briefaufschneider aus Bronze (Kon-
firmationsgeschenk, ältestes Stück in Sebastians Besitz); die

paar Bücher. (Einen Band Hegel; den Siebenten Ring; den Lucien Leuwen; die Faux-Monnayeurs; Neue russische Erzähler.)

«Paris, je t'aime d'amour.»

Man war wieder einmal zu Hause. Sei gegrüßt, muffig parfümiertes Pariser Hotelzimmer, Heimat von drei, vier Wochen, zwei Monaten, einem halben Jahr. Ich bin eingerichtet.

Sebastian ließ sich auf das Bett nieder.

Ich könnte ein paar Freunde anrufen, die ich hier wohl noch habe. Zum Beispiel Sylvester Marschalk. Das Telephon ist unten bei der Patronne. – Ich könnte aber auch schlafen.

Sebastian war frei. Das war der einzige große Luxus, den er sich leistete – und es war der größte, den man sich leisten konnte in dieser Zeit. Er kannte finanzielle Schwierigkeiten, aber sie waren nie so arg, nie so katastrophal, daß sie seine Freiheit ernsthaft gefährdeten. Er war anspruchslos und geschickt; bei aller Nachlässigkeit und Weichheit sehr elastisch. Andere Menschen halfen ihm gern, und er ließ sich gerne von ihnen helfen.

Eltern hatte er nicht, sie waren beide gestorben, als er noch ein Kind war. Er war in einer süddeutschen Kleinstadt bei einer alten Verwandten erzogen; mit sechzehn Jahren nach Berlin gekommen. Mit sechzehn Jahren hatte er schon für eine Morgenzeitung Filmkritiken sowie kleinere Berichte über Vorträge, öffentliche Feste und Straßenunfälle geschrieben. Das Schreiben fiel ihm sehr leicht; so leicht, daß er diese Beschäftigung niemals völlig ernst genommen hatte. Ernster nahm er schon das Lesen, da es ihm schwerer fiel.

Mehrere Romananfänge hatte er wieder vernichtet. «Ich bin noch zu jung», pflegte er zu sagen. «Erst muß ich Stoff sammeln.» Er hatte in verschiedenen Sphären gelebt, wenn auch vielleicht zu vorwiegend in einer exzentrisch-intellektuellen. Mancherlei Erfahrungen waren ihm zugewachsen, denn er schloß leicht Freundschaften sowohl mit Frauen als mit jungen Männern, aber er war gleichsam zu vorsichtig gewesen, um diesen Vorrat des Erlebten schon voll auszunutzen. Er wartete auf Erfahrungen, die noch größer sein würden. Inzwischen lebte er, neugierig und geduldig.

Er war fünfundzwanzig Jahre alt.

Der Wechsel, den er von der alten Verwandten bezog, betrug zweihundert Mark monatlich. In Paris kam er außerdem mit zweihundert Mark Kapital an, es war der Rest eines Honorars, das er von einer Familienzeitschrift für seine Erzählung «Erstes Gelächter» erhalten hatte. Das Zimmer im Royer Collard kostete täglich zwanzig Francs, ist gleich drei Mark fünfunddreißig Pfennig.

Sebastian beschloß, niemanden mehr anzurufen, sondern gleich schlafen zu gehen.

Drittes Kapitel

Die Villa Geheimrat Bayers lag in der Regentenstraße, Tiergartenviertel. Von der Straße aus sah man sie beinah nicht: erst kam das hohe, schmiedeeiserne Gitter, dann ein Stück Vorgarten, dann das zweistöckige niedrige Haus.

Das Taxi, in dem Sonja vorfuhr, mußte auf der anderen Straßenseite halten, vor der Villa standen die Wagen in langer Reihe. Sonja dachte: Na, das kann ja nett werden – während sie, die Schleppe gerafft, über die Straße durch den Vorgarten ging; dann die Stufen zum Portal hinauf. Die Damengarderobe war im ersten Stock. Sie hängte ihren Pelz neben sechzig andere Pelze; bekam ihre Nummer und puderte sich noch einmal vor dem Spiegel. «Eigentlich lustig, daß es wieder lange Kleider gibt», sagte sie, während sie an ihrer Schleppe ordnete. Das Häubchenfräulein, das ihr die Nummer gegeben hatte, sagte: «Gnädigster steht es unvergleichlich.» – Sonjas Kleid war aus schwarzen Spitzen, mit etwas Silber im Ausschnitt. – «Aber bequemer waren die kurzen», meinte das Fräulein.

Sonja, zugleich burschikos und verschleiert, hielt Einzug in der großen, goldbraun getäfelten Diele, wo Frau Julia Bayer empfing. Ohne daß sie es wollte oder nur bemerkte, wurde Sonja nun doch ein wenig beeindruckt von all diesen gestärkten Hemdbrüsten, den schimmernden Dekolletés. Die Folge war, daß sie sich nicht mehr völlig natürlich gab. Sie überakzentuierte, sie stilisierte den Typ, als der sie eingeführt war, den man von ihr erwartete. Diesen Typ konnte man als eine Mischung aus sachlichem Sportgirl mit Garçonneeinschlag und gotischer Madonna definieren; zugleich unnahbar und keß, melancholisch und aufgeräumt, körperlich trainiert, doch empfindlich. So war sie «notiert»; und einer allgemeinen Zwangsvorstellung unterliegend, verhielt sie sich zunächst genau so, wie man es bei ihr voraussetzte.

Sie sagte also mit tiefer und lustiger Stimme: «Das bin nur ich, Dame Julia», wobei sie die blasse, magere und lange Hand der Hausfrau küßte. Frau Geheimrat Bayer erwiderte eingefroren: «Reizend, daß Sie gekommen sind, Liebste», und machte den traurigen Versuch, sie anzulächeln. Das Lächeln blieb gespenstisch dünn auf ihren dünnen Lippen. Ihr Gesicht verzog sich, als habe sie Neuralgien. – Unter der Gesellschaft, die sie geben mußte, litt sie furchtbar. Im nonnenhaft grauen Seidengewand – sie trug Ärmel, als einzige Dame – stand sie groß, mager und stocksteif inmitten des Prunkraumes. Ihr traurig feines, langes, leidendes Gesicht war peinlich entstellt durch kleine, harte, wunderliche Löckchen, zu denen ihr Friseur sie überredet hatte. Ungeschickt und störrisch hingen sie ihr in die betrübte Stirn, aschfarbene Löckchen, von denen niemand wußte, ob sie grau oder von einem trostlos fahlen Blond waren.

«Guten Abend, lieber Monsier Larue», sagte Frau Julia Bayer zu dem kleinen Herrn, der sich vor ihr verneigte.

Maurice Larue war in allen Salons des Kontinents wohlbekannt. In dem schwarzen Notizenbuch, das er am Busen verwahrte, standen die Finanz- und die Bettgeheimnisse der großen Gesellschaft von Rom und London, von Madrid und Paris, von Budapest, Wien, Florenz, Kopenhagen, Frankfurt, Berlin genau verzeichnet. Alle kleinen Mysterien und Skandale der Aristokraten und Bankdirektoren, der arrivierten Boheme, der anspruchsvollen Halbwelt; der großen Sportsleute, der Industriellen und der letzten Könige (der abgesetzten sowohl als der noch amtierenden); der Minister, Staatssekretäre und Schauspielerinnen; der reaktionären, der radikalen; der neukatholischen und der homosexuellen Cliquen. – Maurice war klein, schmal und gebrechlich, man hätte ihn umblasen können, aber in seinem entfleischten, kleingefälteten Gesichtchen lagen zwei überraschende Augen, die sowohl weise als bösartig und sehr eindringlich blickten. Er hatte ganz die Gesten eines sanften, tückischen Abbés, der sich die Händchen reibt, sie scheinheilig faltet und wie betend gegeneinander legt. Seine Hände waren beängstigend. Zerbrechliche Gäbelchen, die sie schienen, wagte man sie kaum anzufassen, um die bleichen Knöchlein nicht zu zerdrücken. Dabei zerbrachen sie keineswegs, wenn man sich schließlich sie anzufassen entschloß: sie waren verkümmert, doch zäh, und paßten unheimlich zu seinen Augen.

Maurice, den Kopf gesenkt, händereibend, schaute mit einem sanften, bösen und neugierigen Blick von unten herauf in Frau Julias Gesicht. «Es war reizend, an mich zu denken, gnädige Frau.» Er sprach mit einem singend klagenden Diskant.

Während er plauderte, hielt er mit scharfen und geübten Augen Umschau. «Oh, la Comtesse de Plonger – c'est très intéressant!» Er stieß es als leise klagenden, verzückten Schlachtruf aus, während er, Händchen reibend, auf die Dame zutrippelte, von der er sich pikante Mitteilungen über den Lebenswandel verschiedener Würdenträger erwarten konnte. «Wie amüsant!» jubelte er mit einer Stimme, die sich überschlug, denn die Komtesse wußte etwas sehr, sehr Drolliges über den rumänischen Botschafter. «Hahaha», lachte er und bekam etwas Rosa in die bleichen Wangen. «Hahaha.» Er sprach alle drei Silben dieses kleinen Hofdamengelächters genau zu Ende und betonte sie klagend. Dabei sah er seine Partnerin wehmütig und boshaft an – –

Sonja überlegte, in welchem Raum der Hausherr am ehesten zu finden sein könnte. Links, hinter der Portière, lag sein Bibliotheks- und Arbeitszimmer, in dem verschiedene Herren ihre Zigarren rauchten. Sonja schaute hinein, es war das schönste Zimmer im Hause. Die Täfelung und die schwarzen Stühle waren gotische Schnitzereien, und einige wundervolle gotische Holzfiguren standen im starren und lieblichen Faltenwurf ihrer Gewänder in Nischen oder auf einem niedrigen Tisch inmitten des Zimmers.

Was zwischen diesen Kostbarkeiten saß und schwatzte, waren lauter mächtige, doch nicht sehr schöne Männer. Sonja erkannte zunächst nur große Bäuche, über die weiße Westen sich spannten; Glatzen, Zwickergläser, Speckfalten im Nacken. Als sie dann näher hinsah, stellte sie fest, daß der dort hinten einer der größten Anwälte Berlins, der andere ein Schieber war, in dessen Haus sowohl Schauspielerinnen als Diplomaten lanciert wurden. Sie kannte nicht alle; aber auch von den ihr Unbekannten nahm sie an, daß es gleichfalls Bankdirektoren, Zeitungsbesitzer oder Minister waren. W. B. fand sie nicht unter ihnen.

Sie wandte sich schon, obwohl der Allgewaltige eines Theaterkonzerns ihr aus den Rauchwolken zugewinkt hatte. Es wäre sehr nützlich gewesen, zu bleiben und ein wenig mit ihm zu schäkern. Aber sie empfand Widerstände. Sie schämte sich ihrer – denn wozu ging man in eine Gesellschaft wie diese, wenn man dann leichten Ekel beim Anblick der Mächtigen empfand? Sie zwang sich dazu, dem Theaterkönig zuzulächeln, aber aus dem Lächeln wurde nur etwas wie eine schiefe Grimasse. Sie dachte die unhöflichsten Dinge, während sie sich durch das Menschengewirr auf der Diele einen Weg zur Treppe bahnte, die hinaufführte zur Galerie.

In der Höhe des ersten Stockes führte die Galerie mit vergoldetem Geländer um die ganze Diele herum. Auf der einen Seite hatte sie niedrige Türen, die zu drei kleinen Salons führten; auf der anderen war die breite Doppeltüre

53

zum Musik- und Tanzsaal geöffnet. – Es gab überall Menschen, am dichtesten stauten sie sich vorm Büfett, auf dem enorme Platten von Sandwichs und Petitfours, Schüsseln mit Obstsalat, Batterien von Likörflaschen in verlockender Reihe nebeneinander standen. Sonja erkannte Gesichter, war aber froh, wenn sie von ihnen nicht gleich wiedererkannt wurde. Sieh da, der englische Botschafter. Und dort – Konsul Bruch, den kannte sie noch aus Frankfurt. Liebt der mich nicht, oder hat mich doch mal geliebt?

Warum bin ich hierhergekommen? dachte sie, während sie sich eine kandierte Frucht nahm. Kandierte Früchte bekomme ich ein Viertelpfund für eine Mark fünfzig. Ich wußte ja, daß ich es scheußlich finden würde. Es ist wirklich besonders scheußlich. Wie komme ich von hier fort?

Konsul Bruch hatte sie schon erkannt. Er winkt: «Tata!» und grinste. Sein schlaffes, weißes Gesicht nahte sich – obszöne Fresse, denkt Sonja, vielleicht gelingt es mir, in den kleinen Salon zu entweichen! An einem Theaterkritiker mit runden Brillengläsern und der Gattin eines Kunsthändlers vorbei. Ach, der Konsul ist hinter ihr drein. Sie hört ihn: «Warum denn so eilig, Gnädigste? Ich möchte Ihre schöne Stimme doch wieder mal aus der Nähe genießen.»

Sonja erinnert sich: der Alte ist Stimmfetischist. Er reagiert nur auf Frauen, die eine bestimmte Art zu sprechen haben, sonor und mit etwas exzentrischer Ausdrucksweise. «Das könnte dir so passen, altes Schwein», denkt Sonja und versucht ihn anzulächeln. Aber wieder entgleist das Lächeln ihr zur Fratze. «Gleich bin ich wieder da, lieber Freund!» ruft sie noch über die Schulter.

Sie flieht weiter. Ein revolutionärer Dramatiker plaudert mit einem schafsgesichtigen Baron; eine Bankiersgattin mit einem Heldentenor. Sonja fühlt sich's immer übler werden. Nein, so was Arges, so was Greuliches. Warum bin ich nur – –? Ich spüre wirklich Würgen im Hals.

In den kleinen Salons ist es leerer. Auf einem Sofa flirtet ein blendender junger Mann im Frack mit derjenigen jungen Dame, die in einem Theater des Westens die proletarischen Opfer des Paragraphen 218 zu spielen pflegt. Sonja muß grüßen (Würgen im Hals), der junge Mann beschenkt sie mit einem unwiderstehlichen Blick, während die Kollegin bösartig fortsieht. «Seit wann in Berlin?» ruft der junge Mann. Sonja antwortet. Sie merkt schon, daß sie diesmal um eine Konversation nicht herumkommt.

Der junge Mann heißt Bob Mardorf, sein Vater, seit fünf Jahren tot, war kurze Zeit lang Landwirtschaftsminister. Der Junge hat nichts, von der Ministerpension lebt die Mutter mit drei Töchtern. Es ist bekannt, daß er von Beruf ganz einfach Gigolo ist; zur Zeit ist es eine ältere und recht skandalös aufgetakelte Südamerikanerin, die ihn aushält. Man weiß es, aber man lädt ihn trotzdem ein – wenn auch freilich ohne seine Freundin: er ist immerhin gute Familie, hat einen Frack vom englischen Schneider und tanzt erstklassig. Das Herz dieser Gesellschaft ist weit, auch Bob Mardorf hat darin Platz. Wo sich das Theater mit dem Auswärtigen Amt, die Haute Finance mit der revolutionären Literatur, der Tonfilm mit der großen Politik und der alten Aristokratie ein Stelldichein gibt, darf auch die Halbwelt nicht fehlen, trägt sie nur einen Namen, der salonfähig ist.

Bob Mardorf – Taille wie ein junger Gott, dunkles Haar im rassigen Gesicht, das einem spanischen Aristokraten hätte gehören können – hatte einen kindlichen, aber, wie sich immer wieder bewies, nicht unwirksamen Trick, die Leute zu bluffen: er stellte sich, als sei er zwar in Paris, London und Rom zu Hause, habe aber von deutschen Verhältnissen nicht die entfernteste Ahnung. Jemand sprach mit frommer Miene von unserem Feldmarschall Hindenburg, unserem Dramatiker Gerhart Hauptmann – worauf Bob unschuldig fragte: «Wer sind diese Herren?» Das machte kolossal Eindruck, vor allem weil Bob so anschaulich von englischen Sportveranstaltungen und Pariser Literaturklatsch zu berichten wußte.

Dieser smarte und wahrhaft perfekte junge Mann zeigte Sonja lächelnd seine prachtvollen Zähne, um ihr zu sagen: «Sonja ist heute wieder ganz groß.» («Ganz groß» galt für Bobs Spezialität: er behauptete, es für Berlin erfunden zu haben.) «Was machen Sie hier? Spielen Sie wirklich Theater? Wozu?» Er maß sie von unten bis oben mitleidigen Blickes. Sein glänzendes Lächeln ward recht verächtlich. «Habe das vorhin schon diesem kleinen Wesen klarzumachen versucht.» (Er deutete, recht unhöflich, hinter sich, wo der Paragraph-218-Star noch auf dem Kanapee saß.) «Hoffnungslos. – Also, erstens mal: Arbeit entwürdigt die Dame. Hasse Damen, die arbeiten. Zweitens: wenn schon gearbeitet werden muß – wozu Theater? Interessiert doch keinen Teufel. Ich wenigstens habe in meinem ganzen Leben noch keinen Fuß in so 'n Berliner Theater gesetzt. Habe allerdings auch noch nie 'n deutsches Buch gelesen», schloß er mit Stolz seinen ernsten Vortrag und lachte wieder vergnügter.

Seine Manier zu sprechen war die eines degenerierten preußischen Leutnants: zugleich schneidig und weich, beinah lallend. «Na, amüsieren Sie sich wenigstens gut bei dem Unsinn», sagte er noch zu Sonja, ehe er davonging – knarrende Lackschuhe, Göttertaille, halb Gardeleutnant, halb feinster Zuhälter in jedem Schritt.

Die beiden Frauen, die, zum Ekel des jungen Kavaliers, eines gemeinsam hatten – daß sie arbeiteten –, sahen sich, allein im kleinen Salon zurückgeblieben, fassungslos an. Dann lachten sie; Sonja, das erstemal diesen Abend, beinah herzlich; die andere etwas verzerrt. Sie trennten sich. Sonja setzte ihre Wanderung fort in den nächsten Salon, die andere ging hinaus zum Büfett, um sich einen neuen, weniger arroganten Flirt zu suchen.

Im letzten Raum fand Sonja endlich den Geheimrat, aber sie wollte sich gleich wieder zurückziehen, denn er plauderte inmitten einer Gruppe von Leuten, die Sonja erschreckend schienen. Es waren dies: Fräulein von G., ein Mädchen, das auf eine penetrante und abstoßende Art schön war; ein böses, angemaltes Gesicht, gerahmt von langen, giftgrünen Ohrringen; giftgrünes Geschmeide an den nackten Armen; der Rücken, nackt bis zum Gürtel, und vorne nur gerade die Spitzen der Brüste bedeckt. Ihre Robe war schon eher ein Revuekostüm als ein Ballkleid. Doch man verzieh ihr dies alles, da sie einen millionenschweren industriellen Papa ihr eigen nannte.

Weiterhin: der Dichter und Filmmanager Alfons Buckdorf mit Geiernase, der seit zwanzig Jahren nichts geschrieben hatte, aber es fertigbrachte, auf allergrößtem Fuße zu leben, nur durch seine Schiebungen auf dem Film- und Theatermarkt und mittels eines erdumspannenden Netzes von Beziehungen. Schließlich: der junge Herr von Grusig, der im Auswärtigen Amt und im Dienste, man wußte nicht welcher Rechtsparteien intrigierte; Privatsekretär einer einflußreichen politischen Dame, die unten auf der Diele polyglotten Cercle hielt.

«Der ist der allerschlimmste», empfand Sonja und mußte Grusig hypnotisiert anstarren. Der Ekel wuchs in ihr zu einer Art Rausch, während sie sich gezwungen fühlte, das Bild dieses hoffnungsvollen Diplomaten, der schon enerviert an seiner weißen Krawatte fingerte, in allen seinen Einzelheiten in sich aufzunehmen.

Der Frack saß ihm nicht anders am Leibe denn eine Lakaienuniform, was an der Haltung seiner Schultern liegen mochte, die er nach vorne hängen ließ, aber nicht nachlässig oder schlapp, sondern auf seine zusammengenommene, devote, fast stramme Art. Sein steifer Kragen war entschieden zu hoch, er mußte Atemnot machen, sein Gesicht schien rot angelaufen. Sehr schlimm fand Sonja die kleinen, grauen, bösartig lustigen und mißtrauisch funkelnden Augen; besonders schlimm die rüsselhaft vorspringende Nase; am schlimmsten aber doch den grinsenden Mund, der immer ein wenig offenblieb, denn die gelblichen Vorderzähne – wahre Elefantenzähne, sie paßten zum Rüssel – standen derart weit vor, daß er die Lippen kaum zuammenbringen konnte. Sonja sah auch noch seine Frisur – den kahlgeschorenen Schädel mit dem unvermittelt stehengelassenen kleinen Scheitelhügel in der Mitte –, dabei mußte sie sich der makabren Blätter des George Grosz erinnern. «Das Gesicht der herrschenden Klasse», dachte sie (Würgen, Würgen, Würgen im Hals). So einer arbeitet Jahre und Jahre am System seiner Beziehungen; flirtet mit der Gattin jedes Ministers, mit der Tochter jedes Industriellen (obwohl er andere Passionen hat, denen er ab zwei Uhr nachts frönt). So einer gibt Parties, bei denen eine Herzogin als «Patroneß» fungiert; behält Fühlung mit den «nationalen Kreisen», ohne sich deshalb mit der Republik schlecht zu stehen: ach, so einer, feige, lüstern, geizig und kaum mittelbegabt, wie er ist – so einer wird schließlich Botschafter oder Minister.

Sonja, die wie hautlos durch diese Gesellschaft ging, in der Herr von Grusig glänzte, fühlte, daß sie es ganz einfach nicht mehr lange machen könne. Es war gerade höchste Zeit, daß W. B. auf sie zukam. An seinen breiten Schultern würde man ein wenig ausruhen können, und seine Augen schauten menschlicher.

«Da sind Sie endlich!» sagt W. B., der sich aus der Gruppe gelöst hatte und ihr ein paar Schritte entgegenkam. «Aber Kind! Sie sehen angegriffen aus!»

Sonja bemerkte, wie Fräulein von G., das krasse Millionärstöchterlein, den Arm hob, um sich die rote Lockenfrisur zu ordnen; sie trug lange weiße Glacéhandschuhe, ganz Grande Dame der Vorkriegszeit-Restauration: die große

Mode – nur der Fächer aus Straußenfedern fehlte. Grusig erkundigte sich eben schnarrend: «Gestatten, Gnädigste, daß ich mich interessiere: ist Ihr bezauberndes Kleid Lanvin-Modell?» Der Schriftsteller Buckdorf, noch in einer anderen Konversation – es ging um das Schicksal mehrerer Theater –, hackte erregt mit der Geiernase: «Na, so viel steht fest, wenn wir dem guten Professor nicht fünfzigtausend Mark bis zum Ultimo verschaffen, kann er seine vier Buden auf einmal zumachen.»

W. B. sagte: «Ich muß Sie unbedingt heute abend noch alleine sprechen, Sonja.»

Darauf sie, mit gesenkter Stirn: «Ich weiß wirklich nicht, ob ich noch lange werde bleiben können.»

*

Sebastian schlenderte mit seinem Freund Sylvester Marschalk den Boulevard St. Michel hinunter zum Luxembourg. Es war halb acht Uhr abends und schon dunkel. Sylvester sagte, melancholisch und schwärmerisch: «Daß nun nicht Mai ist! Im Mai würde um diese Stunde der Himmel noch ganz silbrig-rosa über der Place Médicis und den Bäumen des Luxembourg stehen.» Er sagte es mit einer solchen Ausdruckskraft, daß man fast vergaß, wie grauschwarz die Luft war und ein wie trübes Licht die Bogenlampen gaben. Es fing sogar sachte zu regnen an. Studenten mit hochgeschlagenen Jackenkragen und Baskenmützen kamen ihnen eilig entgegen. Sylvester führte an der Leine seinen Hund hinter sich, Ariel, den gelben Rasse-Collie mit dem wundervollen Fell, seinen Stolz und seine ganze Liebe. «Viens, mon Toutou», lockte er das Tier, das sich zu sehr für die Gerüche eines Laternenpfahls interessierte.

Die beiden jungen Leute beratschlagten, in welchem Restaurant sie zu Abend essen wollten. Sie erwogen nur wohlfeile, andere kamen für Sylvesters Verhältnisse nicht in

Frage, auch für Sebastian war es ratsam, bescheiden zu sein. Ein kleines italienisches Lokal, zwischen dem Odéon und der Place Médicis, ward sehr erwogen; sie entschieden sich aber für das noch kleinere russische, das in der Rue Royer Collard, Sebastians Hotel gegenüber, lag. «Da kostet es sicher nicht mehr als zehn Francs inklusive Getränk», sagte Sylvester, und sie bogen links ein.

Sylvester hatte in der billigen Studentenkneipe ganz die Haltung eines großen Aristokraten. Erhobenen Hauptes schritt er an den Tischen vorbei, wo teils verkommene, teils biedere Burschen ihr billiges Nachtmahl verschlangen. Der schöne Hund, den er hinter sich herführte, erregte Aufsehen, aber Sylvester drehte sich nach denen nicht um, die ihm das seidige Fell streichelten. Er sagte: «Setz dich, Toutou», und das Tier setzte sich langsam. Sylvester, dankbar für solchen Gehorsam – denn war ein Edelmann wie Ariel irgend verpflichtet zum Folgen? –, kniete sich auf den Boden neben den Collie und nahm seinen schmalen Kopf zwischen die Hände. Ariel schaute seinen Herrn, der ihn mitten auf die Schnauze küßte, freundlich, aber zurückhaltend an. An verschiedenen Tischen wurde gelacht, doch erhob sich Sylvester mit so vollendetem Anstand und ernster Würde, daß niemand mehr wagte, sein Betragen komisch oder auch nur überraschend zu finden.

Sie bestellten eine Borschtsuppe, ein Fischgericht und Kompott. Sebastian hatte viel Mühe, Sylvester zu überreden, als Anfang einen Wodka mit ihm zu trinken. «Du weißt doch, ich mag keinen Alkohol.» In Wahrheit haßte er nur, eingeladen zu werden, auch nicht zu Kleinigkeiten. Es tat seinem Hochmut fürchterlich weh.

Er mußte hochmütig sein, denn er war arm, und er kam aus einem Winkel Europas, aus dem zu stammen nicht ehrenvoll war. Wo Ungarn und Rumänien aneinanderstoßen, lag der Ort, wo er geboren war. Er war ungarisch gewesen, gehörte aber jetzt Rumänien. Sylvester hatte bis zu seinem neunzehnten Jahr keine Stadt gekannt, nicht einmal Budapest oder Bukarest. Alles, was er von der Welt erfuhr, mußte er sich holen aus Büchern. Er las fanatisch, und fanatisch produzierte er. Er schrieb nicht nur – Sonette und Detektivromane, klassische Komödien, Satiren und Essays –, er komponierte auch Fugen, modellierte, studierte Physik, Mathematik und Chemie; vor ein paar Wochen hatte er seine Prüfung in chinesischer Schrift und Sprache gemacht; er beherrschte, außerdem, acht europäische Sprachen und dichtete in vier von ihnen. – Er war, Sylvester Marschalk aus dem Balkannest, Intellektueller durch und durch mit jeder Faser seiner Existenz und mit einer erstaunlichen Leistungsfähigkeit des Hirns. Trotzdem, oder gerade deshalb, verachtete er die Intellektuellen. Der einzige Wert, der bei ihm galt, den er voll nahm, war der vollendeter Rasse. Der Schreibtischmensch schwärmte von ritterlichen Sports, je mittelalterlicher, desto besser. Er vergötterte des Tier Ariel, weil es vollkommene Rasse war, und er hätte um keinen Preis der Erde von ihm gelassen, obwohl es einen Luxus für ihn bedeutete, den er sich keineswegs leisten konnte. Er hungerte buchstäblich, damit Ariel bei ihm bleibe. – Ein Rassepferd brachte ihn in Verzückung, die alten Namen spanischer, französischer oder britischer Geschlechter bedeuteten im Heiligtümer.

Er mußte hochmütig sein, es war Schutzmaßnahme, denn er war von gemischtester Rasse; serbisches Blut mischte sich in ihm mit mazedonischem; etwas keltisches kam hinzu, wie er behauptete. Er war klein, schmal, hart und elastisch. Sein rassig magerer Kopf mit dem dichten und schönen Haar hätte in der Tat der eines französischen Aristokraten sein können; nur die dunklen, weiten, mandelförmigen Augen blickten etwas schwermütig-orientalisch.

Da er nicht zu Mittag gegessen hatte, schmeckte ihm königlich die dicke Suppe, auf der Rahm schwamm. Kaum aber hatte er den Löffel weggelegt, behauptete er: «Es ist eine tolle Schweinerei von mir, daß ich das russische Teufelszeug esse. Ich hasse die Slawen. Nicht Deutschland und Frankreich hätten miteinander Krieg führen sollen, sondern wir alle zuammen gegen das russische Pack. Wir haben sie leben lassen – und nun wollen sie uns die Hölle schicken, nämlich diesen asiatischen Bolschewismus. Haha, so weit sind wir aber noch nicht!» Er lachte bös und verkrampft. «Die französische Armee ist noch da, und auch Preußen wird eine haben, gegen die Unholde und Widersacher mit uns Seite an Seite zu kämpfen.» (Er verachtete Deutschland und haßte Preußen, um aber das Abendland zu verteidigen, wollte er sich dann doch ihrer bedienen.) «Wenn ich eine Seite Dostojewski lese, muß ich kotzen, glaubst du das? Glaubst du mir das?» fragte er erregt. «Und ich greife, um wieder gesund zu werden, zu meinem Racine.»

Sebastian lauschte, amüsiert und bewundernd. Nur um Sylvester zu reizen, machte er kleine Einwände. Er mochte es so gern, wenn Sylvester loslegte, es rührte, spannte und erschütterte ihn, dabei empfand er es nicht als Unfreundschaftlichkeit, wenn er den anderen nicht ganz ernst nahm, sich um den ästhetischen Reiz dieser phantastisch sich entfaltenden Intellektualität mehr als um ihre Inhalte und Ansichten kümmerte.

Sylvester kam schnell in Fahrt, die russische Gefahr und sein Abscheu gegen den Kollektivismus waren ein dankbarer Ausgangspunkt. Nachdem er Moskau verflucht hatte, höhnte er New York. «Diese Yankee-Narren mit ihrer Technik, die wir ihnen erfunden haben!» Sein Mund zuckte, und was nun in seinen Augen flammte, war ein größerer Hochmut, der nicht mehr auf Minderwertigkeitskomplexen basierte: es war der bewußte und zu Ende gedachte Hochmut des Europäers.

Wenn er Europa sagte, meinte er Frankreich, denn der Fremdling aus dem Ostwinkel Europas war französischer Nationalist. Er verachtete Deutschland, wo er nur ein paar Monate ungern gelebt hatte; ausschließlich als untergeordneten Gehilfen Frankreichs im großen europäischen Verteidigungskrieg ließ er es zu. Die Partei, mit der er sympathisierte und der er demnächst beizutreten gedachte, war die der Action Française. «Junge, wir werden loshauen! Die Camelots du roi sind bereit!» schrie er mit einer etwas hektischen Begeisterung durch das kleine russische Restaurant, wobei er den Tonfall eines wirklichen und primitiven Militaristen zu treffen suchte. «Junge, Junge – wir haben doch unsere Tanks, unsere Giftgase, unsere schnittigen Kriegsschiffe! Die Bolschewisten werden Augen machen!»

Nun erschrak Sebastian denn doch. «Wenn du das im Ernst glaubtest –», sagte er leise. – «Ich glaube es doch im Ernst!» schmetterte Sylvester die Faust auf den Tisch. «Es wird losgehen – und dann, dann erfüllt sich, was wir ersehnen und vorbereiten. Das heilige europäische Reich, nicht mehr in Rom zentriert, sondern in der gesegneten Hauptstadt des Kontinents, in Paris. Alle europäischen Völker Trabanten Frankreichs, das alleine die Idee Europas, die Idee der Zucht und der Freiheit, erfüllt und darstellt. An der Spitze dieser Pyramide aber, auf ihrem Gipfel, Sebastian – der gesalbte König, der Bourbone, unser allergnädigster Herr – –» Sein Kopf ist leicht in den Nacken gesunken; das ist doch kein Spiel, sondern echte Entflammtheit. Er hält die Stirn hin, als empfinge sie Licht. Und Sebastian scheint sie wirklich beglänzt.

Aber Sylvester faßt sich gleich wieder. Er wird nüchtern, wenn auch von einer bedenklich erhitzten Nüchternheit. Mit dem Finger zeichnet er Figuren auf das Tischtuch, und so verteilt er den Erdball. Wie wird dieser Weltenbrand aussehen, den Europa entzündet, damit die Barbarei verbrenne und sein Geist – der Geist der katholischen Kirche und der griechisch-lateinischen Kultur – allmächtig werde auf Erden? Den europäischen Staaten Frankreich, England, Deutschland, Polen, Ungarn, Spanien und Italien wird Japan – das ritterliche Japan – ein mächtiger Helfer sein. Auch die gutrassigen Neger werden sich uns verbünden, schon aus Haß gegen die Vereinigten Staaten, in denen sie so viel litten – und damit, klar geschieden, das Reinrassige, Freie und Stolze gegen das Trübe, Gemischte und Amorphe stehe. Denn die Gegenseite ist Amerika und Rußland, ihre Bundesgenossen China und Indien. Kann der Sieg unsicher sein? Amerika wird englische, China japanische Kolonie; die Neger stehen unter Frankreichs besonderem Schutz. Oh, daß endlich wieder Ordnung komme in diese auseinanderfallende Welt, und daß die Hierarchie sich neu gestalte, um immer gültig zu bleiben.

«Und Südamerika?» fragte Sebastian, um ihn zu necken.

«Hält natürlich zu uns. Was willst du? Spanische Rasse!»

«Prost!» sagte Sebastian und hebt das Rotweinglas (offener Rotwein, vin ordinaire).

«Prost, alter Bursche.» Sylvester bemüht sich wieder um den forschen Soldatenton. «Fein, daß du wieder in unserem Paris bist, alter Sauknochen.»

Sylvester spricht weiter, das eine Glas Wein, das er sich nach dem Wodka gegönnt hat, wirkt schon – seine Konstitution ist sehr zart. Während er phantasiert und doziert, streichelt er mit nervösen, harten und unruhigen Händen das seidige Haupt seines Ariel, der in edler Pose, die Vorderpfoten übereinandergelegt, ihm zu Füßen ruht und aus melancholisch goldenen Augen aufschaut zu ihm.

Er spricht von Musik, und nachdem er von einigen frühen Italienern, deren Namen Sebastian nicht kennt, erzählt und geschwärmt hat, kommt er auf die Fuge, an der er selber eben komponiert. «Sie wird nichts anderes als das Hohelied der Klarheit sein. Klarheit! Clarté! Schmeckst du die Süße dieses Wortes? Du mußt sie doch ahnen! O Magie der mathematisch genauen Figur! – Zum Teufel mit der ganzen modernen Musik und Schreiberei!» verlangt er plötzlich. «Ich lese täglich drei Seiten Racine wie ein anderer seine Zeitung, in der nichts steht als Lügen. Und dann spiel' ich eine halbe Stunde Palestrina – –»

Sie haben im kleinen Russenrestaurant die Rechnung bezahlt – dreiundzwanzig Francs zusammen, mit Bedienung – und gehen nun, die Mauer des Luxembourg entlang, zur Place Médicis. Es regnet nicht mehr, nur von den Bäumen fallen noch Tropfen. Die Herbstluft ist lau.

Sebastian schlägt vor, daß sie sich noch in ein Café an der Ecke Boulevard St. Michel setzen. Sylvester haßt zwar Cafés, aber um noch mit Sebastian zusammensein und noch etwas reden zu können, nimmt er doch an.

Auf der Terrasse wärmen Eisenöfchen. Sie setzen sich neben eines, Sebastian bestellt seinen Pernod Fils, der lauwarm und weißgrün wie Absinth schmeckt; Sylvester eine Tasse Schokolade.

Sylvester sprach über Frauen, bei denen er angeblich die ungeheuerlichsten Erfolge verzeichnete. «Mein Körper, weißt du, ist tadellos», renommiert er. «Wenn ich eine haben will – gleich legt sie sich hin.» Er bemühte sich um eine burschenhaft unbeschwerte Art des Ausdrucks. Gestern war eine bei ihm, na, tolle Sache, eine ährenblonde junge Engländerin, phänomenale Rasse. Er erging sich in männlich ordinären Redensarten – bis er plötzlich angeekelt die Tasse wegschob und in einen anderen Ton verfiel. Seine schönen Augen, die das verhaßte orientalische Blut verrieten, füllten sich mit Schmerz; seine Stimme, die gerade noch schneidig gewesen war, wurde elegisch. «Ich habe diese Frauen alle so satt, sie sind ekelhaft leicht zu haben. Ach, ich sehne mich nach anderen Abenteuern – –»

Seine Hand – Sebastian bemerkte, daß sie etwas schmutzig war, dunkel und sehnig – spielte wieder in Ariels Fell. Er rezitierte altfranzösische Verse, die um eine unbekannte Geliebte warben, ihr huldigten, sie schilderten und besangen – eine Geliebte, die es vielleicht, die es wahrscheinlich gar nicht gibt.

«Ich möchte ein Märchen schreiben – weißt du, ein Märchen, das wie lauter Musik ist – gar keine Vernunft mehr, nur noch Melodie. – Und in diesem Märchen liebt ein Knabe ein Mädchen, das er nicht kennt und von dem er nicht einmal weiß, ob sie lebt; und er liebt sie mit seiner ganzen Seele; und er fühlt sich ihr zugehörig ganz und gar; und sie ist seine Mutter, seine Schwester, seine Geliebte, seine Frau. Wirklich und wahrhaftig: seine Frau. Er lebt nur in ihr, seine Einsamkeit ist aufgehoben, aufgehoben im Traum – –»

Sylvester Marschalk schaute in der Tat so verzaubert auf den trübe beleuchteten Boulevard St. Michel, daß es dem Sebastian beinah unheimlich wurde. Ihn durchlief ein Frösteln, das wahrscheinlich nicht vom kühlen Nachtwind kam. Er schlug den Mantelkragen hoch, zog die Baskenmütze tiefer in die Stirne.

«Weil ich dich nicht kenne, bist du schön», sagte Sylvester, immer noch zu der unbekannten Geliebten.

Sebastian lauschte, wie einem Rhythmus, den er aus einer sehr tiefen Erinnerung heraus kannte.

«Ach, du warst in abgelebten Zeiten – meine Schwester oder meine Frau!» sagte Sylvester ins Dunkel, aus dem ihm ein leise fallender Regen antwortete.

«Na, ich gehe noch nach Montparnasse», sagte Sebastian plötzlich und stand auf. Er legte fünf Francs und Kleingeld neben sein Glas auf den Tisch. Auch Sylvester schien aus seiner schwärmerischen Hypnose zu erwachen. «Nach Montparnasse?» fragte er, gleich wieder aggressiv. «Wie kannst du dich mit diesen verwahrlosten Bohemiens an einen Tisch setzen?»

Sebastian, statt zu antworten, sagte: «Wenn du dein Märchen geschrieben hast, mußt du es mir sofort zeigen. Das wird sicher sehr schön. Ja, das möchte ich unbedingt gleich kennenlernen. Ich bin sehr neugierig darauf – und dabei weiß ich eigentlich schon genau, wie es sein wird.»

Sylvester lachte geschmeichelt. Sie schüttelten sich die Hand.

«Viens, mon Toutou!» Er lockte den Hund, machte kehrt, ging davon, den Boulevard hinunter, zur Seine.

Er trug einen engen, auf Taille gearbeiteten, hellgrauen Paletot – schon etwas abgenutzt, aber gut gebürstet –; dazu einen steifen kleinen Melonenhut.

*

Frau Grete hielt mit zahlreichem Gefolge Einzug in die Bar zum «Roten Domino». Bei ihr waren: Froschele, die ihr den Abend vorher durch eine gemeinsame Münchner Bekannte vorgestellt worden war, in einem engen schwarzen Kleid mit weißem Krägelchen, in dem sie sehr kindlich und anrüchig wirkte; eine kleine Schauspielerin, die man Pixi nannte und die allgemein beliebt war wegen ihres reizvollen und zarten Affengesichtchens, das immer frisch und appetitlich wie ein Pfirsich blieb (sie trug die Haare in seidigen Ponys bis zu den Augen in die Stirn frisiert); Richard Darmstädter, Engländer Freddy mit Hund, und eine junge Amerikanerin, die vollkommen betrunken war.

Der «Rote Domino» hatte Hochbetrieb. Im vorderen Teil des Etablissements, der eigentlichen Bar, war kein Tisch mehr zu haben, sie mußten sich an den tanzenden Paaren vorbeischlängeln, um eine von den seitlichen Logen zu erreichen. Ein kleiner, glatzköpfiger Herr empfing sie mit vielen Verneigungen, kaum saßen sie, sprang er mit der

Sektkarte herbei. Da sie sich nicht gleich entscheiden mochten, zog er sich etwas pikiert wieder von ihnen zurück, um inzwischen mit leisen Aufjuchzern zwischen den Tanzenden herumzuspringen, Luftschlangen zu werfen und ermunternd auf einer kindlich bunten Pappflöte zu pfeifen.

Das Lokal war dämmrig rot beleuchtet und mit viel Chi-Chi ausgestattet, mit Fächern und chinesischen Ampeln an der Wand – «wie der kleine Moritz sich ein Nachtlokal vorstellt», behauptete Darmstädter. Übrigens war es eines von der gemischten Sorte. Es tanzten auch Jünglinge zusammen, und hinter der Bar kreischte ein Hennagefärbter, aber die Nutten mit ihren Kavalieren blieben in der Überzahl. In den Sektlogen saßen jene aufgeklärten Rechtsanwälte und Strumpffabrikanten, die ihren Gemahlinnen das Berliner Laster zu zeigen sich entschlossen hatten. Die Gemahlinnen blickten sensationslüstern um sich und fanden es riesig pervers, daß der kleine Glatzkopf so hopste und so ulkig auf seiner Flöte pfiff.

Frau Grete schnüffelte selig die qualmig parfümierte Luft, hob das Sektglas und rief: «Kinder, hier fühle ich mich zu Haus!» – «Hier ist's wie bei Muttern!» vollendete Darmstädter, worauf Grete ihm einen Klaps mit dem Pappfächer gab.

Sie war wirklich in größter Form. Im rosigen Halbdunkel schimmerte ihr künstlich schönes Gesicht, schwer und geheimnisvoll von erfahrenen Reizen. Sie trug lange, schwarze Ohrringe, die es orientalisch rahmten, und um den Hals eine schwere Glitzerkette aus schwarzem Stein. Ihr Kleid, schwarz, aus Schleierstoff, schien alles zu verhüllen, erwies sich aber dann als größtenteils durchsichtig, so den ganzen Rücken hinunter, und auch die Arme waren so gut wie nackt, nur daß ihr etwas zu weiches und weißes Fleisch verzaubert wurde durch den schwarzen Schleierhauch, der über ihm lag.

«So was wie dich sollte es eigentlich gar nicht mehr geben», sagte Richard ehrfurchtsvoll zu ihr. «Göttin aus der Zeit der Beardsley, Toulouse-Lautrec –»

Sie wiegte sich üppig.

Inzwischen erklärte Freddy mit seiner tiefen Stimme und in mühsamem Deutsch Froschele, daß er sie reizend fände. Sie saß zusammengekauert, blickte aus gekniffenen Augen mißtrauisch um sich und streichelte immerfort Freddys Hund Leu. Freddy neigte sich ihr entgegen, so daß ihm das Blut ins Gesicht stieg und auf seiner Stirne eine Ader schwoll: «You are so lovely, Fro-schele» (der Name kam sehr rührend mühsam aus seinem Mund). Froschele aber, mit einer hohen, eigensinnigen Schulmädchenstimme: «Mir g'fällt halt *nur* der Hund. Nur der Hund halt.»

Freddy lachte entzückt. «Du hast den besten Geschmack!» Er setzte sich zurück, um den Blutzudrang zum Kopf ein wenig zu stoppen und um herzlicher lachen zu können. Sein Gesicht, das sonst hübsch, aber kalt und nicht vertrauenerweckend war, wurde liebenswert vor Verliebtheit. Kleine Unregelmäßigkeiten fielen sympathisch auf; so, daß der Haaransatz links plötzlich zu weit in die Stirne ging und daß sein eines Ohr größer als das andere war.

Die besoffene kleine Amerikanerin saß rittlings auf der Logenbrüstung und schwang begeistert ihr Sektglas. (Karnevalszeichnung aus dem Jahre 1910.) «Kommt zu mir! Kommt zu mir!» rief sie aufs Geratewohl ins Gedränge der Tanzenden. So und nicht anders, glaubte sie, habe man sich im sündigen alten Europa aufzuführen.

Die beliebte Pixi tanzte mit einem jungen Mann im Frack, der in Tonfilmoperetten die Adjutanten der Prinzen gab.

Eine Gruppe von Herrschaften, die teilweise auf der Bayerschen Soiree gewesen waren, hielt Einzug. Bob Mardorf hatte in einem anderen Lokal seine südamerikanische Geliebte abgeholt, die bei Bayers nicht eingeladen wurde. Sie trug zu einem silbernen Abendkleid einen grünen Kamm im Haar, der von hinten ihre Frisur weit überragte (echt spanisch), und grüne Brokatschuhe. Auch ihre Fingernägel waren grün poliert, und es schien, daß sie etwas grüne Schminke auf den Lippen und in den Nasenlöchern hatte. – Neben ihr schwankte, haltlos lachend, ein sehr schönes Mädchen mit knallrot gefärbten Haaren und einem so unanständig großen, weichen und lüsternen Mund, daß Richard Darmstädter bemerken mußte, es wäre dezenter, wenn sie ein Schürzchen darüber trüge. Das junge Mädchen hieß Olly und war in jener Sphäre der arrivierten Halbwelt, wo sie sich mit den intellektuellen Zirkeln berührt, bestens bekannt.

Diesen folgte Konsul Bruch, der geil und neugierig um sich linste, und ein anderer Großkapitalist, klein, mit Schmerbauch und Zwicker.

Das springende, pfeifende, jubilierende Glatzköpfchen dienerte mehrere Minuten lang vor den feinen Herrschaften, die auch gleich drei Flaschen Sekt bestellten. Bob Mardorf warf mit großer Geste einem Pagen sein Frackcape zu – richtiges Frackcape, weißseidengefüttert, man trug es eigentlich nur noch im Film; zu Bekannten, die gerade vorübertanzten, sagte er in seinem weichen, fast lallenden Leutnantsjargon: «War wieder unmöglich bei diesem Juden. Kinder, die Berliner Geselligkeit! Na, Gott sei Dank, übermorgen bin ich wieder in London.» (Bob Mardorf, immer auf dem Sprung, nach London abzureisen.)

Seine zahlende Freundin schaute mit kohlschwarz glühenden Augen um sich. Ihr Gesicht war sowohl scharf als üppig, mit gebogener Nase und schlaffem Kinn. Sie war fünfundvierzig Jahre alt, höflich gerechnet.

Konsul Bruch hatte Frau Grete zum Tanze gebeten. «Sie haben eine so wundervolle Stimme, gnädigste Frau, wirklich ganz köstlich –», raunte er lüstern, während er mit ihr nach den schmachtenden Rhythmen des Jazz dahinschob. «Sicher waren Sie Künstlerin?»

«Das kann man wohl sagen», nickte tragisch Frau Grete. «Ja, gewissermaßen bin ich es noch.» Sie tat geheimnisvoll. Der Konsul schwieg imponiert.

Als Frau Grete von ihrem Freier an den Tisch zurückgebracht wurde, glaubte sie, das Herz müßte ihr stehenbleiben. Denn wer war es, der dort unbeweglich hinter ihrem leeren Stuhl stand, in einem verschmierten grauen Anzug, ohne Socken, sondern in weißen Tennisschuhen und darüber mit nackten, blutig geschundenen Knöcheln, mit einem schmutzigen Seidenschal statt des Kragens? Walter, ihr schrecklicher Sohn Walter! O Gott, wieso hatte man ihn hereingelassen? – Sie verabschiedete gehetzt den Konsul, der betreten schaute. Ihrem Sohn zischelte sie zu: «Bist du verrückt geworden?» Aber der antwortete laut, mit seiner tiefen und trägen Stimme: «Ich hab' so 'n Hunger. Und ich hab' gedacht, hier würde ich dich finden.»

Richard Darmstädter, der seine dunklen, nah beieinanderliegenden leidenschaftlichen Augen nicht von dem stumpfen, breiten und kraftvollen Gesicht des Jungen ließ, sagte, wozu er kurz lachte: «Ich habe mir erlaubt, deinem Bekannten etwas Eßbares zu bestellen, Grete. Rührei mit Schinken und Butterbrot, wenn ich nicht irre.» Der Junge nickte, ernst bestätigend.

Frau Grete überschaute geübten Blickes die Situation. Der Schaden war nicht so gräßlich, wie sie erst gefürchtet hatte, sie war nicht für immer kompromittiert. Darmstädter schien auf den Jungen zu fliegen, das konnte nichts schaden. Der kleine Engländer kümmerte sich nur um Froschele, die sich, klein und zusammengekauert, Liebeserklärungen von ihm machen ließ. Beliebte Pixi tanzte unentwegt mit Filmschauspielern, Lesbierinnen und Industriellen; die entfesselte Amerikanerin lag der Länge nach auf der Logenbrüstung und lallte danach, daß sich jemand zu ihr lege. – Frau Grete sagte also, mit einem kleinen Gelächter zu denen, die ihr zuhören mochten: «Das ist 'n alter Bekannter von mir. Furchtbar netter und anständiger Kerl – –»

Walter schien es zu überhören. An seiner Mutter vorbei sagte er zu Richard Darmstädter: «Es schneit draußen. Geh' ich erst gar nicht ins Bett, sondern stell' mich gleich an, daß ich zum Schneeschaufeln drankomme. Ich bin nämlich arbeitslos.» (Arbeitslos – Wort aus anderer Welt, Wort mit Zentnergewicht niederstürzend in das parfümierte, von Juchzern erfüllte Etablissement.)

Arbeitslosenkrawalle in Berlin. Die Parole der Kommunisten: «Drauflos!» Um ein Uhr sammelten sich an der Ecke Lindenstraße und Jerusalemerstraße zirka fünfzehn junge Burschen, die mit dem Ruf: «Wir haben Hunger!» in den Schlächterladen Karl Kisch im Hause Lindenstraße 105 eindrangen.

Freddy, Frascheles kleine Hände zwischen seinen großen, rötlichen sommersprossigen:

«Ich liebe meine schöne Hund sehr. Aber ich schenke ihn dir, wenn du mir eine lange, lange Kuß gibst.»

«Sie schenken ihn mir?» Freudenaufschrei Frascheles. Den Hund geküßt, Freddy geküßt. Jubeltanz durch die Loge, auf die Stühle gesprungen. Hüpfender Zwerg, rasendes Nönnlein.

Das Rührei mit Schinken und Butterbrot wurde gebracht. Walter begann langsam zu essen.

*

Haus Bayer.

Sonja, an der Tür zum Tanzsaal, im Gespräch mit dem Theaterkritiker, dessen Gesicht ganz aus runden Brillengläsern zu bestehen scheint. Der Theaterkritiker, trübstimmig:

«Sehen Sie, da setzt man sich zu jeder Premiere in diese aufgeputzten Komödienpavillons im Westen, oder in die Volksbühne, oder ins Staatstheater und paßt auf, wie sich die Herren und Damen oben verstellen und neue schlechte Dialoge aufsagen oder gute, alte, verstaubte; und schreibt was drüber und tut, als wenn's Gott weiß wie wichtig wäre. In Wirklichkeit ist aber alles andere wichtiger. Man schämt sich halb tot, wenn man von den vier Millionen Arbeitslosen liest oder daß eine halbe Million Chinesen glatt verhungert sind. Man schreibt trotzdem seinen Schmus. Inzwischen kann das demokratische Blatt, für das man arbeitet, jeden Tag von den Kommunisten oder den Nazis in die Luft gesprengt werden – –»

Herr von Grusig tanzte mit Fräulein von G. vorüber. Die Leute tuschelten schon, die beiden tanzten den ganzen Abend unentwegt miteinander. «Das gibt ein schickes Paar.» Herr von Grusig zeigte, mechanisch grinsend, die Elefantenzähne; Fräulein von G.s Gesicht war bösartig in sich verschlossen, von der Schminke, wie von einer Emailschicht, überzogen.

Der Theaterkritiker sagte: «Da plagt man sich mit dieser verkrachenden Lustbarkeit, und woanders fallen die Entscheidungen. Alles ist so reif. Sehen Sie, der Kapitalismus – – – –»

*

Die Terrasse des Café du Dôme war dicht besetzt, trotz der feuchten und kühlen Luft. In der Nähe der eisernen Öfchen war es gemütlich, aber auf den Plätzen etwas weiter von ihnen entfernt fröstelte man.

Sebastian suchte, wo er Bekannte fand, die nicht zu langweilig waren, um eine Stunde mit ihnen zu sitzen. Er entdeckte nur einen – Jack Bradley, jüngeren amerikanischen Maler –, und der saß in einem Kreis von acht oder zehn Personen. Den Mittelpunkt des Kreises bildete eine Frau, die Sebastian schon zwei- oder dreimal in Montparnasse aufgefallen war. Sie hatte ein schönes, breites und wildes Gesicht und lachte fast immer. Sie mußte Geld haben, denn meistens zahlte sie die Rechnung für alle ihre Freunde. Sebastian hatte gehört, daß sie Polin sei und daß sie lange in Deutschland gelebt hatte.

Der einzige Platz, den er fand, war zwei Tische von dem der Polin entfernt. Sebastian bestellte seinen Pernod und Zigaretten.

Eine Berliner Bekannte kam vorüber – eine Gesellschaftsphotographin, die in Paris nach Opfern suchte; Sebastian mußte aufstehen, sie begrüßen und ein paar Minuten mit ihr sprechen. Währenddem merkte er, daß die Polin ihn ansah. Sie lachte und redete mit ihren Leuten, dabei aber sah sie *ihn* an.

Sebastian verabschiedete sich von der unternehmungslustigen Berlinerin und setzte sich wieder. Die Polin sah zu ihm hin und lachte. Er, etwas verlegen, lachte zurück.

Die lachende Frau entwickelte plötzlich eine überraschende Tätigkeit: sie sammelte alle kleinen Teller und Untertassen, die auf ihrem Tisch zu finden waren, und schichtete sie vor sich auf. Dann eröffnete sie den Angriff auf Sebastian. Sie warf mit den Tellern nach ihm, indem sie einen nach dem anderen flach, wie platte Steine übers Wasser, auf ihn zufliegen ließ. An den beiden Tischen, die sie von ihm trennten, zielte sie geschickt vorbei. Sebastian mußte die Geschosse fangen, wohl oder übel, sonst wäre ihm eines ins Gesicht geflogen. Es war ein reichlich aufregender und gefährlicher Flirt. Die hat wenigstens noch energische Methoden – dachte Sebastian und erwartete ängstlich den nächsten Teller, der flach herangesaust kam. – Die Kellner machten bestürzte Mienen, aber einem so großzügigen Gast ließ man seine Extravaganzen hingehen. Endlich zerschmetterte ein Teller, sie hatte zu kurz geworfen. Es gab scharfes Geklirr auf dem Steinboden. Sebastian faßte nach seinem Auge, ob kein Splitter hineingeflogen sei. Die Frau drüben lachte noch lauter.

Jetzt winkte sie ihm mit gekrümmtem Zeigefinger, er solle kommen. «Trink was mit uns!» rief sie und winkte.

Jack Bradley stellte ihn vor. «Das ist Sebastian, a young German writer – das ist unsere Greta Valentin, nicht Garbo, aber Valentin ist besser –»

Sebastian fragte sie, wo sie so wundervoll braun verbrannt sei, und sie sagte: «Ich habe eine Reise gemacht. Kuba.»

Man spürte noch die Sonne in ihrer Haut. Sie war goldbraun.

Sebastian fragte noch etwas über die Reise, aber nur, um einen Vorwand zu haben, ihr Gesicht anzusehen. Er war nicht verliebt, aber dieses Gesicht erweckte eine merkwürdig tiefe Neugierde, ein sonderbar dringliches Interesse in ihm.

Sie war deutlich von slawisch-jüdischem Typus, mit dem flachen Profil und den breiten, etwas aufgeworfenen Lippen. (Ihre Lippen neigten dazu, trocken zu werden, sie sprangen leicht auf, was ihnen etwas Wehes und Rührendes gab.) Die Linie ihres Kinns war fest, gut und energisch; hingegen herrschte auf den breiten Flächen ihrer Wangen, bis hinauf zu den hochsitzenden und starken Backenknochen, eine gewisse Leere und Unbelebtheit. – Die Farbe ihrer Augen mußte man erraten, sie wechselte vielfach. Am ehesten war sie ein ganz tiefes Grün.

Einige von den Männern, die mit ihr an einem Tisch saßen, schienen sie sehr zu lieben (vor allem ein düsterer spanischer Bildhauer, der seinen pathetisch-sinnlichen Blick nicht von ihr lassen konnte). Andere waren kameradschaftlich unbefangen. Aber alle machten ihr den Hof. «Das ist eine große Stunde für Sie», sagte ein junger Deutscher zu Sebastian. «Sie haben die Königin von Montparnasse kennengelernt.» Greta lachte. «Da bin ich schon etwas Rechtes.»

Man plauderte ein paar Minuten, über eine Ausstellung, über einen Skandal im Quartier. Plötzlich erklärte Greta, daß sie zu Hause etwas vergessen habe und es holen müsse. «Sebastian begleitet mich.» Sie war schon aufgestanden.

Draußen stand ihr kleiner italienischer Rennwagen, grellblau angestrichen, anmutig leicht, als könne er durch die Lüfte fliegen. «Guten Tag, mein Tier», sagte sie zu ihrem Wagen, der brav an der Ecke auf sie gewartet hatte. Sie klopfte ihn, wie die Reiterin ihr Pferd. Sie schwang sich hinein, als wolle sie auf ihm zur Jagd reiten. «Die Leute am Tisch haben mich angekotzt», sagte sie munter. «Wie dieser spanische Steinhauer starrt! – Aber du bist mir schon vor ein paar Tagen aufgefallen – – –»

*

Jede zweite Minute sagte ein anderer Gast zu Frau Julia: «Liebe gnädige Frau – liebste Frau Julia – tausend Dank, es war wieder reizend bei Ihnen – nein, wir müssen jetzt wirklich gehen – es ist ja so entsetzlich spät geworden – –»

Es war halb zwei Uhr. Julia schien am Ende ihrer Kräfte. Den ganzen Abend hatte sie sich zusammennehmen müssen, all dem konventionellen Unsinn zuzuhören und ihn selbst zu plappern, so daß sie nun eine unsagbare Lust spürte: sich gehen zu lassen. «Schließlich bin ich doch ein wenig geisteskrank», dachte sie trotzig, und sie nahm sich Sonja vor, die sie allein in einer Ecke des gotischen Bibliotheks- und Arbeitszimmers fand, um so mit ihr zu plaudern, wie sie es gerne hatte. «Liebstes Sonjakind», begann sie mit aufgeregtem, bleichem Mund zu schwatzen, «entzückend, daß ich Sie hier so allein und verkleidet finde, ganz entzückend, ganz wunderlich, famos. Na, nun will ich Ihnen mal was Amüsantes erzählen.» Entschlossen ließ sie sich nieder, saß da, die Knie etwas auseinandergespreizt, die Hände auf die Knie gestützt; ihr Oberkörper war leicht vorgeneigt, so daß sie von unten schaute mit grünen Augen, in denen unheimlich blutrünstige Lichter funkten. «Also, was soll ich Ihnen sagen», beginnt sie breit, «ich mache unlängst wieder mal Visite in dem hübschen, modernen Irrenhaus – nein, nicht wie Sie denken, böse Sonja!» (Sie droht kokett mit dem Finger, dabei sieht sie wirklich wie eine Hexe aus) – «eine ganz private, selbständige kleine Vergnügungsvisite. Ich sehe erst einige sehr interessante und ulkige Fälle – können sich schon vorstellen, hihi, eine Alte, die ununterbrochen alles herzeigen mußte, Sie können es sich schon denken und kombinieren» (Julia spreizte gefährlich die Knie), «und so ein kleines Männlein, das immer tanzte – ich habe mich auch in die Männerabteilung gewagt, ja, ja, ja, obwohl mir ziemlich graust vor Männern, eben aus lauter wissenschaftlichem Interesse; aber zum Schluß kam der Hauptspaß.» Sie neigte sich weit vor, flüsterte mit verzerrten Lippen: «Ich begegne also, wie ich mich empfehlen will, wie ich, kurz gesagt, gerade abhauen möchte, auf dem Korridor einem alten Herrn, ganz passabel, ja, ganz würdig auf den ersten Blick – grauer Spitzbart, goldene Brille, humpelnder Gang –, und ich denke: Teufel, das ist doch Papa. Da sagt doch der Wärter, der hinter ihm hertrabt: ‹Erkennen Sie Ihren leiblichen Papa nicht, gnädige Frau? Ja, der ist schon lange hier in der geschlossenen Abteilung, man hat es Ihnen nur verheimlicht.› Was sagen Sie nun, hihihihi?» Kopf zurückgeworfen, daß die starre Löckchenpracht flattert, Augen zusammengekniffen, mit den Händen auf die Knie geklopft und recht gräßlich dazu gekichert. Dann, gleich wieder ernsthaft, wieder vorgeneigt, vertraulich raunend: «Das ist doch nun sehr interessant, ich meine: rein wissenschaftlich betrachtet. Sogar angenommen also, daß alles geträumt war – wer kann das entscheiden? –, liegt doch auf der Hand, daß ich erblich belastet bin, daß Papa mir einen Wink gegeben hat, verstehen Sie? Einen ziemlich unmißverstehbaren, ziemlich definitiven Wink.» Sie winkt selbst mit der mageren Hand, dabei wendet sie lauschend den Kopf.

Es ist Geheimrat Bayer, ihr Gatte, der sie seit einigen Minuten beobachtet. Nun naht er sich, mit etwas geröteter Stirne, und warnt sie, wobei er geniert auf Sonja schaut: «Du schwatzest wohl wieder, meine liebe Julia! Versuche dich doch zusammenzunehmen!» Er sieht sie unter den buschigen Augenbrauen so an, daß sie unruhig auf dem Stuhle hin und her zu rücken beginnt. «Ich wollte gerade Sonja nur noch von den Zuchthäusern erzählen», bettelt sie schüchtern, «dort hatte ich doch auch so drollige Abenteuer. Nein, diese jugendlichen Raubmörder sind oft spaßig – –» Aber W. B. unterbricht sie drohend: «Auf der Diele sind noch einige Herrschaften, die sich, glaube ich, von dir verabschieden wollen.» Sie erhebt sich gehorsam, rafft ihre graue Schleppe und schreitet davon, in der kerzengeraden Haltung einer Äbtissin, mit bösartig zusammengekniffenen Augen.

«Warum zwingen Sie die Ärmste dazu, mondäne Hausfrau zu spielen?» fragt Sonja, die betrübt hinter ihr dreinschaut. «Sie kann's doch nicht schaffen, es muß schauderhaft für sie sein.» W. B. steht breitbeinig da, Zigarre im Mund, Augenbrauen buschig zusammengezogen, Fäuste geballt in den Hosentaschen: «Solange sie mit mir zusammenlebt und nicht eingesperrt ist, muß sie es schaffen.»

Sonja, die aufsteht, denkt: Das ist doch nur ein ordinärer Gewaltmensch, der geborene große Unternehmer, sonst nichts. Mit einer merkwürdig toten Stimme, die man sonst nicht an ihr kennt, sagt sie: «Ich muß jetzt wirklich auch gehen. Morgen früh ist doch Probe – –» Da bekommt er sofort wieder die innig werbenden Gesten und Blicke, die sie an ihm kennt: «Das dürfen Sie mir nicht antun, Sonjalein. Jetzt verziehen sich die anderen, und wir haben noch eine Viertelstunde für uns. Sie wissen doch: ich habe mit Ihnen zu reden – –» Vorgeneigt, mit einer hitzigen Flüsterstimme, in der viel Glut und große Leidenschaft unterdrückt, gebändigt scheinen. Sonja stützt sich mit einer Hand auf die Seitenlehne des gotischen Sessels: «Ich kann wirklich vor Müdigkeit kaum noch stehen –», worauf er sofort den Tiefbeleidigten und Geschmerzten spielt. Um seine Lippen und um seine Augenbrauen zuckt es bitter. «Freilich, warum sollten Sie bei mir bleiben, so spät abends, bei einem alten Mann. Freilich, ich weiß doch: Ihr jungen Mädchen seid sachlich, und Gott sei Dank nicht gefühlvoll.» Meistens ärgert es sie, wenn er ihr auf diese Art kommt, aber weil sie müde ist, lächelt sie resigniert. «Sie wissen, daß es erpresserisch ist, was Sie da machen. Ich bleibe also.»

Auf der Diele standen nur noch wenig Leute, Maurice Larue war gerade damit beschäftigt, Herrn von Grusig über einige Details aus dem Privatleben der Frau von Humboldt auszufragen – ebenjener politischen Dame, als deren Page von Grusig sich in diplomatischen Kreisen so geschickt einführte. «Oh, sehr interessant», machte Larue mit hoher, klagender Stimme, «der Kultusminister ist also intim bei ihr. Das dürfte auf die Schulgesetzgebung nicht ganz ohne Einfluß bleiben.» Und da Grusig in lässig-strammer Lakaienhaltung – denn der kleine Franzose war reich, beherrschte ein Labyrinth von Beziehungen und war sogar von unserem Reichspräsidenten empfangen worden – etwas noch Intimeres über die Beziehungen der Madame Humboldt zum Kultusministerium andeutete, lachte Maurice ganz leise und genau dreimal – «hahaha» –, es klang, wie wenn trockenes Laub raschelt.

Als er Sonja mit Geheimrat Bayer allein im Nebenzimmer bemerkte, wurde er unruhig – von Frau von Humboldt wußte er nun genug –, er trippelte von einem Fuß auf den anderen und warf schräge Blicke, während Grusig weiter politischen Klatsch erzählte, der aber nicht mehr erstklassig war. Schließlich konnte Larue sich schlechterdings nicht länger beherrschen. «Diese sehr schöne junge Dame im schwarzen Kleid», begann er umständlich – und seine Hand tastete schon nach dem geheimen Klatschbüchlein, das er am Busen trug –, «ich kenne sie doch, mir scheint, in St. Moritz bin ich ihr begegnet. Das ist doch wohl Mademoiselle Sonja, nicht wahr, die bekannte junge Schauspielerin?» Grusig, der wohl gemerkt haben mußte, wie sehr Sonja ihn abscheulich fand, grinste und nickte: «‹Bekannte junge Schauspielerin› dürfte übrigens etwas übertrieben sein –» Larue aber hörte ihn nicht, vielmehr jubelte er mit hohen Klagelauten: «Oh, sehr, sehr interessant! Ich höre immer, sie soll diesen Tanzmeister Gregori heiraten, und nun finde ich sie so intim mit dem Geheimrat.» Er trippelte davon, der Bibliothek zu, ein behendes Heinzelmännchen und wie von geisterhaften Winden getrieben. Herrn von Grusig, der sich auf die Lippen biß, winkte er noch, entschwebend, mit weißem Händchen: «Ich hoffe, Sie werden nächstens im Adlon bei mir speisen –» Hoher Klagelaut eines entflatternden Gespenstes, das durch eine magische Formel kundtat, es werde nächstens mitternachts wieder dasein.

Klug, sanft und boshaft von unten schauend, stand er plötzlich vor Sonja, die im vergoldeten Kirchenstuhl saß.

(Draußen verabschiedete sich Grusig eben von Julia: «Ich hoffe, Sie morgen beim Empfang der Frau von Humboldt wiederzutreffen, Gnädigste.» Auch der Dichter mit Geiernase verabschiedete sich.)

«Ich bin bezaubert, Sie wiederzusehen», girrte Maurice der etwas benommenen Sonja zu. «Sie erinnern sich meiner nicht mehr? Ich hatte das Glück, Sie im Engadin zu treffen –»

Sonja erinnerte sich recht genau, denn sie fand das bewanderte Heinzelmännchen komisch, wie nicht viel auf der Welt. Ja, sie hatte sogar gewisse, wenn auch halb belustigte Sympathien für ihn, denn ihr erschien sein Snobismus, seine Klatschsucht ins Grandiose gesteigert, und in seinen boshaften und klugen Augen glaubte sie manchmal beinahe etwas wie Weisheit zu erkennen. Hatte er, mittels seiner Besessenheit, vielleicht Erfahrungen gesammelt, die nicht weniger bedeutend sein mochten als solche, die anderen aus ihren geistigen Abenteuern und Erkenntnissen zuwuchsen? Nun hatte er schon so unendlich viel intrigiert und gelästert, daß es auf seiner zarten und gespannten Miene zuweilen wie das Leuchten einer echten Nachsicht lag. Das mochte aus dem Eingeweihtsein in so ungezählte menschliche Schicksale und Affären kommen. – Sonja empfand ihn als eine Art verbindendes Element zwischen den Menschen, das händereibend von einem zum anderen trippelt, nicht nur Bosheit säend, sondern auch Begütigung.

Deshalb sagt sie, nur aus Lust, ihn zu necken und aufzuregen, keineswegs, um ihn wirklich zu kränken: «Ich weiß wirklich nicht mehr –» Aber da er ernstlich traurig wurde und mit einer Miene, die vor Kümmernis in sich zusammenfiel, hoch und leise: «O schade –» machte, begütigte sie ihn gleich mit der herzlichsten Stimme: «Freilich, doch, ich erinnere mich – Monsieur Maurice Larue, in der Palace-Bar von St. Moritz –» Er wurde gleich wieder zutraulich und froh, ja, er setzte sich sogar auf die Seitenlehne des Kirchenstuhls neben sie. In anmutiger und gesammelter Pose kauerte er ganz wie ein Äffchen. Sonja bemerkte, daß auf seinem Kopf einiges Seidenhaar als gelblichgrauer Flaum lag.

«Muß man jetzt gnädige Frau sagen?» Und er lachte ihr wehmütig ins Gesicht. Nach dem letzten «Haha» blieb sein Mund offenstehen, er vergaß ihn zu schließen, so eindringlich musterte er alles an Sonja. «Ihr Herr Gemahl hatte doch unlängst einen so großen Erfolg in der Josephslegende, wirklich sehr interessant.» Er lauschte gierig, was sie sagen würde. Sie erwiderte ruhig: «Ich bin mit Gregori noch nicht einmal verlobt.» Er heuchelte ein Erstaunen. «Ach, und ich dachte –», während er die zerbrechliche Hand zur Wange hob. «Übrigens», meinte er plötzlich und wie zusammenhanglos, «unsere Freundin Julia machte mir heute abend einen sehr bedenklichen Eindruck, ja, in der Tat, leider, leider. Ich glaube nicht, daß der Geheimrat noch lange wird mit ihr leben können, nein, nein, ganz entschieden.» Sonja hob kühl die Achsel. «Ich finde Julia in einem ausgezeichneten Zustand.» Sie sah streng gradeaus. Er machte einen runden, unschuldigen Mund. «Oh», sagt er nur, «finden Sie wirklich?»

Plötzlich sprach er von etwas anderem. «Denken Sie doch, wie amüsant, wie phantastisch: die Princesse Y., die heute abend hier eingeführt wurde, ist eigentlich gar keine Princesse. Vorläufig lebt sie nur mit dem Prinzen zusammen, und alles andere ist Lüge. Der Prinz konnte sie überhaupt noch gar nicht heiraten, denn er ist seinerseits noch nicht geschieden. Amüsant, wie? Hahaha.» Dreimalig exaktes Rascheln des trockenen Laubes. – Plötzlich stand schwer und breit W. B. in der Türe. Man erkannte nur seine Silhouette, da es in der Bibliothek halbdunkel, auf der Diele aber noch strahlend war; diese Silhouette war furchteinflößend.

«Sie müssen jetzt gehen, Monsieur Larue», sagte der Mann von der Türe her drohend. Maurice, solche Anreden keineswegs gewohnt, schwang sich ängstlich von seinem erhöhten Sitz. Trotzdem traute er sich noch zu sagen, wobei er angsterfüllt und tückisch lächelte: «Vielleicht darf ich Mademoiselle Sonja nach Hause begleiten?» Aber der Geheimrat sagte einfach: «Fräulein Sonja bleibt hier.» – Nach gehetztem Abschied huschte Maurice Larue davon, durch die Diele, in die Garderobe. Er fand es recht gräßlich, aber anderseits wundervoll, so etwas mitzumachen. «Das war beinahe eine Szene», dachte er, während er in seinen Paletot schlüpfte. «Und wie schamlos sie sich zu ihrer Beziehung bekennen!» Er hüllte sich in drei Schals – zwei graue wollene und einen grünseidenen – und zog dicke, wollene Handschuhe an. Obwohl man von seinem Typ Putzsüchtigkeit erwartet hätte, trug er sich eher wie ein hypochondrischer kleiner Gelehrter, eingemummt bis zum Kinn und mit schwarzem Schlapphut. Seiner Natur nach war er mehr asketischer Gelehrter denn ordinärer Gesellschaftsmensch. Aber er hatte sich die europäische Nachkriegsgesellschaft als Forschungsgebiet gewählt, und nach Art aller passionierten Wissenschaftler gab es nichts mehr für ihn als sein Spezialgebiet, für das er zu sterben bereit gewesen wäre. Er würde eines Tages in der Tat dafür sterben, denn seine Gesundheit war schwach, und das viele Abendsausgehen vertrug er durchaus nicht. – Als er, vorsichtig trippelnd, die Stufen vom Portal hinunter in den Garten nahm, sah er nur noch aus wie ein bemitleidenswerter, einsamer, kleiner alter Mann.

Es hatte zu schneien begonnen. Große, träge und lappige Flocken fielen. Sie zergingen auf den Steinfliesen und auf Larues schwarzem Hut. Der kleine alte Mann fröstelte.

*

Der Diener Georg hatte die große Beleuchtung in der Diele abgedreht und war, wankend vor Müdigkeit, als sei er betrunken, hinunter ins Souterrain gestiegen, wo er mit dem Küchenjungen zusammen ein Zimmer hatte. Diese männliche Stube lag zwischen dem Zimmer der Mamsell, die kochte, und der zwei Zimmermädchen (oder, genauer gesagt: des Hausmädchens und der Jungfer). – Diener Georg hatte ein Verhältnis mit dem Hausmädchen Sophie angefangen, es aber schon sehr bereut, denn Sophie verlangte von ihm viel zu häufige Betätigung, was ihn nicht nur überanstrengte, sondern auch ekelte – er war ein moralisch feinbesaiteter Mensch –; außerdem mußte er wöchentlich mindestens einmal mit ihr ausgehen (Kino, Wellenbad, Kaffee in Halensee), und leider verstand es sich von selbst, daß er sie bei solchen Gelegenheiten einzuladen hatte. – Georg verdiente hundertfünfzehn Mark im Monat, hinzu kamen die Trinkgelder und was er sich an kleinen Vorteilen sonst verschaffte. Er war ein Mann von dreiundvierzig Jahren und hätte gern etwas zurückgelegt, um eines Tages ein kleines Zigarrengeschäft, oder etwas der Art, aufzumachen.

Da Sophie und Georg also ein Paar waren, Jungfer Betty aber mit einem besseren Herrn außer Hause ging, hatte sich die Mamsell kurz entschlossen den Küchenjungen gelangt, der zwar noch nicht ganz achtzehn Jahre alt war, von dem die Mamsell aber erzählte, er könne erstaunlich viel. Das Mädchen und Diener Georg fanden diese Liaison zwischen dem Bürschchen und der hochbusigen Dame stark Ende Dreißig «eine Schande fürs ganze Haus», trauten sich aber nichts zu sagen, da die Mamsell sehr tyrannisch und bei Bayers alteingesessen war, und sie, die anderen, auch ihr Teil auf dem Kerbholz hatten. Die Situation wurde noch peinlicher dadurch, daß die Wände zwischen den Dienstbotenzimmern so dünn gebaut waren, daß man wirklich jeden Laut durchhören konnte. So wurde Diener Georg, als er nachts um zehn Minuten vor zwei in seine Kammer trat, von zwei Seiten durch ungehörige Geräusche schwer gereizt und geärgert. Gleich beim Hereinkommen hatte er mit Mißbilligung konstatiert, daß zwar Jacke und Hose des Küchenjungen Fritz über dem Stuhl hingen und seine Schuhe darunterstanden, daß Fritz selbst aber keineswegs im Zimmer und auch noch nicht im Bett gewesen war. Das bedeutete, daß er wieder im Pyjama zu Mamsell hinübergeschlüpft sein mußte, beziehungsweise daß diese in der Frisierjacke herübergekommen war, ihn sich holen. Diener Georg murmelte etwas von Schweinerei und Scheiße durch die Zähne, während er vorm Waschtischspiegel die Krawatte löste. Er hatte den blauen Livreefrack mit Silbertresse ausgezogen und vorläufig über das Bett gelegt.

Die Wand, an der Georgs Bett und der Waschtisch standen, wurde leicht erschüttert von Stößen, die in einem regelmäßigen und unmißverstehbaren Rhythmus kamen. Georg, der sich die Weste auszog und die Hosenträger abknöpfte, murmelte: «Mach es doch leiser ab –», was nichts nutzte, da, im Gegenteil, die Stöße immer intensiver wurden und immer schneller einander folgten, man hörte sogar das Bett knacken und die Mamsell ausführlich stöhnen. Georg schrie in unbeherrschter, doch gerechter Empörung, während er die Weste hinter sich und aufs Bett schmiß: «Macht kein' solchen Krach, es gibt auch noch anständige Leute, die schlafen wollen.» Die unpassende Antwort der Mamsell war klar zu verstehen, obwohl sie von Stöhnen unterbrochen wurde: «Schreien Sie doch gefälligst nicht so, wir sind sowieso gleich fertig –» Was Georg darauf knurrte, war auch nicht fein. Er setzte sich knurrend aufs Bett, neben den betreßten Frack, und fuhr damit fort, sich weiter auszuziehen.

Zuruf und Klopfen des Mädchens Sophie von der anderen Seite trafen ihn also in innerer Verbitterung und in äußerlich sehr unbequemer Haltung, denn er saß gebückt, mit seinen Schnürsenkeln beschäftigt, und hatte Blutzudrang zum Kopfe. – Mädchen Sophie klopfte noch zweimal und rief dann: «Kommst du denn nicht mehr zu mir, Schatzi?» Worauf Georg als einzige Antwort sagte: «Das ist ja ein feiner Betrieb hier.»

Er zog sich eilig zu Ende aus, schlüpfte ins Nachthemd und wickelte sich in die Bettdecke bis zum Kinn. «Bei so 'ner Sauerei um sich rum könnte man ja ein tugendhafter und religiöser Mensch werden», dachte er zornig und knipste das Licht aus. «Und oben hat sich der Geheimrat diese kesse Schauspielerin für die Nacht dabehalten.» – Als Fritz eine halbe Stunde später gähnend in seinem Pyjama hereinkam, schlief Georg schon. Fritz sagte: «Na, den Betrieb mit der Alten halt' ich auch keine drei Monate mehr aus.» Aber niemand antwortete.

Fritz war siebzehneinhalb Jahre, hatte braunes Haar und eine Stupsnase. Sein Kinn wurde ein bißchen spitz, und seine Augen lagen in Schatten, denn es war zuviel, was er zu leisten hatte. – Sein Vater war arbeitslos, und seine Mutter wusch für die Bayers. Fritz, der fünfundvierzig Mark Lohn hatte, gab davon fünfzehn monatlich den Eltern – «sie hatten doch früher so kolossale Unkosten für mich», erklärte er einem Kameraden, der ihn deshalb ausgelacht hatte. Außerdem steckte die Mamsell Fritzens Mutter was zu essen zu, wenn es nur irgend ging. Was Fritz mit der Mamsell trieb, geschah also auch im Interesse der Eltern, und er empfand es als Sohnespflicht.

*

Geheimrat Bayer, an dem Maurice gerade vorbeigehuscht war, trat auf Sonja zu, gespannte Innigkeit in der Miene. «Na, dem haben Sie's ja nett gegeben», sagte Sonja aus dem Kirchenstuhl. Bayer warf noch einen umbuschten Blick hinter dem Kleinen her: «Elender Parasitenwurm!» – worüber Sonja denn doch gedämpft lachen mußte: «Gott, wenn man es immer so genau nehmen wollte –» – «Ich nehme es genau», behauptete W. B. mit der fetten und tiefen Stimme. «Und Sie auch, Sonja, weiß Gott, Sie auch. Stellen Sie sich nur nicht so tolerant!» Sonja meinte nachdenklich: «Ich ekle mich ziemlich leicht, das ist wahr. Aber wenn ich was komisch finde, komme ich doch nicht gleich mit den ethischen Maßstäben. Und er ist doch komisch, unser Heinzelmännchen, wie?» Aber der Geheimrat blieb unerbittlich: «So was ist eine Wanze», wozu er mit dem breiten Daumennagel gegen das oberste Glied des gekrümmten Zeigefingers knipste; es knackte etwas, auf diese Weise tötete er das Tier. «Warum laden Sie ihn sich ein?» fragte Sonja sanft. W. B. hob die Achsel: «Gesellschaftliche Verpflichtung. Natürlich Quatsch. – Na, jetzt wird der Monsieur wohl ohnehin nicht mehr kommen.» Er lachte, behaglich und grausam. Lachend zog er sich einen Schemel zu Sonjas Füßen. Es hatte etwas Demütiges und wirkte ergreifend, wie der schwere Mann sich leise aufkeuchend niederließ. Übrigens war der Schemel nicht ganz unbequem, vielmehr gepolstert und mit altem Samt von verblichenem Purpur bezogen. W. B. hatte direkt vor sich Sonjas Beine, die er herrlich fand. Die kühnsten Beine, die ich je gesehen, dachte W. B. und konnte sich kaum beherrschen, nicht jetzt schon seine Stirne an sie zu lehnen. Beine der unerbittlichen Amazone.

Indessen sagte über ihm Sonja: «Es ist übrigens gleichgültig, wen man sich einlädt, da sie ja alle ausgekochte Drecksäue sind. Dieser Grusig zum Beispiel, oder dieser Literaturschieber mit der Raubvogelfresse: abwürgen, abwürgen!» Sie dehnte sich vergnügt; so viel verhaßtes Blut, das strömen würde, sich vorzustellen, machte ihr Spaß. Der Geheimrat unten sagte vorsichtig: «Man könnte von Berlin wegziehen. Ich bin reich genug.» Und als sie ungläubig fragte:

«Brächten Sie denn das fertig? Auf die Macht verzichten?» antwortete er leise: «Es käme darauf an, für wen und mit wem. Übrigens», sagte er, gleich wieder sachlich und nun sogar etwas zu laut, «wäre sehr die Frage, ob es, alle Sentimentalität beiseite, nicht auch das vernünftigste sein würde. Wer weiß denn, was kommt? Sowjetdeutschland mit aufbauen helfen wäre ohne Frage eine lohnende Aufgabe, aber es könnte sein, daß man sie unsereinem absichtlich etwas erschwerte; und im faschistischen Staat wird es vielleicht auch keine reine Lust zu atmen sein –»

Er sprach lebhaft zu ihr hinauf, als wenn er sie überzeugen müßte, daß es am richtigsten für jeden weitblickenden Geschäftsmann wäre, den Kampf aufzugeben, sich zurückzuziehen, zu verzehren, was er schon verdient hatte, und in der Schweiz behaglich abzuwarten, was in Deutschland an Katastrophen passierte. Sonja wollte eben erwidern – einen Witz oder etwas Ermahnendes –, als aus dem dunklen Teil des Zimmers sich ein grauer Schatten löste und lautlos herankam.

Frau Julia mußte in den Falten einer Portiere, bei den Fenstern hinten, versteckt gestanden haben. Bösartig blinzelnd eilte sie über den Teppich, so unkörperlich und behende, daß Bayer, der ihr auf seinem Schemel den Rücken zuwandte, von ihrem Nahen nichts hörte. Erst als Sonja erschrocken: «Aber Julia!» rief, fuhr er herum. Vor Entsetzen schrie er sie an: «Was treibst du dich hier herum? – Ich denke, du schläfst längst?!» Worauf sie zimperlich machte: «Aber Liebster, du weißt doch – ich schlafe fast nie.» Und dann, gespensterhaft kokettierend, während sie die harten Löckchen um ihre widerspenstige Stirn schüttelte: «Und wenn ihr hier noch flirtet, Kinderchen, möcht' ich auch ein bißchen von der Partie sein.» Wirklich hockte sie auf dem

Teppich nieder, direkt neben W. B.s Schemel; die Falten ihres grauen Seidenkostüms bauschten sich, als führe ihr von unten Wind in die Röcke.

W. B. fand diese Gruppierung – er und seine Frau zu Füßen des Kirchenstuhls, in dem Sonja saß – so lächerlich und anstößig, daß er sofort aufsprang und auch Julia an den Handgelenken ziemlich grob in die Höhe zog. «Mache hier gefälligst keinen Unsinn! Geh sofort schlafen! Ich habe mit Sonja zu reden, verstehst du?»

Sie hielt den Kopf schief, scharrte störrisch mit dem rechten Fuß und miaute: «Julia möchte gerne auch ein bißchen mitschwatzen.»

W. B., dessen Stirn sich gefährlich rötete – auch das Weiße seiner Augen färbte sich rot –, trat ganz nahe an sie heran und bat sie mit unheilverkündend gesenkter Stimme noch einmal, wobei er ihr mit gespannter und drohender Väterlichkeit in die Augen zu schauen versuchte – aber ihr Blick entwich seitwärts –: «Bitte, willst du nun sofort in dein Zimmer gehen, Julia? Die Treppe hinauf und in dein Zimmer, verstehst du mich auch?!» Sie gnauzte noch: «Bißchen schwatzen –», da war es aus mit Geheimrat Bayers väterlich gespannter Geduld. Er packte seine Gattin Julia unter den Knien und am Gesäß, lud sie sich auf die Arme, und während er leise Flüche durch die Zähne knirschte, trug er die Wimmernde über die Diele und die Treppe hinauf. Julia wog mitsamt ihrem Seidenputz noch keine sechzig Kilo. Der Geheimrat, der jeden Morgen mit Sportlehrer Müller arbeitete, hatte prächtig ausgebildete Muskeln.

Sonja fand, daß es nun eigentlich Zeit sei, sich still zu empfehlen, während W. B. oben seine Gemahlin in ihr Bett verpackte. Sie blieb aber, teils aus Müdigkeit, teils aus Neugierde, was nun kommen würde.

Was ihr Freund eben getan hatte, war ohne Frage abscheulich; anderseits konnte sie nicht leugnen, daß es ihr imponierte. Ein Resultat hatte dieser makabre Zwischenfall für sie: was auch passieren mochte, sie brauchte keinesfalls Mitleid zu haben mit dem Geheimrat. Der wußte sich schon zu helfen, das hatte man eben gesehen. Und wenn er angab und auf den einsam Alternden posierte, durfte man so ohne weiteres nicht drauf reinfallen. Einsam war jeder. Aber nicht jeder kämpfte so zielbewußt um das, womit er seine Einsamkeit heilen zu können glaubte; und nicht jeder warf mit so robustem Gewissen das ab, was ihm lästig und beschwerlich wurde.

Als W. B., kaum fünf Minuten später, wieder ins Zimmer trat, keuchte er noch leicht, und sein mächtiges Gesicht war noch ziemlich rot angelaufen. Er rannte, Hände in die Taschen gewühlt, am Schnurrbart kauend und die Augen finster umbuscht, ein paarmal mit breiten Schritten durchs Zimmer. Nachdem Sonja ihn eine Zeitlang schweigend beobachtet hatte, befahl sie ihm ruhig: «Kommen Sie zu mir.» Er trat, merkwürdig beschämt und ungeschickt, näher; sie fragte, wobei sie ihm mit den dunklen Augen, in denen goldene Lichter spielten, prüfend ins Gesicht sah: «Also, was ist nun?»

Er polterte los: «Was soll sein? Ich kann mit dieser Frau nicht länger zusammenleben. Morgen leite ich die Scheidung ein. Sie ist geisteskrank. Ich lasse sie internieren.» Sonja nickte. «Ohne Frage, geisteskrank ist sie. Sie können sie gewiß internieren lassen. Zu überlegen ist nur, was sie geisteskrank gemacht hat und ob sie nicht vielleicht zu heilen wäre, wenn Sie, W. B., sich etwas netter und anständiger gegen sie aufführten.» Er stutzte, doch nur einen Moment. Dann wurde er wieder zornig. «Kommen Sie mir nicht mit dieser Tour, Sonja, die steht Ihnen nicht! Machen Sie nicht in gütig! Was geht Julia uns an? Die ist ein armes, erledigtes Wrack. – Die Frage ist einfach die, ob Sie mich heiraten wollen oder nicht.» Sonja ließ die Augen nicht von seinem erregten Gesicht, während sie sagte: «Sie wissen doch – ich bin mit Gregor Gregori verlobt.» Worauf er ihr kurz und bündig erklärte, daß er ihr das nicht glaube. «So was ist Quatsch», beschloß der Geheimrat aus tiefster Seele. «Dieser Gregori mag ja sehr charmant und aufregend sein, aber schließlich ist er ein Tänzer und ein exzentrischer Narr. Sie können ruhig mit ihm flirten und sogar mal ein Verhältnis mit ihm haben – aber heiraten, nein, damit wollen Sie mich nur erschrecken.»

Sie sagte, mehr zu sich selbst: «Gregor möchte es wirklich sehr gern –» und blickte dann erstaunt auf, weil der Geheimrat so dröhnend und höhnisch lachte. «Da könnte jeder kommen!» Dabei stapfte er lachend vor ihr auf und nieder. «Und nach längstens anderthalb Jahren wird er Sie sitzenlassen.» Sonja blieb nachdenklich: «Er braucht mich sicher sehr nötig.» – «Und ich?» fragte der Geheimrat, wobei er sich, die Hände noch in den Taschen, vorneigte, als sei er schwerhörig und erwartete, daß sie ihm die Antwort ins Ohr riefe. «Und ich? Habe ich Sie etwa nicht nötig?» Dazu großes, schmerzliches Mienenspiel, mit Zucken der Lippen und der Augenbrauen. Das jüdische Cäsarenantlitz schien von Schmerz zerrissen. Er wird gleich weinen, fürchtete sich Sonja.

Statt dessen wurde er wieder von einer gebändigten Sachlichkeit. «Reden wir ohne Sentimentalität!» verlangte er mit einem Entschluß, der ihm sichtlich nicht leicht wurde, mehr von sich als von ihr. «Ich weiß es, ihr seid so. In diesem Punkte können wir von der sogenannten jungen Generation was lernen.»

(Sonja dachte, während er redend vor ihr auf und ab marschierte: Komisch: ältere Leute glauben, wir jüngeren haßten die Gefühle oder kennten sie gar nicht. Das ist einfach eine fixe Idee. In Wirklichkeit ist wahrscheinlich jede Jugend genauso gefühlvoll, wie die vorhergehende war, nur die Ausdrucksformen wechseln. Wenn ich, zum Beispiel, den da schließlich doch noch heirate, tue ich's im Grunde aus purer Sentimentalität, keineswegs seines Geldes wegen. Das Geld wäre nur die angenehme Beigabe oder vielleicht sogar eine der Voraussetzungen, ohne die ich mir die Sentimentalität nicht leisten könnte.)

Inzwischen redete der Geheimrat sehr viel. Als Sonja ihm wieder zuhörte, sagte er gerade: «Außerdem bin ich schließlich sehr reich –», was ausgezeichnet in ihren Gedankengang paßte. Sie reagierte zuerst: Wieso wagt er mir das zu sagen? Aber dann gleich: Freilich, so sieht er mich – immer sachlich, sachlich, sachlich –, das hält er für die moderne Jugend.

«Liebe ist wahrscheinlich eine Vokabel, über die Sie sich lustig machen», erklärte W. B., «deshalb spreche ich Ihnen nicht von ihr. Aber ich finde, abgesehen von ihr könnte Sie manches bestimmen, sich für mich zu entscheiden. Ich hätte ohne Frage Verständnis für alle Ihre Extravaganzen, ich bin selber nicht undifferenziert. Sie werden sagen, ich bin vorige Generation, aber ich war nie ungeschickt darin, umzulernen, und auch Sie werden eines Tages nicht mehr fünfundzwanzig sein – –»

Sonja dachte: Er bietet sich an, wie ein Autohändler seine neue Marke. Laut fragte sie:

«Lieben Sie mich denn?»

Das war die einzige Frage, auf die Geheimrat Bayer nicht vorbereitet gewesen war; er hätte weit eher eine nach seinem Bankguthaben oder nach seiner sexuellen Potenz erwartet. Er wurde sehr rot, dann recht blaß. «Aber Sonja, würde ich denn sonst – –», konnte er schließlich stottern.

Sonja war aufgestanden. «Es interessiert mich nämlich», sagte sie, während sie mit ruhigen, etwas ausgreifenden Schritten durchs Zimmer und zu einem Tischchen ging, auf dem Zigaretten standen. «Ich lege natürlich großen Wert auf Ihr Geld, wie Sie sich denken können – aber anderseits fürchte ich, daß Sie mich etwas einseitig auffassen. Komisch eigentlich: ein so geübter Psychologe wie Sie – –»

Sie zündete sich die Zigarette an, das Streichholz beleuchtete ein paar Sekunden, unruhig und grell, ihr geneigtes Gesicht. Geheimrat Bayer empfand, was er sonst nicht kannte: einfache Angst. Die ruhige und kühne Bewegung, mit der sie die Flamme an ihr Gesicht hob, dann löschte, erschien ihm fast überirdisch. In seinem Hirn, das mythologischen Vorstellungen ziemlich entfremdet war, gingen Assoziationen von Vestalinnen und von Amazonen wirr durcheinander. Er blieb hinten, beim Kirchenstuhl, stehen, die ganze Breite des Zimmers trennte ihn jetzt von ihr.

«Sonja», sagte er gepreßt von dort hinten, «Sonja, ich suche Sie zu erfassen, so gut ich kann. Sie müssen mir helfen – –»

Er rührte sich nicht von der Stelle, aber nun war es Sonja, die ihm entgegenkam. Durchs ganze Zimmer ging sie auf ihn zu, er sah sie Schritt für Schritt nahen, und das Herz klopfte ihm schneller. Schließlich legte sie ihm sogar die Hand auf die Schulter.

«Alter W. B.», sagte sie mit ihrer sanften Stimme, die in einer gewissen kameradschaftlichen Zärtlichkeit zu gurren schien, «wir werden ja sehen. Zunächst haben wir einen ganzen Winter vor uns, alles auszuprobieren.»

Er faßte mit seinen großen, plumpen Händen nach ihr, wozu er dumpf: «Oh –» machte. Darauf zog sie sich sofort zurück, mit dem ganzen Körper und mit ihrem Herzen. Er flüsterte, große Liebesszene: «Bleibe heut nacht bei mir.» Aber nun dachte sie wirklich etwas von «voriger Generation». Nach allem Pathos und «oh, verstünde ich dich!» läuft es immer auf dasselbe hinaus. Das ist doch wirklich recht schmierig. – «Unsinn», sagte sie kurz.

Geheimrat Bayer, in einem masochistischen Rausch, flehte noch: «Dann darf ich dich wenigstens einmal auf den Kopf küssen –»

Das wurde ihr zu bunt und zu lächerlich, sie drehte sich um und ging rüstig über die Diele in die Garderobe. Jungfer Betty hatte ihr den Pelzmantel aus dem Damenankleidezimmer vom ersten Stock heruntergeholt und hier zurechtgelegt, ehe sie sich ihrerseits zum besseren Herrn verzog.

Geheimrat Bayer, der wieder einmal nicht recht wußte, woran er war, kam zu spät, um Sonja in den Mantel zu helfen, nur die Haustüre konnte er ihr gerade noch aufmachen. «Darf ich Sie nicht wenigstens nach Hause bringen?» Aber sie sagte nur kurz: «Gute Nacht.»

Draußen schneite es in dichten Flocken. Sonja schlug den Mantelkragen hoch. Sie kannte eine kleine Kutscherkneipe um die Ecke, dort wollte sie sich einen doppelten Kognak gönnen, nach all der Problematik. Gegen die weiße, wehende Dunkelheit blinzelnd trabte sie hin.

Die Kneipe war raucherfüllt und gemütlich, an der Theke standen ein paar unförmig eingemummte Chauffeure und tranken ihr Bier. Sonja setzte sich an einen Tisch und bestellte den doppelten Kognak. «Na, Fräuleinchen, so allein?» sagte einer von den Chauffeuren (junger Kerl, rotes, dickes Gesicht, helle kleine Augen, die schon verdächtig glänzten). – «Gott sei Dank, mal zur Abwechslung», sagte Sonja.

«Laß doch die Finger von der», sagte ein anderer Chauffeur. «Die is doch zu kostspielig vor dir, vastehste?»

«Wat denn, wat denn?» machte der Junge und pürschte sich näher an Sonja heran – worauf diese «Prost!» sagte und das Kognakglas hob.

*

94

Greta lachte und schwatzte ununterbrochen am Steuer. Sie raste mit sechzig Kilometer Geschwindigkeit um die Ecken, so daß es dem Sebastian etwas angst und bange wurde. «Wo wohnen Sie eigentlich?» versuchte er schüchtern zu fragen, während sie irgendeine Negergeschichte aus Harlem erzählte. Sie lachte: «Wir fahren erst noch ins Bois –», gleichzeitig mit einem Schwung über die Seinebrücke, daß es Sebastian, der die Augen zumachte, schien, der Brückenbogen sei elastisch und spanne sich, um Gretas Rennwagen ans andere Ufer zu werfen. Drei Sekunden lang schimmerte – fließender Streifen dunklen Silbergraus – die Seine vorüber. Drüben öffnete sich die von Bogenlampen umglänzte Weite der Place de la Concorde – die Bogenlampen waren auf ihr verstreut wie die Sterne im All, sie gaben ihre Grenzen nicht an, die Grenzen schienen zu kreisen, sich immer weiter ins Unendliche hinauszuwirbeln. «Merkst du, wie sich das dreht?» flüsterte Greta – Achtzig-Kilometer-Geschwindigkeit –, und sie raunte irgend etwas über ein Bild von Tintoretto, dort drüben im Louvre – sie deutete hin –, wo sich auch alles drehte, «und weißt du, der oberste Kreis, in dem dann schließlich Gott sitzt, wirbelt auch noch, wirbelt um Gott herum, und Gottes Bart ist dann der einzige ruhende Punkt in dem Bilde – – –»

In die Champs Élysées glitt der Wagen, wie ein Boot in die Strömung eines stark, aber ruhig fließenden Wassers. Die Strömung trug ihn hinauf – kaum, daß der Motor zu arbeiten schien – an den Luxushotels und an den beleuchteten Schaufenstern der großen Autofirmen vorbei; der Arc de Triomphe stieg flüchtig vor ihnen auf, wie aus eigenem Licht weißgrau in der milden Dunkelheit leuchtend; schon war er hinter ihnen, und in der Avenue, deren Strömungen sie sich nun anvertrauten, roch es nach Bäumen und herbstlichem Wald. Die Häuser traten vornehm von der Straße zurück, Gärten verbargen ihre eleganten Fronten. Es wurde noch dunkler. Die Bäume schlossen sich über ihnen, aber sie waren entlaubt, und zwischen dem schwarzen Geäst hing ein bleicher Himmel.

Endlich fuhr Greta langsamer.

«Es wird schneien», sagte Sebastian.

«Schon? War doch gerade erst Sommer.»

Sebastian, ganz sinnlos: «Geht ja oft ziemlich schnell.»

Eine Minute Schweigen. Dann Sebastian: «Wollen wir aussteigen? Da muß doch irgendwo so was wie ein kleiner See sein. Nicht auch Schwäne drauf?»

«Doch, stimmt schon. Kleiner See mit recht netten Schwänen. Denke mir's aber jetzt etwas gruslig.» Greta schauerte zusammen. «Weißt du – Wasser ganz schwarz.»

Sie stellte den Motor ab, als bekäme sie plötzlich Angst weiterzufahren. Mit einem Gesicht, das von Angst und Trauer verstört schien, schmiegte sie sich an Sebastian. Ihn erschreckte, wie sie sich verändert hatte. Ihr Gesicht hatte jetzt etwas Maskenhaftes, das mußte ihm schon einmal, im Dôme, eine Sekunde lang aufgefallen sein. Die Fläche der Wangen schien leblos, unempfindlich, wie vom Schmerz versteinert, die etwas aufgesprungenen, breiten und trockenen Lippen standen halb offen, mit einem hoffnungslos wehen Ausdruck – Lippen einer tragischen Maske, dachte Sebastian. Nur die Augen lebten, dunkel aufgerissen und angstvoll flackernd, als schauten sie durch die Öffnungen eines Tuches, das undurchdringlich über ihr Gesicht gespannt war und nur Löcher für die Augen frei ließ, so wie die Hüllen vor den Gesichtern der Femerichter.

Auch ihre Stimme schien weggeschnürt, sie brachte keine Silbe hervor. Stumm setzte sie wieder den Motor in Gang, stumm und eilig wendete sie – vor was mußten sie fliehen? Wer war es eigentlich, der sie verfolgte? – und fuhr wortlos den ganzen Weg wieder zurück, nach Montparnasse.

Erst in ihrer Wohnung begann sie wieder zu sprechen.

Ihre Wohnung lag in einer ziemlich stillen Straße zwischen dem Boulevard Montparnasse und dem Jardin du Luxembourg. Sie bestand aus einem großen Atelierraum, um den eine Galerie lief. Von der Galerie ging es in eine kleine Küche und eine andere Kammer, die fast vollkommen von einem breiten Bett ausgefüllt war.

Das Atelier war sehr bunt eingerichtet, vor allem farbige Glaskugeln bestimmten den Eindruck. Von denen gab es eine ganze Sammlung – rote, blaue, grüne, goldene und silberne –, die in einem anspruchsvoll beleuchteten Glasschrank aufgebaut war. Außer diesem funkelnden Schranke bestand die Einrichtung nur aus einem enormen Lotterbett, auf dem grellfarbige Kissen und ein paar gelbbroschierte Bücher durcheinanderlagen; davor ein niedriges Stahltischchen mit Likörservice und zwei Stahlstühle, Bauhausgeschmack, mit Gurtensitzen. Auf dem Sockel des Treppengeländers stand eine große Lampe mit rosigem Pergamentschirm über einer durchsichtigen Glaskugel voll Wasser. In dieser eingeschlossenen und rosig beleuchteten Wassersphäre standen regungslos drei purpurrote Fischchen, Sebastian überlegte, ob sie künstlich, lebendig oder eben verstorben seien. An die Lampe gelehnt saß eine Puppe, groß wie ein zweijähriges Kind, mit wild aufgerissenen schwarzen Augen, als russische Bäuerin angezogen.

An der Wand über dem Lotterbett hing eine primitive holzgeschnittene Madonna, bäurische Arbeit, grell bemalt. Von ihrem roten Herzen, das von innen heraus durch den blauen Mantel gebrannt zu sein schien, gingen spitzige Strahlen aus (oder waren es, im Gegenteil, blutrote Nadeln, die von außen ihr Herz trafen?). – Ungefähr ihr gegenüber, auf der anderen Wand, hing eine Negerpuppe, mit einem Bastschurz und roten Armbändern bekleidet. Das Gesicht fast nur ein riesiger Mund – klapperndes Nußknackermaul

– und darunter die schwarzen Brüste spitz hervorragend, hart und obszön.

Während Sebastian sich umsah, hantierte Greta oben in der Galerie. Leise trällernd kam sie herunter, Kaffeegeschirr balancierend, angetan mit weiten Hosen aus rauhem starkblauem Leinen, dazu einen gelb und rot gestreiften Sweater, der Arme und Hals frei ließ. Jetzt sah man erst, wie schön braun ihre Arme waren. Sie lief barfuß mehrmals durchs Zimmer – scheinbar ganz sinnlos, immer hin und her, ohne das Tablett dabei abzustellen – wobei sie einen alten Pariser Schlager summte. Ihre Zehennägel waren leuchtend rot geschminkt, was zu den rauhen Leinenhosen etwas anstößig wirkte. Auch ihre Lippen hatte sie nachgeschminkt, die breiten, aufgesprungenen, wehen Lippen, aber sonst an ihrem Gesicht nichts gemacht. Ihr Gesicht war braun (Haut voll Sonne gesogen, Wald, Fruchtfleisch, duftende Hitze) und bestand aus kindlichen, geheimnislosen Flächen (breite, dunkle Stirn, flache Nase, hochsitzende, breite Wangenknochen, festes Kinn).

«Du siehst wieder wundervoll barbarisch aus», sagte Sebastian und schaute sie an. Aber diese Bemerkung gefiel ihr nicht. «So etwas sagt man nicht zu einer Dame», verwies sie ihm kindlich ernst. Und dann, gleich wieder lachend: «Außerdem kann ich dafür doch nichts. Ich bin so.» Sie reckte die Arme. Dann begann sie eifrig den Kaffee zu mahlen.

Sie schwatzte ohne Unterbrechung, während sie hantierte; zum Beispiel über die vier Männer, mit denen sie verheiratet gewesen war. «Es waren lauter entzückende Kerle, weißt du. Zwei von ihnen waren tolle Sportsleute, Alex und der kleine Baron Schurig. Sie waren die besten Freunde, erst war ich mit dem einen, dann mit dem andern verheiratet, eigentlich gleichzeitig mit allen beiden. Alex war ziemlich spezialisiert auf Tennis, Schurig betrieb restlos alles, Gott, lief der herrlich Ski, wie der braun war, wenn er von seinen

Hochtouren zurückkam. Einmal kam er gar nicht wieder, ich wurde von Partenkirchen angerufen, scheußlich, er war verunglückt. Hab' ich geheult – – na, Alex lebt heute noch, voriges Jahr hat er so eine reiche Frankfurterin geheiratet, I.G. Farben, weit bringt's der Mensch, wenn er ehrgeizig ist, ich hab' ja immerhin auch mein kleines Bankguthaben.»

«Und die zwei anderen?»

«Welche zwei?»

«Deine zwei anderen Männer?»

«Ach so. – Ja, der eine war Lyriker, den kennst du doch, der war ziemlich berühmt. Hat sich's Leben genommen, wie können Menschen das tun, damals waren wir schon geschieden, gleich ganzes Schächtelchen Veronal aufgefressen, beängstigend mutiger Mensch, würde ich mich doch niemals trauen – war immer so mutig, Erwin hieß er, hat mich direkt vom Kabarett weg geheiratet.»

«Hast du schön getanzt?»

«Gott sei Dank.» (Augen geschlossen, seliges Lächeln der Erinnerung. Große Münchener Zeit von 1910. Wedekind und die Scharfrichter. Literarisches Kabarett, Atelierfeste, Greta, nackt unterm weißen Pelzmantel, großes Gejohle, Lyriker verlobt sich denselben Abend mit ihr, so sind Lyriker, épater les bourgeois, dämonische Spitzbärte und flatternde Krawatten, Bohemiens, die auf Zirkusdirektoren posieren, die große Babel, Lulu – Effie – Ilse –, «wollen Sie mir nicht das Korsett zumachen? Meine Hand zittert», «auf diesem Sofa habe ich deinen Vater ermordet», «lautlos wie eine Katze!», «weil ich meine Ballschuhe anhabe», «bis ihr darankommt, liege ich in der Gosse», «schade, schade um die Gelegenheit – –»)

«Ja, ja, das waren Zeiten, recht kindlich und flott», Greta, die sich erinnert hatte, öffnete wieder die Augen.

«Und dann? Erst also Erwin, dann Alex und Schurig, was kam nach denen?»

Greta, nicht mehr so selig: «Tschelitscheff; ach, das war dann schon in Berlin.»

(Berlin der Inflationszeit, überschwemmt von Ausländern, zuckend in hysterischer Vergnügungssucht, expressionistische Dichtung und Kokainhandel, Untergang des Abendlandes plus Hochbetrieb auf der Tauentzienstraße, schwule Bar an jeder Straßenecke, Greta mit ihrem Russen aus dem Wagen steigend, den er sich weiß Gott durch was für Schiebungen angelacht hat.)

«In Berlin lernte ich dann schon W. B. kennen, Gott sei Dank, denn die Inflation war zu Ende, und man brauchte wieder eine solide Sache.»

«Hast du damals schon zu tanzen aufgehört?»

«Woher denn, damals hatte ich gerade meine große Zeit. Deutsches Theater in München, Alkazar Hamburg, Balkantournee, jedes Jahr ein paar Monate Kurfürstendamm. Ich gab es dann auf, dem alten W. B. zuliebe. Er verlangte es einfach. Aber wirklich, er hat mich sehr entschädigt – –»

«Wer ist der alte W. B.?»

«Weißt du nicht? Oh, einen so guten Freund habe ich noch nie, nie, nie gehabt. Er ist etwas herrschsüchtig und unberechenbar, aber von einer Zärtlichkeit, weißt du – –»

«Lebt er hier in Paris?»

«Nein, er ist ein sehr großer Mann in Berlin. Er besucht mich alle paar Monate, manchmal alle paar Wochen. Und fast jeden Morgen finde ich ein Telegramm oder Blumen, die er hier für mich bestellt hat. Seit ein paar Tagen habe ich übrigens nichts bekommen, nur den Scheck – –»

«Wie alt bist du eigentlich, Greta?»

Sie erzählte plötzlich von ihrer Kindheit. Das Dorf, ganz hinten in Polen, Trauer des Ghettos, das kleine häßliche Mädchen mit den großen Augen, das sich von einem Stallburschen verführen läßt – wie hieß sie damals? Doch noch nicht Greta – – mit ihm durchbrennt, nach Warschau; Fluch des Vaters (Vater mit Kaftan und Löckchen), endlose Tränen der Mutter (Mutter mit Perücke und bekümmertem gelben Raubvogelgesicht); wovon lebt das Mädchen, das noch immer nicht Greta heißt, in der Stadt Warschau? Mit wem schläft sie, und bei wem lernt sie tanzen? Wie lange liebt sie den Stallburschen – denn sie hat ihn geliebt –, und wozu nutzt er sie aus? – Dorf in Polen, Ghetto, endlose Abende, Wind über Steppen, tristesse, tristesse – –

Sebastian fragte plötzlich: «Warum heiratest du nicht diesen W. B.?»

«Ist schon verheiratet; mit einer Irren.»

«Liebst du ihn denn?»

Schweigen. Greta, zwischen den Kissen in sich zusammengekrochen. In ihrem Gesicht tiefe und konzentrierte Nachdenklichkeit.

«Komm näher zu mir!» bat sie Sebastian. Er setzte sich zu ihr, aber sie verlangte: «Noch näher. Ganz nahe. So.»

Sebastian hatte nicht vorgehabt, mit ihr zu schlafen, er war nicht aggressiver Natur, und außerdem hatte er geglaubt, sie täte es nur für viel Geld. Der merkwürdig sachliche und leidenschaftliche Ernst, mit dem sie zum Angriff überging, erschreckte ihn etwas; gleichzeitig rührte ihn das Hilfsbedürftige, gleichsam Verzweifelte ihrer Zärtlichkeit. Die vielbegehrte und beneidete Frau, die er auf der Terrasse des Montparnasse-Cafés hatte glänzen sehen, griff nach ihm, nicht anders wie ein Ertrinkender nach dem Bootsrand.

Sie warf sich ihm entgegen, mit geschlossenen Augen und verstummten Munde, mit den Händen voraustastend wie eine Blinde. (Braune Hände, etwas rauhe Haut, mit hellen Fingernägeln.) Zwischen beide Hände nahm sie seinen Kopf – Griff der Ertrinkenden, gierig zupackend – und plötzlich, die Augen weit, dunkel und todernst aufschlagend, küßte sie ihn.

Der Kuß dauerte lang, am Schluß hatte sie sich mit weit aufgerissenem Mund an seinen Mund festgebissen. Weitaufgerissener Mund, als müßte sie schreien; als schrie sie stumm in seinen Mund hinein.

Sie ließ die Augen nicht mehr von ihm, auch als sie das Licht ausgelöscht hatte, sah sie ihn durchs Dunkel immer an. Mit einer fanatischen Zärtlichkeit tat sie ihm alles, wovon sie glaubte, daß es schön für ihn sein müßte, nur an seine Lust, nicht an ihre schien sie zu denken – ihn beschämte und erschütterte dieser Überfall des Gefühls, der sich mit einer unheimlichen erotischen Routine, einer tiefernsten und barbarischen Schamlosigkeit an ihm vollzog.

«Ich brauche jemanden», sagte sie, als sie nachher in eine Decke eingewickelt dalag – sie hatte sich fest mit der Decke umhüllt, als fröre sie sehr. – «Ich brauche jemanden, weißt du, sonst kommt das jeden Abend, verstehst du mich denn? – Diese Traurigkeit, und dieses Entsetzen. – Allein, allein, allein – verstehst du mich denn? Und während dieser Minuten kann man es doch vergessen. – Hast du mich gern?» fragte sie plötzlich mit einer sachlichen und unbelebten Stimme.

Sebastian wollte ihre Hand küssen, aber sie entzog sie ihm. «Laß doch!» sagte sie leise und rauh. «Antworte lieber!»

«Ich war nicht in dich verliebt», Sebastian sprach langsam, als müsse er jedes Wort überlegen, um sie ja in keiner Nuance anzulügen. «Ich verliebe mich überhaupt selten. Bei mir ist es immer, als warte ich auf etwas. Aber es war wunderschön…»

«Pst!» machte sie und hob ernst den Zeigefinger. «Ob du mich gern hast, wollte ich wissen. Etwas gern könntest du mich schon haben. Warten darfst du trotzdem. – Ich kann ziemlich viel, mehr, als ich dir heute gezeigt habe. Geld gebe

102

ich dir auch, wenn du was brauchst –» Sie ließ die Augen nicht von ihm. «Verstehst du mich denn?» fragte sie streng.

Und Sebastian, wieder sehr genau, wieder sehr vorsichtig: «Ich glaube, daß ich dich etwas verstehe. Nicht ganz, aber einen Teil, so einen Anfang –»

Sie legte den Finger geheimnisvoll auf die Lippen, wobei sie wieder «Pst» machte. Dann plötzlich, ganz leise, die Augen wieder geschlossen und wieder mit dem erblindeten Vortasten der Hände: «Sebastian. Nicht gleich wieder fortgehen! Ein bißchen helfen – diese Abende – wenn du nur willst – ein bißchen dableiben –»

Sie kauerten sich gegenüber zwischen den Kissen, wie zwei Kinder, die beim Spielen auf der Straße hocken. Ihr breites, dunkles Gesicht mit den geschlossenen Lidern und den halbgeöffneten, wehen Lippen sank nach vorne, bis ihre Stirne seine Stirn berührte.

Es war morgens vier Uhr. Sebastian wollte noch irgendwo etwas trinken.

Er schlenderte den Boulevard Montparnasse hinunter, ein paar besoffene Leute – eine amerikanische Gesellschaft, Männer und Frauen, zwei deutsche Maler, die eingehakt selbander torkelten – kamen ihm entgegen, sonst war es ziemlich leer auf der Straße.

Aus dem «Dschungel» quiekte Tanzmusik. Der prachtvolle Negerportier war im Stehen eingeschlafen.

Sebastian entschied sich für die kleine Bar des alten Café du Dôme. Dort konnte er auch gleich Zigaretten mitnehmen.

In der Bar war es noch ziemlich voll, ein paar Chauffeure tranken schwarzen Kaffee, ein paar Nutten bestellten gerade Kognak. «Trois fines pour les dames.» Die Chauffeure tauchten in ihren Kaffee Hörnchen. Sebastian entdeckte unter den Leuten einen Bekannten, einen jungen Maler, der hier verkam, aber er hatte keine Lust, mit ihm zu schwat-

zen. Er kaufte sich ein Paketchen Chesterfields zu sechs
Francs sechzig Centimes und bestellte sich einen Pernod.
Während er trank, dachte er plötzlich: was geschieht jetzt
gleichzeitig in Berlin? (Mysterium der Gleichzeitigkeit.)

*

Sonja stand in einem langen weißen Nachthemd vorm Spiegel und fettete ihre Haut ein. Dabei pfiff sie, und als sie zu
pfeifen aufhörte, machte sie Grimassen. Sie streckte die
Zunge heraus, winkte idiotisch mit beiden Händen. «När-
rin!» sagte sie dann und wendete ihrem Spiegelbild brüsk
den Rücken. Während sie mit großen, schlenkernden
Schritten auf ihr Bett zuwanderte, dachte sie: Gott sei
Dank, daß ich bis jetzt meistens alleine schlafe.

In der Dominobar waren Richard Darmstädter und Frau
Gretes Sohn Walter allein zurückgeblieben, das Licht war
schon beinah ganz ausgeknipst, und die Kellner deuteten
durch auffallend lautes Räumen an, daß sie es passender
fänden, wenn die beiden jungen Herren, getrennt, zusammen, jeder mit einer Dame oder mit einer gemeinsam,
schlafen gingen. – «Wie heißt du eigentlich?» fragte Richard. – Walter knurrte: «Kannst mich ja Tom nennen.»

Der Dichter mit der Geiernase fuhr mit einer Dame nach
Hause, die ihm in der Edenbar von einem jüngeren Kollegen, der sich bei ihm einschmeicheln wollte, vorgestellt
worden war.

«Ich bring' dich zum Tonfilm», sagte der Dichter entschlossen.

«Das ist recht», sagte vernünftig das Mädchen.

Der Dichter, sie um die Hüften packend, saftig und aufgeräumt: «Weil du so ein fesches Judenmädel bist.»

*

Sebastian überlegte, ob er noch ins Select hinüberschauen sollte, dort wären gewiß Bekannte. Er entschied aber, daß er zu müde sei.

Er nahm draußen ein Taxi, um in sein Hotel, Rue Royer Collard, zu fahren. Der Chauffeur meinte, es wäre zu nah, Sebastian könne zu Fuß gehen. Es gab ein längeres Hin und Her, schließlich versprach Sebastian ihm drei Francs Trinkgeld.

Viertes Kapitel

Gregor Gregoris Ruhm stieg plötzlich und blendend über Berlin auf wie eine Rakete. Über Nacht kam es, daß man überall seinen Namen hörte.

Er war in diese Stadt gekommen, von den Zehenspitzen bis zum Scheitel mit keinem anderen Willen geladen als dem: zu siegen. Für was – blieb eine andere Frage.

Man pflegt sie nicht zu stellen, die Frage nach dem: «Für was?», wenn Bühnenmenschen sich um ihren Ruhm bemühen. Gregors Wesen aber war von der Art, daß er selber sie stellte – ohne sie freilich beantworten zu können. Nichts – als – eitler Komödiant zu sein, wies er mit Hochmut von sich. Er prätendierte geistige Ziele, über deren Beschaffenheit er Genaues allerdings nicht auszusagen wußte. Sein Wesen war so anspruchsvoll wie unklar. Die Energien, mit denen er die ständige Hochspannung seines Tages bestritt, waren keineswegs gespeist auf den soliden Quellen einer starken Vitalität, vielmehr erzwang er sie mittels einer hysterischen Verkrampfung, die er sich keinen Augenblick zu lockern erlaubte. In der Tat, diese Hysterie war sein kostbarstes Kapital. Nicht nur, daß sie ihm ermöglichte, in Ohnmacht zu fallen oder Schreikrämpfe zu bekommen, wenn ihm etwas nicht paßte: sie gab seinem Wesen den phosphoreszierenden Charme, die Elastizität, die Unwiderstehlichkeit; sie verlieh seinen übertriebenen geistigen Ansprüchen, seinem intellektuellen Hochstaplertum den Schwung und die fieberhafte Intensität, dank denen sie fast überzeugten.

Als Sebastian Gregoris Bekanntschaft gemacht hatte, war

dieser zweiundzwanzig, er, Sebastian, siebzehn Jahre alt gewesen. Das war beinahe acht Jahre her. Damals tanzte Gregor noch nicht oder doch noch nicht beruflich, sondern gelegentlich, auf Atelierfesten und in Wohltätigkeitskabaretts. Er entwarf Kostüme für Music-Halls und Operettentheater, zeichnete Plakate für Zigarettenfirmen, Parfüms und Nachtlokale. Ein Jahr später wurde er der Partner eines alternden spanischen Tanzstars, einer Frau Ende Vierzig, die einst Liebling von Paris und London gewesen war und mit der zusammen er den Balkan und Nordafrika bereiste. Er kam nach Deutschland zurück, war eine Saison lang erste Kraft in Münster, Westfalen. Dann gründete er seine eigene Truppe, die im Berliner Wintergarten mit einem Ballett «Die zerbrochenen Spiegel» den ersten großen Erfolg hatte. Das Szenarium war von Sebastian. Gregor tanzte den narzissischen Prinzen, dem einbrechende Anarchisten die Spiegel zerstörten. Sie gastierten überall in Deutschland und in vielen europäischen Kapitalen. Sebastian begleitete fast ständig die Truppe. Er und Gregori schienen unzertrennlich. Gregor war um diese Zeit von einem Elan, einem Enthusiasmus und einer kindlich idealistischen Begeisterung für seine Kunst, die Sebastian hinrissen. Sebastian schrieb Gedichte und Feuilletons in den Hotelzimmern von Hannover, Mailand, Barcelona und München, während Gregori mit seinen Leuten im Theater arbeitete. Sie waren vollendete Freunde, denn sie bewunderten sich gegenseitig: Gregor – Sebastians geistige Biegsamkeit und Anmut, seine merkwürdig selbstgewisse und produktive Nachlässigkeit; Sebastian – Gregors Verve, seine angespannte Aktivität, den prachtvollen Schmiß, mit dem er sein Leben und seine Karriere inszenierte. Gregor, um diese Zeit, war durch und durch Tänzer, er kannte noch nicht die geistigen Gesten seiner späteren Haltung. Das Geistige war Sebastians Revier, der die Pantomimen dichtete und in Fachzeitschriften Gregor Gregori als den Repräsentanten einer neuen Tanzkunst pries. Gregori tanzte, ließ sich feiern und erlitt auf eine pathetische, radikale, hochgesteigerte Art seine Liebestragödien.

Das Gregori-Ballett wurde schnell größer und sehr berühmt. Es hatte einen Winter lang in Paris sein eigenes Theater; die nächste Saison in Berlin. Gregori hatte in einer Pantomime «Die Ratten» einen so sensationellen Erfolg, daß eines der Berliner Opernhäuser ihm ein enormes, ja einzigartig großes Angebot machte. Er nahm an, die Truppe löste sich auf. Damit begann auch die Abkühlung zwischen ihm und Sebastian, der es als eine Art Untreue an der gemeinsamen Arbeit empfand, daß Gregori «städtischer Angestellter» offiziell und «Berliner Prominenter» wurde. «Du hättest beim Wanderzirkus bleiben sollen», sagte Sebastian ihm. – Übrigens hatte Gregor damals bei einem Frankfurter Gastspiel Sonja kennengelernt und sich sofort in den Kopf gesetzt, sie zu heiraten.

Nach der «Josephslegende» verglich die Presse ihn mit Nijinskij. Die Snobs stürzten sich auf ihn. Sein treuester Trabant wurde ein junger Goldberg-Rosenheim, dessen Lebensglück darin bestand, immer an der Seite derer zu erscheinen, deren Name als neuer Stern gerade aufstieg über dem Horizont. Er war es, der ihn in die Berliner Finanzwelt einführte. Filmgesellschaften wurden interessiert. Mit Hilfe einiger Bankiers gelang es, Gregors Lieblingsplan zu verwirklichen: der große pantomimische Märchenfilm wurde gedreht, sowohl farbig als tönend, zu dem Gregori das Manuskript verfaßt hatte, den er inszenierte und in dem er die Hauptrolle tanzte. Alle Kenner prophezeiten ihm einen Riesenerfolg, vor allem in den Vereinigten Staaten. Es vereinigte einen gewissen üppig-dekadenten Geschmack mit populärsten und derbsten Wirkungen. Das Thema war der Kinderkreuzzug, die Höhepunktszene ein orientalisches Bacchanal, in das die Kinder mit hineingezogen werden sollten, über das aber ihre ekstatische Keuschheit triumphierte. – Die Berliner Uraufführung wurde zur Sensation. Sogar die katholische Kirche bekundete ihren Beifall. – Gregor Gregori, der Tänzer und der Organisator, war das Tagesgespräch.

Sein Vertrag mit der Oper lief im Frühling ab, er gedachte ihn nicht zu erneuern. Länger im Dienste eines fremden Institutes zu wirken, wenn auch als Star, fand er nicht zu ertragen. Er wollte herrschen, er gierte nach Macht. Sein Plan war, die «Schauburg» zu übernehmen, den runden Kuppelbau im Zentrum der Stadt, der zehntausend Menschen faßte und in dem soeben ein großer Revuedirektor Bankrott gemacht hatte. Wieder war es Goldberg-Rosenheim, der ihn mit den Finanziers zusammenbrachte. Gregoris energiegeladene und siegesgewisse Art überzeugte. Die Verhandlungen wurden ernster.

«Die Revue ist tot», deklamierte der tänzerische Herrenmensch vor den Bankiers. «Was Zukunft hat, sind die großen Erfolgsstücke des vorigen Jahrhunderts – Offenbach, Strauß und die Possen –, neu aufgemacht, glänzend gerichtet. 1932 heißt: Restauration mit amerikanischem Schmiß.»

Der ehemals Revolutionäre war auf eine ungesunde und perverse Art konservativ geworden. Er höhnte über alles Literarisch-Experimentelle. «Das sind Privatspäße», verkündete er. «Mich interessieren die Massen.» Er liebte es, auf eine krasse und brutale Weise zwischen «privat» und «öffentlich» zu unterscheiden. «Privat» war alles, was keinen Monstreerfolg garantierte. «Sebastian ist vollkommen privat», beschloß er. «Darum wird er es auch zu nichts bringen.»

Eines Tages wurde bekannt, daß Gregori eigentlich Faschist war. Auf seinem Schreibtisch stand das Bild Mussolinis neben dem Nijinskijs und der Sarah Bernhardt.

So wollte er sich, so stilisierte er seine Person: er war

nicht nur ein erfolgreicher Tänzer, sondern der Träger einer neuen Gesinnung, Repräsentant einer anti-individualistischen, zugleich volksverachtenden und volksbeglückenden Kunst für alle. «Es muß Schwung in diesen verschlampten Betrieb kommen!» erklärte er vom Berliner Theaterleben. «Was ich bis jetzt gemacht habe, war alles nur Vorwand, nur Mittel zum Zweck. Ich muß erst die Macht haben, um dorthin zu gelangen, wo ich hingelangen will.» Er ließ offen, wo es eigentlich lag, dies mystische Ziel, auf das er sich vorbereitete. Aber alle glaubten es seiner ergriffenen und fahlen Miene, daß er sich zu großen Dingen unterwegs befinde. Er ließ den Kopf in den Nacken sinken. Sein entzündeter und weicher Mund stand halb offen, hingegen schlossen sich die Augen fast ganz. Er sah schön aus. Die schwungvoll kräftige Linie des Kinns ragte zugleich herrschsüchtig und leidend; um die nahe beieinanderliegenden Augen, die unter den gesenkten Lidern grün-blau schielten, lag ein asketisch verzückter Zug.

Er saß in einen gelblichen Bademantel gehüllt, schwarze Lackpumps statt Pantoffeln an den nackten Füßen. Zu Hause putzte er sich keineswegs mit Samt und Tand, wie mancher es von ihm erwartet hätte, vielmehr ging er schlampig und ungepflegt. Auch seine Wohnung war von einer demonstrativen Kahlheit. Keine Bilder, außer ein paar Plakaten aus seiner Frühzeit. Der Tisch voll von Zeitungsausschnitten und Photographien, die in Häufchen akkurat geordnet lagen. Sie waren Bagatelle für ihn, nur Mittel zum Zweck, aber er griff doch gierig nach den neuangekommenen. «Sogar die Linkspresse lobt mich!» Er lachte mit zurückgeworfenem Kopfe höhnisch durch die Nase.

Goldberg-Rosenheim saß rittlings auf einem der niedrigen Schemel. Er sah bewundernd, wie Gregor Gregori im schmutzigen Bademantel durchs Zimmer schritt, als trage er eines der Silbergewänder, in denen er tanzte. Es war nicht zu leugnen, daß Gregori eigentlich und heimlich anfing, fett zu werden. Um so bewundernswerter, daß er nicht nur auf der Bühne, sondern auch aus grausamster Nähe betrachtet immer noch schlank, biegsam, elastisch wirkte. Seine Schlankheit war eine Willensleistung, die er unter ständiger Anspannung aller seiner Kräfte Sekunde für Sekunde produzieren mußte.

«Man hat in diesem Berliner Sumpf aufzuräumen, wie der da aufräumte in seinem Italien», er wies auf das Bild des Duce, während er herrlichen Gangs durchs Zimmer eilte. Goldberg-Rosenheim nickte erschüttert. Er war klein und blond, mit speckigem Scheitel. Das Monokel machte er Gregori nach, früher hatte er einfach einen Zwicker getragen. Man sah ihm die große Familie nicht an, aus der er kam, eher hätte man ihn für einen jüdischen Kommis gehalten. Er war reich, aber demütig, das machte ihn rührend und beinahe sympathisch. Für Gregori, der seinerseits aus kleinbürgerlichen Verhältnissen kam und sich die heimliche Bewunderung für Goldberg-Rosenheims imposantes Milieu nie abgewöhnen konnte, war die Verehrung dieses Sprößlings aus großer Familie grenzenlos.

«Der schafft es», pflegte er andächtig zu sagen.

Es klingelte; das alte Dienstmädchen fragte, ob der Herr für Fräulein Froschele zu Hause sei. Gregori winkte hochmütig, sie möge eintreten. Froschele erschien, verkniffen, schüchtern und rätselhaft. Gregori nahm sich nicht die Mühe, alle seine Reize für sie zusammenzunehmen, immerhin schenkte er ihr ein Lächeln und einen opalen aufschimmernden Blick seiner kalten und weichen Augen. «Wie geht es?» fragte er mit einer plötzlich matten, überanstrengten und leidenden Stimme.

Er war Froscheles überraschende kleine Besuche gewöhnt. Sie kam, ließ sich nieder und starrte ihn an, ohne zu reden. Nur selten ließ sie eine kleine Bemerkung fallen, irgendeine zweideutige, münchnerische kleine Schulmädchenredensart. Sie liebte ihn, daran war nichts Besonderes. «Sie ist mir wirklich ganz hörig», stellte Gregori fest. «Sie betet mich an.» Es befriedigte ihn, obwohl es ihn langweilte. «Setz dich», sagte er matt. «Was ist denn das für ein Hund?» Jetzt erst entdeckte er Leu, den Froschele an der Leine führte. «Aber der ist ja bezaubernd.» Gregor bückte sich, ihn zu streicheln. Seine großen, blassen und plumpen Hände glitten genußsüchtig durch das seidig braune Fell. Leu zuckte zurück. Zwischen seinen goldenen, immer angstvollen Augen stand die schwarze, besorgte Falte. «Mein schönes, braunes, altes Geschöpf!» In Gregoris werbender Stimme klang echte Zärtlichkeit. Er war hingerissen von Leu.

Aus Vergnügen an dem schönen, weichen und liebenswürdigen Tier wurde er angeregt und gemütlich – angeregt auf eine entspanntere und menschlichere Art, als man sie jetzt meist an ihm kannte. Er rief in die Küche, daß man Kaffee machen solle. Während er zubereitet wurde, stellte er das Grammophon an, um mit Froschele Tango zu tanzen. Froschele hing, zugleich widerspenstig und hingebungsvoll, in seinen Armen, er führte sie auf eine sowohl schwelgerische als gestraffte Art mit großen, wiegenden Schritten.

Der Kaffee kam, Gregor schenkte ein, holte Gebäck aus dem Glasschrank. Er spielte Hausherr, mit einer großen und echten Liebenswürdigkeit. Alles Hysterische und Übertriebene schien von ihm genommen, er erzählte von seinen Tournees, machte Kollegen nach und amüsierte sich wie ein Kind. Dazwischen streichelte er Leu und gab ihm Makronen zu fressen, an denen dieser mit besorgtem Gesichtsausdruck kaute.

Goldberg-Rosenheim und Froschele saßen da wie beschenkt. Beide dachten: Wie nett er ist, wie nett, wie unendlich nett. Er ist wirklich der netteste Mensch, den ich in meinem ganzen Leben gesehen habe.

Plötzlich sagte Gregor: «Sonja müßte dasein. Sie trinkt so gern Kaffee» – als wenn es sonst nirgends auf der Welt Kaffee gäbe zu dieser Stunde –, worauf Froschele allerdings erbleichte. Gregor hatte schon das Telephon in der Hand. Er verlangte das Hotel am Zoo. Fräulein Sonja war auf ihrem Zimmer.

«Hallo», sagte Sonja.

«Du mußt herkommen, Lisbeth», sagte Gregor, die Zigarette zwischen den lachenden Lippen und in Leus Fell die freie Hand. «Wir trinken alle, alle Kaffee.»

«Ich habe Besuch, Johann», sagte Sonja im Hotel am Zoo. «Und siehe, welch Zufall, auch wir trinken Kaffee.»

«Aber euer Gebäck ist minder», behauptete Gregor. «Komm zu uns.»

«Es ist von Hamann», rief Sonjas Stimme, «und es schmeckt meiner Großmutter ausgezeichnet. Nein, wir können nicht kommen. Die alte Frau ist doch so unbeweglich.»

Sonja hängte ein, Geheimrat Bayer war ans Fenster getreten. «Einen komischen Jargon habt ihr miteinander», sagte er.

«Finden Sie?» Sonja goß Tee ein.

«Und das Gebäck ist doch gar nicht von Hamann», sagte W. B. rechthaberisch.

«Theaterleute lügen doch immer», erklärte Sonja mit Sanftmut.

«Wenn Sie mit mir telephonieren, sind Sie immer ganz sachlich», brummte W. B.

Sonja kicherte gedämpft. «Sie sind von einer Komik –», sagte sie.

«Ich weiß, ich weiß», machte er und stapfte gereizt durchs Zimmer.

In Doktor Massis' schwarzem Kabinett war es Frau Grete, die den Tee eingoß. Do lag auf dem Sofa, neben ihr saß der Doktor. Ihre Augen träumten zur Decke.

«Wie Sebastian wohl auf Morphium reagieren würde?» fragte sie mit hoher Kinderstimme. Frau Grete lachte, ohne ersichtlichen Grund, verächtlich und kurz durch die Nase. Massis wiegte spöttisch das durchtriebene Haupt. «Tiens, tiens – man denkt sogar während der Wirkung an Herrn Sebastian –» Seine Augen hinter den Brillengläsern hatten etwas merkwürdig Blindes. Mit tappend weichen Bewegungen nahm er sich die Zigaretten vom Tischchen. «Übrigens ist Sebastian kein Typ, zu dem Gifte paßten», fügte er sachlich hinzu. «Entschieden nicht. Er ist im Grunde ein Egoist, der sich nie hingibt, sondern sich bewahrt.» Vor seinem Gesicht flammte das Streichholz auf. Das struppige und zarte Antlitz lag einige Sekunden grell beleuchtet, mit den spöttischen Lippen unter dem Schnurrbart, den hohen Wangenknochen, den versteckten Augen.

✳

«Gib mir Feuer!» bat Greta den Sebastian, der, drei bunte Kissen im Nacken und zwei andere auf dem Bauch, quer über dem breiten Lotterbett lag. Er richtete sich faul auf, nahm die Streichhölzer. Greta hantierte über der Kaffeemaschine.

«Du solltest endlich deine Sachen aus dem Hotel holen», sagte sie.

«Ja», sagte Sebastian faul.

«Du fandest es wohl im Royer Collard netter als hier?» sagte sie und nahm, vor ihm auf der Ottomane kniend, sein helles Gesicht zwischen ihre beiden braunen Hände.

«Nein», sagte er, «ich finde es hier netter.»

«Du mußt deine Bücher haben!» sagte sie. «Sonst langweilst du dich.»

«Bin ich ein Literat?»

«Ich denke doch.»

«Aber ich bin doch ein Gigolo», sagte er stolz.

«Unsinn», sagte sie. «Gigolos sind ganz anders.»

«Nur in Kleinigkeiten», beharrte er.

Sie lachte laut und wiegte sich vor ihm. «Na schön, wenn es dir Spaß macht. Aber ich glaube, du täuschst dich. Gigolos sind nie so romantisch.»

«Bin ich romantisch?» fragte er. «Aber nein.»

«Doch», sagte sie und schaukelte ihn und sich, «ein romantischer kleiner Bürger.»

«Nein», sagte er, «das ist doch nicht möglich.»

«Doch, doch, doch», sagte sie, «ganz schlau und romantisch. So sind die jungen Bürger von heute.»

*

Gregor Gregori hatte sich in den Kopf gesetzt, daß Froschele ihm den Hund schenken müsse. «Das Tier gefällt mir – und ich will es haben. Wozu dulde ich diese Zwergin aus Landshut um mich, wenn sie mir nicht einmal so kleine Wünsche erfüllt.» Er sprach mit trotzig hochgehaltenem Kinn zu Goldberg-Rosenheim, der andächtig nickte.

Die beiden Herren saßen im Bibliothekszimmer der Goldberg-Rosenheimschen Villa, Grunewald. Gregor wandte dem echten Rembrandt, der zwischen den Bücherschränken braungolden schimmerte, demonstrativ den Rücken zu, wie um zu beweisen, daß er ihm keinen Eindruck machte; in Wahrheit, weil sein Anblick ihn irritierte und verschüchterte. «Ich will den Hund», sagte er durchs Telephon zu Froschele.

«Ich geb' ihn nicht her», erwiderte sie mit der eigensinnigen Schulmädchenstimme.

«Überlege dir, was du sprichst. Wenn du ihn mir nicht sofort bringst, siehst du mich niemals wieder.»

«Er ist halt mein Liebstes. Ich brauch' ihn.»

«Bring ihn mir.»

«Sie können ja sonst alles von mir verlangen –»

«Ich verlange nur das.»

«Der Leu bleibt bei mir.»

Gregori fegte den Apparat vom Ebenholztischchen. Er raste durchs Zimmer. «Erledigt, erledigt!» schrie er und stampfte. «Was nimmt das Biest sich heraus?!»

Sonja fand Froschele bitterlich weinend, ihr kleines, nasses Gesicht in Leus braunes Fell gepreßt.

«Was ist los, mein Zwerg?» fragte Sonja.

«Ich möchte heim», brüllte Froschele.

«Wohin denn? Nach Landshut?»

«Warum haben Sie mich hierher gebracht?» schluchzte Froschele in das Fell ihres Hundes.

Fünftes Kapitel

Sonja befand sich in einem merkwürdig gespannten und überempfindlichen Zustand. Ihr schien, daß es zuviel war, was auf sie eindrang. In Wahrheit war sie nicht so widerstandsfähig, wie sie auf die meisten Leute wirkte.

Was sie mit dem Theater zu tun hatte, ließ sie noch am ehesten kalt. Sie war, als Schauspielerin, nicht ohne Ehrgeiz, auch nicht ohne ein gewisses Selbstgefühl. «Ich kann schon was», pflegte sie munter von sich zu sagen. Aber was sich an Intrigen und Komplikationen um sie herum abspielte – in den Garderoben und in den Büros, auf den Probebühnen und in den Lokalen, die Theaterbörsen waren –, interessierte sie kaum. Zwei große Rollen waren ihr zugesichert – eine klassische und eine moderne –, und ihr war es gleichgültig, ob der Star, dessen Partie der König Philipp im Carlos war, auf der Direktion eine hysterische Szene machte und zehnmal behauptete, er würde keinesfalls auftreten, wenn seine Geliebte nicht die Königin Elisabeth bekäme. Sie erklärte dem Star auf der Arrangierprobe: «Ihre Freundin ist eine bezaubernde Frau und ungleich hübscher als ich. Aber dafür bin ich ungleich begabter als sie, und außerdem habe ich die Elisabeth im Vertrag.» Worauf der Star sich dämonisch duckte und etwas teuflisch Höfliches durch die Zähne zischte. – Sonja gelang es einfach nicht, das Theater in dem Grade ernst zu nehmen, wie es hier üblich war. «Ich spiele ja riesig gern», pflegte sie von sich zu sagen, «aber schließlich gibt es auch noch ein paar andere interessante Kleinigkeiten auf der Welt.» Deshalb kam sie bald in den Ruf einer zwar nicht unbegabten, aber recht frivolen und oberflächlichen Dilettantin. «Sie ist ohne Passion», behaupteten die Kolleginnen von ihr.

Ernsthafter war schon die doppelte Bedrängnis, die ihr von Geheimrat Bayer und und von Gregor Gregori widerfuhr. Sie sah beide fast täglich, und die Stunden, die sie mit einem von ihnen verbrachte, waren entschieden die anstrengendsten ihres Tages. Jeder hatte ihr gegenüber den gleichen pathetischen Ton, und jeder von beiden erwartete, daß sie ununterbrochen die Gestalt verkörpere, zu der er sie stilisiert hatte. Wenn sie mit Bayer zu Abend aß, mußte sie die grausam scherzhafte Amazone sein, die auf eine Liebeserklärung mit einem sportlichen Witz antwortete; und wenn sie sich nachher mit Gregori traf, sollte sie die mütterlich Herbe, die gütig Unnahbare, die sanft Verschleierte werden. Beide kamen zu ihr mit enormen Erwartungen, denen sie sich kaum gewachsen fühlte, und für beide bedeutete sie, inmitten eines turbulenten, ehrgeizigen und harten Tages, den einzigen Ruhepunkt, die Zuflucht und die Hoffnung auf ein vornehmeres Leben. «Ich brauche dich wie die Luft zum Atmen», hatte Gregor ihr einmal gesagt, «weil du inmitten des Chaos, in dem wir uns bewegen, das einzig reine Element bedeutest.» Und Bayer: «Ich glaube, wenn Sie nicht mehr wären, ich würde mein ganzes Leben als ein Irrenhaus empfinden. Sie geben erst dem Kampf einen Sinn – –»

Sonja hätte sich über all das lustig machen können, aber sie hatte die beiden zu gern. Sie bemitleidete und bewunderte beide, und sie gehörte zu den Frauen, denen keine echte Sympathie möglich ist, in die sich nicht Mitleid mischt. Deshalb tat sie ihr Bestes, den übermäßig gespannten Ansprüchen der beiden zu genügen, dabei kam sie sich freilich immer ein wenig wie eine Krankenschwester vor, die zwei Patienten zuliebe mit schweren Ticks eine Komödie spielen muß, in der sie abwechselnd als eine sportlich hochgeschürzte und als eine madonnenhaft tiefverschleierte Göttin zu erscheinen hat. Der Umgang mit diesen beiden anspruchsvollen, egoistischen und hilfsbedürftigen Freiern war natürlich sehr anstrengend. Meistens fühlte sie sich todmüde und obendrein merkwürdig einsam zwischen ihren beiden beredten Freunden.

Sie fand Berlin eine häßliche und aufreibende Stadt. Seit jenem schauerlichen Rout in der Regentenstraße (Würgen im Hals) war sie nie wieder in Gesellschaft gegangen, und möglichst wenig in jene Lokale, wo man Kollegen trifft. Schon was auf der Straße, in den Untergrundbahnen, aus den Zeitungen auf sie eindrang, wurde ihr fast zuviel. Sie meinte oft, dieser Stadt wirklich nicht gewachsen zu sein, sie erregte sie viel zu stark, ohne sie je zu bereichern. Sogar in scheinbar freudige Sensationen (Tanz der Lichtreklamen; entschlossene, klare, blanke Gesichter der jungen Mädchen und Burschen) mischte sich auf geheime Weise immer wieder Empörung und Ekel.

Sie sehnte sich oft nach München, wo ihr Leben so viel konzentrierter und stiller gewesen war. Die ruhige, fast behagliche Arbeit in dem großen alten Theater; ihr kleiner Bruder, die paar guten Freunde; das Haus am Platz mit dem Obelisken; der schrullige Onkel; die Ausflüge hinaus zu den Seen, Starnberger See im Vorfrühling, Chiemsee in der zitternden Hitze eines Sommertages (gelbe Sonnenblumen auf der Fraueninsel, Kahnfahrt am Abend, Schloß Herrenchiemsee, kindlich-zauberhaft zwischen den Bäumen auftauchend. «Wo dem Bayernkönig Ludwig alle seine Schlösser stehen.»).

«In Berlin scheint sich alles wie in ständigem Krampf zu befinden», hatte sie einmal zu W. B. gesagt. «Leider weiß man nicht recht, was dabei herauskommen soll. Der Lärm und die Spannung sind Selbstzweck geworden –» Darauf hatte Bayer lachend gesagt, sie spräche mit den Münchner

Neuesten Nachrichten, sie sei eine Landadlige und eine Heimatkünstlerin. – Gregor gegenüber wagte sie so ketzerische Äußerungen erst gar nicht zu tun, denn er erklärte Berlin emphatisch als die «sachlichste und modernste Kapitale des Kontinents».

Sonja tat gelegentlich, als ob sie diese große Stadt verachtete; in Wahrheit fürchtete sie sich vor ihr. Sie kam sich wie von tausend Seiten angegriffen, bedrängt vor, kaum daß sie morgens aus ihrem Hotel auf den Kurfürstendamm getreten war. Solche Vorstellungen hatte sie früher nie gekannt – «diese Stadt macht ja den Gesundesten hysterisch», dachte sie wütend –: Aus dem Äther schienen unendlich viele aggressive Reize, feinste Schwingungen, die bissen und enervierten, auf sie zuzukommen. Kraftfelder, gegen Kraftfelder tanzend. Strömungen, hin und wider. Wir, immer inmitten, Einflüssen ausgesetzt, von denen wir nichts ahnen. In unseren Leibern, unseren Hirnen verdichtet sich's zum intensivsten Gewebe. Unser Herz, ein bebendes Zentrum von geheimen Kräften. Wer weiß, welche Strahlen es seinerseits aussendet? Wer weiß, was wir wirken, indem wir leben?

Zu Sonjas neuem Angstzustand gehörte die Vorstellung, was alles gleichzeitig sich in dieser Stadt zutrug, während sie, Schritt für Schritt übers Pflaster, von der Ecke Kurfürstendamm-Joachimsthaler Straße zum Untergrundbahnhof Zoo ging. Gleichzeitig –: diese Zwangsidee kam ihr so stark, daß ihr schwindelig wurde. Wie als summendes Geräusch hörte sie nur noch die todmüden Stimmen der Telephonfräuleins, die in unaufhörlicher Klage einander die Formeln ihrer Schmerzen zuriefen – Bismarck Zwoo Nuul – Zwo undsiebenzig; Pallas Vieer und dreißig Nuul Nuul Füneff –; während ihnen von den Straßen, ein männliches Echo, tiefer, heiserer und aufsässiger, die Rufe der Zeitungsverkäufer antworteten: «B. Z. – B. Z. am Mittag –

8 Uhr! 8-Uhr-Abendblatt! – Die Welt am Abend! M. M., der Montag Morgen!»

Diese Zeitungen! – sie schienen Berlin in einem viel unheimlicheren und direkteren Sinn zu beherrschen als irgendeine andere Stadt, von der Sonja wußte. Zeitunglesen und Telephonieren waren des Berliners fixe Idee; für etwas anderes blieb wenig Platz.

Sonja faßte jede Zeitung wie einen dämonischen Gegenstand an. Wie sich das Leben in seiner vielfältig und weit verzweigten Großartigkeit und Gemeinheit hier zu konventionell andeutenden und doch so schamlos offenen Formeln zusammendrängte! Vorne die verdächtigen Neuigkeiten der Politik (Abrüstungskonferenz in Genf, italienisch-französische Flottenparität, polnische Greuel); dann die übertrieben aufgezäumte Theaterpremiere («unstreitig das große Ereignis des Winters; Reinhardts Zauberkünste; und unsere Herzen alle, alle, alle der angebeteten Elisabeth Bergner zu Füßen legen»). Der amerikanische Sensationsprozeß. («Eine Frau besteigt den elektrischen Stuhl. Unser Korrespondent drahtet: Im Zuchthaus von Rockview im Staate Pennsylvania ist soeben eine Frau mittels des elektrischen Stuhles hingerichtet worden. Irene Schröder und ihr Helfershelfer Cleen Dagne hatten seinerzeit den Polizisten Brady ermordet und waren für dieses Verbrechen von den Geschworenen zum Tode verurteilt worden. Irene Schröder starb wie eine Heldin. Die *zweiundzwanzigjährige junge Frau* nahm die Nachricht von ihrer bevorstehenden Hinrichtung mit erstaunlicher Fassung entgegen und erklärte, sie werde Amerika zeigen, *wie eine Frau zu sterben wisse.* Wenige Stunden vor der Hinrichtung macht Irene Schröder mit *größter Sorgfalt Toilette.* Sie legte ein Kleid aus grauer Seide an, schmückte sich mit Hals- und Armbändern und vergaß auch nicht, sich Puder und Schminke aufzulegen. Festen Schrittes ging sie in die Todeszelle, lehnte jegliche Stütze ihrer Begleiter ab und setzte sich, ohne mit der Wimper zu zucken, auf den elektrischen Stuhl, des schrecklichen Augenblicks harrend. – Man schnitt ihr das Haar ab, dann befestigte der Scharfrichter die Elektroden und ließ den Strom von zweitausend Volt Stärke durch den Körper der Delinquentin gehen. Nach Verlauf der vorgeschriebenen fünf Minuten war Irene Schröder tot. – Gegenüber dem Stoizismus seiner Gefährtin machte Cleen Dagne klägliche Figur. Die Todesangst hatte ihn so gepackt, daß man ihn halb bewußtlos auf den elektrischen Stuhl schleppen mußte, und sein Gesicht, das von Entsetzen verzerrt war, verriet alle Qualen der fürchterlichen Prozedur. Wenige Minuten später war auch bei ihm der Gerechtigkeit Genüge getan.»)

Hinter dem Sensationsprozeß: Annoncen. («Und abends – – in die Scala», «Leidiger Haarausfall – Trilysin», «Es urbiniert der feine Mann erst seinen Schuh, zieht ihn dann an.») Dann eine Plauderei, ästhetisch, zeitkritisch. Dann die kupplerischen Kleinen Anzeigen. («Französischer Unterricht mit spanischer Nachhilfe», «Massagesalon Gaudium, erstklassige Damen- und Herrenbedienung», «Strenge Doppelmassage, russische Art», «Maniküren, streng modern», «Heilbad Quick, geschwächten Männern empfohlen, junge Sportmasseure bedienen», «Englische Aristokratin gibt Tanzunterricht, völlig diskret.»)

Sonja, in ihrem überempfindlichen Zustand (dazu verurteilt, hautlos durch dieses Treiben zu gehen), las dergleichen mit einem merkwürdigen Grauen, wenn sie morgens mit der Untergrundbahn zur Probe fuhr. (Zoo, Wittenbergplatz, Nollendorfplatz, Bülowstraße, Gleisdreieck, Potsdamerplatz – usw., es schien kein Ende zu nehmen.) Wenn sie von ihrer Zeitung aufschaute, kamen ihr die Gesichter derer, die ihr gegenübersaßen, von einer absurden Häßlichkeit vor, zerstört von Stumpfheit und Laster,

Habgier und Dummheit. Diese Frau von fünfundvierzig Jahren, die zum Ausverkauf fuhr, wo es die besonders billigen Strümpfe gab; dieser kleine Beamte, der das fünfzehnjährige Mädchen so lüstern anschaute (und an was dachte erst das fünfzehnjährige Mädchen?). Und dieser verpickelte Gymnasiast, dem man seine trübselig einsamen Ausschweifungen von der schweißigen, bleichen Stirn, von den glanzlosen Augen las –: o Elend, Elend.

Sonja, zwischen Gleisdreieck und Potsdamerplatz, dachte: Woher kommt das Böse in die menschliche Natur, dieses antinatürliche Element? Quält ein Tier je aus Lust das andere? Es will nur fressen. Aber der Mensch.

Kleine Jungens, die Katzen die Augen ausstechen. Die sie in Säcke werfen und so lange auf ihnen herumprügeln, bis sie verreckt sind. Die Fröschen Strohhalme ins Hinterteil stecken und so lange hineinblasen, bis das Tier buchstäblich platzt. Wieso mischt sich im Menschen Grausamkeit in jede Lust? Wieso vernichtet er lieber, als daß er zeugt?

Solche Gedanken hatte Sonja in der Untergrundbahn. Man sah sie ihr keineswegs an, vielmehr wirkte sie immer noch frisch und unternehmungslustig. Zwar schien ihre braune Haut etwas nachgeblichen und jetzt von einem matten, gelblichen Ton; aber ihr schöngeschweifter, kräftiger Mund, ihre Augen, die sogar noch lebhaft und beweglich blieben, wenn sie sich im Nachdenken weiteten und dunkler wurden, ließen auf einen Menschen schließen, der intensiv, oft heftig, aber ohne ernsthafte Anfechtungen lebt.

In Wirklichkeit war sie so weit, daß sie eines Vormittags auf offener Straße plötzlich zu weinen begann.

An diesem Morgen redete ganz Berlin über einen Narren, der in der Nacht sein wunderliches Wesen getrieben hatte. Das Resultat schien schon als technische Arbeitsleistung derart erstaunlich, daß man annehmen mußte, er habe Helfer gehabt. Vielleicht handelte es sich um eine fanatische

Sekte, vielleicht auch nur um einige Spaßmacher, dann allerdings um solche von recht unheimlicher Art. – In allen Gegenden der Stadt nämlich stand auf jeder Fläche, die irgend Platz dafür bot – sei's Mauer, Bretterzaun oder Reklametafel –, in großen weißen Lettern das Wort «HINGABE» geschrieben. «Hingabe» stand unter Torbögen, an freien Stellen der Litfaßsäulen, an Neubauten und an Pissoirs. Hingabe, Hingabe, Hingabe. Gebt euch hin! Bewahrt euch nicht länger! Verschenkt euch, verschwendet euch, opfert euch! – Das Gesicht der ganzen Stadt schien durch diese Aufschriften verändert; es war, als hätte über Nacht ein Atem religiöser Ekstase, ein Wiedertäuferatem die Stadt angeweht.

Als Sonja das Wort zum drittenmal sah – es war an einer Brücke des Lützowufers –, mußte sie weinen. Sie blieb stehen und starrte mit tränenblinden Augen dorthin, wo das Mahnzeichen geschrieben war. Bewahrt euch nicht länger! Eure ganze Seele wird eingefordert! Wehe euch am Gerichtstag, wenn ihr euch bewahrt hattet! Wehe den Geizigen und Spröden!

Eine Vision von Posaunenklang, rächenden Engeln und einem Himmel, der sich zu Lichtfluten auftat, erschreckte Sonja.

«Zum Kotzen!» murmelte sie weinend. «In was für einem Zustand bin ich denn? Ich brauche Erholung. Ich brauche einen Menschen, bei dem ich mich ein bißchen erholen kann – –»

*

Kurt Petersen spielte in dem französischen Konversationsstück «Wen liebt Amélie?» den eleganten jungen Mann, der sich am Schluß für die Dame zu töten hatte. Denn in Wahrheit verhielt es sich so, daß Amélie gar nicht den eleganten jungen Mann liebte, der François hieß und mit dem sie ein

Verhältnis hatte, vielmehr Pièrre, den älteren Hausfreund, eine Möglichkeit, auf die François in seiner Naivität nie verfallen wäre, so daß er sich eben schließlich auf offener Szene erschießen mußte, als er dahinterkam. – Aus dieser Komplikation bestand das Stück, in dem nur drei Personen auftraten. Hätte man alle Phrasen weggelassen, in denen das Wort «lieben» abgewandelt wurde – «Liebt sie mich? Ich liebe nur sie! Ach, sie liebt dich? Unmöglich, sie behauptete doch immer, daß sie mich liebte» –: es wäre nicht viel von dem Drama übriggeblieben. Aber die Amélie war eine schöne Rolle und zudem eine Herzogin; sie hatte alle Register, in denen eine Schauspielerin gern paradiert: die mütterlichen und die koketten, die tragischen und die leichtsinnigen, das Zärtliche der kleinen Geliebten und die mysteriöse Kälte der Grande Dame.

Auf den Proben hatte Sonja den Schauspieler Kurt Petersen nie besonders gut gefunden. Er hatte sich aus Stuttgart lyrische Herzenstöne bewahrt, die in Berlin nicht völlig passend schienen. «Sie *schmachten* ja wieder, Kurt!» mußte Sonja ihn oft verweisen. «Schließlich muß ich mir doch Ihretwegen das Leben nehmen», meinte der Junge gekränkt.

Es rührte sie, wie er sich Mühe gab. Er war sehr ehrgeizig, aber nicht in der Art eines Schauspielers, eher wie ein eifriger Gymnasiast. Seine ganze Erscheinung, sein blankes Gesicht und seine frische Stimme hatten etwas Kadettenhaftes. Schon auf der ersten Hauptprobe war er aufgeregt wie ein Schüler beim Abitur – obwohl doch nur der kleine Regisseur im Parkett bei seiner Regielampe saß. Kurt spielte etwas zu eifrig, er überhastete sich oft und übersprang Sätze. Zu Anfang wirkte er ziemlich fahrig, aber in den großen Szenen des dritten Akts bekam er einen gewissen Glanz, eine Verve, die man bis dahin nicht an ihm gekannt hatte.

Sie spielten die Szene, wo er aufs Sofa sank, um zu stöhnen: «Das ist zuviel! Darf ich einen Moment die Augen schließen, Amélie? Meine Kraft ist zu Ende!» Worauf Sonja – im silbernen Abendkleid, denn sie kam aus der Oper, wo Pièrre in der Loge neben ihnen gewesen war – sich neben ihn zu setzen und ihn zu fragen hatte: «Armer François! Ist das Glück oder Schmerz?» – ein Satz, den sie besonders gern sprach, weil sich Güte und Hohn sonderbar in ihm mischten, Grausamkeit mit einer tödlichen Sanftheit. Es sollte der beste und überraschendste der ganzen Rolle werden, sie hatte mit einer besonderen Sorgfalt an ihm gearbeitet und war von ihm jedesmal so sehr in Anspruch genommen worden, daß auf den Proben niemals Zeit geblieben war, das Gesicht des jungen Schauspielers gerade bei dieser Stelle zu sehen. Erst bei der Hauptprobe schaute sie es an, und sie mußte innehalten. Der kleine Regisseur, der es für eine Kunstpause hielt, rief begeistert von seinem Pult: «Halten Sie das fest, Sonja! Famos, diese Pause macht den Satz doppelt so stark! Jetzt haben wir ihn!» Er tat nicht anders, als habe er ein kleines Tier gefangen, ein Vögelchen, das nun in seiner Hand zuckte. «Großartig, jetzt haben wir ihn endlich!!»

Kurts Gesicht war vor allem jung. Das war sein wesentlichstes Merkmal, sonst entdeckte Sonja zunächst keines. Es hätte, zum Beispiel, das Gesicht eines jungen Seeoffiziers sein können, sie sah es deutlich über einem blauen Uniformkragen mit goldenem Rand, aufmerksam, gesammelt, hell und anständig. Inzwischen mußte sie weitersprechen: «Sie leiden, François, und wie gerne möchte ich Ihnen helfen. Hätte ich doch damals, als ich Sie das erstemal traf, im Salon der Komtesse Lucingen – –»

Die Linie der Brauen war sehr schön in seinem jungen Gesicht, zugleich kühner und nachdenklicher Schwung. Das Haar fiel, nachlässig gescheitelt, in die blanke, freundliche Stirn. «Kastanienbraunes Haar», dachte Sonja. In ihrer Eigenschaft als Herzogin sagte sie: «Sie wissen, daß ich immer für Sie dasein würde, mein Freund.»

Kurt-François, der von dieser sanften und grausamen Dame glatt zum Selbstmord getrieben wurde, schluckte wie ein Kind, das gleich losweinen wird. Da er schluckte und mit Augen, die im Eifer des Spielens wirklich feucht waren, aufsah zu ihr, wuchs in Sonjas Herz eine schöne Beklemmung.

(Ich brauche einen Menschen. Mich ausruhen. Hingabe. Kein Kampf. Der da ist jung.)

Während sie als Herzogin weiteragierte und die hoffnungslos flachen Sätze ihrer Rolle sprach, versenkte sie sich immer tiefer in dieses Gesicht. – Sein Profil, mit der sehr gerade laufenden Nase, ist beinah griechisch. Dann sind auch die Augen sehr gut. Mandelförmig weite, dunkle Augen, kadettenhaft brav und doch nicht ungefährlich, sowohl schwärmerisch als intelligent. Der Mund ist nichts Besonderes, merkwürdigerweise scheint er nicht ganz so frisch wie sonst dies Gesicht – – Am schönsten sind natürlich die geschwungenen Brauen – –

«Wen liebt Amélie?» wurde für Sonja ein starker Erfolg. Man rühmte sowohl ihre Innigkeit als ihre Eleganz, ihre schönbelebte Stimme und die Klugheit, mit der sie Sätze formte. Aus Galanterie gegen sie vergaß man sogar, das schwache Stück zu tadeln. Vom allgemeinen Wohlwollen hatte auch Kurt Petersen was abgekriegt und war mitgelobt worden; nur einige Zeitungen schrieben, er brächte für die Rolle zwar die Jugend, nicht aber die elegante Haltung mit. Naturburschen müßten ihm besser liegen. Darüber hatte er sich furchtbar geärgert.

Nach der Premiere wollte Sonja weder mit Gregori noch mit Bayer zusammensein. Beide hatten ihr prachtvolle Blumen geschickt, aber sie dankte beiden durch neckische

Kärtchen in ihrer großen und steilen Schrift: «Müde wie ein Storch. Würde Euch unter den Händen einschlafen. Ruft morgen an. War es recht scheußlich?»

Sie ging mit Petersen in ein kleines, auf französisch hergerichtetes Restaurant, Kurfürstenstraße. Kurt war geschmeichelt, daß sie sich am Abend ihres Erfolges ihm widmete. Er benahm sich ein wenig so, wie wenn ein Leutnant mit der Gattin eines hohen Vorgesetzten soupieren darf. Sicher war er auch etwas verliebt, aber in der Art, wie er ihr zuvorkommend den Pelz abnahm, die Speisekarte reichte, lag noch eher etwas naiv Streberhaftes.

Sonja war gelockerter und fröhlicher denn je. Der Erfolg erwärmte noch ihr Blut, aber vor allem glaubte sie, daß sie sich auf eine Art verliebt habe, wie es ihr noch niemals widerfahren war. Diesmal konnte es keine Komplikationen geben. Sie war der Problematik so müde. Ausruhen. Zärtlich sein. Spielen.

Sie tranken zusammen zwei Flaschen Champagner und nachher jeder zwei Gläser eines sehr alten französischen Kognaks. Sonja rühmte sich, wieviel sie vertrug; Kurt seinerseits war entschieden schon ein wenig angeheitert. Sie blieben als die Letzten im Lokal, machten furchtbaren Lärm und Unsinn. Kurt behauptete immer, er könne viel besser kochen als Sonja, aber Sonja blieb dabei, daß ihre zarten kleinen Käsetörtchen unübertrefflich seien. Dann begannen sie unvermittelt auf eine behäbige Blumenvase zu schimpfen, welche den Tisch zierte, und Sonja erklärte zwanzigmal, diese Vase sei entsetzlich superklug, nein, so was an grausiger Superklugheit, es sei doch, rundgesagt, kaum auszuhalten.

Das Lokal war sehr kokett eingerichtet, mit roten Lämpchen und einer englischen Tapete, auf der Schäfer mit Girlanden tanzten. Kurt bewunderte vor allem die enorm großen Kognakgläser, wahre Humpen, aber aus feinstem

Glas, in denen Eisstückchen geschüttelt wurden, ehe man sie benutzte.

Beim Nachhausefahren sagte Sonja: «Das war der erste nette Abend in Berlin.» Es war ihr ganz recht, daß Kurt sie nicht noch darum bat, mit in seine Wohnung zu kommen, obwohl sie es eigentlich erwartet hatte. «Er ist so entsetzlich schüchtern», dachte sie, «und so lächerlich gute Familie.»

Aber in ihrem Hotelzimmer wiegte sie selig das erhitzte Gesicht vorm Spiegel. «Junger Schauspieler!» sang ihr Herz. «Gute Nacht – tausend Dank, schöne Augenbrauen – –»

Beim Einschlafen sah sie ihn als den jungen Tragöden eines antiken Theaters, wie er sich, Laub im Haar und im kurzen weißen Gewande, eine beglänzte Treppe hinunterbewegte, kindliche Würde, festlicher Anstand in jedem Schritt.

Für Sonja war eine Beziehung von so leichter und charmanter Unverbindlichkeit etwas vollkommen Neues. Sie gönnte sie sich, wie ein Mensch, der lange Zeit schwer gearbeitet hat, sich eines Tages zu einem faulen und lustigen Leben entschließt, mit frivoler Lektüre, viel In-der-Sonne-Sitzen und Nächten voller Musik.

Ihre beiden Freunde hatte sie wissen lassen, daß sie die nächsten Wochen ohne sie auskommen müßten. Von beiden war noch ein erschreckter und gekränkter Anruf erfolgt, aber sie fertigte sie mit einem beschwingten Übermut ab, der unangreifbar blieb.

In ihrer ganzen Stimmung war etwas Erleichtertes, als habe sie Lasten abgeworfen, etwas unbeschwert Trällerndes. Sie sah auch plötzlich viel jünger aus. Das Theaterspielen machte ihr Spaß wie noch nie; und der Beifall, der jeden Abend intensiver wurde, versicherte ihr, daß sie es jeden Abend schöner und erregender machte.

Kurt holte sie oft schon vormittags ab. Wenn nicht gerade zu trübseliges Wetter war, gingen sie spazieren, im Tiergarten oder am Lützowufer; oder sie sahen sich die Bilder irgendeiner modernen kleinen Galerie an; oder die unheimlichen Wesen hinter den beleuchteten Scheiben des Aquariums. – Kurt war sehr wißbegierig, auf seine blanke und frische Kadettenart äußerst allgemeininteressiert, ohne gerne zu tief zu bohren. Sonja lachte oft, weil er so konventionelle und reaktionäre Urteile hatte – «Na, erlaube mal, du willst doch nichts gegen unsere Klassiker sagen!» –, aber da sie verliebt war, fand sie auch diesen Zug bezaubernd an ihm. Er paßte zu dem Gesicht eines jungen Seeoffiziers. Da sie verliebt war, fand sie seine komische Korrektheit bezaubernd und seine Frische, mit Haar-aus-der-Stirn-Schütteln und hellem Gelächter, die er auch dann noch beibehielt, wenn ihm offensichtlich nicht mehr ganz danach zumute war. Er konnte sich darüber beklagen, daß die meisten Theaterleute so abscheulich unmanierlich seien. «Weißt du, ich bin aus einer Offiziersfamilie, und da empfinde ich das alles natürlich besonders stark.» Er seinerseits sagte: «Entschuldige, bitte», wenn er in Sonjas Garderobe trat und sie saß noch vorm Spiegel im Frisiermantel; er drehte ihr betont den Rücken, ohne erst hinzusehen. Das war in Theatergarderoben sonst nicht gerade üblich.

Sonja fand ihn am reizvollsten, wenn er angegriffen aussah. Das kam häufig vor, denn aus Ehrgeiz arbeitete er zuviel. Wenn er in einem Stück nicht beschäftigt war, machte er den Regieassistenten, oder er kümmerte sich um die Beleuchtung oder um die Musik. (Er war sowohl technisch als musikalisch sehr begabt; Gymnasiast, der sich gerne auszeichnet, Musterschüler mit Charme – Sonja rührte und begeisterte dies alles.) «Du bist wieder überanstrengt», sagte sie zu ihm, wenn sie sich abends in dem hübschen kleinen Restaurant, Kurfürstenstraße, gegenübersaßen. Er hatte

130

einen wehen Zug um die Augen; die gespannte und zarte Haut der Augenpartie schimmerte bläulich. Auch die Stirn, die er nachdenklich, wie ein junger Philosoph, über die Speisekarte neigte, war blaß, mit einem bläulichen Schimmer. Auf dieser ermüdeten jungen Stirn zeichnete sich der Bogen seiner schönen Augenbrauen besonders kühn und empfindlich.

Sonja und Kurt pflegten sich im Taxi zu küssen oder sich im Kino die Hände zu streicheln, wie es die Ladenmädchen mit ihren Schätzen tun; aber mehr war zwischen ihnen noch nicht geschehen. Sonja lag gewiß daran nicht viel, aber sie fand, daß es nachgerade unnatürlich wäre, wenn es ausblieb. «Er hat Hemmungen», beschloß sie bei sich. «Dieses Kind! Ihm imponiert mein Name, und ich bin ja auch mindestens zwei Jahre älter als er.»

Eines Nachmittags beschloß sie, ihn einfach zu besuchen. «Wenn ich so bei ihm ankomme, wird er ja endlich merken, daß ich bereit und willens bin.» Sie wußte, daß er zwei Zimmer in der Düsseldorfer Straße, Nähe Fehrbelliner Platz, hatte. Sie nahm sich ein Taxi und fuhr hin.

Es war ein junges Mädchen, das ihr aufmachte. Sie schien anmutig, blond, schlank und elastisch. Der Blick, mit dem sie die fremde Dame von oben bis unten maß, war mißtrauisch und kindlich – so wird ungefähr ein Proletariermädchen den Gerichtsvollzieher oder den Kriminalbamten betrachten, mußte Sonja in ihrem erschrockenen Herzen denken.

Plötzlich stand Kurt hinter dem Mädchen, er hatte einen recht plumpen Hausanzug aus Flanell an und konnte vor Verwirrtheit zunächst gar nicht sprechen. «Das ist meine Freundin Lisa», sagte er schließlich, da das Mädchen ihn durch teils gehässige, teils flehende Blicke dazu zwang.

Sonja dachte zunächst, sie müsse sofort umdrehen und die Treppe wieder hinuntergehen; statt dessen trat sie ein, etwas benommen im Kopfe.

«Lisa», dachte sie, «Lisa, Lisa – man hat mir verschwiegen, daß sie Lisa heißt –», als wenn man ihr sonst nichts verschwiegen hätte.

Sie saßen, alle drei bleich und steif, in einer scheußlichen guten Stube. Plüschmöbel und in einem Glasschrank einige bunte Unholde aus Porzellan.

«Du mußt Tee machen, Pudel», sagte Kurt nach einer Pause, die unerträglich wurde, zu seiner Freundin.

«Freilich, er nennt sie Pudel. Pudel, wie zärtlich und lustig. Nur paßt es eigentlich gar nicht zu ihr.»

Das Mädchen Pudel sah die fremde, schöne und gescheite Dame haßerfüllt an. Sie wußte: das war die, mit welcher ihr Kurt die letzten Wochen herumgezogen war. Derentwegen man fast verrückt vor Eifersucht hatte werden müssen. Die Schauspielerin, die so wundervolle Kleider auf der Bühne trug und mit einer dunklen, schönen Stimme sprach.

«Ich möchte der Dame mein Kind zeigen», sagte das Mädchen plötzlich mit einer leisen und bösen Stimme.

«Sie haben ein Kind?» fragte Sonja.

«Ja», sagte das Mädchen. «Von Kurt.»

Sie erhob sich aus ihrem Plüschsessel und ging schnell hinaus. Ihr Haar war sehr hell gefärbt. Ihr helles und intelligentes Gesicht war sicher zärtlich und lieb, wenn sie es nicht gerade so böse machte. Es war naiv hergerichtet, mit dick schwarzgemachten Augenbrauen und einem rot verschmierten Mund. Sie trug schwarze Strümpfe und Schuhe zu einer waschblauen Küchenschürze.

Kaum daß sie hinausgegangen war, sagte Kurt Petersen, bleich bis in die Lippen, ungeschickt, leise und theatralisch: «Kannst du mir jemals verzeihen?» (Bläuliche Adern auf der überanstrengten Stirn, zart gespannte, bläuliche Haut um die Augenpartie.) Sonja mußte nicht antworten, denn das Mädchen kam mit dem Kinde.

Lisa schob den kleinen Buben vor sich her, der ein rundes, blondes, borstiges Igelköpfchen hatte, große runde Augen machte und in der Nase bohrte. Sie selbst hatte ihre blaue Schürze in aller Eile abgelegt; darunter trug sie ein einfaches, schwarzes Kleid mit etwas bescheidenem Weißen am Ausschnitt.

«Wie alt ist es?» fragte Sonja, die anfing, ihre gesellschaftliche Fassung wiederzubekommen.

«Drei Jahre.»

Seit beinah vier Jahren lebte also Kurt mit dem Mädchen. Er konnte kaum zwanzig gewesen sein, als das Kind kam. Junger Vater.

Lisa streichelte stolz, fast triumphierend ihr Kind. «Er heißt auch Kurt», erklärte sie, als wenn das etwas Besonderes wäre. Junge Mutter. Der kleine Bub, der sich an sie schmiegte, ließ sie zugleich proletarischer und gediegener erscheinen. Junge Mutter, die für ihr Kind arbeitet. Junge Frau aus dem Volk, die geliebt und geboren hat. Und Kurt ihr Gemahl. Der junge Schauspieler – ihr Gemahl.

Sonja, zwischen den beiden, fühlte sich unfruchtbar und verworfen. Sie fühlte sich verdorren; isoliert, intellektuell, pervers und einsam werden. «Ich bin eine gräßliche Nachteule zwischen den beiden», dachte sie schaudernd. Immerhin hatte sie aus ihrem starren Entsetzen heraus- und zu ihrem eigentlichen Jargon zurückgefunden.

Das war das allerschlimmste, die bösartigste Schmach, die dieser Junge ihr angetan hatte, dieser Junge, an den sie so viel Zärtlichkeit gegeben hatte: daß er es zu dieser Situation hatte kommen lassen, zu dieser jammervollen Gruppierung: sie, als die Raffinierte, Ausgepichte und Verwöhnte, die sich zwischen das junge Paar hatte drängen wollen.

Inzwischen fragte sie, welche Kinderkrankheiten der kleine Kurt schon gehabt und wieviel er wiege. Sie war schon wieder sehr gewandt und sogar scherzhaft. Auch Lisa

wurde gesprächiger. Kurt erinnerte sie, nicht ohne Gatten-
strenge: «Du wolltest Tee machen, Pudel.»

Sie stand auf, wurde etwas rot und sagte zu Sonja: «Ent-
schuldigen Sie, gnädige Frau.»

Die Idylle, zu Ende. Zu Ende das sanfte Zwischenspiel,
das sie sich hatte gönnen wollen. Nun wurde es wieder
ernst. W. B. oder Gregori. Oder wartete schon ein Dritter?

Kurt, in einem Flanellpyjama (grau, mit weinroten Sei-
denaufschlägen), saß wie das lebende schlechte Gewissen
da. Er nagte an seiner Unterlippe und machte finstere
Augen. Sein Gesicht brachte es aber nicht dazu, echten
Schmerz auszudrücken. Es war das Gesicht des Schülers,
der Pech in einer Prüfung gehabt hat.

«Bemühen Sie sich doch nicht», sagte Sonja liebenswür-
dig zu Lisa, die sich mit einem Topf heißen Wassers zu
schaffen machte. «Ich muß doch gleich gehen.»

✳

Wieder allein. Sonja, wieder allein.

Sie konnte sich wieder zwischen dem Geheimrat und
Gregor Gregori teilen. W. B. erzählte ihr jeden Tag, daß er
sich von Julia scheiden lassen wollte; nicht genug damit, er
war im Begriff, überall Schluß zu machen. «Ich räume auf»,
sagte er. «Ich will frei für Sie sein.»

Gregor schloß um diese Zeit den großen Vertrag über die
Schauburg. Er hatte den ganzen Tag Sitzungen und Konfe-
renzen, abends tanzte er noch in der Oper und betrug sich
gegen alle Welt gereizter und größenwahnsinniger denn
je. Demütig war er nur, wenn er mit Sonja sprach. Sein Masochismus war die Kehrseite seiner ungesunden Überheb-
lichkeit. Sonja war die einzige, die ihn in seiner tiefen Unsi-
cherheit, seiner Armut kannte. «Ich brauche dich – ich
brauche dich, Sonja!» war das zweite Wort, das er ihr sagte.

Zu allen Schwierigkeiten dieses Lebens kam für Sonja

noch die Betrübnis, daß sich Froschele ihr immer deutlicher entzog. Sie zeigte sich immer verkniffener und rätselhafter, wenn sich Sonja um sie bemühte. Oft verschwand sie für Tage, dann wohnte sie bei Frau Grete oder bei Massis. Sonja konnte nur mit Widerwillen an die Idylle denken, die allabendlich sich in Doktor Massis' Kabinett herstellte. Ihr Sauberkeitsinstinkt sträubte sich gegen das Bild: Do auf dem Sofa, mit geschlossenen Augen oder zur Decke träumend; Massis, Frau Grete, Froschele in den schwarzen Sesseln. Auf dem Tischchen noch das medizinische Gerät, das allen zu dieser wunschlos friedevollen Stimmung verholfen hatte. Massis, der mit zarter Stimme über letzte Fragen scherzte und philosophierte. Do, die kindlich über seine hintergründigen Schnurren lachte. Frau Grete, die nervös schnüffelnd Klatsch erzählte, sich mit Massis zankte, Froschele und Do vor ihm warnte. «Der ist ganz übel», erklärte sie, während der Doktor amüsiert den Kopf wiegte. «Ich warte nicht erst, bis er mich kaputtmacht. Eines Tages bin ich weg von hier.» – «Das sind charmante Aussichten», sagte Massis. «Dann wirst du mich nicht mehr durch deine vulgäre Eifersucht stören, wenn ich mit Do und Mamsell Froschele flirte.» Worauf Frau Grete bitter durch die Nase lachte. Massis streichelte Dos kühle und schlanke Hand. – –

Sonja verwendete sich bei Gregori für Froschele, denn sie meinte, wenn er sie erst wieder in Gnaden aufnehmen würde, müsse die Massissche Atmosphäre ihre Anziehungskraft verlieren. Aber Gregor blieb unbarmherzig. Er sagte: «Sie interessiert mich einfach nicht mehr. Ein solches Wesen existiert nur für mich, wenn es mir bedingungslos gehorcht.» Sonja, in ihrem Zustand von starrer Müdigkeit, brachte es nicht fertig, weiter in ihn zu dringen. Sein Verhalten war ihr unerklärlich und abstoßend. Sie zog sich ihrerseits ein paar Tage von ihm zurück.

Außer den Kollegen, mit denen sie abends spielte, sah sie

nun überhaupt keine Menschen mehr, denn sie ließ sich auch vor W. B. verleugnen. Petersen traf sie nur auf der Bühne, wich ihm im übrigen aus. Er raunte ihr einmal zu, daß er sich mit ihr «aussprechen» müsse, aber sie lehnte stumm ab. Der Anblick seines schlechten Gewissens war ihr peinlich; Schmerz glaubte sie nicht mehr zu spüren. Das Herz schien ihr eingefroren, sie ließ nichts mehr an sich heran.

«Sie ist eiskalt», beklagte sich Froschele über sie bei Massis. «Sie *ahnt* nicht einmal, daß ich leide.»

Froschele konnte kaum essen und schlafen, seitdem sie Gregori nicht mehr sehen durfte. Die Spritze wurde ihr einziger Trost. Einmal die Woche gestattete sie sich, bei Gregori anzurufen, um das alte Dienstmädchen zu fragen, wie es ihm ginge.

«Wie geht es dem Herrn?» fragte sie.

Die schwerhörige Magd verstand zunächst nicht. Dann antwortete sie: «Danke, Fräulein Froschele. Er ist den ganzen Tag nicht zu Haus.»

Diese Augenblicke, während deren sie mit Gregoris Wohnung verbunden war, wurden die einzig glücklichen in Froscheles Dasein, für Wochen.

Sechstes Kapitel

Der Telegraphenbote läutete acht Uhr morgens an Gretas Atelier. Er mußte fünf Minuten lang läuten, bis Sebastian ihm verschlafen öffnete.

Ein Telegramm für Madame, eins für Monsieur. Sebastian gab dem Mann fünf Francs Trinkgeld und sagte: «Merci.» Sebastian sagte immer seinerseits «merci», wenn er Trinkgelder gab, aus Verlegenheit, denn er fand es peinlich, erwachsenen Leuten Kleingeld zu schenken.

Das Telegramm an Sebastian lautete:

«Bitte Dich sehr wenigstens auf einen Tag Berlin zu kommen da vor Entscheidungen stehe die ich mit Dir unbedingt besprechen muß Zärtlichkeit Do.»

Das an Greta:

«Bin morgen Mittwoch früh Paris Gruß W. B.»

«Gib mir erst mal eine Zigarette», sagte Greta. «Also W. B. kommt.»

«Do will heiraten», sagte Sebastian.

«Besonders nett ist sein Telegramm allerdings nicht.» Greta wog die Depesche in der offenen Hand, als könne sie an ihrem Gewicht feststellen, wie nett sie sei. «Willst du wirklich fahren?» fragte sie Sebastian.

«Ich weiß nicht. Soll ich?»

«Ja», sagte Greta. «Du mußt wohl.»

Sebastian wurde sofort mißtrauisch. «Du willst mich weg haben?»

Sie fragte unschuldig: «Wieso?»

«Weiß dieser W. B. eigentlich, daß ich bei dir wohne?»

«Ich glaube, daß ich's ihm mal geschrieben habe.»

«Es macht ihm aber nichts aus?»

Greta, mit Stolz: «W. B. liebt mich!»

«Und ist deiner so sicher? Oder hat ganz resigniert?»

«Keins von beidem. Aber das, was ich ihm gebe, genügt ihm. Ich habe ihn wahnsinnig gern. Und er ist so viel älter als ich. Ältere Menschen sind etwas Wunderbares – wenn sie überhaupt was sind.»

Sebastian schwieg. «Komische Beziehungen», sagte er schließlich.

«Welche?» erkundigte sich Greta.

«Ich meine nur so – unsere – untereinander.»

«War das früher viel anders?»

«Das unterliegt alles Gesetzen, die sich erst mählich bilden. Wie steht es, zum Beispiel, heute mit der Eifersucht? Und sind die Bindungen, auf die Menschen sich einlassen, wirklich lockerer, als sie früher waren, oder scheinen sie's nur, weil die Zwangsvorstellung des Besitzes sich zu verflüchtigen anfängt? Ich glaube, sie scheinen nur lockerer. Im Ernstfall ist immer alles noch tödlich.»

«Nun fang nur nicht an, über die junge Generation zu philosophieren.» Greta gähnte. «Also W. B. kommt – endlich mal wieder!»

«Man experimentiert mehr als früher», sagte Sebastian. «Und man macht sich weniger vor. Aber im Ernstfall ist es wohl immer das gleiche. Na, ich bin ja gespannt – –»

Greta fand, daß er hübsch und nachdenklich aussah, wie er da stand, in seinem schwarzen Pyjama. «Komm her!» sagte sie. Aber Sebastian kam noch nicht. Er setzte seinen deutschen Monolog fort. «Jetzt fahre ich also zu Do, um sie zu beraten, ob sie heiraten soll oder nicht. Do wollte mich heiraten. Ich lebe mit dir, und du erwartest deinen alten Freund, den du wahnsinnig gern hast.»

«Daß ihr immer über alles quatschen müßt!» sagte Greta.

Geheimrat Bayer kam um neun Uhr fünfunddreißig Minuten mit dem Train Bleu, Gare du Nord, an. Er übergab seine Handtasche dem Diener des Hotels du Rhin, der ihn am Bahnsteig erwartete. «Ich gehe ein Stück zu Fuß», sagte er.

Geheimrat Bayer schnupperte: Paris. Ich bin seit über drei Monaten nicht hier gewesen, rechnete er sich aus. Ja, dann kam Sonja. Er stellte sich Sonja vor, ihr belebtes, aufmerksames junges Gesicht, und er wünschte sich, daß sie hier an seiner Seite wäre. «Mit Sonja durch diese Stadt zu schlendern. Überhaupt: zu reisen mit Sonja.»

Er träumte, während er die morgendlich graue Straße hinunterging, von einer südlichen Landschaft: blaues Meer und rostbrauner Felsen; Sonja in einem bunten Badetrikot; mit Sonja über Paris nach Korsika; nach Madeira. «Aber ich muß zu Greta. Arme Greta. Was heißt arme Greta? Sie lebt doch mit ihren Burschen. Braucht sie mich denn? Und ich lasse ihr ja die Rente.»

Er trat in ein großes Café, bestellte sich eine Schokolade und ein Hörnchen. Das Hörnchen war blättrig-buttrig und weich. Er freute sich an den langen Broten, die in der Ecke standen, lang, dünn und blond, helle, knusprige Spazierstöcke; an den guten französischen Likören in den Regalen der Bar (Benediktiner, Grand Marnier, Vieille Cure, Curaçao), an den kleinen Karaffen für offenen Weißwein, Rotwein, vin rosé.

Er schlenderte durch die Straßen – reicher, dicker, fremder Herr im offenen Kamelhaarmantel, die Hände in den Hosentaschen, den Hut unternehmungslustig schief gesetzt. Er pfiff einen Gassenhauer; seine breite, fleischige Nase schnupperte die Gerüche der Stadt: ein wenig Anis, ein wenig Cotyparfüm, ein wenig Ölgebackenes, ein wenig Schmutz, Wein und die scharfen Gerüche der offenen runden Pissoirs.

Als er – über eine Stunde war er gewandert – an der Place Vendôme ankam, hatte er den unangenehmen Zweck seiner Reise ganz vergessen. «Un petit bonjour, Place Vendôme.» Im silbergrauen Licht des dunstigen Vormittags stand schlank die Säule. «Welche Jahreszeit haben wir eigentlich?» dachte W. B. «Eine ziemlich winterliche, kommt mir vor. Aber hier ist ja alles so abgeschliffen, alles so zivilisiert, sogar die Jahreszeiten. Es könnte auch September oder April sein.» – Er bog zum Hotel du Rhin ein. Gegenüber lag, von einer unsichtbaren Glorie des Reichtums, des internationalen Klatsches und der mondänen Geld- und Liebestragödien umgeben, das Ritz. – Geheimrat Bayer, plumper und schwerer Berliner Geschäftsmann, dachte an Proust und lauter zarte und anrüchige Dinge, während die Direktoren des Hotels du Rhin ihn begrüßten.

Er badete, rasierte sich, frühstückte noch einmal (diesmal Tee mit Toast und Orangenmarmelade), zog frische Wäsche und den zweiten Anzug an, den er im Handkoffer bei sich hatte; ging hinunter, ließ ein Taxi kommen und sagte dem Chauffeur Gretas Adresse. Als der Wagen in die Rue de Rivoli einbog, spürte W. B. noch einmal die freudige Erregung – in Paris zu sein; je mehr er sich Montparnasse näherte, desto nachdenklicher wurde er. «Ob sie weinen wird?» dachte er, als er an Gretas Atelier klingelte.

Sie öffnete selbst. Er sah sie vor sich in der Türe stehen, in einem papageienbunten Pyjama, mit Bastsandalen und rotgeschminkten Zehennägeln. «W. B.!» rief sie mit einem hohen, zwitschernden Freudenlaut und streckte ihm ihre braunen Arme entgegen.

Vor Freude, ihn wiederzusehen, hatte sie nasse Augen.

*

Im Korridor der Pension am Kurfürstendamm roch es nach Flieder. Eine Dame ging in weißer Schürze umher und zerstäubte aus einer Spritze den Wohlgeruch. Sie öffnete Sebastian die Tür zu Dos Zimmer.

Das Zimmer war groß und rosa möbliert. Von der Wand zur Mitte des Zimmers: zwei große Betten, nebeneinandergestellt. Eines von ihnen war nicht bezogen. Im anderen lag Do. Als Sebastian eintrat, richtete sie sich auf. Sie trug ein orangefarbenes Phantasiegewand aus Seide, mit einer schwarzen Schleife am Hals. Ihr Gesicht war magerer geworden. Es schien immer noch kindlich, trotz der schmaleren Wangen.

«Wie siehst du aus?» fragte Sebastian. Er fand, daß ihre Hautfarbe noch ein wenig grauer sei als früher, ihr Fleisch noch etwas lockerer, poröser und substanzloser. Er sagte aber: «In deiner Art – reizend.» Sie lächelte dankbar mit ihrem großen, rotgemachten Mund.

Er setzte sich zu ihr ans Bett; gleich war ihm, als sei er niemals von ihr fort gewesen. «Ich habe sie doch am liebsten von allen», dachte er, während sie plauderten. «Warum mußte ich nun wirklich fort von ihr? Ja, das gehört wohl zu den Zwangsideen unserer Generation: immer fort zu müssen. Oder ist es meine private Zwangsidee? Es war eben einfach zu gemütlich bei ihr – –»

Sie besprachen sich über alles. Ihr Ton blieb sachlich, obwohl es um Gefühle ging, aus denen heraus sie ihr Leben entscheiden würden – so oder so. Sebastian hörte sehr genau hin, in welcher Art sie von Massis redete: er fand, es war keine sehr zärtliche Art, aber eine sehr ehrfurchtsvolle. Sie war ihm hörig, ohne ihn zu lieben. Er hatte sie ganz in seiner Gewalt – so sehr, daß er es nicht einmal nötig gefunden hatte, dieses Zusammentreffen mit Sebastian zu verhindern. Sebastian fand seine liebe Do völlig abhängig von einem Menschen, den er als äußerst gefährlich kannte. Trotzdem konnte Sebastian, dessen Grundfehler es war, die Angelegenheiten seiner Freunde – wie übrigens auch seine eigenen

– zuerst ästhetisch, dann erst moralisch oder von einem noch schlichteren Standpunkt aus zu beurteilen, nicht umhin, diesen Menschen großartig zu finden. «Was dieser alte Hexenmeister da wieder fertiggebracht hat!» dachte er, halb entsetzt, halb belustigt.

Seine Bewunderung ließ nach, als er merkte, daß dieser verdächtige Mensch nicht nur mit geistigen Mitteln gearbeitet hatte, sondern auch mit sehr materiellen, die nicht mehr im Gebiet des «Interessanten» lagen (mochte man dieses Gebiet noch so weit fassen), sondern die Sebastian einfach als unanständig empfand. Do nahm also Morphium. Davon würde sie nie wieder loskommen, er kannte doch Do. Sie war genau die Natur, die einem solchen Zauber verfiel – verfiel mit Haut und mit Haaren. Sublimer Selbstmord also, in den Armen des Doktor Massis, der sein arges Experiment mit mörderischer Zärtlichkeit überwachte. Und zu dieser finsteren Ehe sollte Sebastian raten? Aber – würde er abraten können? Er hatte Do gerne, aber er glaubte sie nicht daran hindern zu dürfen, wenn sie denn zur Hölle fahren wollte. Vielleicht war es die einzige Konsequenz, die ihr blieb. Zu ihrem ersten Gatten konnte sie schließlich nicht zurück, nach allem, was sie inzwischen erlebt hatte. Und zu Sebastian auch nicht. Sie hatte sich etwas zu weit hinausgewagt für ihre Verhältnisse. Sich zurückzuschwindeln war sie die Natur nicht. «Sie ist ein mutiges Kind», dachte Sebastian. «Ein radikales Kind. Freilich – sie hätte ihre Entschlossenheit besser benutzen können – – Wieviel Energievergeudung in der Welt! Ein so schönes Leben – und wie schlecht verwendet! –»

Während er räsonierte, sagte sie: «Du mußt auch eine Spritze versuchen. Dann werden wir viel näher beisammensein –» Dabei sah sie aus wie eine Fünfzehnjährige.

Sebastian sagte: «Du weißt doch, daß ich es gelegentlich versucht habe.»

«Ist es nicht wunderschön?» fragte sie gierig.

Er bestätigte: «Es ist ziemlich schön.»

Sie machte sich schon an die Vorbereitungen, köpfte die Ampulle, säuberte das Instrument mit Alkohol. «Ich nehme nicht reines Morphium», erklärte sie eifrig. «Was ich nehme, heißt Eukodal. Schwesterchen Euka. Wir finden, es macht viel schönere Wirkung.»

(«Wer ist wir?» überlegte Sebastian mit flüchtigem Ekel. «Doktor Massis – und Frau Grete.») «Ich gebe dir nur eine Ampulle. Oh, oh –», redete sie weiter.

Er dachte: Warum soll ich nicht mitmachen? Entweder – oder. Entweder ich unternehme einen Rettungsversuch – oder, wenn es schon das letztemal ist, soll sie es wenigstens möglichst nett mit mir haben. – Sie soll es möglichst nett mit mir haben. – Er ließ sich die Injektion machen.

Als bei ihm die Wirkung einsetzte – diese undefinierbare euphorische Wirkung, die sich auf eine kuriose Art mit Übelkeit mischte –, merkte er, wie er in die Sphäre eintrat, in der auch Do sich befand. Die Probleme wurden hier nicht einfacher, aber leichter. Sie wurden nicht weniger kompliziert, aber man war eher geneigt, sie spielerisch zu lösen. Nebeneinander auf den Betten liegend, besprachen sie weiter ihre Angelegenheiten. Sie kamen auf Greta. Er erzählte von ihr: von ihrem wilden, weiten Gesicht; wie es überall lebendig wurde, wo sie hinkam, und von ihrer plötzlichen Traurigkeit. Do fragte schließlich: «Hast du diese Frau sehr gern?» Sebastian hob die Schulter.

«Doch, ich glaube schon – ziemlich gern. Sie ist wundervoll zu mir, weißt du. Und dann bin ich dadurch an sie gebunden, daß sie mich im Augenblick so notwendig braucht.»

Dos Gesicht wurde nachdenklich. Sie schaute grüblerisch, mit zusammengezogenen Brauen, wobei sie mit der Zungenspitze an der Oberlippe spielte, wie ein Kind, das an

143

seiner Schulaufgabe rechnet. Abschließend meinte sie: «Komisch – immer einer den anderen.»

Sebastian fragte: «Wieso?»

Sie erklärte ihm wichtig: «Massis weiß in allen diesen Dingen so unheimlich genauen Bescheid – mit dem Brauchen, meine ich. Immer einer den anderen. Das ist sehr schauerlich eingerichtet. Er spricht so gescheit darüber, aber das macht es doch nicht weniger schrecklich. Er sagt, der Fluch, den Gott damals über uns verhängt hat – du weißt schon, beim Sündenfall –, bestände darin, daß die ursprüngliche Einheit des Lebens gespalten worden sei. Er nennt es den Fluch der Individuation oder so ähnlich. Einer findet den andern nicht mehr. Massis behauptet, wir könnten uns überhaupt nicht vorstellen, daß der andere wirklich lebt, daß er seinerseits auch ein Ich ist. So gründlich sind wir voneinander getrennt. Ich finde, das wäre ja nicht so schlimm, wenn nicht gleichzeitig der eine so auf den anderen angewiesen wäre, zu dem er doch keinen Zugang hat, er kann ihn sich nicht einmal vorstellen, genaugenommen existiert er also gar nicht für ihn. Er braucht etwas, das gar nicht für ihn existiert. So isoliert und dabei so hilfsbedürftig zu sein – das ist doch gräßlich; ganz trostlos ist das doch einfach – –»

Sie hob ihr entsetztes Kindergesicht aus den Kissen. Die Vorstellung dieser hilfsbedürftigen Isoliertheit schien sie wie ein Alptraum zu überfallen.

Sebastian fragte vorsichtig: «Aber, zum Beispiel, Massis: hast du an ihm nicht doch einen gewissen Halt? Ich meine: ist da nicht doch eine Verbindung, eine Zusammengehörigkeit?»

Do hatte den Kopf wieder zurückgelegt, aber das Entsetzen war immer noch da. «Wenn ich das wüßte, hätte ich dich doch nicht kommen lassen», sagte sie vorwurfsvoll. «Er will mich heiraten.»

«Ja», sagte Sebastian.

Sie sprach langsam weiter: «Ich glaube wohl, ich werde es auch tun müssen. Er kann mit mir machen, was er will. Er hält mich so fest – so, so, so. Und dann ist da noch das Morphium.»

Sebastian sagte, leichthin, als wenn das nichts zur Sache täte: «Ich mag ihn eben einfach nicht besonders.»

Sie schien es zu überhören. Zur Decke hinauf sagte sie, mit schmachtend geschlossenen Augen: «Aber dich habe ich mehr geliebt – ganz gewiß habe ich dich viel mehr geliebt als ihn.»

Sie schwiegen. Schließlich begann Do wieder: «Du kannst mir also auch keinen Rat geben?» – schüchtern, als wenn sie ihn um einen viel zu großen Gefallen bäte. So reagierte er auch. «Ich frage dich auch nicht um Rat, ob ich Greta heiraten soll», meinte er hart.

Do wurde gleich etwas eifersüchtig.

«Will sie es denn?»

Sebastian schüttelte den Kopf, nicht als Antwort auf ihre Frage, sondern in seinem eigenen Gedankengang.

«Aber so geht das nicht. Nein, so geht das wohl nicht. Es ist vielleicht Wahnsinn, immer auf das ‹Eigentliche› zu warten, und sicher hat dein Massis recht mit seinen Einsamkeitstheorien. Aber andererseits muß doch jedem eine Begegnung bestimmt sein, wo, für Augenblicke wenigstens, diese Trennung überwunden wird; wo, für Sekunden wenigstens – –»

Er hörte zu sprechen auf. Nach einer Pause nahm er Dos Hand und streichelte sie mit seinen beiden Händen.

«Ich habe ja einmal gedacht, du wärst es. Ich habe es ja damals gehofft. Erst damals, als ich plötzlich abreisen mußte, ist mir klargeworden, daß es ganz zuletzt und ganz genau genommen eine Täuschung war – –»

Er küßte ihre Hände, während er ihr das gestand. Sie

schmiegten ihre Körper enger aneinander. Sie liebkosten sich in Trauer und Zärtlichkeit.

«Also, heirate deinen Massis», sagte Sebastian, traurig und zärtlich. «Er wird dich umbringen.»

«Glaubst du?» fragte sie, aber nicht angstvoll, mehr sachlich interessiert.

Ebenso sachlich nickte Sebastian zur Antwort. «Aber das ist vielleicht noch nicht das schlechteste. Du warst ja immer so sensationslüstern.»

Dieser Feststellung schien Do mit geschlossenen Augen sehr gründlich nachzusinnen. Vielleicht schlief sie darüber auch ein. Es verging einige Zeit; eine halbe Stunde, oder zwei, oder drei Stunden (das Opiat verwischte den Zeitbegriff; selige Ungenauigkeit, die letzte Fessel – die: daß man die Zeit zu Ende leben muß – zeigte sich gnädig gelockert).

Sebastian bemerkte, daß das Licht der Nachttischlampe fahler wurde. Hinter den Fenstern hing es nicht mehr schwarz, sondern grau. Die Nacht ging zu Ende, oder sie war schon vorbei.

Dos Gesicht in den Kissen war jetzt noch blasser. Über ihre ungeformte, unschuldige Stirn schienen Träume zu gehen, sie hielt die Augen geschlossen, ihr großer, kindlicher Mund lächelte. Auch Sebastian träumte, aber mit offenen Augen.

Er träumte in den Spiegel hinein, aus dem sanft Gestalten traten. Zärtlich oder mit warnend erhobenen Fingern schwebten sie in das elegante rosa Pensionszimmer, das durch ihren Besuch weit und geheimnisvoll wurde. Es wurde kahl, die Möbel schienen auseinanderzurücken, zu erbleichen und abzumagern. Links und rechts vom Bett lächelten zwei süße Sektreklamen. – Übrigens hielten sich die Gestalten nicht lang, wenn sie erst aus dem Spiegelglas ins Zimmer getreten waren. Ein leichter, aber frostiger Wind schien zu wehen, der sie zerblies.

Jene Gestalt, die nun gerade im Spiegel auftauchte, zeigte nur ihren Rücken. Es mußte ein dreizehnjähriger Junge sein, er war sehr mager und hatte die Schultern in frierender Haltung etwas hochgezogen. Die Arme hielt er nach vorn, Sebastian vermutete, daß er mit beiden Händen sein Geschlecht anfaßte, aber er bewegte die Hände nicht. Der Rücken des Kindes war beinah durchsichtig, man sah in schwarzer, zarter und genauer Linie das Rückenmark aufsteigen, von dem die Nerven ausgingen wie feiner Rauch. In höchst rührender Akkuratesse unterschied man die Halswirbel und im kindlich runden Hinterkopf das Hirn, das als schwärzlich dichte Wolke schwebte.

Das frierende Kind – etwas rachitisch und doch so zauberhaft vollkommen in jeder Linie seines unfertigen Leibes – wandte sich nicht um, es zeigte weder sein Antlitz noch sein Geschlecht, an dem die Hände spielten. Sebastian wartete sehr darauf, doch vergeblich. Statt dessen mußte er ansehen, wie das Kind immer blasser wurde und sich schließlich ganz verflüchtigte. Es zerging von unten nach oben in grauen Dunst, der Rücken löste sich auf, dann die frierenden Schultern. Schließlich blieb nur noch die schwärzliche Wolke des Hirns im Spiegelglas schweben. Da schloß Sebastian die Augen.

Er öffnete sie wieder nach einigen Minuten, während derer er mit aller Kraft versucht hatte, die schmerzlich-süße Figur des Kindes seinem Gedächtnis einzuprägen und bei sich zu bewahren; er stand auf und sagte: «Na, jetzt wird es aber wirklich Zeit, daß ich gehe.»

Do machte ihr verschlafenes Babygesicht. «Warum, Goldhase?» miaute sie und schmollte.

Sebastian, schon vorm Waschtisch, meinte: «Es wird ganz gesund sein, noch ein paar Stunden in seinem eigenen Bett zu schlafen.»

Eiskaltes Wasser auf Gesicht und Hände. Kaltes Wasser

in den Mund genommen und ausgespült. Haar naß gemacht. Die letzten Träume zergehen. Große Erfrischung.

Er neigt sich noch einmal über die Frau im Bett (habe ich mit ihr geschlafen oder nur an ihrer Seite Träume gehabt?).

«Sehen wir uns nochmal?»

«Sicher doch, Do.»

«Wann fährst du wieder?»

«Ich denke, heut abend oder morgen früh.»

«Hast du mich gern?»

Er küßt ihr die Stirn.

«Wirst du mich auch noch gern haben, wenn ich Massis heirate?»

«Immer.» –

Das pompöse Marmortreppenhaus lag in bleichem Licht. So schien es viel größer als sonst. Ins Kolossale geweitet, Riesenhalle in weißem Licht. – Unten die Haustüre war noch zugeschlossen. Sebastian pobierte erst den falschen Schlüssel, den für den Lift. Dann freute er sich, wie glatt der richtige sich im Schloß drehte, «wie in Butter», dachte er entzückt, im Kopf leichte, fröhliche Leere. Er trat auf den Kurfürstendamm, es war halb fünf Uhr morgens.

Sein Hotel lag auf derselben Straßenseite wie das Gebäude, aus dem er kam, nur ein paar Häuser weiter der Joachimsthaler Straße zu. Er wollte gleich hingehen, aber er zögerte, so sehr begeisterte ihn die frische Luft, das Bild der morgendlichen Straße. Er atmete tief. War ihm nicht doch noch ein wenig übel? Aber zugleich so glücklich am ganzen Körper, so wohlig erschöpft wie nach einer herrlich geglückten Liebesnacht.

Er war noch nie zu dieser Stunde auf dieser Straße gewesen, wenigstens erinnerte er sich nicht. Die große Schönheit, die er so unvermutet an ihr fand, ergriff ihn wie der plötzliche Anblick des Meeres. Geliebte Straße! rief sein Herz ihr zu. – Das mußte noch Euphorie sein, aber nicht

die dumpfe und benommene mehr, die Liebliches und An-
rüchiges bedenklich ineinander vermengt hatte; sondern
eine, die sich mit morgendlicher Frische und mit der freu-
digsten Klarheit verband.

Die breite Straße, die er nur krank von Lichtern und
Lärm, aussätzig von Menschen gekannt hatte, lag in solcher
Stille, daß es auch in Sebastians Herz feierlich leise wurde.
Hinter der Gedächtniskirche ging rosiges Licht auf. Der
blanke Asphalt spiegelte rosiges Licht. Millionen Räder
hatten ihn blankgescheuert, nun aber mußte er keine Räder
tragen, nur rosiges Licht.

Hinter der Gedächtniskirche schwammen Wölkchen im
grünblau glasigen Äther – verklärender Hintergrund für
den unschönen Bau, wie er ihm Würde und Anmut verlieh.
Aus diesen Wölkchen schien das Licht zu strömen, sie er-
gossen Licht, wie auf Heiligenbildern; bald würden sie sich
verteilen, im Lichte sich auflösen, der Sonne weichen.

Weiter vorne, wo sich die Uhlandstraße mit dem Kurfürstendamm kreuzt und wo sonst der chaotische Verkehr
durch die marionettenhaften Gesten des Schutzmanns gebändigt wird: Stille. Weite, spiegelnde Fläche des Asphalts,
der sich im rosigen Licht badet. Man schien bis Halensee
hinunter sehen zu können. «Verklärte Reinheit aller Konturen», schwärmte Sebastian. «Verklärung durch Stille.»

Sollte er schon in sein Zimmer gehen, Zimmer zwölf, erster Stock des Hotels am Zoo? Er beschloß, im Bahnhof
einen Kaffee zu trinken. Während er die Joachimsthaler
Straße hinunterging, träumte er weiter in pathetischen und
selig aufgelockerten Gedanken.

Klarheit und Rausch; Rausch aus Klarheit; berauschte
Klarheit; morgendliche Verzückung – dafür müßte Sylvester Marschalk sich interessieren. Sebastian dachte plötzlich mit Innigkeit an Sylvester. «Ich muß ihn in Paris bald
besuchen. Warum habe ich ihn so vernachlässigt? Gretas

149

Schuld. Töricht, daß man immer mit diesen versumpften Montparnassiens zusammensitzt, diesen ausgeleierten
‹Noceurs› – –»

Während er durch den Bahnhof Zoo schlenderte, überlegte er, ob er sich bei Gregor Gregori melden sollte. Er
entschied sich: Wozu? Ich ärgere mich doch nur. Er erzählt
mir von seiner großen Revue und verachtet mich, weil ich
so unaktiv und fahrig lebe. Seinen Ruhm kann ich auch in
den Berliner Zeitungen lesen, wenn ich sie mir, drei Tage zu
spät, an der Place Médicis kaufe – –

Er bestellte sich am Büfett des Wartesaals erster Klasse einen Kaffee und nahm sich ein Hörnchen, das er in den Kaffee tauchte. Der Rand der Tasse war dick und durchaus
nicht appetitlich. Er trank trotzdem mit Genuß. Vor allem
der erste Schluck schmeckte herrlich.

Warum hasse ich ihn? dachte er, immer noch bei Gregori.
Das ist doch ein richtiger Haß. Kommt es nur, weil ich ihn
einmal so gern gehabt habe und er mich dann so enttäuscht
hat? Begabte Neurastheniker werden leicht etwas unangenehm, wenn sie zu reichlich Erfolg haben – das ist eine alte
Sache. Oder bewundere ich ihn auch? Oder beneide ich ihn
am Ende? Hoffentlich nicht um seine Berliner Popularität,
so dumm möchte ich doch nicht sein. Aber vielleicht, weil
seine Natur ihm vergönnt, all seine Energien nach außen zu
wenden und wirksam zu machen? Alles, was fein und selten
in ihm ist, so zu vergröbern, daß Erfolg daraus wird, und
sich mit bravourösem Fälschertrick vorzumachen, gerade
so, und nicht anders, erfülle er seine geistigsten Ansprüche
und lebe sein Leben mit einer Art heroischer Konsequenz
zu Ende? Wie ärgerlich, wie fatal! Wie ungetreu gegen unsere gemeinsame Jugend! Er verrät alles – für was? Vielleicht für Geld, vielleicht für die Glorie der Sechstagerennnen und der Boulevardpresse? – Nein, natürlich rufe ich ihn
nicht an – –

Er bestellte noch einen Kaffee. Mit einer primitiven Gehässigkeit, über die er sich sofort selber lustig machte, dachte er noch: Weltruhm wird er sich doch nie erwerben, bei all seiner Verräterei. Mit Ballettfilmen kann man nicht ewig interessieren, und die Schauburg ist eine Berliner Lokalsensation. Wer kennt in Paris Gregor Gregori? – Er unterdrückte die einfache Erwägung, daß in Paris Gregor nur deshalb noch unbekannt war, weil zufällig seine Filmpremiere dort noch nicht stattgefunden hatte. Er zahlte seinen Kaffee und ging.

Im Bahnhof war schon ziemlicher Betrieb. Morgenzüge gingen, Reisende und Träger eilten mit verschlafenen Gesichtern. Auch auf den Straßen war es inzwischen belebter geworden, das Licht schien nicht mehr ganz so unverbraucht und rein.

Sebastian schlenderte zum Hotel; vorm Eintreten überlegte er sich, ob noch der Nachtportier oder schon der Tagesportier in der Loge sitzen würde – es war aber noch der Nachtportier, und der schlief; er nahm sich selbst seinen Schlüssel, Zimmer zwölf, erster Stock, und ging die Treppe hinauf.

Im Zimmer fing er sich sofort an auszuziehen, wobei er eins von Gretas Liedern pfiff. Er drehte im Badezimmer das Wasser auf; während es einlief und er nackt auf dem kalten Wannenrand saß, mußte er an Do denken.

«Arme Do, liebe Do. Warum habe ich dich verlassen? Und was für kluge Dinge du heute vorgebracht hast in deiner erleuchteten Einfalt. Ja, freilich, der Fluch der Individuation – – Nicht zueinander hinkönnen – ewig voneinander getrennt sein – – Ob das nur an unseren Körpern liegt? Ob unsere Körper die Mauern sind, die uns voneinander trennen? Ach, wenn man nur einmal so zusammen wäre mit einem anderen, daß man mit ihm das Gefühl des eigenen Körpers verlöre – und körperlos eins mit ihm würde – und mit ihm singen, tanzen und fliegen könnte, ganz ohne Schwere, ganz ohne Ich, ganz identisch mit ihm und mit aller Schöpfung –»

Nebenan, auf Zimmer dreizehn, schlief ein Geschäftsmann aus Dresden, den das einlaufende Wasser störte. Er träumte einige Sekunden von Wolkenbrüchen, wachte dann auf und sagte: «Zum Donnerwetter.» Er hatte unter einem schweren Plumeau geschlafen, und sein Gesicht glänzte vor Schweiß.

Auf Zimmer vierzehn schlief Sonja.

Sonja mußte am Vormittag um halb zehn zur Probe. Sebastian schlief fest bis zum Mittagessen. Mit dem ersten Frühstück brachte man ihm einen großen Strauß gelber Rosen. Auf die beigelegte Karte hatte Do geschrieben:

«Abschied ist das ewige Motiv – –»

✳

Sebastian fuhr mit demselben Tageszug nach Paris, den er damals benutzt hatte. Wie lang war das her? Etwa drei Monate. Er dachte, das erstemal seit drei Monaten wieder, an das junge Mädchen, das damals mit ihm im Coupé gewesen war. Annemarie hieß sie doch wohl. Merkwürdig, daß er die in Paris nie getroffen hatte. Reichlich hysterisches kleines Geschöpf. Armes Ding.

Er kam gegen zwölf Uhr nachts in Gretas Atelier. Sie hatte ein rotes Abendkleid an und einen Brokatmantel, den sie selten trug. Sebastian küßte sie. Er fand, daß sie stärker geschminkt war als sonst. «Du hast schon getrunken?» fragte er sie. Auf dem Tisch stand eine Flasche Sekt, halbleer, und ein Glas. Sie hatte alleine getrunken.

«Wie war's am Kurfürstendamm?» fragte sie.

«Ich erzähl' dir später. Willst du bummeln gehn?»

«Ja, zieh dir fix deinen häßlichen alten Smoking an. Wir wollen nach Montmartre.»

«Seit wann denn Montmartre?»

«Seit heute.»

«Ich bin ein bißchen müde.»

«Trink jetzt!»

«Und W. B.? Ist er schon wieder fort?»

«Schon wieder fort.»

«War er nett?»

«Komisch.»

«Krach gehabt?»

«Keine Spur. Ernste Gespräche.»

Sie fing plötzlich an, Grammophon zu spielen, etwas fürchterlich Lautes. «Mach dich fertig!» schrie sie durch den Lärm.

Er war erschrocken über sie. Sie schien so verändert.

«Greta», sagte er, «ich bin froh, wieder in Paris zu sein. Und deine bunten Glaskugeln wieder zu sehen.»

«Is that so?» fragte sie, wiegte sich im roten Abendkleid und lachte etwas zu laut.

Siebentes Kapitel

Sonja, in ihrem Hotelzimmer, Zeitung lesend.

«*Jugendliche Verbrecher hingerichtet.* Unser Korrespondent drahtet: New York, 13. März. Drei jugendliche Banditen bestiegen am Sonnabend im Sing-Sing-Gefängnis den elektrischen Stuhl. Die drei Burschen, die erst neunzehn, zwanzig und zweiundzwanzig Jahre alt waren, hatten im August vorigen Jahres einen *Apotheker ermordet*. In den Gerichtsverhandlungen weinten sie fortgesetzt, so daß sie allgemein als die ‹*weinenden Babybanditen*› bezeichnet wurden. Acht Geschworene und fünfzehntausend Personen hatten ein Gnadengesuch an den *Gouverneur Roosevelt* unterzeichnet, das von diesem jedoch abgelehnt wurde. Im Gegensatz zu ihrem früheren Verhalten zeigten sich die Mörder bei der Hinrichtung äußerst gefaßt. Noch auf dem Weg zum elektrischen Stuhl scherzten sie mit den Wärtern und versuchten ihre Mütter zu trösten, die in einem Vorzimmer warteten, um nach der Hinrichtung die Leichen in Empfang zu nehmen.»

Sonjas Stirn über das Blatt geneigt, von dem Grauen ausgeht.

Ein Apotheker, und drei junge Burschen; neunzehn, zwanzig, zweiundzwanzig Jahre alt. Drei Mütter, mindestens drei Geliebte. Der Apotheker, fünfundfünfzigjährig, mit aufreizendem grauen Spitzbärtchen. Nicht die Mörder, der Ermordete ist schuldig. Wir haben den Apotheker geschlachtet, der Apotheker war alt und schwach; der Gouverneur Roosevelt trachtet – unserer blühenden Jugend, Jugend nach.

154

Der Apotheker soll in die Hölle kommen, er hat sich seinen Tod schauerlich überzahlen lassen. Gouverneur Roosevelt soll von allen gehaßt werden, denen er noch begegnet, von den Kindern, Katzen, Milchfrauen, Taxichauffeuren und den Frauen, mit denen er schläft. Er soll so gehaßt werden, daß der Haß ihn wie eine langsam wirkende, ätzende Flüssigkeit, die über ihn gegossen ist, zerfleischt, bis er langsam, unter Ängsten und Verzweiflungen, dahinsiecht, verdirbt und verreckt. Die drei jungen Mörder aber, die mit den Wärtern gescherzt und ihre Mütter getröstet haben, angesichts des Martertodes, sollen als Engel – sollen als Engel – –

Was tat ich während der «vorgeschriebenen fünf Minuten», welche die «fürchterliche Prozedur» dauert? Lag ich in der Badewanne? Hatte ich Morgentraining? Lernte ich eine neue Rolle? Schlief ich gerade? (Grauen der Gleichzeitigkeit.)

Pfeile von Mitleid, mitten durch Sonjas Herz. Ihr Herz, von Mitleid durchpfeilt. Sie dachte plötzlich: Wenn ich wenigstens irgendwen hätte, mit dem zusammen ich an diese drei weinenden jungen Mörder denken könnte. Ihr schien es, als sei dies nun der einzige Maßstab für den Wert irgendeiner menschlichen Beziehung, die noch für sie kommen könnte: ob den anderen auch der Gedanke an diese drei Knaben so tief erschütterte. Irgenwo muß doch einer sein. Irgendwo war einer.

Das Telephon läutete, gleichzeitig in Froscheles und in Sonjas Zimmer. Zu Froschele sagte der Portier: «Eine Dame ist für Sie unten» und zu Sonja: «Herr Sportlehrer Müller ist da.» Zwei Minuten später trat Frau Grete bei Froschele ein, und Müller bei Sonja.

Hugo Müller war ein knochiger Geselle, aufgeräumt und energisch, mit dem zugleich frischen und ausgemergelten Gesicht des Sportsmanns. «Wie geht's, Gnädige?» fragte er händereibend und zog sich schon das Jackett aus. – «Famos,

Hugo», sagte Sonja, die im Trainingsanzug dastand, pagenschlank im schwarzen Seidenhöschen. Ungeduldig wie ein Pferd, das es nicht erwarten kann, loszugehen, spielte sie mit dem Expander.

«Well», sagte Müller und lachte dröhnend. Er stand mit nacktem Oberkörper da, Haar auf der muskulösen Brust, in schwarzen Kniehosen, unter denen der weiße Rand der Unterhosen etwas hervorschaute. Dann kam ein Stück behaartes Muskelbein, dann graue Socken, die an der umständlichen Maschinerie der Sockenhalter befestigt waren. Am ganzen Körper schien er von ordinären Energien, von einer primitiven Vitalität zu dampfen. Er wippte ein wenig, ließ seine Muskeln spielen – komische Eitelkeit des starken Mannes – und nahm Boxerstellung ein. «Go on! Old Hugo is ready!»

Er hatte, wenn man ihm glauben durfte, einige Zeit in Amerika als Trainer gearbeitet und sogar in Hollywood die Filmstars massiert. Daher seine Schwäche für englisches Kauderwelsch, «Well» und «Go on». In seiner trockenen und aufschneiderischen Manier erzählte er tolle Sachen aus aller Welt – «well, der Chinese naht sich auffallend, und da sehe ich doch schon das Messer in den Falten seines Chinesenmantels. Hugo Müller, nicht faul, auch das Messer heraus – –» Sonja nickte andächtig zu dergleichen und kicherte im Herzen, weil er so prächtig flunkerte.

Nebenan – oder vielmehr in dem Raum, der nach dem Badezimmer kam – fragte Froschele, die im Bett lag, mit einer vor Gier zitternden Stimme: «Hast du was mitgebracht, altes Stück?»

Frau Grete wanderte stattlich durchs Zimmer. «Hier muffelt's», behauptete sie schnuppernd und machte ein Fenster auf. Froschele, aus dem Bett, fiebrig: «Ob du was mitgebracht hast, zum Donnerwetter?» Und Frau Grete, neckisch aufgelegt: «Nichts da, Mäuschen.»

«Mach keinen Quatsch! Ich werd' wahnsinnig!»

Grete weidet sich an Froscheles Exaltation, bis sie hinwirft: «Fünf Ampullen. Mehr is nicht.»

Froschele, gleich wieder kampfeslustig, greift nach der Spritze, die neben ihr auf dem Nachttisch liegt:

«Drei sind für mich!»

Aber, unerbittlich, Frau Grete: «Wird redlich geteilt. Jeder bekommt zweieinhalb.»

«Gnädige sind heute glänzend in Form», sagte Müller zu Sonja, die seilsprang. «Wenn ich das dem Herrn Geheimrat Bayer zumuten wollte! Die junge Generation ist doch kräftiger.»

«Ich hab' einen neuen Stepp», rief Sonja, beinah nicht keuchend, während sie weitersprang. «Warten Sie, das linke Bein nach vorn, ganz gestreckt, und mit dem rechten dreimal – – nein, so – ich habe es gleich –»

«Halten Sie die Arme gerade!» warnte Müller. «Sonst schlingert das Seil!»

«Du mußt das andere Bein nehmen», sagte Frau Grete gereizt und herrschsüchtig zu Froschele, die ihr die Nadel in den rechten Schenkel stoßen will. «Hast du denn keine Augen? Ich bin hier doch schon ganz zerstochen!»

Beide Frauen atmen erregter. Sie keuchen, während sie die Ampullen, mangels eines Instrumentes, an der Bettkante köpfen. «Gib acht, daß es keine Splitter im Zimmer gibt», warnt die eine. Die andere: «Ach, ist doch schnuppe. Gib lieber acht, daß nichts von dem kostbaren Naß im Köpfchen bleibt.»

Froschele betupft jene Stelle am Schenkel der Freundin, zu der sie sich nun entschlossen hatte, mit Alkohol. Sie arbeitet eifrig, mit glänzenden Augen und der Zunge im Mundwinkel. «Piek!» sagte sie und hat, wie sie die Spritze ansetzt, ganz das Gesicht eines fürchterlich bösen Schulmädchens.

Mit geschlossenen Augen fühlte Frau Grete den wohlbekannten, tiefgeliebten Schmerz des Einstichs in ihrem Körper. Sie kostete ihn erst gründlich aus, dann murmelte sie: «Beschissenes Leben! Jetzt wird es ein paar Stunden annehmbar –», wobei sie sich aufs Bett neben Froschele streckte. «Gib 'ne Zigarette», bat sie noch. Worauf Froschele, bebend vor Sucht: «Na, warte doch. Laß mich doch mal erst –»

Mit Augen, die zu phosphoreszieren schienen wie die von Katzen im Dunkel, suchte sie an ihrem eigenen Schenkel nach einer Stelle, die noch in Frage käme. Nervös lugend, fand sie nur eine Stichnarbe neben der anderen. Plötzlich entschloß sie sich um und stieß sich die Spritze in den mageren Oberarm.

Herr Müller seinerseits war zum Massieren übergegangen, wobei er gern philosophisch wurde. «Well, ich sage immer: Gesundheit ist doch das Höchste –», wobei er an Sonjas Hals knetete. «Ohne Gesundheit kein vollwertiges Leben, glauben Sie mir, das ist die Weisheit der neuen Generation.» Er schwitzte und keuchte, denn das Kneten nahm viel Kraft in Anspruch. «Well, da können wir wirklich von den Yankees lernen.»

Die beiden Frauen auf dem Bett, im anderen Zimmer, haben die Augen zugemacht.

Froschele haucht: «Hast du schon Wirkung?»

Grete, auf deren ramponiertem Gesicht Glanz liegt wie die Erinnerung an vergangene Schönheit:

«Ja, sogar besonders gute – –»

«Ich auch», flüsterte Froschele. Ihr verkniffener Mund scheint aufzublühen und weicher zu werden, während er lächelt.

Herrn Müllers schwedische Sportmassage bestand aus ungemein zahlreichen, aber bis in die kleinsten Einzelheiten festgelegten Strichen. Sie begannen unterhalb des Kinns und endeten an den Fußspitzen; worauf die Rückseite an die Reihe kam.

Sonja kannte jede Nuance und erwartete mit Vergnügen jede einzelne: das gleichmäßige Streichen über das Rückgrat, immer ein fester und ein zarter Strich, in genauem Rhythmus. Das langwierige Massieren der Schenkel, auf die er plötzlich mit beiden flachen Händen lospritschte wie in überraschender Wut. (Dazu verstärktes Schnaufen.) Das üppige Rühren, Plätschern und Walken im Hüftfleisch (man glaubt fett zu werden, weich anzuschwellen, denn wann wußte man je, daß man so viel knochenloses Fleisch am Leibe hatte?). Die Nervenmassage den Rücken hinunter aber gibt das Gefühl einer schlanken Taille, man scheint ätherisch zu sein, und Netze von blauen elektrischen Funken laufen einem über Rücken, Hinterteil und Schenkel. Herr Müller arbeitete intensiv mit den Fingerspitzen, wobei er einen Gesichtsausdruck von großer Andacht bekam. «Das kostet ungeheure Nervenkräfte», murmelte er, selbst ergriffen.

«Well!» rief er, als alles zu Ende war, und versetzte Sonja zum Abschluß einen kräftigen Schlag auf den massierten Popo.

Sonja, am ganzen Körper glänzend von Massageöl, richtet sich halb auf, schön ermüdet. Er wirft ihr den Bademantel zu. Sie bittet: «Lassen Sie doch nebenan das Wasser in die Wanne.»

«Sie sollten meine Frau kennenlernen», sagt Müller, der aus dem Badezimmer zurückkommt, gänzlich ohne Zusammenhang. «Eine prachtvolle Frau. Und immer noch so gut aussehend. Shoor and well – ich habe viele Frauen gekannt – –»

Er dachte: vor der jungen Künstlerin kann ich schon ein bißchen frei sprechen.

«Nee, du, der olle Bruch ist ganz ernsthaft an mir interessiert», behauptete Grete. «Ich kenn' mich doch aus. Der will glatt seinen Lebensabend mit mir verbringen. – Wir nehmen 'ne Wohnung», sagte sie stolz. «Reichskanzlerplatz.»

«Dann können wir ja alle von dir leben», meinte Froschele.

Davon wollte Grete nichts wissen. «Nicht dran zu denken! Dann kenne ich euch alle nicht mehr. Der hält mich doch für 'ne bessere Bürgersdame mit exzentrischem Einschlag. Du, der hat doch keine Ahnung von Massis und der ganzen Gesellschaft.»

«Scheint ja sehr intelligent», sagte Froschele trocken.

«Ist er auch», ereiferte sich Frau Grete, «ist er auch. Aber ich bin auch nicht auf'n Kopp gefallen.»

Froschele sagte: «Und ich darf nur jede Woche einmal mit dem Dienstmädchen von meinem telephonieren.»

Frau Grete schloß:

«Na, ich kann mich auf jeden Fall als versorgt betrachten. Wenn er nur nichts von wegen Morphium merkt.»

*

Sportlehrer Müller mußte jeden Tag lange in der Stadtbahn fahren, denn er wohnte in Lichterfelde. Er hatte eine Dreizimmerwohnung, mit seiner Frau und seinem jüngeren Bruder zusammen. Sein jüngerer Bruder hieß Willi und hatte in einem landwirtschaftlichen Betrieb in Ostpreußen gearbeitet. Er war dort abgebaut worden – in Wirklichkeit, glaubte Herr Müller, war er wohl durchgebrannt – und ging jetzt in Berlin stempeln. Er war neunzehn Jahre alt – zwölf Jahre jünger als Hugo, ein richtiger Nachgeborener – und Mitglied der Nationalsozialistischen Partei. Herr Müller hielt nicht für unmöglich, daß nachmittags, wenn Willi und Agathe – Agathe war Hugos Frau – so lange allein in der Wohnung waren, zwischen den beiden allerhand passierte.

Das regte ihn nicht weiter auf, solange er offiziell nichts davon wußte. Erst wenn es klar und ausgesprochen war, daß er «wußte», würde er sich aufregen müssen – wohl oder übel. In Wahrheit war es ihm gar nicht so unlieb, daß Willi ihm bisweilen seine ehelichen Verpflichtungen abnahm. Der Bursche hat ja nichts weiter zu tun! Er, Hugo, kam jeden Abend so müde nach Hause. Durch Vermittlung von Geheimrat Bayer, mit dem er seit mehreren Jahren arbeitete, hatte er ziemlich viel Kunden, manchmal täglich vier oder fünf; und bei jedem blieb er zwei Stunden (eine Stunde Gymnastik, eine Stunde die Sportmassage). Da spürte man seine Knochen beim Nachhausefahren. Aber an guten Tagen verdiente er bis zu vierzig Mark (acht Mark für die Doppelstunde), und das war sehr nötig, denn Hugo mußte den Haushalt für drei Personen bezahlen.

Obwohl er den Wohnungsschlüssel bei sich hatte, klingelte er, um die beiden drinnen nicht bei etwas zu überraschen, wovon er gar nichts so Genaues wissen wollte. Die Vorsicht war übertrieben, denn Agathe öffnete sofort, ganz ordentlich frisiert und in einer korrekten Schürze. «'n Abend», sagte sie. «Hast du wieder mal deinen Schlüssel vergessen?» Willi saß im Wohnzimmer und versuchte ein nationales Marschlied auf dem Klavier zu spielen. Das Klavier war verstimmt, und Willis Finger schienen ungeschickt. «Na, laß doch den Prinz Eugen oder was es sonst ist!» rief Hugo vom Korridor, wo er Hut und Mantel aufhängte, ins Wohnzimmer. Im Korridor war es halbdunkel und roch nach Essen. «Sauerkraut», konstatierte Hugo, Agathe erklärte: «Es gibt Würstchen dazu.» – «All right», sagte Hugo, Willi, der sich in Hemd, Hose und Pantoffeln an der Tür rekelte – er hatte auf das Marschlied verzichtet –, sagte: «Sprich lieber deutsch!» Er war ein schöner Bursche, mit langen, kräftigen Gliedern, einem eiförmigen Schädel und tadellos blond. Sein ovales Gesicht war regelmäßig, glatt, leer und freundlich, mit einer gewissen Brutalität um die Mundpartie und schläfrigen, hellgrauen Augen. – «Na, kommt schon 'rein», sagte Agathe. «Ich hol' das Essen.» Sie verschwand in der Küche.

Agathe, obwohl noch nicht dreißig, bekam schon recht scharfe Züge. Sie hatte in einem Reisebüro Unter den Linden gearbeitet und war abgebaut worden. Im Gegensatz zu Willi litt sie unter ihrer Untätigkeit. Sie hatte zuviel Zeit nachzudenken und verfiel darauf, daß ihr Leben völlig verfehlt sei, alles in allem. Hugo war grob und verstand sie nicht; Willis Körper gewährte zwar während einiger Nachmittagsstunden einen nicht zu unterschätzenden Trost. Aber liebte Willi sie denn? Ach, keine Spur. Was er tat, geschah aus purer Langeweile. – Agathens Gesicht fing an zu verfallen vor Gram. Vor allem um die Nase wurde es sehr scharf und hager. «Es gibt noch Kompott», sagte sie und stellte Sauerkraut mit Würstchen auf den Tisch. – «Will ich auch hoffen», murmelte Willi; worauf Agathe ihn verwies: «Du wirst immer frecher.»

Während sie aßen, berieten sie darüber, ob sie abends ins Kino gehen sollten. Es gab in der Nähe einen neuen Harry-Piel-Film, aber Willi sagte, er müßte eigentlich in eine Versammlung. «Ich glaube, der Doktor spricht selber», meinte er feierlich (der Doktor war Goebbels). – «Ach laß doch deine doofe Versammlung!» riet ihm Agathe unehrerbietig. Aber Willi, der in diesen Dingen keinen Spaß verstand, eiferte sich: «Sprich nicht so von der Hoffnung Deutschlands!» Schließlich mußte Hugo vermitteln: «Well, Kinder, Harry Piel ist gut, und Doktor Goebbels ist gut. Freßt euch nur nicht gleich auf deswegen!»

Herr Müller stand den politischen Leidenschaften seines kleinen Bruders ziemlich verständnislos gegenüber. Im Wohnzimmer, wo Willi, seit er aus Ostpreußen eingetroffen war, «provisorisch» hauste – das bedeutet: seit einem

Jahr –, lagen auf dem Tischchen Hitlers «Mein Kampf» und einige Broschüren, betreffend das Dritte Reich. An der Wand hing eine große Photographie Hitlers, mit faksimilierter Unterschrift, daneben eine des Doktor Goebbels, mit *eigenhändiger*. Ohne gerade zum Verräter an Adolf werden zu wollen, sympathisierte Willi doch noch mehr mit dem «Doktor», weil der kesser war.

«Goebbels ist der einzige Mann in Deutschland, der uns davor bewahren wird, vollständig von den Juden und den Franzosen ausgesogen zu werden», behauptete Willi streitsüchtig.

Und die rechthaberische Agathe: «Deswegen könntest du *doch* mal mit uns ins Kino gehen.»

«Well, Kinder – –», begann Hugo Müller wieder versöhnlich. Er war ein sehr gutmütiger Mann.

*

Doktor Massis hatte Gäste. Man trank türkischen Kaffee im Kabinett des Doktor Caligari. Do und Frau Grete, Richard Darmstädter und Froschele; eine vierzigjährige intellektuelle Dame mit starrem, langgezogen eiförmigem, geschminktem Gesicht; ein ziemlich störrischer und düsterer blonder Bursche, Maler seines Zeichens, aber hauptsächlich Kommunist; ein aufgeregter und fahriger kleiner Nervenarzt mit großer Nase, den Richard mitgebracht hatte – Doktor Klee –, und – wie war diese in Massis' Hände gekommen? Woher kannte er sie? –: Frau Geheimrat Bayer, Julia, die hier ungenierter schwatzen konnte als bei den Empfängen der Diplomaten- und Bankiersdamen.

Doktor Klee, der beim Sprechen mit der Nase hackte, unterrichtete soeben Julia, die mit fiebriger Gespanntheit lauschte, es aber trotzdem nicht unterlassen konnte, manchmal dazwischenzuplappern, über gewisse psychopathologische Phänomene. «Es handelt sich da um *Abirrungen des Persönlichkeitsbewußtseins*», erklärte er eifrig, «um des Erlebnis eines abnorm veränderten Ichs, jenes sonst so stabilen Teils des Bewußtseinsinhalts. Gewisse Drogen zeitigen diese Wirkung, Hirngifte, etwa Haschisch; aber auch infolge psychischer Erkrankungen – –»

«Wenn ich also nachts, beim Einschlafen», plapperte Julia, «ich meine, wenn ich dann plötzlich drüben, am Fenster, hocke – einerseits, und doch wieder im Bett – –»

«Das Ich gespalten in eine Doppelheit von Körper und Geist», dozierte Klee, ein wenig enerviert. «Die eigene Körperlichkeit an sich als abnorm empfunden und dabei losgelöst vom geistigen Ich und zur selbständigen Person usurpiert – –»

In einer anderen Ecke des Zimmers sprach Doktor Massis über die geplanten Raketenflüge zum Mond. «Nach meinen Informationen sind die Experimente viel weiter gediehen, als die Öffentlichkeit ahnt», sagte er geheimnisvoll. «Man kann in zwei Jahren so weit sein, oder in vier. Die Folgen dieses Ereignisses sind unabsehbar. Alles, was uns heute beschäftigt, kann daneben geringfügig werden. Die Menschheitsgeschichte wird in zwei Teile zerfallen: der erste, während dessen wir noch an diesen armseligen Planeten gebunden waren; der zweite, da wir uns über ihn hinauserheben. Der erste Teil dürfte in seiner Bedeutung zum armseligen Vorspiel zusammenschrumpfen – –»

Alle Damen bekamen erhitzte Gesichter. Frau Grete lachte nervös, schnupperte und rief: «Herrlich, herrlich.» Do erklärte: «Ich fahre mit. Der ersten Expedition schließe ich mich an. Das ist doch noch was – Kinder, das ist doch noch was – –»

Froschele rollte sich in ihrem Lehnstuhl zusammen, bis sie wie ein hutzliges kleines Paket aussah, und kicherte. «Ich möchte am liebsten ganz allein fliegen, gar nicht in einem großen Raketenballon oder so; sondern ganz allein, vielleicht in ein Ledersäckchen verpackt, mit einem Kognakfläschchen am Herzen, einfach aus der Kanone geschossen – –»

Sogar das starre Antlitz der vierzigjährigen Journalistin belebte sich unter der Schminkschicht. «Köstlich, köstlich», machte sie mit einer tiefen schwärmerischen Stimme. «Wie das köstlich sein muß! Wenn man die Erde, die so vollgepackt von unseren Schmerzen ist, das erstemal als Scheibe *über sich* hat, so ganz distanziert – –»

«Der Film damals, von der Frau im Mond, war doch eigentlich zu schön», erinnerte sich träumerisch Do. «Nein, wie diese Geschichte mit der Anziehungskraft kam, die plötzlich nicht mehr funktionierte, und sie schwebten alle so in ihren Kabinen herum – –»

«Tiens, tiens», sagte Doktor Massis und wiegte sein struppig zartes Antlitz mit den gefährlich blinden Augen. «Wie genau und wissenschaftlich du dich auszudrücken verstehst!»

Der kommunistische junge Maler rief mit einem kurzen, drohenden Auflachen vom Fenster her: «Da marschiert ein Trupp von unseren zukünftigen Herren vorbei.»

Alle drängten sich, um die Nationalsozialisten zu betrachten. Es waren junge Burschen, die in Reih und Glied marschierten. Der vorderste trug die Fahne mit dem Hakenkreuz.

Unter den Personen am Fenster entstand ein kurzer Streit darüber, ob eigentlich Uniformverbot herrschte oder nicht; ob es bestanden habe, aufgehoben sei oder einfach übertreten werde. «Das tanzt dieser lahmen Republik auf der Nase herum», sagte haßerfüllt der K.P.D.-Jüngling.

(Unten bemerkte zufällig einer der Burschen im Trupp die Leute oben am Fenster.)

«Sind das Genossen?» fragte er seinen Nebenmann.

Der warf aus hellgrauen, trägen Augen einen Blick nach oben. «Woher denn, Juden», sagte er lakonisch.

«Aufhängen sollte man sie», meinte der erste. «Was die zu glotzen haben.»

«Werden schon noch aufgehängt», sagte zuversichtlich der zweite. (Es war Willi Müller, der, zum Ärger seiner Schwägerin Agathe, immer mehr Zeit im Dienste der Partei verbrachte.)

Oben sprach man inzwischen von Politik.

«Meine Liebe», sagte Doktor Massis und zwang die ganze Gesellschaft mit beschwörenden kleinen Handbewegungen zum Lauschen – es waren die Gesten eines kapriziösen Zauberkünstlers –, «enfin, meine Lieben, alles wohlbedacht: wir leben in einer aufregenden Zeit. Nein, geben Sie acht, dieser Hochkapitalismus zeitigt pikante Situationen!»

Er stand mitten im Zimmer, um eindrucksvoller erzählen zu können. Übrigens verzichtete er nun, da er die Aufmerksamkeit auf sich gelenkt hatte, auf alle rhetorischen Mittel, vielmehr sprach er leise, mit einer hohen und scharfen Flüsterstimme. Seine Augen schienen hinter den Gläsern geschlossen, und seine Gesten hatten nun nichts Preziöses mehr, eher etwas Blindes, weich Tappendes. Er wirkte, als befände er sich in einer Art Trancezustand – von angespanntestem Haß –, höchst eindrucksvolles und bizarres Schauspiel; alles horchte gebannt.

«Seit mindestens vierzehn Tagen», begann der Doktor mit der gedämpften Ruhe eines routinierten Märchenerzählers, der sich Zeit läßt, bis er zu seinem schaurigen Höhepunkt kommt, «seit mindestens vierzehn Tagen war in allen Zeitungen von der prunkvollen Hochzeit die Rede, die Fräulein Lillyclaire von G. heute vormittag mit dem Industriellen Herrn von S. in der Matthäikirche halten sollte. Nicht nur die Rechtspresse, das Kleine Journal und der immer gut informierte Berliner Herold brachten in jeder Ausgabe neue Details über dieses bevorstehende Ereignis, auch die großen liberalen, demokratischen Gazetten konnten sich nicht genug damit tun, ihre Leserschaft über alle Einzelheiten dieser Zeremonie zu unterrichten: die Matthäikirche würde ganz mit weißem Atlas ausgeschlagen sein; die Blumen, zur Dekorierung des Gotteshauses, waren von der Riviera eingetroffen, im Werte von fünftausend Mark. Die sechs Brautjungfern sollten alle mit dem gleichen Türkisschmuck geputzt werden, den Herr von G., Vater der Braut, ihnen zu schenken gedachte – eigene Notiz in einer demokratischen Zeitung –; die Roben, welche die jungen Mädchen tragen würden, waren samt und sonders Lanvin-Modelle. Was das Kostüm des Fräulein Lillyclaire, künftige Frau von S., betraf, so hatte es eine Schleppe von vier Metern Länge und war ärmellos. Alles dies erfuhr der gute Bürger in der Untergrundbahn und das Ladenmädchen im Autobus. ‹Eine interessante Hochzeitsreise›, konnte man lesen. ‹Am Tage nach der kirchlichen Trauung gedenkt Herr von S. mit seiner jungen Gemahlin Lillyclaire sich mit der Bremen nach New York einzuschiffen. Das junge Paar wird sodann mit einem Flugzeug, das in New York bereits auf sie wartet, einen Ausflug nach Kalifornien unternehmen, um einige prominente Freunde in Hollywood zu besuchen. Die Rückreise werden Herr und Frau von S., zehn Tage später, wieder auf der Bremen antreten.› Ich möchte wohl wissen», fragte Doktor Massis und senkte tückisch die Stirn, «was an dieser außergewöhnlich stumpfsinnigen Hochzeitsreise ‹interessant› sein soll – außer daß sie eben fünfzigtausend Mark kostet.» Er schwieg und schaute mit seinen blinden Augen um sich – niemand wußte, ob dieser zugleich versteckte und brennende Blick auch ihn berührt hatte, aber jeder fühlte sich für eine Sekunde von ihm elektrisiert.

Der junge Maler knurrte etwas von «Abschlachten, reif

zum Untergang, Moskau»; Frau Julia bemerkte schüchtern: «Fräulein von G. verkehrt recht intim in unserem Hause. Bei meinem letzten Empfang hatte sie übrigens ein viel zu krasses Kostüm an – –»; was man aber diskret überhörte.

«Paßt auf, mes enfants!» rief eindringlich leise Massis und hatte wieder eine spiralenförmig ansteigende kleine Handbewegung, Hokuspokusgeste des Zaubermeisters. «Die Sache geht entzückend zu Ende, ganz Anekdote vor Ausbruch der Französischen Revolution.

Der Hochzeitsmorgen dieses sympathisch bescheidenen jungen Paares kommt heran, und ich, in meinem naiven alten Haupt, denke: ist das möglich? Kann dies denn sein? Vier Millionen Arbeitslose in Deutschland – und alle Welt hat in der Zeitung gelesen, daß die Blumen fünftausend Mark gekostet haben. Hat nicht sogar die Geduld Verhungernder ihre Grenzen? Wird keiner sich finden, der diese Lillyclaire aus ihrer Limousine reißt, um sie mit ihrer vier Meter langen Schleppe im Straßenkot zu erdrosseln? – So ich, in meinem naiven, alten Haupte. Inzwischen ist der orchideengeschmückte Altar mit Scheinwerfern angeleuchtet, wie zur Filmaufnahme. Die größte Illustrierte des Reichs hat sich für eine erhebliche Summe das Recht gesichert, als einzige Aufnahmen von der Hochzeit zu publizieren: Lillyclaire vorm Altar, Lillyclaire, blumenbeladen, ins Auto steigend, Lillyclaire betend, beim Bankett im Adlon (zehn Gänge, alte französische Weine, zweihundert Flaschen Champagner, Gesamtkosten: zwanzigtausend Mark laut Notizen: ‹Aus der Gesellschaft›); Lillyclaire eine Viertelstunde vor der Hingabe. (Unserem Reporter ist es gelungen, sich heimlich in das Appartement des jungen Paares einzuschleichen – –) Unsere liebe Braut fährt ungehindert auf dem Matthäikirchplatz vor, schreitet ungehindert ins Gotteshaus – die sechs Türkisgeschmückten tragen lieblich die vier Meter lange

Schleppe –, sie spricht ungehindert, scheinwerferbeleuchtet und von den Photographen der bevorzugten Illustrierten geknipst, das entscheidende Ja. Meine Lieben: sie ist drauf und dran, ungehindert – *ungehindert* das Heiligtum zu verlassen, neben sich Herrn von S., den Angetrauten, hinter sich die sechs Lanvin-Modelle sowie Herrn und Frau von G., die lieben Eltern, als – als eine alte, gebückte und arm gekleidete Frau sich aus der Schar der Gaffenden löst und sich, laut aufschreiend, Herrn von G., Lillyclaires liebem Papa, vor die Füße wirft. Der Zug stockt, die Lanvin-Modelle lassen die Schleppe der lieben Braut fallen, man sieht Herrn von G. erbleichen und sich die Lippen beißen; denn die Alte schreit ihm fürchterlich ins Gesicht: ‹*Sie haben meinen Sohn ins Zuchthaus gebracht*, Sie haben meinen unschuldigen Sohn ins Zuchthaus gebracht! Er schmachtet! Erbarmen Sie sich seiner am Tag Ihres Glückes!›, und diese Stimme wehklagt so sehr, daß kein Polizist wagt, die Alte wegzureißen; daß alles gebannt steht.

Knalleffekt – Knalleffekt ohnegleichen. Die Alte ist die Mutter jenes Lagerverwalters B., der vor Jahren, durch Aussagen des Herrn von G., wegen eines Verbrechens, das sich Industrieverrat nennt, zum Zuchthaus verurteilt wurde. Im Zuchthaus saß er auch, während Familie von G., nebst dem angeheirateten Industriellen von S., auf den menschenerfüllten Matthäikirchplatz trat. Und er sitzt noch darinnen. *Aber nun nicht mehr lange.*

Aber nun nicht mehr lange» – wiederholte der kleine Doktor Massis, der grimmig angewachsen zu sein schien. «Es ist uns erwiesen, daß er unschuldig war. Von G. hatte selbst allerlei zu verbergen. Die dramatische Szene vorm Kirchenportal wird nicht folgenlos bleiben. Bald wird von G. es sein, der unter Anklage steht. Wir lassen nicht locker. Der Fall B. könnte die Dreyfus-Affäre unseres Jahrzehnts werden. Schritte sind eingeleitet – –»

Atemloses Schweigen löste sich zu erregtem Durchein-
andersprechen. «Tolle Geschichte – –», «Phantastisch, daß
so was wirklich passiert – –», «Ich bin ganz naß, vor lauter
Aufregung».

Frau Julia meinte nachdenklich: «Und ich dachte immer,
Lillyclaire würde diesen widerlichen Grusig heiraten. Die
hätten so gut zueinander gepaßt –» – «Der hat doch
nichts», warf Frau Grete erfahren ein.

Doktor Massis indessen endete in einem flüchtigen Kon-
versationston: «Die Bilder in der Illustrierten sollen, meines Wissens, nicht veröffentlicht werden. Man hat mich
wissen lassen, das Essen im Adlon sei stimmungslos verlaufen.»

Es war sieben Uhr, man begann sich zu verabschieden.
Die Journalistin, die in eine Uraufführung mußte, machte
den Anfang. «Es war wieder sehr, sehr – anregend», sagte
sie bedeutungsvoll. Die anderen schlossen sich an. Der
junge Maler sagte: «Nieder mit der Familie von G.!» Frau
Julia machte unheimlicherweise einen Knicks.

Doktor Massis war wieder sehr mysteriös und launig
geworden, er rezitierte ausgefallene französische Verschen,
zwickte Frau Grete an unpassender Stelle, und als For-
schele, der er in den Mantel half, ihm zuflüsterte: «Sie geben mir also glatt *wieder* kein Rezept?», kicherte er boshaft
und schüttelte den Kopf. Als er dann Do die Hand küßte,
wurde er wieder ernst. «Wir sehen uns morgen, mein
Kind!» sagte er eindringlich und sanft. Sie sah ihn an, hilflos schmelzend. «Sie haben mich wieder furchtbar aufgeregt», sagte sie und hielt den Kopf etwas schief. – Der kleine
Doktor Klee war ganz aufgekratzt, weil er so viele interessante Eindrücke gesammelt hatte. «Vielen Dank, Herr Kollege!» sagte er fröhlich zu Massis, der sich, Gott weiß
warum, ironisch tief vor ihm verneigte.

Indessen bat Richard Darmstädter, der heute besonders

intensiv und melancholisch unter den zusammengewachse-
nen Brauen schaute, leise und dringlich:

«Ich darf noch ein wenig bei Ihnen bleiben, Doktor. Ich
muß noch mit Ihnen sprechen.»

*

Frau Grete und Konsul Bruch waren zum Abendessen bei
Kempinski, Kurfürstendamm, verabredet. Sie trafen sich
unten, an der Garderobe. Bruch küßte Frau Gretes Hand,
so daß es leis schmatzte. «Gnädigste –», sagte er und lächelte sie zugleich feige und lüstern an. Sie drohte neckisch:
«Na, na, kleiner Konsul!» – obwohl er sich doch noch gar
nichts herausgenommen hatte.

Er hatte einen Tisch im ersten Stock reservieren lassen
und das Menü schon zusammengestellt. Es gab: Kaviar,
Schleie blau mit gefrorenem Meerrettich, Rehkeule mit
Preißelbeeren und Eisfrüchte in Champagner. «Ich wollte
Sie eigentlich zu Horcher bitten», sagte der Konsul. «Aber
bei dieser Wirtschaftslage – –» – «Ach, immer der ewige
Horcher», meinte Frau Grete. «Es schmeckt famos hier.»
Sie tat, als müsse sie sich großzügig mit einem kleinen Gast-
haus auf dem Lande abfinden. Dabei bekam sie es selten so
fein.

Nach jedem Gang hob der Konsul das Weinglas, um zu
sagen: «Ich erlaube mir, auch weiterhin guten Appetit zu
wünschen.»

«Prost, oller Konsul!» erwiderte Frau Grete und wiegte
verführerisch das Gesicht.

Bruch konnte die feigen und lüsternen Augen nicht von
ihrem Munde lassen. «Sprechen Sie noch mehr», bat er und
legte seine große weiße, schwammige Hand auf ihre. «Ihre
Stimme ist zu wundervoll. Eine richtige Künstlerinnen-
stimme. Das mochte ich auch an dem Fräulein Sonja so
gern. Ja, diese Künstlerinnen! Mich reizen ja nur bedeu-

tende Frauen, also wirklich nur ganz bedeutende. Sprechen Sie, bitte!»

«Sie haben gewiß viel Erfahrungen mit Frauenstimmen», meinte vertraulich-leise Frau Grete. Er grinste geschmeichelt.

Sein breites, weißes Gesicht mit der flachen Nase, dem feuchten Mund und den verschlagenen kleinen Augen hatte etwas undefinierbar Ekelhaftes; etwas Verschlagenes und Obszönes. Ein Schwein, dachte Frau Grete. Aber ich könnte ihn gern haben. «Auf gute Freundschaft!» sagte sie, mit erhobenem Glas.

«Ich hatte kein leichtes Leben», behauptete Bruch. «Aber Erfahrungen habe ich gesammelt, ja, das kann ich wohl sagen – auf jedem Gebiet. Nun wünsche ich mir nichts mehr als einen ruhigen Lebensabend an der Seite einer gescheiten und gütigen Frau – –»

Ob er mich heiratet? dachte Frau Grete.

«Erlaube mir, Ihnen auch weiterhin guten Appetit zu wünschen!» sagte der Konsul, denn man trug die Rehkeule auf.

*

Richard Darmstädters Vater, Paul Darmstädter, war ein jüdischer Patrizier in Mainz. Er bewohnte ein altehrwürdiges Haus dortselbst und hatte allerlei Geschäfte und Interessen zwischen Frankfurt und Köln. Seine Gemahlin, geborene Herzfeld aus Wiesbaden, war an Richards Geburt gestorben. Vielleicht begann bei dieser Tatsache die Aversion, die Vater Darmstädter unleugbar gegen seinen Sohn empfand. Sie war auch sonst vielfach begründet. Vater Darmstädter war konservativ, auf eine nüchterne Art fromm, allen Extremen abhold; pedantisch grämlich, aber auf einer gesunden Basis von Vitalität, ehrbar und maßvoll. Richard: übertrieben in allen seinen Reaktionen und Gefühlen, bald depressiv, bald auf eine forcierte Art ins Leben verliebt; sehr intelligent, aber fahrig; ausschweifend sentimental und zynisch; mit einem Hunger nach Abenteuern, sowohl physischen (die in praxi meistens etwas zweitklassig verliefen) als auch geistigen, überrationalen, die ihn in mystische Gebiete und unkontrollierbare Ekstasen führten. – Alles dieses stieß Vater Darmstädter natürlich sehr ab.

Richards Kindheit und Knabenalter waren reich an zerknirschten und verzweifelten Stunden, und sie kannten keine fröhlichen. Er hatte keine Mutter und einen Vater, der ihn nicht mochte und den er zu verabscheuen glaubte. Außerdem lernte er sehr früh empfinden, daß er Jude war. Früher als die meisten machte er sich mit einer übertriebenen und masochistischen Schärfe klar, was dies bedeute, und er sagte sich, daß es vor allem ein Fluch war, dann freilich auch eine Auszeichnung. Mit vierzehn Jahren notierte er in sein Tagebuch: «Ich gehöre einer verdammten und auserwählten Rasse an.» Er war stolz auf allen Geistesglanz der jüdischen Geschichte, aber er litt furchtbar unter ihrer Schmachbedecktheit, unter ihrem Schmerzensreichtum. Alles, was «seinem Volk» in Jahrtausenden widerfahren war, glaubte er wie Narben am eigenen Leib zu erkennen. Er schämte sich seines semitischen Typs. «Ich bin es nicht wert, blonde Freunde zu haben», schrieb der Fünfzehnjährige in gefährlicher Zerknirschtheit. Aber andere als blonde mochte er nicht. Mit jungen Leuten seiner Geistes- und Körperart verbanden ihn «höchstens geistige Interessen»; das genügte ihm nicht. – Der Fünfzehnjährige machte seinen ersten Selbstmordversuch um irgendeines blonden Knaben willen, der in seine Mainzer Klasse ging. Damals kam er in eine Freie Landschule im Odenwald, wo er sich eine Zeitlang wohler fühlte. Papa Darmstädter, als habe er es darauf abgesehen, seinen Sohn zu verderben, nahm ihn nach einem Jahr von dort weg – die Schule schien ihm «in keinem guten Geiste geleitet», revolutionär, disziplinlos, ihr Leiter ein verwegener Phantast. Grauenhafte Szenen zwischen Vater und Sohn, Richard, kaum siebzehnjährig, wird in einen Bankbetrieb gesteckt. Zweiter Selbstmordversuch. Richard brennt durch und schreibt seinem Vater aus Berlin, daß er ihn «verabscheue, wie er nie, nie wieder einen zweiten Menschen verabscheuen werde». Das genügt endlich: Papa Darmstädter verzichtet darauf, ihn wiederzusehen, und schreibt ihm, mehr beängstigt als zornig: «Du bist krankhaft, Gott weiß, woher Du das hast.» Richard bleibt in Berlin, muß aber auch dort in einer Bank arbeiten. Er durchläuft verschiedenartige und extreme Phasen. Eine Zeitlang gehört er einer zionistischen Jugendbewegung an, eine Zeitlang ist er Kommunist. Er beschäftigt sich mit Musik, komponiert an einem Oratorium und an einer Symphonie für Jazz. Andererseits arbeitet er philosophisch und bewahrt in seinem Schreibtisch Entwürfe zu großen Studien über Spinoza, den deutschen Idealismus, Kierkegaard. Zunächst kann er die Bank nicht aufgeben, denn er hat noch kein Geld.

Kaum ist er mündig, noch am Tag des einundzwanzigsten Geburtstages, zwingt er den Vater, ihm das kleine Vermögen auszuzahlen, das der Großvater ihm direkt vermacht hat und über das ihm mit der Mündigkeit das Verfügungsrecht zukommt. Papa Darmstädter verflucht ihn in aller Form, schwört ihm, daß er nie wieder einen Pfennig Geld zu sehen bekommen werde – muß aber zahlen. Es sind vierzigtausend Mark, zwanzigtausend bringt Richard innerhalb eines Jahres durch. Er reist viel, lebt ein paar Monate in Frankreich. Er kommt nach Berlin zurück, arbeitet weiter am Oratorium, an den Jazzkompositionen und an den philosophischen Studien. Mit dem Gelde scheint sein Selbstbewußtsein etwas stabiler geworden. Die Depressionen werden seltener, er scheint genießen zu lernen. – Da begegnet ihm dieser Junge, Tom. Seit der Katastrophe im Mainzer Gymnasium hatte kein Menschengesicht ihn so erschüttert.

«Er hat das Gesicht meines Schicksals», erklärte Richard dem Doktor Massis. – «Dann dürfen Sie ihm nicht ausweichen», sagte der Doktor leise, zart und exakt.

Es war zwölf Uhr nachts; sie hatten viele Stunden miteinander gesprochen. Richard saß wie ausgepumpt da, Schweißperlen auf der eckigen Stirn: er hatte alles erzählt, was sein Leben gewesen war; Massis, den französischen Mongolenkopf in die kleinen, behaarten Hände gestützt, hatte gelauscht, mit einer tiefen und verschlagenen Neugierde, die unersättlich schien. Eine Seele bot sich ihm an, die Geschichte eines Herzens öffnete sich ihm, das kostete der alte Menschenfänger wie der Feinschmecker ein besonderes Gericht. «Darmstädter, Richard», notierte er in seinem Haupt, «kein seltener Fall, aber ein höchst intensiver. Kurios durch das Pathos, mit dem er sein rassenmäßig und soziologisch bedingtes Schicksal durchlebt. Typisch degenerierter Bourgeois, der weltanschaulich und sozial in der Luft hängt. Hinzu kommt die jüdische Problematik. Seine masochistische Hinneigung zu dem blonden Proletariertypus ist doppelt begründet: in der Instinktverlassenheit seiner *Rasse*, die sich zum Kontrasttyp hingezogen fühlt, und in der Untergangsbereitschaft seiner *Klasse*. Nicht originell, aber amüsant durch pathetische Heftigkeit.»

«Dann reisen Sie also mit ihm», sagte er. «Es bleibt Ihnen nichts anderes übrig.»

«Nein», sagte Richard, «mir bleibt wohl nichts anderes übrig. Wie glauben Sie, daß es ausgeht?» Worauf der Doktor nur geheimnisvoll lächelte.

«Es kann der Anfang zu etwas Unerhörtem für mich sein», sagte Richard langsam, als müsse er jedes Wort suchen. «Oder – – –»

175

«Ja, es ist spät geworden», sagte der Doktor. Er erhob sich, auch Richard stand auf.

Das schwarze Kabinett lag voll geheimnisvoller Schatten.

«Nehmen Sie diese kleine Schrift von mir, als Andenken an heute abend», sagte Massis, der über einer Truhe kramte. Er zog zwischen Stößen von Briefen, Manuskripten und allerlei vergilbtem Papier eine graue Broschüre hervor. «Sie ist aus dem Jahre 1919», bemerkte er, plötzlich etwas nervös. «Ziemlich veraltet.»

Der Titel des Heftes hieß: «Madonnenkult oder der Mutterkomplex des Mittelalters.»

«Danke», sagte Richard. «Das ist sehr interessant.» – «Warten Sie, ich schreibe Ihnen noch eine Widmung.» Massis zog den Füllfederhalter und begann stehend zu kritzeln. Durch die äußerst unbequeme Haltung wurde seine Schrift zittrig und greisenhaft.

Richard las:

«Das Paradies wäre eine Verbesserung. Aber das Nichts ist die Vollendung. – George Clemenceau

Für Richard Darmstädter

vor seiner Abreise.»

Achtes Kapitel

Hotel am Zoo

Berlin W 15, 22. XII.

Peti-Zwerg:

Es ist eine tolle Entgleisung von mir, daß ich Dir so lange nicht geschrieben habe. Aber andererseits hättest Du ja auch einmal ein Sekündchen erübrigen können, Deiner alten Schwester ein gutes Wort zu geben. Die bunte Ansichtskarte neulich, vom Ammersee, war ja ausnehmend niedlich, und sie steht auch noch getreulich auf meinem Schreibtisch, aber jetzt ist sie doch schon zwei Monate alt; für so eine Karte ein bißchen viel.

Amüsierst Du Dich gut in der Schule? Ich amüsiere mich im Theater gar nicht besonders. Eine Zeitlang war es ganz nett, aber jetzt hängt mir die Dame, die ich spielen muß, schon zum Halse heraus. Sie ist zwar eine Herzogin – das habe ich Dir wohl schon geschrieben –, aber sie hat lauter Blödsinn aufzufangen. (Ich lege Dir ein Photo bei, wie ich in meinem schönsten nackten Abendkleid darauf warte, daß mein Freund sich erschießt. Wenn das Professor Schneiderhahn bei Dir findet, wird er sagen, Du seist ein verdorbener Junge, und einen sehr trüben Brief an Onkel schreiben.) Meine nächste Rolle ist eine Königin, ich steige im Rang. Es ist die aus dem Don Carlos, den hast Du doch schon gelesen? Auf die freue ich mich ein bißchen mehr. – Du mußt mir Dein ganzes Weihnachtszeugnis abschreiben und es mir schicken, das ist wohl das mindeste, was ich verlangen kann, ich schicke Dir dann auch meine Kritiken über die Königin.

Ja, daß ich Weihnachten nun nicht nach Hause kommen darf! Aber ich muß eben am ersten Feiertag schon wieder meine *stumpfsinnige* Kröte von Herzogin spielen. Weine nicht, Zwergengesicht, sondern tanze mit Onkelchen recht angeregt um die Krippe, er wird Dir sicher sehr brauchbare kleine Dinge aufbauen, und da Du sie Dir komischerweise gewünscht hast, schicke ich Dir auch Grillparzers sämtliche Werke. In dasselbe Paket lege ich einen stattlichen Osterhasen, denn für den Weihnachtsmann aus Borkenschokolade und für das Christkind aus Rauschegold bist Du doch wirklich *zu* alt, *kannst* an beide gar nicht mehr ernstlich glauben.

Vielleicht lasse ich in der Christnacht auch die Drähte spielen und plaudere fernmündlich ein wenig mit Euch.

Sei geherzt und gekost
von Deiner altertümlichen

Radelrutsch

München, 24. XII.

Mein teuerstes Rumpelstilzchen –

Dein Herzoginbild finde ich also einfach *ganz prachtvoll*, und ich probiere schon die ganze Zeit vorm Spiegel, ob ich nicht wenigstens annähernd so aussehen kann. *Natürlich* habe ich mir gleich einen Rahmen gekauft, das Bild eingerahmt und auf mein Pult gestellt. Jetzt sollen die Leute nur denken, daß ich ein «verdorbener Junge» bin (und vielleicht bin ich es auch – –). Auf jeden Fall finde ich das Bild eben wirklich *ganz, ganz* prachtvoll, und ich beneide Dich *wahnsinnig*, daß Du jeden Abend so aussehen darfst.

Am ersten Feiertag gehe ich mit Onkel und Fräulein Blei in die Zauberflöte. Es wird natürlich recht prachtvoll werden. Aber Dir muß ich doch gestehen, daß ich *heimlich* im neuesten Greta-Garbo-Film war (es ist doch ein Wunder, daß ich überhaupt hineingekommen bin) und in einer

*Nacht*vorstellung (!!) der Kammerspiele (man spielte gerade Strindberg). Ich finde natürlich, daß Greta, nach Dir, die *weitaus* schönste Frau auf der Welt ist; und Strindberg steht uns heute natürlich viel näher als Mozart, mit dem Onkel immer so ein Getu hat.

Meine Noten sind also:

Betragen: 3 (weil ich in der Religionsstunde, in die ich *blöd*sinniger Weise gehen muß, ganz offenermaßen erklärt habe, daß ich eben nicht an den lieben Gott glaube – *wir* sind uns ja darin ganz einig). Turnen: 3. (Na ja.) Deutsch: 2. (*Wahnsinnige* Ungerechtigkeit; mein Aufsatz über Julius Cäsar war wirklich *ganz* prachtvoll und ist auch vorgelesen worden. Aber der Schneiderhahn *ist* ja so ungerecht, und außerdem *mag* er mich einfach nicht.) Latein: 5. Mathematik: 5. Geographie: 4. Französisch: 4. Geschichte: 4. Religion: 4. Singen: dispensiert.

Manches ist natürlich schreiend ungerecht, aber die Noten vom Elmar sind noch *viel* ungerechter, was mir eigentlich viel nähergeht. Deinen Grillparzer und Deinen Hasen habe ich noch nicht gesehen, weil sie erst auf den Aufbau kommen. Ich freue mich natürlich *furchtbar* auf Deine Sachen, hoffentlich hast Du in den Grillparzer etwas Komisches hineingeschrieben, oder auch etwas Ernstes. Sonst freue ich mich nicht so *sehr* auf Weihnachten. Onkel schenkt mir doch sicher wieder lauter so «nützliche» Sachen, die ich ohne Weihnachten schließlich auch bekommen müßte, und außerdem ist es doch überhaupt ein recht bürgerliches Fest. Am ehesten freue ich mich noch auf den guten Braten, den die Anna doch wohl oder übel zu diesem «feierlichen» Anlaß kochen muß, denn sonst gibt sie sich wirklich gar keine Mühe mehr mit dem Essen, seit Du weg bist, und Onkel ist ja wie taub und merkt einfach nichts.

Komm doch wirklich bald wieder!!! Ich möchte über so *vieles* mit Dir schwätzen, zum Beispiel über unser Hausmädchen Resi (sie heißt aber eigentlich ganz anders und ist die Tochter von einem russischen Emigranten) und über Elmar.

Ich lese jetzt den Don Carlos noch mal, eigentlich *interessiert* mich ja Schiller nicht so besonders, aber Du wirst sicher ganz prachtvoll als die Königin Elisabeth.

Das ist doch ein sehr langer Brief!!

Dein Bruder Brüderich

Peti las den Brief noch einmal, fand ihn ziemlich geglückt, faltete ihn sorgfältig und steckte ihn ins Kuvert.

Von seinem Pult aus hatte er, über einen kleinen Vorgarten hinweg, den Blick auf den Karolinenplatz mit dem Obelisken. Der Platz war verschneit, aber der Schnee hatte eine Beschaffenheit, daß man merkte, wie nah er am Schmelzen war. Er lag zu weiß da, mit starken bläulichen Schatten, und zu fett, beinah talgig. Es war Föhn in der Luft.

Jetzt wäre es herrlich, die Brienner Straße hinunterzulaufen, über den Odeonplatz in den Hofgarten, dann, über die Galeriestraße, in den Englischen Garten. Es muß eine toll aufregende Luft sein, ein warmes Wehen, ganz unnatürlich mitten im Winter, und deshalb noch schöner. – Aber es war schon halb sechs Uhr, und um sechs wurde zum bürgerlichen Fest beschert.

Übrigens liebte Peti die Aussicht von seinem Pult auf den runden Platz mit dem Obelisken. Sie hatte für ihn etwas anziehend Großstädtisches und Elegantes; unklare Vorstellungen von Paris – Place Vendôme, Place de la Concorde – waren aus Büchern in seinem Kopf geblieben; und, im Schnee, ließ sie ihn auch an St. Petersburg denken, an ein verrottetes, *vor*revolutionäres St. Petersburg, mit luxuriösen Schlitten, in denen sadistische Großfürsten neben den üppigsten Kurtisanen saßen.

Peti war beinahe vierzehn Jahre alt – Mitte Februar war sein Geburtstag –, und seine Phantasie war voll von gefährlichen Bildern. Er hatte viel gelesen, und viel durcheinander. «Das Bildnis des Dorian Gray» hatte ihn ebenso beeindruckt wie der «Zarathustra» (den er nicht ganz kannte, dafür aber einige Abschnitte auswendig). Er selbst arbeitete an einem dithyrambischen Gedichtzyklus, in dem einerseits viel Hyazinthengeruch, anderseits aber viel aufsässiges Blitzgeschleuder und Sturmgebraus vorkam.

Natürlich haßte er die Schule, wo man ihn nicht verstand. Aber in der Schule war Elmar. Elmar, mit dunklen, runden Augen im braunen, schmalen Gesicht; Augen, die manchmal pfiffig, manchmal melancholisch schauten; mit kurzgeschorenem seidigweichen Haar. Elmar, der sich nur für Fußballspielen und Briefmarkensammlungen interessierte, aber einem oft den Arm so um die Schulter legte, daß es wie elektrische Funken durch den Körper ging. Elmars Name, nachts ins Kissen geflüstert; Elmars Name dem Wind mitgegeben, der nachts durch den Englischen Garten kam, in Sommernächten und in Herbstnächten, über die dunkel fließenden Gewässer, durch die Gebüsche. Sein Name, sichtbar oder unsichtbar, als Widmung über allen Gedichten und Romanfragmenten «Für Elmar – Elmar gewidmet – Im Gedanken an Elmar – Wem sonst als dir?»

Peti, vierzehnjährig, war in seiner kindlichen Verderbtheit viel zu keusch, die große Liebe, die ihn so wunderbar ausfüllte und immer im tiefsten Herzen erschrecken ließ, wenn sie ihm wieder einfiel, mit den Sensationen in Zusammenhang zu bringen, die ihm seit anderthalb Jahren sein Körper bereitete. Diese waren auch wunderbar, aber auf andere Art. Er wußte schon halb, worum es sich bei ihnen handelte, wenn auch ungenau und verschwommen. Das erstemal war es beim Klavierspielen zu ihm gekommen, er hatte unten, im halbdunklen Salon, phantasiert. Plötzlich hatte sich *das* verändert. Er war eigentlich nicht sehr erschrocken, er hatte gleich gewußt: Aha, das war also das. Dann war es oft wunderbar gewesen, und er freute sich jede Nacht aufs Schlafengehen. Aber niemals hatte er es sich erlaubt, Elmars Name in die Vorstellungswelt seiner Ekstasen einzulassen. Er blieb außerhalb, unberührbar.

Dann kam die Verwirrung mit dem Mädchen, das man Resi nannte. Sie war schön, mit stahlblauen Augen, die sie zuweilen aufriß, merkwürdig wild; mit einem feuchten Mund und den Brüsten, die Peti sich nur im Dunkeln anzufassen getraute. Was sie an seinem Leibe machte, war unerhört, Peti hätte niemals für möglich gehalten, daß es so viel Schamlosigkeit auf Erden geben könnte. Aber war das nicht eine Untreue gegen ihn, gegen Elmar? War das nicht schon Verrat?

Unruhe in Petis Herzen. Verwirrung, Ratlosigkeit. Wie mache ich es, Elmar gegenüber rein zu bleiben, ohne ihn dabei selbst zu beschmutzen? Ich möchte rein, rein, rein vor Elmar sein, und ich möchte doch jeden Hund an meinen Körper lassen, und Resi, und diesen Schutzmann, und Greta Garbo, und alle Bäume im Englischen Garten.

Sonja sollte dasein, daß man über all das mit ihr sprechen könnte.

Angebetete Sonja. Große Schauspielerin in Berlin. Herzogin Amélie, auf den Selbstmord ihres Geliebten wartend. Königin Elisabeth, mit dem Prinzen zu ihren Füßen. – Sonja, die alles weiß, alles versteht. Sonja, das Idol über Petis Leben.

Sonja soll wiederkommen.

Das Kind, am Pulte im halbdunklen Zimmer, das keine Mutter gekannt hat, stützt das unschuldige und frühreife Gesicht in die Hände. Er sehnt sich nach seiner Schwester als nach der Mutter.

Sonja soll wiederkommen.

Sonja könnte auch zum Schneiderhahn in die Sprechstunde gehen, damit er nicht immer so ungerecht ist. Onkel geht doch immer nie hin. Und mir wieder Gedichte vorlesen. Ob Fräulein Blei heute ‹Stille Nacht› singt? Scheußlich. Hoffentlich gibt es Kastanien zur Gans. Ob der Grillparzer Reclamausgabe ist? Dann habe ich knapp hundert Bücher. Eigentlich sechsundneunzig, wenn mir Onkel keins schenkt. Sagen wir hundert. Elmar, Elmar, Elmar. Jetzt kommt es schon wieder – und jetzt habe ich's doch wirklich nicht gewollt. Aber jetzt nicht mehr an Elmar denken! Elmar, Elmar – – – Wenn ich mich jetzt allein fertigmache, ist es nachher abends nicht mehr so schön, wenn Resi noch kommt. Aber am Weihnachtsabend wird Resi wohl gar nicht kommen – – –

Es ist gleich sechs Uhr. Fräulein Blei wird im schwarzen Samtkleid eintreten und ein feierlich erhitztes Gesicht haben. «Zur Bescherung, Peti-Bub! Freust du dich auch?»

Durch die Isaranlagen laufen. Warmer Wind. Schade, daß ich jetzt kurze Haare habe. In die langen Haare fuhr der Wind so schön. Aber dafür sehe ich jetzt viel erwachsener aus. Die Leute glauben alle, ich bin sechzehn oder siebzehn Jahre alt. Neulich in der Nachtvorstellung bin ich gar nicht aufgefallen. Zum Geburtstag wünsche ich mir Strindbergs Werke. Ich glaube, er hat ziemlich viel geschrieben. Ob das Onkel erlaubt? Ich möchte noch irgendwas Nettes an Sonja dranschreiben. Ist das Kuvert schon zugeklebt? Das ist wirklich ein toller Föhn draußen. Fenster klappert. Wind im Englischen Garten, Wind an der Isar. Schneematsch. So feuchter Tauhimmel, und das Gebirge ganz nah. Das ist gar nicht wie Weihnachten, das ist schon beinah wie März.

*

Sanatorium im Grunewald, Weihnachtsabend, ein Viertel vor neun Uhr.

Froschele, im Bett sitzend, allein.

Nicht allein, denn ihr schöner Hund Leu liegt, mit besorgter Falte zwischen den guten Augen, bei ihr auf der Bettdecke. Christbäumchen auf dem weißen Tisch, Kerzen schon halb heruntergebrannt. Sonja war vor einer halben Stunde da und hat es gebracht.

Sonja, frisch und lustig im schwarzen Pelzmantel mit grauem Kragen; Sonja, die Arme voller Pakete. – Sie hat Handschuhe, Ingwerkonfekt, schwarzes Abendtäschchen, englisches Parfüm unter den Christbaum gelegt. «Hier, altes Froschele, ein paar mittelschöne Kleinigkeiten. Das schwarze Abendausgehtäschchen finde ich, offen gesagt, reizend. Wahrscheinlich nehme ich es dir gelegentlich wieder fort und schenke dir eine Pudelmütze dafür –»

Sonja mußte mit dem alten Bayer Christnacht feiern; auch ein Witz. Frau Grete mit ihrem Bruch. Viel Vergnügen.

Ein Paket aus Landshut war auch angekommen, unmögliche Wäsche und ein englischer Kuchen. Hätten sie auch bleibenlassen können. Gut gemeint, gut gemeint.

Es machte Froschele schreckliche Mühe, sich auf irgendeinen Gegenstand zu konzentrieren. Sogar mit den Augen konnte sie nichts festhalten, alles was sie anschauen wollte, schien zurückzuweichen: Uhr auf dem Nachttisch, Nachttischlampe, Bettvorleger, auf dem Bettvorleger Pantoffel; Tisch, Waschtisch, weißer Vorhang am Fenster.

Sie hatte sieben Tage Dämmerschlaf hinter sich; dann drei Tage, in denen sie auch noch beinah ganz benommen war. Wie war es möglich, daß man in diesem benommenen Zustand so viel leiden konnte? Unendliche Traurigkeit, in diesem Halbschlaf. – Schmerzen am ganzen Körper, und die ganze Seele – ein Schmerz. Das Gift fehlte, das den

Schmerz gelindert hätte, aufgehoben und in Lust verwandelt. Nicht auszuhalten, die Erde ohne das Gift, wenn man sie erst einmal in seiner Verzauberung kennengelernt hat. Nicht daran denken.

Elfter Tag der Entwöhnung. Der erste Tag, seit der großen Schlafspritze, daß sie wieder Gedanken fassen konnte, wenn auch mit Mühe; daß sie wieder wußte, wer sie war und wo sie sich aufhielt.

Es war nichts Gutes, was sie da wieder erfuhr. Froschele, aus Landshut, mit der schönen Sonja nach Berlin gekommen; einem Tänzer verfallen, der nichts von ihr wissen wollte; in die Hände von ein paar Menschen geraten, die nichts konnten, als sie zugrunde richten. Sie hatte einen Trost kennengelernt – großer Trost, wundervoller Trost –, aber er hatte die kleine Nebeneigenschaft, einen innerhalb einiger Jahre kaputtzumachen.

Schöner, weicher, kluger Hund Leu. Du bist das einzige, was ich habe. Und es ist deinetwegen, daß ich hier alleine liege. Sonst käme vielleicht doch Gregor auf ein paar Minuten. Es geschieht dem Gregor ganz recht, wenn ich hier einsam verrecke. Zwei Gramm Morphium, und Schluß, Schluß, Schluß. Um Gottes willen, nicht an Morphium denken. Bitte, bitte, nicht an Morphium denken. Urvater Opi, Urmutter Mo. Schwesterchen Euka, Brüderchen Panti – meine geliebte Familie. Urmütterchen ruft. Sie hat was vom Meer. Urmütterchen hat was vom Meer. Feine Gedanken für ein Mädchen vom Lande am Weihnachtsabend. Was tun sie jetzt in Landshut? Sitzen am runden Tisch und essen Gansbraten. Roßmanns sind auch da. Bruder August, Diplomingenieur. «Nehmen Sie noch ein bißchen Gurkensalat, Herr Roßmann!» O Gregor, du hast keine Seele. Urmütterchen hat eine Seele, eine tiefe Seele, Mohnseele, wiegende Mohnfelderseele, wie das Meer. Gregor, leider total seelenlos. «Leider total seelenlos» war vollkommen

Sonja. Ich denke wie Sonja. Feiner Weihnachtsabend, das kann man wohl flüstern (seit wann berlinere ich denn?). Und wer ist schuld? Sonja. In diese Lage hat mich Sonja gebracht. Die Landshuter haben ganz recht: Hüte dich vor Schauspielerinnen! Nimm dich in acht vor schwarzen Frauen! Blondinen bevorzugt. Werde Diplomingenieur! Früher stand ich doch anders mit Sonja. Sie war doch, war doch meine Freundin. Daß sie jetzt noch so weihnachtlich vorbeigesummt kam, war ja ganz aufmerksam. Christnacht mit dem alten Bayer: ist ja ein Witz. Bayer ist israelitisch. Sonja: schönste Frau dieser Erde. Ich: Zwergin, vergilbt, verhutzelt, verbost. Sei offen, Froschele: du hast immer nur Sonja geliebt. Verkümmerte kleine Lesbierin bist du. Heilige Familie in Landshut, das ist tatsächlich wahr. Quatschliese – und Herr Gregori? Versuch, den Sonjakomplex abzureagieren. Leider, leider seelenlos – total. Gott, wäre das häßlich, wenn Sonja ihn doch noch heiratete. Ärmste Sonja. Er würde sie schinden, schinden. *Er ist ja vollkommen unbarmherzig.* Unbarmherziger Hysteriker. Mit seiner Hysterie wie von Eis gewappnet. Hysterisch, unbarmherzig wie Eis und Stahl. Barmherzige Mutter Gottes – ich liebe ihn so. Mein Rassehündchen Choo Ky, Kosename Leu, Sohn von Love Lee und Olmors Red Menory: nicht aus übergroßer Liebe zu dir habe ich dich bei mir behalten, sondern um ihn zu kränken und dadurch mich; aus purem Masochismus, Rassehündchen, um recht ausgiebig, schaurig, saftig leiden zu können. Das hat er mir ja besorgt. Heilige Urmutter Mo, ich halt's nicht aus, ich halt's, halt's, halt's nicht aus. Ich muß aus dem Fenster, es gibt nur noch Schmerz auf der Welt. Nur noch Schmerz, und ich habe keine Waffe, gegen ihn zu kämpfen, kein Pfeilchen, kein Spritzchen. Famose Christnacht. Grete mit ihrem Konsul, ihrem Bruch (Hals und Bein, Leisten, Genick). Grete spritzt noch, um Gottes willen, nicht dran denken. Sonja mit ihrem W. B. Die versteht's. Sonja hat mich versetzt. Das ist es: *Sonja hat mich versetzt.* Mich korrumpiert – Mädel vom Lande – Bruder Diplomingenieur – mir einen Knacks verschafft und mich, husch, husch, scharf links liegenlassen. Aber wenn sie mir auch jetzt noch den Gregori wegheiratet: ich kratze – – ich kratze – – –

Froschele griff zum Gabentisch hinüber. Um einen Gegenstand zu erreichen, mußte sie sich recken, daß es wehe tat. Erst wollte sie die Parfümflasche zertrümmern, aber dann beschloß sie, das Abendtäschchen zu zerfetzen. Das würde langwieriger sein und deshalb mehr Genuß bringen. Außerdem konnte sie das Parfüm immerhin brauchen, während ihr das Abendtäschchen total überflüssig war – ich habe doch schon eines, das hat sie natürlich gewußt, dieses ist ein Gelegenheitskauf. Aber es war aus gutem Material und leistete Widerstand. Sie zerrte wütend daran herum.

Froschele, im schwarzen Pyjama, mit kleiner, scharfgebügelter weißer Krause; allein im Bett sitzend, bei der sanft flackernden Beleuchtung des Christbäumchens – und erbittert, fanatisch, mit zusammengebissenen Zähnen an der Handtasche zerrend.

‹Sonja hat mich verraten. Sie hat mich sitzenlassen. Ich hasse sie. Ich fürchte sie wie die Pest. Sie nimmt mir den Gregor weg. Sie wird ihn heiraten. Gregor, Gregor, Gregor. Und das Handtäschchen gibt nicht nach. Vorzügliche Ware.›

Froschele, mit einem Gesicht, so böse wie das Kind, das vorhat, den Lehrer zu ermorden, und alle Einzelheiten seines Plans bedenkt. Die kleine, zweimal gebuckelte Stirn, der verkniffene Mund, die fiebrig arbeitenden Hände: alles wie Form gewordener Haß; Materie gewordene Bosheit. – Der Hund Leu, ins Kissen verkrochen, sieht besorgt zu ihr auf. Plötzlich zuckt er zusammen; zittert leicht; wendet den Kopf, spitzt die Ohren.

Es hat geklopft.

Es klopft noch einmal.

Leu zittert stärker.

Das kann doch nicht die Schwester sein, die klopft anders, und dann würde auch Leu nicht so zittern.

Froschele schlägt das Herz bis zum Halse. Beinah tonlos: «Herein.»

Sie kreischt auf, sinkt zurück, Tränen stürzen. Das ist zuviel: wie eine Lichterscheinung steht in der Türe Gregor Gregori.

Sie zergeht nicht, die Lichterscheinung, vielmehr nähert sie sich: grauer Pelzmantel, enormer Strauß roter Tulpen im Arm. «Hier bin ich!» Gregor hatte eine geradezu frohlokkende Stimme. So müssen in der Tat die Weihnachtsengel Stimmen haben. Er ließ das Monokel aus dem Auge fallen, um sich zu Froschele neigen zu können; die Blumen behielt er dabei im Arm. Sie empfing sein Gesicht, geblendet, als ergösse sich aus einer dunklen Wolke unvermutet über sie die Flamme des Heiligen Geistes.

«Sie sind zu mir gekommen», flüsterte Froschele.

Er legte die Blumen aufs Tischchen, warf den Pelzmantel ab, mit Bewegungen, zugleich so gestrafft und so lässig, daß sie Froschele einfach überirdisch schienen. Große, blau schillernde Flügel schienen ihm von den Schultern zu wachsen, und statt des tadellosen Abendanzugs trug er vor Froscheles tränengeblendeten und kranken Augen ein weißes Gewand, sowohl faltenreich als schlank gegürtet. «Weihnachtsengel – –», zitterte Froscheles Mund.

Sogar das wurde ihm noch nicht peinlich. Sein Gesicht strahlte: das gute Vergnügen daran, Glück zu bringen – Weihnachtsengel, der sich niederläßt aus den Wolken; Märchenprinz an des kranken Bettelkindes Lager –, mischte sich mit allen Wonnen der Eitelkeit. Er war gütig aus naivster Wirkungssucht; aber darum war seine Güte nicht weniger unmittelbar, nicht minder charmant. Er nahm alle Reize zusammen, die ihm irgend zur Verfügung standen, wirklich um dem geblendeten Froschele ein großes, schönes und unglaubliches Fest zu bereiten.

«Wie geht es Leu?» fragte er unwiderstehlich.

«Er gehört Ihnen», sagte Froschele schwach. «Weil Sie gekommen sind.»

«Froschele», sagte Gregor einfach und setzte sich zu ihr ans Bett. Er wollte erst Leu streicheln, aber der zuckte zurück. Das furchtsame Tier hatte sich ganz in eine Ecke des Bettes verkrochen, wo es nervös zitterte. Daraufhin überließ Gregor seine Hand Froschele, die sie gierig ergriff.

Bei aller Ekstase konnte sie nicht umhin festzustellen, daß die Hände nicht das Schönste an ihm waren. Sie liebkoste sie trotzdem – das Unvollkommenste an ihm war immer noch ein Geschenk des Himmels für sie. Seine Hände waren zu groß, zu schwer und zu weiß, mit leichten Sommersprossen auf den Handrücken. Auch die Nägel schienen nicht edel im Material, eher bröckelig und, überraschenderweise, nicht sehr gepflegt, sondern schartig, als habe er die Angewohnheit, an ihnen zu beißen.

Reden konnte Froschele nicht, sie weinte leise. Zuviel, ach, zuviel: sein schönes Profil im Halbdunkel, strenges und weiches Profil; Stirn und Kinn herrisch, aber der Mund von so beunruhigender Weichheit.

«Freuen Sie sich über Leu?» fragte sie schließlich. «Ich freue mich so.»

Er wandte ihr sein Gesicht zu, es schien übergossen von Sanftheit. Die nah beieinander liegenden Augen schimmerten blaugrün, opalen. Mit einem verklärten Schielen blickten sie durchs Halbdunkel Froschele an. (Die Christbaumkerzen waren fast heruntergebrannt, gleich würde es dunkel sein.)

«Jetzt wirst du schlafen –», sagte Gregor mit singendhypnotischer Stimme. Dabei konnte er nicht umhin, seine Hand um eine Winzigkeit zurückzuziehen, denn sie befeuchtete sie mit ihren Tränen und mit ihren Küssen.

*

«Wo ist Julia?» fragte Sonja, die in W. B.s gotisches Bibliothekszimmer trat.

«Setzen Sie sich erst», sagte W. B.

Sonja blieb stehen und fragte noch einmal: «Wo ist Julia?»

Bayer, hinter seinem Schreibtisch stehend, auf den er mit den Fingerspitzen trommelte, erklärte: «Sie hatte gestern einen sehr schweren Anfall. Ich mußte sie in die Anstalt überführen lassen. Der Arzt sagt, es sei hoffnungslos – was ich übrigens schon wußte. Ich lasse mich also scheiden.»

«Meines Wissens ist Krankheit des einen Ehepartners kein Scheidungsgrund.»

Worauf W. B. nur kurz und drohend durch die Nase lachte. «Ich werde es durchsetzen, verlassen Sie sich darauf. Außerdem ist sie einverstanden. Unmittelbar vor der Abtransportierung hat sie sogar ihrerseits den Wunsch geäußert.»

«Also war sie bei Sinnen.»

Er hob enerviert die Schulter.

«Es war eine ihrer letzten klaren Minuten.» Dann, dringlich, pathetisch, zwei große Schritte näher auf Sonja zu: «Ich habe mich freigemacht, Sonja. Ich bin frei. Ich war in Paris und habe mit meiner Freundin gesprochen. Sie ist abgefunden. Julia rechnet nicht mehr. Ich bin frei, Sonja. Entscheiden Sie sich!» Zitterndes Kinn, starkes Schnaufen, vor Erregung steigt ihm Blut in die Augen; das Weiß des Augapfels färbt sich rot. – Sonja zieht sich zurück.

«Dieser Weihnachtsabend muß die Entscheidung bringen!» hört sie ihn sagen. «Sonja, heiraten Sie mich!»

190

‹Das geht doch nicht, das geht doch einfach nicht. Wer überrumpelt mich so? Alternder Mann, ich habe Mitleid mit ihm. Kein Mitleid – – die Frau, mit der man zwanzig Jahre gelebt hat, ins Irrenhaus schicken! Aber ich mag ihn. Immer eine Schwäche für brutale, komödiantische, alternde jüdische Männer gehabt. Ihn heiraten? Frau Geheimrat Sonja Bayer. Mit ihm im Packard auf Gesellschaft fahren? Das geht, das geht, das geht doch einfach nicht.›

«Ich bin ein bißchen durcheinander», sagte sie, um einen Ton wehleidiger und matter, als ihr eigentlich zumute war. «Warten wir ab, wenigstens bis nach meiner Premiere –»

Dieser Vorschlag brachte ihn furchtbar auf, er fing an zu brüllen. «Lachhaft! Lachhaft!! Bis nach Ihrer Premiere – – Was hat diese Premiere mit *unserem* Leben zu tun?! Seit wann nehmen Sie das Theater derart feierlich? Hat Berlin Sie schon angesteckt?» Er rannte mit großen Schritten zwischen den Kirchenstühlen auf und ab.

Ihr war es ganz recht, daß er so die Haltung verlor. So konnte sie kühl und beleidigt sagen: «Benehmen Sie sich anständig, oder ich feiere meinen Weihnachtsabend einfach woanders.» Sie verstand es, sehr unangenehm zu sein, wenn sie es wollte.

Er, sofort ernüchtert, blieb vor ihr stehen, noch keuchend, die Fäuste in die Taschen gekrampft, das Gesicht jetzt bleich statt rot. «Sonja, haben Sie Mitleid!» sagte er mit zitterndem Kinn. Unter den buschigen Brauen wurden seine Augen feucht.

*

«Doch, es war sehr, sehr interessant in Berlin», sagte Maurice Larue hoch und klagend zu Sebastian. «Die Berliner Gesellschaft *ändert* sich so schnell, *das* ist das Interessante.» Er rieb sich die Gabelhändchen und sah intensiv, boshaft und wehmütig zu Sebastian hinauf. «Sie sind auch Schrift-

steller?» fragte er zart und fingerte schon nach seinem No-
tizbüchlein.

«Ja», sagte Sebastian, «ich schreibe auch.»

«Für Zeitungen?» fragte Larue.

«Ja, auch für Zeitungen.»

«Oh», machte das Heinzelmännchen mit leisem Aufschrei in einer plötzlichen Ideenverbindung, «dann kennen
Sie gewiß auch eine sehr, sehr amüsante junge Dame, deren
Bekanntschaft ich dieses Mal in Berlin gemacht, oder genauer gesagt: erneuert habe. Mademoiselle Sonja – – – ja,
ein sehr amüsantes und hübsches Mädchen, Sie kennen sie
ohne Frage.»

«Nein», sagte Sebastian, «ich kenne sie nicht.»

Der Kleine wiegte enttäuscht den zerbrechlichen Kopf
mit dem gelblichweißen seidigen Flaumhaar. «Schade»,
sagte er ehrlich betrübt. Er musterte diesen jungen Homme
de lettres, der die besten Dinge nicht kannte, etwas mißtrauisch. «Aber Sie wissen doch von ihr?» erkundigte er
sich, um doch nicht ganz leer auszugehen.

Ja, Sebastian hatte viel von ihr gehört.

«Oh, sie würde Ihnen sehr gefallen.» Maurice hob
plötzlich neckisch den Zeigefinger, dies bleiche Knöchlein.
«Sicherlich – hahaha.» Und er lachte genau dreimal, pedantisch, klagend und raschelnd.

Sebastian war es unangenehm, daß Larue soviel von dieser Sonja sprach, die er doch gar nicht kannte; vielleicht weil
ihn ihr Name an Gregor Gregori denken ließ, der so oft
und exaltiert von ihr gesprochen hatte; aber auch noch aus
anderen, weniger klaren Gründen. Die ist kein Klatsch-
objekt für diesen, dachte er ungeduldig. Nur um etwas zu
sagen, erkundigte er sich: «Hat sie den Gregor Gregori
denn nun geheiratet?»

Da erst wurde Maurice recht angeregt. «Das *ist* es ja
eben», flüsterte er und trippelte ganz nah an Sebastian

heran. «Diese Affäre steht *sehr* kompliziert. Es scheinen gewisse zarte Beziehungen zu bestehen zwischen Mademoiselle Sonja und einem Herrn, einem ziemlich gewichtigen Herrn, gewichtig in jeder Beziehung – der auch in dieser Wohnung nicht ganz unbekannt sein dürfte – ich scheine vielleicht indiskret – jedoch – –»

Gretas Atelier war voll von Leuten. Lauter «Montparnassiens»: der spanische Bildhauer, ein paar deutsche Maler und Literaten, zwei junge Amerikaner, ein polnischer Dichter, einige bunte kleine Frauenspersonen, teils Französinnen, teils Polinnen, teils Deutsche. Maurice gehörte nicht ganz dazu, er war Outsider. Aber er hatte sich Sensatiönchen davon versprochen, in einem Bohemezirkel, der immerhin nicht ganz ohne Berührung mit mondänen Kreisen war, Weihnachten zu verbringen. Vor allem fand er die Beziehung Greta-W. B., von der er natürlich wußte, «sehr, sehr interessant», und er hoffte etwas darüber zu erfahren, wie sie sich entwickelte.

In einer Ecke stand der Christbaum, von bunten Glaskugeln starrend. Die Kerzen waren rot, grün und gelb. Darunter war eine etwas krasse Krippe aufgebaut, ein junger Russe aus dem Café de la Rotonde hatte sie angefertigt, ihre Figuren zeigten verkrampfte Posen und verzückte Mienen. Die kleinen Französinnen nannten all das très, très joli – aber heimlich unter sich ein wenig sehr extravagant – «et même un tout petit peu boche».

«Du hast mir noch gar keinen Kuß unterm Christbaum gegeben!» schrie Greta durch das ganze Atelier Sebastian zu. «Das *muß* man tun, das ist einfach heiliger Brauch.»

Sebastian war froh, von Maurice Larue fortzukommen, der immer noch von Sonja und ihren schönen dunklen Augen erzählte. Er ging, an den Tischchen vorbei, wo getrunken, geschwatzt und gelacht wurde, auf Greta zu, die ihn unterm Christbaum erwartete.

Sie mußte viel getrunken haben, denn sie schwankte, das kam bei ihr nicht leicht vor. So wie heute war sie den ersten Abend angezogen gewesen, als Sebastian bei ihr war: Sandalen zu blauen Hosen und den grell gestreiften Sweater. Ihr Gesicht war erhitzt, und sie schielte eine Kleinigkeit mehr als gewöhnlich. Sie schielte immer, wenn sie betrunken war.

Sebastian küßte sie auf die Stirn. Ihre Stirne war glühend heiß.

«Deine Stirn ist ganz heiß», sagte er.

Sie sagte ihm vorwurfsvoll ins Gesicht: «Du liebst mich ja nicht mehr, Sebastian.»

«Doch», sagte er ernsthaft. «Sicher.»

Sie schüttelte ernst den Kopf. «Nein. Gar nicht.»

Und plötzlich, während sie ihn an den Schultern packte und sich vorneigte zu ihm:

«Aber du *hast* mich doch mal geliebt? Wie? Du *hast* mich doch mal geliebt?» – Tödliche Angst in den Augen, wie damals, als es im Bois de Boulogne so dunkel war. Die Lippen halb geöffnet und die Hände auf seine Schultern gekrampft, wartete sie auf eine Antwort.

*

Richard Darmstädter lauschte der Grammophonplatte. Es war ein amerikanischer Tango, Musik von einer orgiastischen Sentimentalität.

Richard fühlte sich hingerissen von so viel Schamlosigkeit. Das Gefühl zeigte sich nackt. Es strömte hin, es ergoß sich, es breitete sich aus. Das war viel köstlicher und ärger, als wenn die, die einander zu lieben glaubten, öffenlich sich begatteten. Es war, als könnte man dabei auch noch ihre Herzen sehen.

Das Gefühl – enthüllt. Das Herz – nackt.

So völlig, so schonungslos, mit solcher Wollust könnten

nie Worte das Gefühl preisgeben. Das Wort verhüllt, seinem tragischen Wesen nach. Es verheimlicht noch, wenn es beichtet. Es verdunkelt, wenn es analysiert.

Aber die Musik. – Aber dieser amerikanische Tango. Mit schwelgerischem Exhibitionismus wird das zur Melodie, was in unseren Herzen das Verborgenste war. Traurigkeit ohne Grenzen. Seufzer der Lust. Tränenvolle Umarmung. Hinschmelzen der Seele in Zärtlichkeit.

Hinschmelzen. Zärtlichkeit.

Oh, könnte ich mit diesen Rhythmen und Akkorden mein Blut verströmen, damit die Erde es tränke und ihre Blumen schöner blühen lasse. Ein wenig Glück mehr auf dieser Erde: wie gern, wie gerne verströmte ich dafür mein Blut.

Musik, Erlösung, Zärtlichkeit und Tod.

Da kratzte die Platte. Es war zu Ende.

Richard feierte Weihnachtsabend mit dem Jungen, den er Tom nannte. Er hatte einen kleinen Baum geputzt und darunter eine ganze Ausstattung aufgebaut: den blauen Anzug, der gerade gestern fertig geworden war, dazu braune Halbschuhe, Lackschuhe, Hemden, Socken, Taschentücher, Eau de Cologne. – Die Grammophonplatten hatte Richard sich selbst geschenkt. Sie waren das Neueste, was aus New York gekommen war.

«Magst du noch was?» fragte Richard. «Lebkuchen oder Schokolade?»

«Nee», sagte Walter. «Hab' schon zuviel gegessen.»

«Vielleicht einen Schnaps?»

Tom schüttelte den Kopf. – Er hatte noch nichts von den neuen Sachen angezogen, sondern trug seinen ungebügelten grauen Anzug und keine Socken zu den Tennisschuhen, trotz der Kälte. Seine Knöchel waren wieder ganz wund. Die Feier des Tages betonte er nur durch einen fast frischen Kragen und eine zerknitterte kleine Krawatte.

«Gleich nach Neujahr wollen wir fahren», sagte Richard. «Wenn die Feiertage vorbei sind, besorge ich unsere Visa.»

Tom nickte. Plötzlich sagte er, während er nachdenklich ins Weite schaute: «Du, sie sollen doch jetzt so Versuche machen, mit Raketen und so, daß man auf den Mond fliegen kann. Richtig auf den Mond. Du, das wäre mal 'ne Reise.»

Er schwieg wieder.

Richard sah ihn etwas betreten an. «Ja», sagte er schließlich. «Wie kommst du darauf?»

*

«Ich muß Ihnen noch mein Geschenk geben», sagte Geheimrat Bayer zu Sonja. Er klappte ein weißledernes Etui vor ihr auf. Auf weißem Seidenpolster lag feierlich gebettet ein Renaissanceschmuck, mattgoldenes Kollier, kunstvoll gearbeitet, mit grünen Steinen.

«Gefällt es Ihnen?» fragte W. B. «Ich habe lange gesucht. Aber vielleicht mögen Sie keinen so schweren Schmuck.»

«Es ist viel zu schön», sagte Sonja ernst.

Er hob ihre Hand zu seinen Lippen (braune Jungmädchenhand). Tiefer Blick unter den buschigen Brauen. «Sind Sie wieder gut?» fragte er gedämpft, doch sonor.

An Sonjas Hand kitzelte sein Schnurrbart. Dabei empfand sie: Er hat mich wirklich sehr gern. Ich wäre aufgehoben bei ihm. Sein breiter Rücken – –

«Guter W. B.», sagte sie und lächelte ihm zu. –

«Na, wir werden wohl nächstens 'ne neue Gnädige haben», sagte unten der Diener Georg zur Mamsell.

«Besser wie eine Übergeschnappte wird sie jedenfalls sein», meinte diese.

«Eine vom Theater – – –», machte Sophie skeptisch.

Betty aber, die mit dem besseren Herrn ging: «Och, das sind jetzt oft die allerfeinsten Ladys.»

Fritz, der nicht zugehört hatte, sagte: «Fünfzig Mark is auch nich' grade ville zu Weihnachten, wenn man schon bald zwei Jahre im Haus ist.»

«Sei du man ruhig!» sagte Georg, obwohl er es auch zuwenig fand. Aber seitdem die Mamsell Fritz hatte fallenlassen und es nicht mehr mit ihm trieb, behandelte man ihn von oben herab in der Küche. Seine Mutter bekam auch keine Freßpakete mehr. Darüber weinte er manchmal, ehe er einschlief, obwohl er jetzt eine viel nettere Freundin hatte, die in der Villa nebenan Hausmädchen war.

*

Als Sonja gegen ein Uhr nachts in ihr Hotel kam, saß in der Halle Gregor Gregori. Das erste, was Sonja dachte, war: ‹Gott sei Dank, daß ich den W. B. draußen am Wagen verabschiedet habe. Das hätte ja eine nette Bescherung gegeben –› Mit einer Munterkeit, die fast natürlich klang, sagte sie: «Ich denk' doch, ich irr' mich. Du sitzest ja wie ein Gespenst.»

Gregor war aufgesprungen; seine Miene, über dem steifen Kragen des Abendanzugs, war bleich und gespannt. ‹Seine Augen sind ganz grün vor Hysterie›, dachte Sonja. ‹Er sieht aber schön aus.› «Willst du was trinken?» fragte sie ihn. Er antwortete: «Nein» – wobei er sich sehr gerade hielt, die Augen niederschlug und den Unterkiefer pathetisch nach vorn schob; es gab ein knirschendes Geräusch an den Zähnen.

Sonja hatte den Fuß schon auf der ersten Treppenstufe. Gregor trat ganz nahe an sie heran. Ein paar Meter von ihnen schnarchte der Nachtportier.

Gregor sagte, immer noch die Augen niedergeschlagen und mit dem trotzig vorgeschobenen Unterkiefer: «Du darfst mich nicht länger hinhalten, Sonja.»

Sie antwortete, wobei sie zu lachen versuchte: «Müssen

wir das jetzt, hier auf der Treppe, besprechen?» – «Ja», sagte er, und er schlug die grünschillernden Augen zu ihr auf. (‹Die Augen eines Verrückten›, dachte Sonja, ‹aber wie wunderbar er in Form ist. Er sieht blendend aus. – Sein Gesicht scheint viel härter als sonst.›)

«Du willst immer aufschieben», sagte er mit einer gepreßten, gleichsam geladenen Stimme. «Du liebst Kompromisse. Für mich existieren Kompromisse nicht. Ich will *dich*, Sonja. Ich brauche dich, Sonja. Lebe mit mir! Meine Arbeit braucht dich! Heirate mich!» Er rang die großen, weißen Hände, während er so sprach, daß sie leise knackten.

Sonja hatte immer noch den rechten Fuß auf die erste Treppenstufe gesetzt. Mit der linken Hand stützte sie sich auf den Pfosten des Treppengeländers. Ihr Gesicht war jetzt sehr ernst, sie sah Gregor ernst und nachdenklich an. «Ich traue dir nicht», sagte sie leise.

Darauf wandte Gregori hochmütig-schmerzlich den Kopf (schöne Linie vom Kinn zum Hals, herrschsüchtig und wehleidig). «Man *kann* nicht mehr von sich anbieten, als ich es tue.» Seine Stimme war immer noch von jener theatralischen Gedämpftheit. «Ich kämpfe seit Jahren um dich. Wenn du dich jetzt wieder entziehst – bin ich fertig. Bin ich ganz einfach fertig.» Seine Stirn sank nach vorn – tänzerische Pose des Schmerzes, doch schien sie erlebt; sie stimmte.

Sie ergriff seine Hand, die große Hand mit den Sommersprossen.

(‹Ist es Lüge, wenn ich jetzt sage, daß ich ihn heiraten will? Ich liebe ihn nicht. Er steht mir nur näher, als W. B. mir steht. Wir gehören mehr zueinander. Aber irgend etwas ist bei ihm nicht in Ordnung. Er lügt, er lügt, er lügt. Er kann gar nicht anders. Er muß immer lügen. Liebe ich ihn nicht doch?›)

«Wollen wir es also miteinander versuchen», sagte sie leise, aber klar, vollkommen sachlich.

Großes Lächeln, das über seinem Antlitz aufging. Verklärung über seinem Antlitz. Über ihre Hände beugte er sein verklärtes Gesicht.

«Das ist die größte Situation meines Lebens», hörte sie ihn über ihren Händen sagen. «Ja, das ist ganz sicher –» (hingesungen, schmachtender Ton). Wieder stimmte etwas nicht ganz; und er meinte es ernst. «Jetzt fängt alles neu an», sagte er, noch jubelnd, aber gedämpft, um den Portier nicht zu wecken. «Und wenn ich die Schauburg eröffne, bist du meine Frau.»

Sie sah von oben, wie kahl sein Schädel schon war. Über eine runde kleine Glatze war sorgfältig weiches, dünnes, blondes Haar frisiert. Sie spürte Mitleid aufsteigen, und sie hielt es für Zärtlichkeit. ‹Ich liebe ihn doch, ich liebe ihn doch. Wir brauchen uns, wir gehören zusammen. Armer, fast kahler Kopf. Er hat es sich nicht leichtgemacht, sein Leben –›

Sie war versucht, sein Gesicht zwischen beide Hände zu nehmen; sein edles und verdächtiges, junges und mitgenommenes, erbärmliches und schönes Gesicht. Aber in diesem Moment erwachte der Portier, reckte sich und gähnte in seiner Loge.

Neuntes Kapitel

Richard Darmstädter hatte in einem der großen Hotels an der Promenade des Anglais ein Doppelzimmer mit Bad und Salon für Tom und sich gemietet. Das Appartement kostete zweihundertfünfzig Francs täglich, ohne Pension. Es hatte einen Balkon, mit Blick über die Promenade zum Meer. Den ganzen Tag zogen vor ihren Fenstern in dichten Ketten die Einwohner jener unzähligen Hotels vorüber, aus denen Nizza zu bestehen scheint; die vergnügungssüchtigen oder erholungsbedürftigen Bürger aus Lyon und Leipzig, aus Manchester, Frankfurt a. M., Budapest, Kansas City, Rio de Janeiro, Mailand und Hannover. Meistens spielte auf der Kaffeeterrasse, die zum Hotel gehörte, eine Jazzkapelle, die sich aber auch klassisch einstellen konnte (dann bevorzugte sie Wagner oder Puccini). – Nur zur Zeit der Hauptmahlzeiten – mittags zwischen halb eins und zwei, abends zwischen sieben und halb neun – wurde es stiller; und nachts, wenn die letzten Betrunkenen aus den Lokalen nach Hause gefunden hatten. Dann hörte man endlich das Geräusch des Meeres, das leise rauschende Auslaufen der Wellen auf dem kiesigen Ufer; das zugleich schmeichlerische und drohende Gurgeln, mit dem das Wasser die ins Meer hinausgebauten Pfähle des Casino de la Jettée umspielte.

Richard hätte ein stilleres Zimmer vorgezogen. Aber Tom sagte: «Nee, so ist es gerade recht.» Ebenso war es in Cannes und in Marseille gewesen. Tom saß den halben Tag auf dem Balkon und sah träge neugierigen Blicks den Leuten zu, die vorbeispazierten. «Schau, die ist richtig», rief er manchmal mit seinem kurzen und grollenden Lachen.

Dann kam Richard, der hinter ihm im Zimmer arbeitete oder träumte, gehorsam herüber, um die besonders hergerichtete Frauensperson zu besichtigen.

Nachmittags ging Tom ins Kasino oder in ein Café. Zuweilen begleitete ihn Richard, aber nicht immer. Wenn Tom allein aus war, konnte es passieren, daß er erst um vier Uhr morgens wiederkam. Dann hatte er eine besonders ulkige Dame kennengelernt und sie gleich mit in eine Absteige genommen.

Richard war viel allein und hatte viel Zeit für seine Geistessorgen. Zu Ausflügen hatte Tom jetzt meistens keine Lust mehr, «wir kennen doch schon alles», sagte er faul. Dabei waren sie, von Nizza aus, nur einmal in Monte Carlo gewesen. – Aber die paar Stunden, die Richard an Toms Bett sitzen durfte, oder ein Spaziergang zu zweit in der Nacht, oder ein Frühstück, wo sie zusammen Unsinn trieben und lachten und mit den Kissen warfen – entschädigten ihn für alles.

Er schrieb an seinen Freund Doktor Massis: «Ich erlebe hier Wochen von einer Seligkeit, die Ihnen unvorstellbar sein muß. Täglich versenke ich mich tiefer und inniger in Toms Wesen, als es mir möglich wäre, wenn ich jede Nacht mit ihm schliefe. Seine unergründliche Einfachheit, seine Reinheit erschüttern mich jeden Morgen aufs neue. Er ist und bleibt für mich das Phänomen, als das ich ihn von Anfang an empfunden: das Phänomen des vollkommen naturnahen, des wahrhaft unverdorbenen Menschen. Dabei bewundere ich die Intelligenz und den nahezu *unfehlbaren* Instinkt, mit dem er auf für ihn doch so neue Menschen, Zustände und Landschaften reagiert. Ich liebe ihn grenzenlos – und ich danke Gott, daß ich diesem Menschenkind begegnen durfte. Solange uns Begegnungen von solcher Tiefe und so lebensförderndem Reiz vergönnt sind, ist es herrlich, auf dieser Erde zu sein, und der Tod ist mir ferner, unvorstellbarer, ja absurder als jemals. Für Tom zu leben – – –»

Denselben Tag, da er diesen euphorischen Brief abschickte, begann er eine Arbeit über das *Einsamkeitsproblem*. Sie sollte umfangreich werden, vielleicht ein Buch. Zunächst setzte er zusammenhanglose Notizen hin. «*Hegel*. Nach seiner Auffassung sind alle Individuationen nur Spaltungen eines Ur-Ichs und im Grunde mit diesem identisch geblieben. – Daß das Allgemeine zugleich und ebenso unmittelbar das Einzelne ist – dies bedeutet eine der Formeln, auf die er das Weltmysterium bringt. – Was nützt uns das? Wie hilft uns das weiter? – Daß wir als Idee identisch sind, ist eine Tatsache der Logik, keine erlebte: daß wir uns als identisch anerkennen, eine politisch-juristische Tatsache, keine erlebte. – ‹Selig aus Verstand›; eine schöne Seligkeit. – Der logische Mythos; schöner Mythos. – Welche Groteske, die Einsamkeit durch eine äußerlich-technische Gemeinschaft überwinden zu wollen! Wo berühren die empirisch-zivilisatorischen Notwendigkeiten, aus denen heraus *der* STAAT entsteht, sich mit der Einsamkeitsfrage, in ihrer eigentlichen, unerbittlichen Tiefe? – Auch *die Sprache* scheint mir nicht mehr als ein technisches Hilfsmittel, intellektuelle Notkonstruktion – Morsezeichen über die Abgründe. – *Die Überwindung der individuellen Einsamkeit im Staat:* hoffnungsloser Weg von Hegel über das militaristische Preußentum bis zum Marxismus. – Kollektivist, wer wäre es nicht gern? Solange aber das Einsamkeitsphänomen (das Phänomen der Spaltung, des Nicht-zueinander-Hinkönnens) primäre Voraussetzung bleibt: Utopie, deren Erfüllung metaphysische Veränderungen unserer Existenz vorausgehen müßten. Bis dahin kann der staatsreligiöse Kollektivismus immer nur durch äußeren, brutalen Zwang bestehen, sei es in Potsdam, sei es in Moskau. Zusammenhang zwischen dem individuellen Einsamkeitsproblem und der sozialen Frage. Im klassenlosen Staate des Goldenen Zeitalters, das der Sozialismus verheißt, müßten die unendlich gespaltenen Teile des Ur-Ichs wieder zueinander gefunden haben; erst dann Gütergemeinschaft, erst dann überhaupt *Gemeinschaft* möglich. Bis dahin: *die Liebe* der einzige wesentliche Versuch, das tragische Phänomen der Isolierung zu überwinden. Wie jeder andere Versuch zum Scheitern verurteilt (Einsamkeit unser Teil); aber das einzige Surrogat, das wenigstens auf Minuten über die sonst unerträgliche Wahrheit hinwegtäuscht.

Und Tom will nicht einmal mit mir schlafen –»

(Der letzte Satz mit Bleistift und in einer plötzlich fassungslos entgleitenden Schrift unter das Manuskript geschrieben.)

Draußen, vom Balkon, Toms Stimme: «Schau doch mal, Richard!»

Als Richard hinauskam, zeigte Tom ihm einen besonders schönen Rennwagen, der vorm Kasino hielt. «Fein, was? – Schnellganggetriebe», fügte er bedeutungsvoll hinzu.

Tom saß auf dem Balkon wie ein Schiffer auf seinem Beobachtungsposten; die Knie auseinandergespreizt und die breiten Hände schwer daraufgelegt. Die Augen schienen zugleich scharfsichtig und träge. In ihrem apathischen, aber genauen Blick war etwas Stumpfes und etwas Helles, etwas Totes und etwas Kraftvolles.

Richard sah den Wagen an und fand auch, daß er prächtig wäre. Er stand neben Tom und legte seine Hand auf dessen Schulter. Tom trug ein blauseidenes Hemd – Richard hatte es ihm vor ein paar Tagen geschenkt – und englische graue Flanellhosen. Socken trug er auch jetzt nicht. – Er meinte: «Die machen so ekelhaft heiß», – aber an der blauen Küste wirkte das nicht unelegant.

So einen Wagen müßte ich ihm schenken, wie den da unten, dachte Richard. Er rechnete plötzlich: ich habe jetzt noch etwa sechsundzwanzigtausend Mark. Wieviel kann so ein Ding kosten? Die Hotelrechnung hier wird jetzt schon fast tausend Mark machen; freilich, fast zu allen Mahlzeiten Sekt. – – Ich sollte ihm das ganze Geld schenken. Er müßte was lernen. Seine Zeichnungen sind doch so nett. An einem Wagen hätte er natürlich mehr Spaß. Aber er kann ihn sich doch nie halten. Ihn in Berlin auf die Akademie schicken. Hier nur noch ein paar Tage bleiben. Komisch, daß er nie von seiner Mutter spricht. Wird immer ganz ärgerlich, wenn ich mal nach ihr frage. Ob sie nicht doch noch lebt? Ich möchte sie kennenlernen – – –

Im starken Nachdenken hatte er sich neben Tom, auf die Seitenlehne des Korbstuhls, gesetzt. Richards Gesicht neben Toms Gesicht in der Sonne. – Toms Gesicht: breit, in sich ruhend, schläfrig und fest, mit der Strähne dunkelblonden Haars in der breiten, glatten und gedankenlosen Stirn; mit den schönen, halbgeöffneten Lippen (er müßte dampfen beim Atmen; dampfenden Atem ausstoßen). – Richards eckiges und langes Gesicht, mit den schwarzen, verklebten Haaren, den unsteten, leidenschaftlichen Augen, über denen die Brauen zusammenwachsen; der langen Nase, deren Nüstern vibrieren; dem beweglichen Mund. Alles in Spannung, alles nervös, zügig, forciert.

Richard fragte: «Wollen wir heute abend zusammen ausgehen?»

Tom, ohne ihn anzuschauen, träge: «Bin eigentlich mit dem Mädel verabredet.»

«Mit welchem?»

«Na, mit dem aus dem Kasino, von neulich.»

Schweigen.

Zwanzigtausend Mark – was soll ich mit dem Geld? Ich habe es in einem Jahr ausgegeben. Dann sitze ich doch wieder da. Aus Mainz kriege ich nichts mehr, keinen Pfennig.

Was mache ich dann? – Er könnte sich davon ausbilden. Ich sollte es ihm schenken. Ich sollte es ihm lassen – – –

Tom steht auf, reckt sich. Über dem Meer wird der Himmel glasig. Feierliches Erblassen des Himmels. Perlmutterner Friede über dem Meer. – Es scheint auszuruhen, die Brandung geht sanfter.

Auf den maurischen Kuppeln des Kasinos flammen die ersten Lichter. Drüben, am Negresco: die ersten Lichter. Erste Lichter, die ganze Promenade hinauf, die sich mit majestätisch beschwingter Kurve ins Meer wirft.

‹Ich sollte es ihm ganz lassen –›

Drinnen zieht sich Tom für den Abend um. Er steht mit nacktem Oberkörper vorm Spiegel und kämmt sich das Haar. (Dichtes Haar; Kamm muß schwer durchgehen.) Er schnauft leise über der Anstrengung; Spiel der Muskeln am Rücken und an den Armen. Braune, glänzende Haut über den Muskeln. Er murmelt etwas Ärgerliches, weil das Haar so verwirrt ist. Blauer Anzug, noch in Berlin gemacht, aus Seide, dreihundert Mark. Weißes Hemd. Blaue Krawatte, mit weißen Tupfen.

«Amüsiere dich gut.»

«Wird gemacht.»

Toms Hand ist immer noch etwas schwielig und rauh. Schneeschaufeln. Dabei hat er sich doch zwischendurch monatelang von seinen Mädchen aushalten lassen. Aber man merkt es den Händen eines Menschen Jahre später noch an, wenn er einmal körperlich schwer gearbeitet hat. –

Richard beschloß spazierenzugehen. Dann fiel ihm ein, daß er noch nicht gegessen hatte. ‹Ich muß doch zu Abend essen› – als sei es ein mechanischer Zwang.

Er saß unten im Restaurant. Die Türen zur Terrasse standen offen; draußen war blaue und milde Nacht. Die Kapelle spielte: «Lache, Bajazzo!» In die Pianostellen hinein rauschte das Meer.

Das Menü war Richard zu lang (von der Potage divine bis zur Corbeille de fruits); er bestellte sich ein leichtes Gericht: Sole au vin blanc, danach nur einen schwarzen Kaffee.

Freilich, das Mädchen von neulich, aus dem Kasino das. War es die Amerikanerin? Nein, es war das Manikürfräulein aus dem Salon des Ruhl.

Ich sollte ihm alles lassen.

Hand aufs Herz: hatte ich eigentlich erwartet, daß er mit mir schläft? Natürlich hatte ich es erwartet. Es wäre ja, in Toms Situation, korrekter gewesen. Wenn man sich schon von einem fremden Herrn einladen läßt. – – Einfach *juristisch* korrekter. (Daß wir als Ichs identisch sind, ist eine Tatsache der Logik, keine erlebte; daß wir uns als identisch anerkennen, eine politisch-juristische Tatsache, keine erlebte.)

Eigentlich habe ich es nur einmal versucht, gleich die erste Nacht, in Paris. Er sagte: «Nee, du, mit so was fangen wir erst gar nicht an. Wenn du darauf hinauswolltest, fahr' ich gleich zurück nach Berlin.» Ich zitterte vor Angst, er könnte fahren. – Dann in Marseille, als er gleich in einem Hafenpuff verschwand. Dann die Tage in Cannes. Unser Ausflug ins Hinterland, zu den Felsen. Das war der schönste Tag.

«– – – Wochen von einer Seligkeit, die Ihnen unvorstellbar sein muß – – und ich danke Gott, daß ich diesem Menschenkind begegnen durfte – – – tiefer und inniger, als wenn ich jede Nacht mit ihm schliefe – – der Tod ist mir ferner, unvorstellbarer, ja absurder – – – – »

Ich sollte ihm alles lassen.

Er signierte die Rechnung («Darmstädter, App. 8»), legte das Trinkgeld daneben. Jetzt erst merkte er, wieviel Leute um ihn herum saßen. Das Restaurant war ganz voll. Er mußte mehrmals um Entschuldigung bitten, während er sich zwischen den besetzten Tischen hindurchschob.

Man schaute ihm nach. An einem Tisch wurde beraten, was für ein Landsmann er sei. Man kam zu dem Entschluß: Spanier. (Gelbliche Haut, temperamentvoll zusammengewachsene Brauen, unstet feuriger Blick. Aber rote, häßliche Hände.)

Auf der Promenade war es ziemlich leer. Vor dem Kasino standen sich in zwei langen Reihen Automobile gegenüber. In der Nähe des Kasinos lungerten ein paar Burschen herum; zwei Matrosen, ein Soldat, zwei Burschen mit Mützen, Zigarettenstummel im Munde, ohne Kragen. Einer pfiff leise durch die Zähne Richard zu.

Ich könnte ihn mir mitnehmen.

Er ging allein weiter; die Promenade hinauf, Richtung Monte Carlo. Bis dorthin, wo sie sich zu einem erhöhten Aussichtsplatz erweitert und nach links die scharfe Kurve macht. Richard wußte: hinter der Kurve kam ein abscheuliches Kriegerdenkmal. Hier sind Bänke, ich könnte mich ausruhen. Auf der nächsten Bank schlief ein Mann mit grindigem Kopf, in ein graues Tuch eingewickelt.

Geräusch des Meeres. Anschlag der dunklen Wellen an die Felsen, dort unten. – Das Geräusch des Meeres hebt die Zeit auf. Auf unserer Erde das einzige Geräusch, in dem der Atem der Ewigkeit ist.

Die Zeit – aufgehoben. Freiheit.

Ich sollte ihm alles lassen.

Nach dem Testament meines Großvaters gehört unser Haus in Mainz mir, wenn mein Vater gestorben ist. Man kann's mir nicht wegnehmen. Ich vermache es Tom. Das jüdische Patrizierhaus soll Tom gehören. Mein Vater muß den Rest seiner Tage in einem Haus verbringen, von dem er weiß, daß es Tom gehören wird. – *Tom: mein Universalerbe.*

Den Erben laß verschwenden die zwanzigtausend Mark. Wird er auf die Akademie gehen, wie ich's gern möchte?

Der denkt doch nicht dran. Den Erben laß verschwenden das alte Haus in Mainz.

Wir versaufen unser Oma ihr klein Häuschen.

Den Erben laß verschwenden.

Eigentlich möchte ich doch noch einiges schreiben. Psychologisch-medizinische Betrachtung über den Masochismus des geistigen Menschen gegenüber dem naiven, naturnahen. Der Leidensrausch des Geistes vor der einfachen Kreatur. Seine Lust, sich aufzuopfern. (Ich sollte ihm alles lassen.) Folgert daraus nicht, daß der Geist an sich etwas Abnormes, etwas Krankhaftes und, in jedem biologischen Betrachten, Negatives ist, da seine höchste Wonne darin besteht, sich vor dem strahlenden Ungeist sinnlos selbst zu vernichten? Eigenes Kapitel über die Liebe des dunklen Menschen zum hellen. Die Liebe des jüdischen Menschen zum Arier. Stolz und Demut des Juden. Sich erniedrigen vor dem, den man verachtet.

Unsinn. Ich will überhaupt keine Betrachtungen mehr schreiben. Nicht mehr eitel mich selbst bespiegeln und durch Selbstanalyse heimlichen Selbstkult treiben. Sich stumm aufopfern. Sterben. –

Eine umfangreiche Abhandlung über das Versagen des geistigen Menschen in der europäischen Zivilisation. Seine vollkommene und erschreckende *Standpunktlosigkeit* verurteilt ihn selbst zum Tode. Wir erleben nichts Geringeres als die *Abdankung des Geistes* selbst, jenes Geistes, der mit den kritischen Fähigkeiten, die ihm eignen, seine nihilistische und lebensfeindliche Position selbst erkannt und bekannt hat, und sich selber – –

Den Erben laß verschwenden.

Abdanken.

Ich danke ab. Nie wieder eine Zeile von Goethe, von George, von Paul Valéry. Nie wieder ein Ton von Bach oder Strawinsky. Ich danke ab. Nie wieder Sonne, Wind, Nacht,

salzige Luft, Regen, schwarzes Brot, weißes Brot, Obst, Lachen und Schlafen, nie wieder Berlin, Ostsee, Schwarzwald,
Paris, Nizza.

Nie wieder Nizza.

Er war von der Promenade in die Place Masséna eingebo-
gen. Er hatte die Place durchquert, wanderte die Avenue de
la Victoire hinunter, Richtung Bahnhof.

Nie wieder dein Haar, träger Blick, breite Stirn und un-
geschickter Mund. Ich danke ab. Nie mehr dein Schritt,
dein Atem, dein Geruch. Nie mehr deine Schultern berühren. Dein Oberkörper naß, morgens, wenn du dich
wäschst.

Eine Abhandlung darüber, ob der Selbstmord in einem
logischen Sinn überhaupt möglich, überhaupt existent sei.
Der Lebenstrieb, die vitale Energie richtet sich gegen sich
selbst. Ein grauenhaft-paradoxes Sichüberschlagen des Le-
benstriebes. Der Arm, der sich hebt, eigens zu dem Zweck,
daß er sich künftig nie mehr heben könne –: schauerlicher
Mißbrauch der Muskelkraft. – Der Selbstmord also, weil
unlogisch, auch *unethisch*.

Es kann ein gräßliches Erwachen geben.

Er war fast am Bahnhof. Die kleine Brasserie, in die er
eintrat, war menschenleer. Ein Kellner war damit beschäftigt, an der großen Fensterscheibe, die zur Straße ging,
etwas abzukratzen. Richard sah genau hin: es war eine auf-
geklebte Dame im Badetrikot, die sich, Kopf voraus und in
anmutig gestreckter Haltung, in ein imaginäres Wasser, beziehungsweise: ins Leere schleuderte. Richard, der sich
einen Kognak bestellt hatte, fragte den Kellner, warum er
die Dame vernichte, sie sei doch sehr niedlich. Aber der
Kellner meinte: nein, sie sei schon zu lang dagewesen, und
überhaupt würde es hübscher ohne sie sein. Er kratzte eifrig an der Papierdame herum, und immer, wenn er wieder
einen Teil von ihr abgekratzt hatte – die Füße oder die Hüf-

ten –, wusch er mit einem Schwamm säuberlich nach. Den Schwamm nahm er aus einem Kübel voll Wasser, der neben ihm stand. Bald würde die Scheibe blank sein, als sei nie eine Dame auf ihr gewesen.

Der Kellner war jung, vielleicht zwanzig Jahre. Südfranzösischer Typ, mit hübschen, etwas stark vorstehenden Augen und gelblicher Haut. Er trug eine weiße Jacke zu schwarzen Hosen.

Als ich Tom in Berlin die ersten Kleider schenkte, die braunen Schuhe und die Lackschuhe, die Krawatten und die hübschen Socken, wie man sie jetzt hat, halblang, bis unter die Knie, und ohne Sockenhalter zu tragen, sie halten wohl durch etwas Gummi, oben im Gewebe – – Wie er das alles anfaßte, so selbstverständlich und so bewundernd. So nimmt er die Welt hin. Wird er so auch – – wird er so ähnlich auch – –?

Ich schenke ihm meinen Tod.

Er muß sich gräßlich mit mir gelangweilt haben.

Aber die Kissenschlachten morgens waren doch sehr lustig.

Wieder die Avenue de la Victoire hinunter; die Place Masséna; die Palmenanlage, die nach irgendeinem englischen König heißt. Komisches, geliebtes altes Nizza; mit deinen hunderttausend Hotels, deinen prunkvoll-spießigen Kasinos, deiner geliebten, geliebten Promenade. Bürgerliches altes Nizza, mit denen Lichteffekten über dem dunklen Wasser. Mit deinen bourgeoisen Damen, die wie Kokotten, und deinen Bordellmädchen, die wie Ladenbesitzerinnen aussehen. Mit deinen Aussichtshügelchen und Palmengärten. Mit dem Geräusch deines Meeres.

Das Hotel. Am Concierge vorbei, durch die Halle.

Unsere Betten sind aufgedeckt, die ehelichen Betten. Juristisch wäre es ohne Frage korrekter gewesen – –

Ich schreibe noch ein paar Zeilen, keinen Abschied, so

sentimental bin ich nicht, bei aller Hemmungslosigkeit. Wäre ja ganz reizvoll, Abschiedsbriefe zu schreiben, an die paar Freunde, die man so hatte. Zum Beispiel an Massis oder an Sebastian. Ja, Sebastian, dieser freundliche Mensch, wenn der jetzt da wäre. In Berlin hatten wir uns doch ein paar Wochen lang wirklich gern. Der nimmt sich sicher niemals das Leben – – Wegen des Hauses in Mainz. (*Gott*, freut mich das für Papa! Du wirst, Papa, als Toms Gast leben und sterben!) Wegen des Geldes. Mein Universalerbe. Was ich an Bargeld mithabe, tue ich hier ins Kuvert. Die Traveller-Schecks, kolossal praktische Einrichtung, wenn er nur keine Schwierigkeiten wegen der Unterschrift hat.

Ich muß mir noch einmal genau überlegen, ob es vernünftig ist, was ich vorhabe. Schließlich bin ich ein logisch denkender Mensch und keine hysterische kleine Person wie Ernstchen, der neulich im Tiergarten-Kasino – – Also: *was* würde ich eigentlich machen, wenn die vierundzwanzigtausend Mark verbraucht sind? Bitte, genaue Antwort! Glaube ich an meinen Beruf?

Was ist das überhaupt für eine lächerliche Ausdrucksweise: «vorhaben»? Ich habe es schon getan. Ich bin schon so leicht, so entfernt. Daß es so wenig schwer sein würde! Und wie hochmütig es macht.

Tiefste Niederlage – endgültigster Sieg.

Ich werfe die Last ab, ich werfe die Liebe ab. Welche Verlockung vermöchte *mich* noch zu halten? Ich verzichte, schaut her zu mir, ich verzichte. Auf das Meer, auf die Bach-Sonaten, auf Tränen und Schlaf. Sogar auf dich. Auf dich sogar, Universalerbe.

Er kramte in der Handtasche nach dem Revolver. Unter den Taschentüchern muß er liegen. Er schob einige Briefe, einige Hefte mit Manuskripten beiseite. «Die Kritik der praktischen Vernunft oder – –» Danke ab! Danke ab, Geist.

Wie schlau, daß ich den Revolver mitgenommen habe,

Gift wäre feiner gewesen. Auf den Knall hin wird das ganze Hotelpersonal zusammenlaufen. Aber Tom kommt erst gegen vier Uhr morgens. Was für ein Gesicht er machen wird? Mein letztes Rätsel.

Über den Handkoffer gebückt, überlegte er: Ich will es auf seinem Bett tun, ja, diese Hochzeit will ich mir doch gönnen. Was schert mich, daß es sentimental ist? Meine Rasse ist sentimental. Wo sein Haar, wo seine Füße lagen, sollen mein Haar und meine Füße ruhn.

Tränen, trotz allem Hochmut.

Nun muß ich ja doch weinen. Ist die Freiheit Schwindel? Bin ich fester gebunden denn je? Solange die Atome meines Leibes aneinanderhalten, werden sie dir zustreben. Aber ich löse den Bann, der sie hält, ich löse ihn eigenmächtig. Ich löse, ich steige. Mag sein, daß ich wieder gebunden werde, aber nie wieder in diese Form.

Der Dunkle geht an dem Hellen zugrunde, aber in der Ekstase seiner Selbstvernichtung erhebt er sich weit über ihn; läßt ihn unter sich in seiner irdischen Schwere, und sein letzter bitterster Triumph wird sein, daß jener noch atmen muß, während er sich schon verflüchtigt.

*

Alter Herr Darmstädter begab sich sofort mit dem Flugzeug nach Nizza. Ehe er noch bei der Leiche seines Sohnes gewesen war, ließ er Tom – der nun plötzlich wieder Walter hieß – unter Mordverdacht verhaften. Da aus Richards Hinterlassenschaften einwandfrei hervorging, daß es sich bei seinem Ableben um Selbstmord handelte, wurde Walter nach einer Woche wieder aus dem Gefängnis entlassen. Er reiste denselben Tag nach Berlin.

Inzwischen hatte Herr Darmstädter das Testament seines Sohnes angefochten. Nach einem langwierigen Prozeß wurde dem Walter J. der Besitz des von Richard Darmstädter hinterlassenen Barvermögens (nach Abzug seiner Schulden ein Betrag von achtzehntausend Mark) zugesprochen; der Familie aber der Besitz des Mainzer Hauses. Solange der Prozeß schwebte, hatte Walter keinen Pfennig zu leben und ging wieder stempeln. Seine Freundin war die Besitzerin einer Kneipe in Neukölln, die ihn verköstigte. Als er dann die achtzehntausend Mark endlich in Händen hatte, brachte er sie mit dieser Frau innerhalb von acht Monaten durch.

Die Presse interessierte sich einige Tage lang sehr für den Selbstmord des jungen Darmstädter und für die geheimnisvolle Person des Walter J. Man forschte nach seiner Familie, es erwies sich, daß eine gewisse Frau Grete Z. seine Mutter war. Auf diese Weise erfuhr Konsul Bruch, daß seine Geliebte zehn Jahre älter war, als sie behauptet hatte; daß sie niemals Künstlerin gewesen war, sondern vielmehr einen Sohn ihr eigen nannte, von dem es in den Zeitungen stand, daß er «in Zuhälterkreisen» wohlbekannt war («aus Berlins Unterwelt») und daß er unter Mordverdacht im Gefängnis gesessen hatte. Konsul Bruch verzichtete also auf seine Geliebte, trotz ihrer reizvollen Stimme, sowie auf die Wohnung am Reichskanzlerplatz. Er schenkte Frau Grete zweihundertfünfzig Mark zum Abschied und bat sie, nie wieder von sich hören zu lassen. Sie unternahm einen Selbstmordversuch, indem sie in Doktor Massis' Wohnung den Gashahn aufdrehte. Doktor Massis rettete sie persönlich.

«Dazu ist es später noch Zeit», sagte er kühl, während er sie in seinem Wohnzimmer auf das Sofa bettete.

«Ich bin fertig», sagte Frau Grete.

«Freilich, du hast viel hinter dir.» Er musterte ihr verwüstetes Gesicht, neugierig und milde. «Du wirst alt, freilich.»

«Verdammtes Ekel», flüsterte sie.

«Ach, du wirst schon wieder zärtlich!» Der Doktor war eigentlich darüber enttäuscht, daß sie so schnell wieder zu Kräften kam.

Ihre kurze, fleischige Nase schnupperte nervös. Aber über den geschlossenen Lidern, dem blassen, erschlafften Mund lag tödliche Müdigkeit.

Sie war siebenundvierzig Jahre alt und hatte etwa zwanzig «Berufe» hinter sich. Unter anderen: Kellnerin, Gehilfin bei einer Photographin, Angestellte in einem Massagesalon, Empfangsdame in einer modernen Bildergalerie, Mannequin, Filmstatistin. Sie war mit einem Apotheker verheiratet gewesen, hatte eine Zeitlang als erste Sekretärin eines Industriellen gearbeitet und mit unzähligen Männern aller Art zusammengelebt. (Welcher von ihnen war Walters Vater?)

Sie war eine energische und zähe Abenteurerin, wenn ihr auch der große Stil fehlte. Aber sie spürte, daß ihre reduzierten Kräfte der Enttäuschung über den Konsul Bruch und dem demoralisierenden Einfluß des Doktor Massis nicht gewachsen waren.

«Geben Sie mir schon eine Spritze», sagte sie und schlug flehend die Augen auf.

Zehntes Kapitel

Doktor Massis notierte:

«Es wird niemals eine müßige Beschäftigung werden, sich mit dem Pathologischen abzugeben, mögen die Gesundheitsliteraten reden, was sie wollen. Das Pathologische bleibt potenziertes Leben, und richtig verstanden, ist der abnorme Fall repräsentativer als der normale.

Welche psychologische Fundgrube wurde für mich beispielshalber die Affäre Richard D. – Tom – Frau Grete. Der durch und durch pathologische und exzeptionelle Richard bedeutete mir geradezu den Repräsentanten einer ganzen Schicht, die Hunderttausende umfaßt. In ihm ist nur eine Situation pointiert sichtbar geworden, die in unzähligen anderen Fällen nicht deutlich werden konnte, mangels Temperament und Begabung ihrer Träger.

Was ist im Grunde das Uninteressante an einem Mädchen wie dieser Sonja? *Daß sie nicht pathologisch ist.* Einem naiven Beobachter würde sie am ehesten von allen als Repräsentantin einer Generation gelten. Ich finde sie in der Tat kaum der Beachtung wert.

Hingegen amüsiert es mich zu beobachten, wie weit ich Froschele bringe. Sie ist das dankbarste aller meiner Studienobjekte. Ich glaube, daß sie heute schon so weit wäre, einen Mord zu begehen. Mir scheint, gestohlen hat sie schon jetzt. (Mir fehlen immer häufiger kleine Summen.) Ich sehe sie noch im Zuchthaus enden. Das aus der Bahn geworfene kleinbürgerliche Mädchen (Landshut!) verfällt mit einer erfreulichen Hemmungslosigkeit den Sünden einer amoralischen Großstadtjugend.

Sonja ärgert mich, weil sie ein Typ ist, der sich vor allen Konsequenzen drückt. Froschele ist mein Ergötzen, weil bei ihr die Saat wahrhaft aufgeht, die man sich die Mühe genommen hat, zu säen. Wie wird Froschele auf die Verlobung Sonja-Gregori reagieren?»

Do rief an. Massis verabredet sich mit ihr zum Abendessen.

*

Froschele und Frau Grete fuhren zusammen im Taxi die Augsburger Straße hinunter.

«Das Rezept ist falsch», sagte Froschele.

«Ist schon alles gleich», meinte Frau Grete.

Froschele: «Ich hab' den Rezeptblock aus seinem Schreibtisch geklaut. Und das Geld gleich dazu.»

«Welche Apotheke hat Nachtdienst?» fragte Frau Grete, mit einer Stimme, heiser vor Gier.

«Nollendorfapotheke. Aber da sind sie ekelhaft.»

«Können's doch mal versuchen.»

«Aber wenn sie dann bei Massis anrufen? Der sagt ihnen glatt, daß das Rezept nicht stimmt. Darauf steht Zuchthaus.»

«Quatsch nicht. Wir sind unzurechnungsfähig.»

«Und ich – vierzehn Tage, nachdem ich aus der Entziehung entlassen bin –»

«Quatsch nicht, quatsch nicht. – Nollendorfapotheke, Chauffeur.»

«Ich hab' so 'n Gefühl, heute soll ich nichts nehmen – –»

«Und ich hab' so 'n Gefühl, wenn ich heute nichts nehme, spring' ich in den Kanal. Ich halt's nicht mehr aus. Mir ist jetzt alles kaputtgegangen – –»

Sonja und Gregor Gregori aßen in einem russischen Restaurant, Bayreuther Straße, zu Abend. Gregori schwärmte seit einer halben Stunde von der Eröffnung der Schauburg, die in vierzehn Tagen bevorstand. «Verlaß dich auf meinen

Instinkt», sagte er immer wieder, «das wird gehen, das wird gehen, das wird gehen. Offenbach, amerikanisch aufgezogen. Zurück zum neunzehnten Jahrhundert, aber mit dem ganzen Schmiß des zwanzigsten – – Ich verdiene mit dieser einen Inszenierung eine halbe Million – –»

«Du verdienst sicher viel Geld», sagte Sonja.

Und Gregor, immer erhitzter: «Zum Teufel, was sollen uns diese zarten, feinen Sachen, die nur die Snobs interessieren? Gebt dem Volke, was des Volkes ist! Strindberg war für die Inflation. Unsere Zeit des produktiven Wiederaufbaus braucht gesunde Kost. Die Kunst ist da, um zu erfrischen, nicht um zu zersetzen. Der Mime ist da, um zu tanzen, nicht um nachzudenken. Denken Sie meinethalben an Käse, während Sie tanzen, mein Fräulein – sagte ich gestern auf der Probe zu Mica Pyjorsky, die während eines Walzers intellektuell werden wollte – –»

Sonja hörte ihm zu, das Gesicht in die Hand gestützt. In sein fahles Antlitz war Röte gestiegen. Das Monokel funkelte gebieterisch. – Sonja kam von der Generalprobe des Don Carlos, aber er hatte sie noch gar nicht gefragt, wie es gewesen war. Dabei fürchtete sie sich vor der Premiere, es war das erstemal, daß sie sich in Berlin mit einer klassischen Rolle zeigte, und die Königin lag ihr am Herzen.

Ins Lokal kamen Do und Doktor Massis. Sie nahmen einen Tisch, ziemlich weit von dem Sonjas entfernt, es gab ein Nicken und Lächeln. Schließlich stand Do auf und spazierte mit etwas wiegenden und gezierten Schritten auf Sonja und Gregori zu, um «Guten Abend» zu sagen, während Massis an seinem Tisch sitzen blieb. Do zeigte sich Sonja gegenüber sehr befangen, sie hatte eine hohe Piepsstimme und ein süßlich verlegenes Lächeln. «Sie sehen wieder so imposant aus», meinte sie und hielt schelmisch den Kopf schief. Sonja war kühl gegen Do, von einer grausamen Höflichkeit, wodurch die Arme immer gründlicher einge-

217

schüchtert wurde und sich immer peinlicher zierte. Am Ende machte sie sich einen ungeschickten und komischen Abgang, indem sie plötzlich mit Piepsstimme sagte: «Mein kleiner Kavalier wird ungeduldig –» – während Doktor Massis doch seelenruhig die Speisekarte studierte – und eilig wiegend davonging.

«Was hast du gegen das Mädchen?» fragte Gregor Gregori.

«Nichts. Ich kenne sie kaum.»

«Du hast sie scheußlich behandelt.»

«Ich mag sie nicht sehr. Sie ist kein richtiger Mensch.»

«Sondern?»

«Sie ist eine so hundertprozentige Frau – daß sie schon fast etwas von einer Nixe hat.»

«Das verstehe ich nicht.»

Sonja lachte. «Ist auch halb so wichtig. Sie ist mir einfach nicht ganz geheuer. Und dann: dieser ekelhafte Massis.»

«Aber ein kluger Bursche.»

«Ach, eine Kotzbirne, ein Schleimbeutel, ein Satansbröcklein.»

«Dabei bewundert dich diese Do gewiß sehr.»

«Das fehlt mir gerade noch.»

«Sie war mit einem Jungen befreundet, den ich früher gekannt habe. Sebastian. Hast du den nicht mal getroffen?»

«Nein.»

«Ich dachte, du kenntest ihn vielleicht und seiest eifersüchtig auf Do – –»

«Ich kenne ihn nicht», sagte Sonja ungeduldig. Sie hatte Lust, das Thema zu wechseln. «Gieß mir ein bißchen Wein ein», bat sie Gregor. Aber der überhörte es, er schaute beunruhigt zur Türe. Sonja, die der Tür den Rücken drehte, fragte: «Was ist los?» Da Gregors Augen immer entsetzter wurden, wandte sie sich um. An der Tür stand Froschele.

Froschele, klein, den Kopf zwischen die Schultern gezo-

218

gen, stand an der Tür. Wie sie herantrippelte, das Mienchen verzerrt, schien sie ganz eine böse Zwergin. Sie blieb an Gregors und Sonjas Tisch stehen. Ihre Pupillen waren zusammengezogen, kleiner als Stecknadelköpfe, und leuchtend schwarz. «Sie hat viel Morphium genommen», dachte Sonja. Sie fühlte und wußte, daß gleich etwas äußerst Peinliches und Krasses, etwas schrecklich Überflüssiges, Lächerliches und Katastrophales geschehen würde. Sie fragte mühsam: «Hast du schon gegessen, Froschele? Setz dich doch zu uns.» Aber Froschele, mit beängstigend verkniffenen Lippen, blieb stehen. Sonja spürte in ihrem Rücken, wie Doktor Massis die Szene genoß, die kommen mußte, die schon begann.

Froschele schwieg noch eine Sekunde – Sekunde der konzentriertesten Peinlichkeit, unerträgliche Spannung – –; dann schrie sie los. Sie warf die Arme und schrie. Worte verstand man fast nicht. Ihr ganzer Körper wurde im Krampfe geschüttelt. Sonja dachte entsetzt, daß dies ein Schreikrampf wäre. Ein Schreikrampf – richtiger Schreikrampf –, dachte sie undeutlich. An allen Tischen sprangen Leute auf. Kellner kamen herbei.

Was schrie Froschele? Was fuchtelte sie mit den Ärmchen?

«Sitzt nur und freßt und heiratet euch!! Ihr seid schuld, wenn ich im Dreck – Dreck, Dreck, Dreck – Sonja hat mich auf dem Gewissen. Gregor, Dreck, Dreck, Dreck, Weihnachtsabend zu mir kommen, und noch in derselben Nacht mit Sonja – – ihr seid schuld, wenn ich – – Der Teufel soll euch – – der Teufel wird euch – – Sonja hat mich verschleppt – –»

Ein dicker, würdiger Oberkellner schüttelte sie sanft von hinten. (Weißhaariger Russe, dicke weiße Augenbrauen, Emigrant, vielleicht Major gewesen.) Gregori war aufgesprungen, weiß bis in die Lippen. Er murmelte: «Das gibt einen Skandal – die Premiere kann mir das schmeißen – wegen dieser privaten Lappalien –» Sonja dachte – aber eigentlich nur, um nichts anderes denken zu müssen –: «Woher wußte sie nur, daß wir ausgerechnet hier – ausgerechnet hier sitzen? Hat sie uns von draußen gesehen –?» Sie versuchte dem schreienden Wesen die Hände zu streicheln, es zu beruhigen. Aber Froschele fauchte sie an wie eine wütende Katze. Sonja zog sich hilflos zurück.

Hilflos mußte sie zusehen, wie peinlich diese große Peinlichkeit zu Ende ging: Doktor Massis, mit einer Spritze zur Hand; Telephon, Rettungsstelle; als der Sanitäter kam, wimmerte Froschele nur noch. Erschien nicht auch ein Schutzmann? Und ein Reporter? Man brachte Froschele fort, die immer noch gelbgrüne Giftblicke auf Sonja schoß.

Gregor hatte sich schon lange davongemacht, damit sein Name nicht in die Presse käme.

*

Sonja, auf der Probe, in der Untergrundbahn, in ihrem Hotelzimmer, dachte:

«Ich kann Gregor Gregori nicht heiraten. Ich kann ihn nicht heiraten. Ich kann ihn nicht heiraten. Froschele in der Nervenheilanstalt, aus der sie gerade erst entlassen ist. Und sie behauptet, daß ich schuld habe. Warum hat Gregor das von den privaten Lappalien gesagt? Denken Sie meinethalben an Käse, mein Fräulein. Und eine Schauburg, das ist also wichtiger. Amerikanisierter Offenbach. Denken Sie meinethalben – – Er hat mich überrumpelt. Ich will ihn nicht heiraten. Er besteht ja völlig aus Lüge. Wozu braucht er mich eigentlich? Er will sich menschlich bei mir legitimieren. Sich beweisen, daß auch er ein Privatleben hat, das er für eine öffentliche Sache zurückstellt. Das Schlimmste daran: er will es nicht nur sich, sondern auch der Welt beweisen. Ich will nicht, will nicht, will nicht. Dabei hat er mich gern. Was für ein Durcheinander! Private Lappalien. Froschele geht kaputt. Ich sage es ihm, daß ich ihn nicht will – – Braucht er mich denn? Sein Kopf war so kahl. Denken Sie meinethalben an Käse – –»

Sie fuhr nach ihrer Probe zur Schauburg, um dort Gregori zu sprechen. Von dem roten Kuppelbau schrie ihr sein Bild und sein Name entgegen. Der Portier wollte sie nicht hereinlassen, «Herr Gregori ist sehr beschäftigt», schließlich drang sie bis vor sein Privatbureau. Sie mußte ein wenig warten, Herr Gregori hatte Konferenz. Es handelte sich um die Garderobepacht, das verstand Sonja aus den Gesprächsfetzen, die zu ihr drangen. «Er kümmert sich um alles», dachte sie, da öffnete Gregori die Türe. Im ersten Augenblick wirkte er auf sie wie ein fremder Herr: etwas zu fett im hellgrauen Anzug, das Gesicht mit dem Monokel bleich, streng, leicht gedunsen. Erst nachdem er den kleinen jüdischen Mann, der neben ihm aus dem Zimmer getreten war, entlassen hatte, schien er Sonja zu sehen. «Du überraschst mich bei Theaterdirektor-Spielen», er nahm sich das Monokel vom Auge, während er redete und lachte. «Sah ich nicht kolossal echt aus, als ich mit dem Kleinen sprach? Ganz großer Geschäftsmann –» Er parodierte seine eigene Geste, übertrieb scherzend Handbewegung und strenge Miene, mit der er gerade den Garderobepächter sehr im Ernst verabschiedet hatte. «Aber das *muß* sein», schloß er, immer noch lachend. «Komm doch hier in die gute Stube!» Mit kavalierhafter Verbeugung ließ er ihr den Vortritt in sein Bureau. Drinnen: breite, niedrige Klubsessel; schwerer Schreibtisch; kein Bild. Bei W. B. sieht es belebter aus, dachte Sonja. Gregori, immer noch nervös belustigt, fragte: «Komisch hier, was? Ja, ich komme mir wie ein Generaldirektor vor. Nimm doch Platz.»

«Du wirst eilig sein», sagte Sonja, die ihn ruhig musterte.

«Aber keine Rede, was denkst du», sagte er hastig und sah dabei auf die Uhr. «Nein, nein, nein, so arg ist das nicht.»

«Hier sieht alles so – beschäftigt aus», sagte Sonja. – «Das ist doch Bluff», sagte er und schlug die Augen nieder – er war merkwürdig rot geworden –, «für die Leute, von denen ich Geld will.»

«Ich kann ohnehin nicht lange bleiben.»

«Aber ich *bitte* dich –», er neigte sich zu ihr vor. Unwiderstehliches Lächeln.

«Froschele geht es sehr schlecht», sagte Sonja.

Sein Gesicht wurde härter. An den Wangen ließ er Muskeln hervortreten. «Das ist schlimm», sagte er nur.

Sonja spielte mit ihren Handschuhen. Unter einer unheilverkündenden gesenkten Stirn beobachtete sie Gregor Gregori. Ihre Augen waren beinah schwarz und merkwürdig böse.

Er wurde unruhig auf seinem Sessel vorm Schreibtisch. «Du bist doch gekommen, um mir etwas Bestimmtes zu sagen»; er lächelte ihr angstvoll zu.

«Wir wollen uns lieber nicht heiraten», sagte Sonja mit ganz ruhiger Stimme, während sie ihn weiter ansah.

Gregor, sehr aufrecht in seinem Sessel, fragte leise: «Wieso?» Er trommelte mit einem langen, gelben Bleistift auf der Tischplatte. Sein Gesicht war grau.

«Es würde nicht gutgehen», antwortete Sonja und beobachtete ihn gespannt.

Schmerzliches Zucken um Gregor Gregoris Mund. (Weicher, roter, aufgeplatzter Mund in diesem fahl erregten Gesicht.) «So», sagte er. «So. Aha.» Er trommelte weiter. Sonja, unbarmherzig, ließ die Augen nicht von ihm. Gregor Gregori, der hysterische Sachlichkeitsfanatiker, hilflos an seinem Schreibtisch. Minute der größten Niederlage für ihn, der bittersten, unverwindbarsten.

Darüber kommt er niemals hinweg, empfand die Unbarmherzige im Klubsessel. Er wollte mich. Ich gehörte zu seinem Ehrgeiz.

Plötzlich redete Gregori, hastig und überstürzt. «Ich weiß ja, was du über mich denkst, wie du mich siehst – oh, ich weiß es ja ganz genau! Unmenschlich, kalt, ehrgeizig, besessen – ja, ja, ja. Wüßtest du, was ich schon gelitten habe, ehe ich um dich leiden mußte. Und erst seitdem – – oh, ich habe alles gebüßt –» Er war aufgesprungen. Sein Mund zitterte. Er wird weinen, dachte Sonja entsetzt. Trotzdem hemmte sie seinen Wortschwall durch eine Handbewegung.

«Ich weiß», sagte sie. «Aber ich kann trotzdem nicht mit dir leben.»

«Du haßt mich», rief er erbittert.

Sie antwortete aufrichtig: «Nein. Noch nicht. Du tust mir sehr leid.»

«Dazu besteht kein Anlaß. Ich bin noch über alles hinweggekommen.»

Aufrecht am Schreibtisch stehend, versuchte er sein Gesicht zu beherrschen, damit es nicht mehr erbärmlich sei. Er beugte sich leicht vornüber und stützte so sein ganzes Gewicht auf die zehn auseinandergespreizten Finger, die gestreckt auf der Tischplatte lagen. Die Finger bogen sich etwas durch, da er sich auf sie stützte, und liefen rot an. Sie sahen noch unedler aus als sonst.

Er versuchte zu lächeln. «Das ist doch grotesk», sagte er mühsam. «So trennt man sich doch nicht. Wir sprechen noch über das alles – –»

«Nein», sagte Sonja. Sie war auch aufgestanden.

«Du willst gehen?»

«Ja.»

Woher nahm sie die Grausamkeit? Sie tat ihm weh; litt sie darunter? Spürte sie Mitleid? Oder wurde gerade das Mitleid zu der furchtbarsten Waffe, die sie gegen ihn brauchte?

223

Feiere künftig deine Triumphe alleine, Gregor Gregori!

Die Dame im Pelzmantel geht durchs Zimmer, an dir vorbei und zur Türe. Private Lappalien. Denken Sie meinethalben an Käse, mein Herr. Mein Fräulein, denken Sie meinethalben – – – *Womit habe ich das verdient?* Riesengroße Frage in seinem ratlosen Herzen.

Sie ging an ihm vorüber mit einem Gesicht, so unzugänglich, zugedeckt, entfernt, als trüge sie einen schwarzen und dichten Schleier.

Gregor Gregori blieb am Schreibtisch stehen, ohne sich noch einmal nach ihr umzuwenden; so sehr besiegt, daß er nicht einmal die Kraft zu einer Pose, einer passenden Geste fand. Er zerbrach den Bleistift nicht, der vor ihm lag; er ließ nicht einmal die Stirn nach vorn sinken. Vielmehr starrte er mit Augen, die nicht mehr schimmerten und verlockten, sondern sich glasig trübten, fischig und tot wurden, hinüber zu der kahlen, bildlosen Wand.

*

Greta lebte weiter, mit jener etwas forcierten, penetranten Ausgelassenheit, die ihre alten Freunde von Montparnasse beunruhigte. Früher hatte sie wohl auch allabendlich «la bombe» und «les noces» gemacht, aber es war in einem idyllischen Rahmen geblieben, gleichsam mehr «in der Familie». Alles hatte sich in den paar Lokalen ums Café du Dôme abgespielt, und es waren immer dieselben jungen Leute, dieselben Mädchen gewesen, die man als ihre Begleitung kannte. Der erklärte Liebling des Quartiers, la reine de Montparnasse, wurde aushäusig; immer häufiger unternahm sie Exkursionen nach den Champs-Élysées, nach Montmartre. Ihr bunter Rennwagen hielt vor den teuren Nachtlokalen, von denen man zwischen «Select» und «Dschungel» verächtlich sprach, weil sie den ordinären Vergnügungsjägern, den Amerikanern und anderen Barbaren, vorbehalten waren: vor «Casanova», «Lido», «Le Grand Écart», «Le bœuf sur le toit».

Greta im Claridge, Greta in den Madeleine-Restaurants, in den Nepplokalen um die Place Pigalle: es war ein Treubruch, ein Abfall; bittere Enttäuschung in allen Cafés.

«Wissen Sie schon, mit wem Greta sich jetzt herumtreibt? Mit dem dicken lächerlichen Amerikaner, dem sie noch vor vier Wochen seine Blumen in der Coupole-Bar vor die Füße geschmissen hat.» – «Und mit dem Frankfurter Ehepaar, das sie früher auf offener Straße ausgelacht hätte.» – «Und mit diesem vertrottelten Prinzen –» – «Sie hat völlig den Kopf verloren», «irgend etwas muß da nicht stimmen», «und der arme Sebastian – immer mit.»

Sebastian mußte immer mit. Er hatte Greta drei- und viermal erklärt: daß es ihm zum Halse raushänge, daß es ihm kurz und gut glatt zum Kotzen sei; er könne keine Champagnerflasche mehr sehen, kein Amerikanisch mehr sprechen hören. Die Hotelhallen der Champs-Élysées und die schwarztapezierten Dancings der Snobs, wo im elektrisch erleuchteten Kästchen Goldfischchen schwimmen und Orchideen blühen, seien ihm bis da –; «und gestern bin ich das letztemal mit gewesen». Aber Greta hatte so beunruhigend gelacht und auf eine so merkwürdig lauernde Art gefragt: «Du willst dich also auch drücken?» – daß er lieber nicht mehr davon anfing.

Er sah Greta beinah nie mehr allein, es waren immer Leute im Atelier. Wenn es sich doch einmal so ergab, daß sie unter vier Augen blieben, war sie entweder von jener outrierten und nervösen Fröhlichkeit, die sie in Gesellschaft jetzt immer zeigte, oder sie wurde ganz stumm, saß da und starrte vor sich hin mit ihren weiten, grünbraunen, leicht schielenden Katzenaugen. «Eigentlich habe ich nämlich gedacht, W. B. würde mich heiraten», sagte sie einmal während einer dieser stillen Viertelstunden. «Ich hätte ja gerne dieses Mädchen kennengelernt, das ihn mir weggenommen hat.» Ein andermal: «Er war der zuverlässigste Mensch, den ich je gekannt habe, und eigentlich mein einziger Freund. Komisch, wie man so grausam sein kann –», meinte sie sinnend. Sonst erwähnte sie Bayers Besuch, und was sich in ihrem Leben verändert hatte, mit keinem Wort.

Gegen Sebastian war sie zärtlich wie immer, aber oft auf eine zerstreute, gleichsam vergeßliche Art. Seit jenem Weihnachtsabend, wo sie ihm ins Gesicht gesagt hatte, daß er sie «nicht mehr liebe», schien sie sich darüber klargeworden, wie einsam sie mit ihm war. «Du bist ja furchtbar lieb», sagte sie einmal, während sie ihn streichelte, «aber so jung. Junge Burschen sind so lächerlich egoistisch.» Sebastian hatte das Gefühl, er müsse irgend etwas tun, um ihr zu beweisen, wie gerne er ihr helfen würde. Aber er konnte ihr nur die Hand küssen. –

Sie hatten an den Champs-Élysées gegessen und waren dann im Grand Écart, Montmartre, gewesen. Der Frankfurter Bankier hatte alles bezahlt. Sebastian rechnete sich auf der Rückfahrt aus, daß es etwa fünfhundert Mark gekostet haben müsse. ‹Dreitausend Francs›, dachte er , ‹das ist knapp gerechnet.› – Diese Kalkulation wirkte merkwürdig verstimmend auf ihn. ‹Für das Geld könnte ich einen Monat anständig im Süden leben›, dachte er zornig.

Sie kamen mit einem Korb voll Champagnerflaschen in Gretas Atelier an. Außer dem Frankfurter Ehepaar war noch jener amerikanische Kunsthändler bei ihnen, dem Greta in der Coupole die Blumen vor die Füße geschmissen hatte, und Bob Mardorf, der mit seiner Südamerikanerin für einige Zeit nach Paris übersiedelt war.

Den Sekt hatte der Amerikaner gestiftet.

Die Frankfurterin fragte Bob Mardorf, ob er mit ihr tanzen wolle. Er sagte, auf seine lallend-schneidige Art: «Gott, Gnädigste, wenn es sein muß –» Das fand die Dame so witzig, daß sie einen kleinen Lachkrampf bekam. Noch lachend schmiegte sie sich in Bob Mardorfs Arme. Der unterhielt sie während des Tanzes mit den smartesten Lügengeschichten. Ja, in Oxford, wo er so lange studiert hatte, dort hatte es wilde und amüsante Bräuche gegeben; dort leistete man sich kostspielige und verwegene Scherze. «Ihr Deutschen habt ja keine Ahnung!» war der Refrain seiner Flunkereien.

Nach dem Tanzen lagerte man sich auf der breiten Couch. «Warum macht der junge Herr ein so böses Gesicht?» wurde Sebastian, der vor sich hin starrte, neckisch von der Frankfurterin gefragt. Er streifte das fette, lustige und blöde Gesicht der reichen Frau mit einem fremden und gehässigen Blick. «Ach, ich habe nur an eine so schauerliche Sache denken müssen, die ich neulich in einer Zeitung gelesen habe», sagte er schließlich. «Man hat da in Amerika drei ganz junge Burschen auf dem elektrischen Stuhl hingerichtet, weil sie einen alten Mann getötet hatten – einen Apotheker oder einen Gemüsehändler, was weiß ich –, und während der ganzen Verhandlung haben die drei Jungens geheult, wißt ihr: *ununterbrochen* geheult – so daß man sie aus Spaß allgemein die drei weinenden Babybanditen nannte. Ja, das sind so Späße – –»

Er verstummte. Verlegenes Schweigen. «Scheußlich», sagte die Frankfurterin mit ihrer blöden und verfetteten Stimme. – ‹Oh, hätte ich doch nie davon angefangen!› dachte Sebastian schamvoll. ‹Hätte ich doch nie …› Er sehnte sich plötzlich mit einer ungestümen Heftigkeit nach irgendeinem Menschen – irgendeinem –, mit dem er über diese drei weinenden jungen Mörder sprechen könnte. Die Intensität der Anteilnahme, die jemand an dem Jammer dieser kindlichen Angeklagten nahm, schien ihm der Maßstab dafür zu werden, wie nahe oder wie ferne ein Mensch ihm war. ‹Irgendwo muß es doch einen geben –›

«Ich scheine hier in einen Verein zur Abschaffung der

Todesstrafe geraten zu sein», sagte Bob Mardorf gelangweilt und stand auf.

Der Amerikaner, der sein Smokingjackett ausgezogen hatte, stand in Hemdsärmeln über den Sektkühler gebückt. Er lachte, bis er blau im Gesicht wurde, weil der Sektpfropfen so mächtig geknallt hatte und die Damen so erschrocken waren.

Greta sah sehr schön und müde aus. Ihr Gesicht schimmerte in einem hellen empfindlichen Gelb; um Mund und Augen schienen hellere Ringe zu liegen. Ihr tragisch halbgeöffneter Maskenmund blieb ausgetrocknet, soviel Sekt sie auch trank. Aus weitgeöffneten Augen schielte sie stark vor sich hin – bis sie plötzlich wieder aufsprang und lachte.

Es war drei Uhr morgens.

Man spielte Grammophon, tanzte, redete Unsinn, auf deutsch, auf englisch, auf französisch. Vorübergehend schlief Bob Mardorf ein, aber die Frankfurterin weckte ihn mit Neckerei und Kitzeln.

Sebastian blieb wortkarg und verstimmt. Einmal setzte Greta sich neben ihn. Sie war zärtlich, auf eine sehr mütterliche und sanfte Art. «Mein Kind ist müde.» Ihre Stimme gurrte ganz leise. «Es amüsiert sich nicht mehr. Bald darfst du in den Süden reisen, mein Kind –» Er sah aus schläfrigen Augen, wie sich ihr breites, flaches und dunkles Gesicht über ihn beugte. ‹Wir bleiben doch noch eine Zeitlang beisammen›, empfand er plötzlich. ‹Sie hat ja niemanden mehr. Noch eine Zeitlang – –›

Wenig später wurde sie wieder sehr laut und unternehmungslustig. Man müsse eine Autofahrt durchs Bois unternehmen, schlug sie vor, es sei draußen herrlich. Alle waren begeistert, nur Sebastian knurrte: «Ich denke nicht dran. Ich geh' schlafen.»

Großer Aufbruch. Greta küßte Sebastian auf die Stirn: «Penn dich aus, Kleiner. Aber in deinem Alter dürfte man noch nicht so brummig sein.» Er fragte beleidigt: «Was hast du jetzt eigentlich immer mit meinem Alter?» Sie trällerte: «Nichts, nichts, nichts. Ihr Knaben wißt eben gar nicht, wie drollig ihr seid. Wenn man noch nichts erlebt hat, ist man halt drollig.» – «Ich bin fünfundzwanzig», sagte Sebastian. «Als ich neunzehn war, war ich jünger.» – «Ich bin neununddreißig», rief sie, schon vor der Tür, mit einer merkwürdig grellen Stimme.

Sebastian erschrak. War sie wirklich so alt – niemand, außer ihm, schien ihr Geständnis gehört zu haben. Die Frankfurterin winkte: «Au revoir, jeune poète!» Fort waren sie. Endlich Stille im Atelier. Man mußte nur die halbgeleerten Sektgläser wegräumen.

Draußen hatte es geregnet, aber nun war der Himmel schon beinah wieder ganz klar. Die Straße spiegelte, noch blank von Feuchtigkeit. Die Luft roch wunderbar frisch.

«Es ist etwas frostig», meinte die Frankfurterin. «Aber sonst köstlich. Wirklich – sonst ganz köstlich, nicht wahr?»

Greta überlegte: «Man könnte zu den Hallen fahren, die Gemüse müssen jetzt duften –» Aber sie entschied: «Nein, wir wollen ins Freie.»

Sie raste, Achtzigkilometertempo, durch die ausgestorbene Stadt. «Liebste, wenn es ein *bißchen* langsamer ginge», flehte die Frankfurterin. Aber Bob Mardorf, für den schnelles Autofahren das einzige wirkliche Vergnügen des Lebens bedeutete, strahlte über das ganze Gesicht, während er schrie: «Nur immer feste! Immer feste drauf, Greta!» Der blasierte junge Gentleman bekam das Gesicht eines Vierzehnjährigen. Er stampfte und lachte, um die Wette blitzten seine Augen und seine Zähne. ‹Der ist ja eigentlich ganz nett›, mußte Greta denken, und sie lächelte ihm zu.

Erstes Grün der Bäume, wie das duftete. Die Vögel sangen. «Die Vögel singen ja schon!» rief Greta begeistert.

Der herbstliche Abend fiel ihr ein, als sie das erstemal mit Sebastian hier, im Bois de Boulogne, gewesen war. ‹*Guter* Sebastian – ja, eine Zeitlang bleiben wir noch zusammen, Sebastian. Wie wäre es mit Nordafrika? Freilich, du bist so lächerlich jung und hast keine Ahnung von mir. W. B. hatte mehr Ahnung. Aber dafür würdest du dich nie benehmen, wie W. B. es tat. Einfach angereist zu kommen – –›

Wie wohl die Geschwindigkeit tat! Hundertkilometertempo, man flog über die Straßen. Greta hatte völlig vergessen, daß die Frankfurter und ein Amerikaner hinter ihr saßen. Undeutlich wußte sie nur noch, daß neben ihr ein Junge, an dessen Namen sie sich kaum erinnerte, pfiff und trällerte, schwarzes verwehtes Haar in der Stirne trug. Es war nicht Sebstian, aber diese Jungens sahen ja alle einander ähnlich. – Die anderen machten sich ganz klein und rührten sich nicht. Wenn das mal gutging – –

‹Es geht noch mal gut, es geht eben wieder mal gut›, dachte Gretas Herz, das sich an der Geschwindigkeit und am Geruch dieses Morgens erholte. ‹Unverbraucht, unverbraucht! Ich bin noch nicht fertig, alter W. B., du hast mir einen ekelhaften Knacks zugefügt, aber erledigt hast du mich bei weitem nicht. Jetzt singen die Vögel immer lauter, und was für süße weiße Wölkchen am Himmel. Was Sebastian nur vorhin mit seinen Mördern wollte? Merkwürdige Gedanken haben diese Kinder. Hundertzwanzig Kilometer Geschwindigkeit. Ab hundertzwanzig wird mir zusehends besser – –›

Scharfe Kurve der regenblanken Straße. Aber wozu jetzt bremsen, wo es gerade so schön war? Höchstens ein bißchen, klein wenig, un tout petit peu – von hundertzwanzig auf neunzig – –

Von hundertzwanzig – auf neunzig –

«*Merde – !!*» schrie Greta.

Der Wagen schleuderte.

Bremsen?!

Nicht bremsen!

Rasender Zickzack auf dem spiegelglatten Asphalt. Steuer gehorcht nicht – Wirbel, Wirbel, Wirbel. Und der Baum kommt näher. Baum wächst heran. Baum – riesengroß. Und gleich wird es krachen; splittern, explodieren.

Spitzer Aufschrei der Frankfurterin; Armefuchteln der Männer. Greta, über das Steuer geworfen, das Steuer, das nicht mehr gehorcht hat. ‹Sebastian – alter W. B. – hat keine Ahnung – einsam – der ist eigentlich furchtbar nett – –›

Donner der Katastrophe. Anprall, Bersten, Aufschrei, Flammenrot und Finsternis.

Höllenlärm, der sich zum Schweigen weitet.

Aus dem zerschmetterten Fahrzeug schlägt Feuer. Unter den Trümmerhaufen hängt die fette, schlaffe, beringte Hand der Frankfurterin hervor.

*

Auf der ersten Seite der großen Berliner Morgenzeitung. «Paris, 15. April. Durch Telephon. *Die Tänzerin Greta – im Bois de Boulogne tödlich verunglückt.* Heute morgen gegen fünf Uhr verunglückte die früher auch in Berlin bekannte Tänzerin Greta – mit ihrem Rennwagen im Bois de Boulogne. Das Automobil scheint in der Kurve ins Schleudern gekommen und gegen einen Baum geworfen worden zu sein. Es überschlug sich und geriet in Brand. In Begleitung der Tänzerin befanden sich drei Personen männlichen, eine Person weiblichen Geschlechts. Die drei Männer sind ebenfalls tot, die Dame liegt bewußtlos im Hospital, ihr Zustand wird als bedenklich erklärt. Die Leichen der drei Verunglückten sind derart verkohlt und zerquetscht, daß man sie bis jetzt nicht identifizieren konnte. Auch der Leichnam der Tänzerin wäre kaum zu erkennen gewesen, hätte nicht die Autonummer Aufklärung gegeben. – Greta – die seit einigen Jahren in Paris lebte, wird von vielen Freunden und Verehrern betrauert werden.»

Dazu eine Photographie Gretas aus dem Jahre 1919, in einem Schäferinnenkostüm; anmutig gestützt auf einen mit Bändern geschmückten Stab und kokett lächelnd.

*

In Gretas Wohnung fand sich ein Testament, das sie acht Tage vor ihrem Tode aufgesetzt hatte. Sie hinterließ ihr gesamtes Vermögen – das etwa eine Summe von dreihunderttausend Francs ausmachte – ihrer alten Mutter in Polen. Für Sebastian war eine Summe von sechstausend Francs – ist gleich: tausend Mark – bestimmt.

*

Geheimrat Bayer betrat seine Loge, während unten der Marquis Posa seine doppeldeutig beziehungsvolle Geschichte von den beiden Häusern in Mirandola erzählte. Die Königin Spaniens, von den würdevollen, aber neugierigen Damen umgeben, lauschte mit gesenktem Gesicht.

W. B. fand Sonja dermaßen schön, daß er erschrak. Sie trug ein schweres graues Kostüm mit hohem silbernen Kragen und im dunklen Haar einen silbernen Schmuck, eine Art starren Kranzes. In einem weißen Antlitz waren die Augen voll einer Trauer, die ihre ganze vom königlichen Kleid beschwerte und doch so mädchenhaft schmale Figur wie mit einem Glorienschein von Melancholie und Hoheit umgab. Ihr Freund in der Loge wartete mit einer Spannung, die beinah weh tat, darauf, daß sie die ersten Worte sagte. Wie würden sie klingen? Würde ihre Stimme so traurig sein wie ihr Blick? – Nachdem die Prinzessin Eboli, kindlich ergriffen: «Unglücklicher Fernando!» gerufen hatte, sagte die Königin: «Die Geschichte – ist doch zu Ende, Chevalier? – Sie muß zu Ende sein.» Ihre Stimme klang mehr streng als

trauervoll. Sie saß aufrecht da, die Hände im Schoß neben-
einandergelegt und das bleiche Gesicht zart und streng vor
dem Silberkragen. Als sie, die rechte Hand aus den Falten
des Gewandes hebend, den Kopf wandte, um zu sagen:
«Nun wird mir endlich doch vergönnt sein, meine Tochter
zu umarmen? – Prinzessin, bringen Sie sie mir –», fühlte
W. B. eine Rührung unwiderstehlich in der Kehle hochstei-
gen. ‹Das sind doch Tränen›, dachte er und wollte sich schä-
men. ‹Sie würde mich furchtbar auslachen, wenn sie es
wüßte, da unten; sie als erste. Sie weiß genau, was sie tut: sie
spielt Theater. Und ich heule wie ein Gymnasiast.›

Trotzdem kamen ihm die Tränen noch mehrfach im Ver-
laufe des Stückes. Der Geheimrat mußte schlucken und
sich die Augen wischen, als die Königin dem Prinzen, der
zu ihren Füßen geschmachtet und aufbegehrt hatte, da er
nun gehen mußte und fragte. «Was darf ich mit mir nehmen?», antwortete: «Die Freundschaft Ihrer Mutter –»;
und weinen mußte er, als König Philipp den runden Hut
vor ihr lüftete, ehe er knarrend das: «So allein, Madame?»
fragte.

Er folgte der Tragödie unaufmerksam und doch mit
Spannung. Wie lange war es her, daß er den Carlos das letztemal gesehen hatte? Er erinnerte sich nicht mehr an den
Lauf der Handlung und war zu unkonzentriert, ihn neu zu
verstehen. Was war das, mit dieser erbrochenen Schatulle
und mit diesem aufgefangenen Brief? Er sah nur, daß die
Königin, kindlich gesammelt, feierlich und zart, durch ein
Netz und ein Gewebe von Leidenschaften und Intrigen
schritt; daß sie beschuldigt wurde, so rein sie war; daß sie
schließlich sogar im weißseidenen Nachtgewand dem König zu Füßen stürzte und bitterlich weinte. «Mein Vater
zürnt, und meine schöne Mutter weinet», leierte eine quie-
kend hohe Kinderstimme, die den Geheimrat merkwürdig
nervös machte. ‹Sonja weint wirklich›, dachte er beunru-

233

higt. ‹Das sind echte Tränen. Und sie ist gewiß auch unter der Schminke sehr bleich –›

Als er nach der Vorstellung in ihre Garderobe kam, fand er sie totenblaß und erschöpft vor ihrem Spiegel. Das königliche Kostüm hing steif hinter ihr an der Wand, sie selbst trug einen buntverschmierten weißen Kittel, wie Ärztinnen ihn haben. Ihr blasses Gesicht glänzte von Abschminkfett. Es war das erstemal, daß W. b. sie nicht schön aussehend fand, beinahe häßlich. Er glaubte, daß er sie noch nie so geliebt habe.

«Wie geht es dir?» fragte er. «Es war herrlich.»

«Danke», sagte sie. «Vollkommen tot.»

«Kann ich mir denken. Wollen wir noch schnell zusammen essen gehen, oder möchtest du gleich schlafen?»

«Gleich schlafen. Der erste Akt war katastrophal.»

«Der erste Akt? Wieso denn?» Er wußte gar nicht mehr, wie sie im ersten Akt gespielt hatte. Sie war doch wunderschön auf der Gartenbank gewesen, als der Prinz vor ihr kniete.

«Nein, der erste Akt war sogar besonders prächtig», sagte er. Sie griff plötzlich nach seiner Hand.

«W. B.», sagte sie, «ich fahr' morgen.»

«Wieso?» fragte er und rührte sich nicht, aus Angst, sie könne seine Hand wieder loslassen.

«Ich reise weg», sagte sie.

Nun ließ *er* ihre Hand los. Seine Brauen zogen sich unheilverkündend zusammen.

«Und das Theater?» fragte er gepreßt.

«Ich sage ab. Ich bin krank. Ich habe schon mein Attest.»

«Und wohin?»

«Was weiß ich. Möglichst weit fort. In den Süden.»

«Mit wem, wenn ich fragen darf?» (Beben des Mundes.)

«Alleine, W. B.»

«In der Eisenbahn?» (Nur um weiterzufragen.)

«Mit dem Ford. Ich habe telegraphiert. Der Monteur bringt ihn.»

«Und wir?» fragte er endlich.

«W. B. – alter W. B.», sie faßte wieder nach seiner Hand. «Wenn ich wiederkomme – man wird sehen – man wird alles sehen – ich *kann* jetzt einfach nicht mehr – –» Sie weinte. Ihr Oberkörper sank, von Schluchzen geschüttelt, nach vorne, ihre Stirn berührte die von Puder, Schminke und Fett besudelte Tischplatte. Bayer hatte sie noch nie weinen sehen. Er wurde vollkommen ratlos. Mein Gott, wie ihr Rücken zuckte! Er streichelte ihren zuckenden Hinterkopf.

Sonja weinte. Die Amazone weinte. Die Königin weinte. Das Sportgirl weinte. Die Unnahbare weinte.

«Sonja – aber Sonja –», sagte W. B.

Er verstand sie: «Ich kann nicht mehr – ich bin fertig – es war *zu, zu, zu* scheußlich – zum Kotzen, W. B. – entschuldige bitte – höchste Zeit, daß ich fortkomme –»

Er stand neben ihr, hilflos und massig, diesem schrecklichen und ergreifenden Vorgang keineswegs gewachsen. Was tat man, wenn Sonja weinte? Wie verhielt man sich, wenn so ihr Rücken zuckte?

«Was ist denn – was ist denn?» fragte der schwere Mann. «Soll ich die Garderobiere rufen?»

Sie hob das von Fett und Tränen glänzende Gesicht und mußte, immer noch von Schluchzen geschüttelt, lächeln über sein Hilflosigkeit.

*

Das Kleine Journal berichtet:

«*Sensationelle Zusammenhänge zwischen dem Pariser Autounfall der Tänzerin Greta –, dem skandalösen Auftritt im russischen Restaurant M., Bayreuther Straße, und der plötzlichen Abreise des Fräulein Sonja.* Hochinteressanter Einblick in die Lebensformen unserer Prominenten.

Wie wir von wohlunterrichteter Seite erfahren, bestehen zwischen verschiedenen Ereignissen, die in den letzten Tagen und Wochen die Berliner Öffentlichkeit beschäftigten, die allermerkwürdigsten Zusammenhänge. Das ‹Kleine Journal› konnte als erste Berliner Zeitung den Verdacht aussprechen, daß es sich bei dem sogenannten ‹Autounfall› (?!) der Tänzerin Greta – um einen Selbstmord gehandelt habe. Dieser Verdacht wird nun beinahe zur Gewißheit, da wir erfahren, daß wenige Tage vor dem angeblichen ‹Unglücksfall› (!?) *der Geheimrat Wilhelm Bayer* in Paris gewesen ist, um der temperamentvollen Tänzerin, die seine *langjährige Freundin* war, mitzuteilen, daß er sich *von ihr zu trennen* gedenke. Da, wie unsere Quelle uns mitteilt, der noble Geheimrat ihr bei dieser Gelegenheit auch *die Rente* entzog, die er ihr schon *zwölf Jahre lang* (!!) gezahlt hatte, ist es nur zu naheliegend, daß die temperamentvolle Tänzerin in Verzweiflung geriet. Anlaß zu diesem unmenschlichen Vorgehen des Bankdirektors war niemand anderer als die erfolgreiche Schauspielerin *Sonja* –, die ihr Berliner Gastspiel vor einigen Tagen *so überraschend* abbrach. Dem Geheimrat scheint aber seine Brutalität gegenüber der Tänzerin bei dem kultivierten Fräulein Sonja *wenig genützt* zu haben, denn diese verlobte sich bekanntlich mit dem rasch populär gewordenen *Gregor Gregori*. (Wir empfehlen an dieser Stelle noch einmal ganz besonders den Besuch der Schauburg, die in den nächsten Tagen eröffnet!) Wir konnten als *erste und einzige Berliner Zeitung* berichten, anläßlich welch *gräßlicher Szene* die Verlobung der beiden Bühnenstars *wieder auseinanderging*. Das Verhalten der Polizei in dieser undurchsichtigen Angelegenheit ist wohl das Interessanteste an der Sache. Denn wenn es wahr ist, daß die angeblich ‹geisteskranke› (?!) junge Dame aus Innsbruck, die im Mittelpunkt der skandalösen Restaurantszene stand, einen *regulären Mordversuch* auf Herrn Gregori, den Di-

rektor der Schauburg, unternahm, so ist doch nichts nahe-
liegender, als daß wiederum der Geheimrat Bayer hinter
diesen Machenschaften steckt. *Warum interessiert sich für
all dies nicht der Staatsanwalt?* Bekanntlich hat Geheimrat
Bayer seine schöne junge Gemahlin gleichfalls für ‹geisteskrank› (?!) erklären lassen und in eine Anstalt geschickt.

Wenn wir nun – und das setzt wohl allem die Krone auf –
hinzusetzen können, daß auch zwischen der völlig unge-
klärten *Nizzaer Selbstmord- (oder Mord-)Affäre Richard
Darmstädter – Walter J.* und dem Kreise Geheimrat Bayer –
Gregor Gregori Zusammenhänge bestehen, werden wir
wohl in unserer Eigenschaft als sittenreinigendes Organ behaupten dürfen, daß der moralische Zustand der Berliner
Gesellschaft –»

*

Wie lange hatte Sebastian seinen Freund Sylvester Marschalk nicht mehr gesehen? Doch mindestens drei oder vier
Monate.

An diesem Tag, da er sich so ausgehöhlt und müde fühlte,
beschloß er, ihn zu besuchen. Es fiel ihm ein, daß er noch
niemals in Sylvesters Zimmer gewesen war, aber die
Adresse hatte er irgendwo aufgeschrieben. Die kleine Pension, in der Sylvester wohnte, lag in Auteuil. Nirgends anders hätte er leben mögen – hatte er einmal erklärt – als er in
der Nähe so schöner Villen, wo die Träger alter Namen
saßen. «Ich wohne gerne in der Nähe meiner Bekannten»,
sagte er hochmütig, obwohl er nur bei einem alten und
tauben Herzog verkehrte, der von der Mitwelt völlig abgeschlossen in einem wundervollen, alten kleinen Palais resi-
dierte und dem Sylvester zuweilen aus seinen französischen
Dichtungen vorlesen durfte.

Sebastian ging vom Luxembourg aus bis zur Place de la
Concorde zu Fuß; erst den Boulevard St. Michel hinunter,

dann die Seine entlang. An der Concorde nahm er ein Taxi. Als er die Champs-Élysées hinunterfuhr, mußte er mit einer schmerzenden Heftigkeit an Greta denken. Ihr breites, wildes Gesicht stieg vor ihm auf, so deutlich, daß er glaubte, es atmen zu hören; ihr Gesicht, das Leben verbreitet hatte, wo es immer erschienen war, und das er doch erstarrt gesehen hatte, in geheimnisvollen Ängsten und Schmerzen. – «O Greta, Greta – ich habe zuwenig Liebe auf dein Gesicht verwendet. Hätte ich mehr Liebe darauf verwendet – ich hätte es vielleicht halten können. Aber ich war wieder einmal ungenügend –» Er sah ihr Gesicht schwarz werden, sich aufgedunsen verändern. «O Greta, Greta – deine breiten, wehen Lippen –» Er verscheuchte den Schatten.

Die Pension, in der Sylvester wohnte, hieß «Mon Bijou» und lag in einer stillen Nebenstraße des Viertels. In der Straße herrschte elegante Friedlichkeit; man ging durch ein gepflegtes Vorgärtchen, aber drinnen roch es nach Essen, und zwei Dienstmädchen zankten. Sebastian fragte nach Monsieur Marschalk. Er wurde die enge und muffige Treppe hinaufgewiesen. Sylvester wohnte im dritten Stock.

Er empfing Sebastian in einer militärisch grauen Hausjacke mit steifem Kragen. Sein Gesicht strahlte, als der Besucher eintrat –: «Alter Bursche, da bist du ja wieder!» Kein Wort des Vorwurfs, daß der andere sich monatelang nicht gemeldet hatte. In seine schmalen, harten und gelblichen Wangen kam hektisches Rot vor Freude.

Das Zimmer war kahl und arm. Typisches Pariser Pensionszimmer der niederen Klasse: mit dem breiten Bett als üppigstem Einrichtungsstück, dem schmalen Tisch, dem geblümten, schmutzigen Paravent vor dem Waschtisch, dem aufdringlich placierten Bidet, den staubigen Vorhängen am Fenster, phantastisch gemustert und durch breite bronzierte Spangen gerafft. Oberhalb des Bettes gab es ein Bücherregal. Sebastian stellte fest: französische Klassikerausgaben, Racine, Molière, Lafontaine; einige Bände Balzac, Victor Hugo. – Vor dem Bett lag Ariel mit streng und anmutig gekreuzten Pfoten. Er schaute aus seinen goldenen, melancholischen Augen zum Besucher auf. Inmitten all dieser Schäbigkeit wirkte der Rassehund wie ein Verzauberer.

Sylvester hatte am wackeligen Tisch gesessen, der voll Papieren lag. «Ich habe gearbeitet», erzählte er enthusiastisch, kaum daß Sebastian sich gesetzt hatte. «Über die Entdeckkungen des Prince de Broglie. Du weißt: seine erstaunlichen Theorien von den Ätherwellen. O Wunder der Mathematik – –»

Sebastian freute sich, ihn wieder reden zu hören. Wie er sich gleich ereiferte! Hinter der feingemeißelten, zugleich harten und empfindlichen Stirn glaubte man die Gedanken arbeiten zu sehen; der erregte und schmale Mund schien die Worte nicht schnell genug bilden zu können.

«Weißt du, wer das ist?» (Er deutete auf das Bild des Comte de Paris, Sohn des Herzogs von Guise, rechtmäßigen Erben des Thrones von Frankreich, das gerahmt auf seinem Schreibtisch stand.) «Son Altesse Royale Monseigneur le Prince Henri de France.» (Der Herzog, sein Vater, Jean III. de France, mit fein gestutztem Spitzbärtchen, die Arme über dem Gehrock gekreuzt, schien, auf seiner Photographie, wohlgefällig zu lauschen.) «Die französische Majestät, le roi très Chrétien, besitzt die meisten Titel von allen Monarchen: unter anderem ist er Kaiser von Konstantinopel und König von Jerusalem. – Das sind Irrealitäten? Das sind die einzigen Realitäten der Welt: *Formrealitäten.* Und warum, denkst du, muß der Comte X vor dem Herzog Y durch die Türe gehen? Weil die Xs durch die Os mit dem englischen Königshause verwandt sind. Das nennst du keine Realitäten? Du wärest imstande und machtest keinen

Unterschied zwischen einem Adel aus den Kreuzzügen und einem, den Napoleon, dieser Usurpator, verliehen hat. Die Murats – pah, diese Parvenüs!» rief Sylvester Marschalk aus dem Ostwinkel Europas.

Plötzlich war er bei Hunderassen. Er deklamierte den Stammbaum seines Adels, den er durch fünfzehn Generationen verfolgen konnte wie eine antike Ode. «Aber das ist noch gar nichts», behauptete er und gab selbst Ariel preis, «die älteste Hunderasse der Erde sind die arabischen Windspiele, Slughi genannt, die Ahnentafel mancher von ihnen geht bis auf Mohammeds Zeiten, und ihr Stammbaum steht im Familienkoran.»

Sebastian dachte plötzlich: ‹Gebe Gott, daß ein großer Ruhm die übergroße Spannung dieses Daseins löse; diese Glut lindere und dieses fieberhafte Haupt beruhige.›

«Wie geht es dir sonst?» fragte er und lächelte Sylvester zu.

Sylvester, dessen Stimmung leicht wechselte, wurde mit einemmal niedergeschlagen. «Comme ci, comme ça», sagte er flüchtig und schlug wie beschämt die schönen, heftigen Augen nieder. «Man soll nicht klagen. Aber manchmal glaubt man, es geht nicht mehr. *Nur* Mißerfolge, nichts als Mißerfolge. In dieser verrotteten demokratischen Welt ist kein Platz mehr für einen wie mich. Die Ausstattungsrevue und der Unterhaltungsroman triumphieren. Die Bühnen schicken mir meine klassischen Komödien zurück, die Verleger meine Sonette und Oden, meine historischen Erzählungen – die Zeitschriften meine Essays über altfranzösische, orientalische und antike Literatur. Soll ich über Maurice Dekobra schreiben? Was ich wissenschaftlich leiste, wird von den verknöcherten Professoren nicht ernst genommen, meine Musik erklärt man als unsinnlich und abstrakt. Es ist ein Glück, daß mir dies alles nichts ausmacht, aber manchmal denke ich doch – –»

Was sollte Sebastian sagen? Er sagte: «Ja, man muß geduldig sein, lernen. Ich habe auch arge Sachen erlebt.» Das war nicht viel, aber Sylvester, der nicht verwöhnt war, schien schon dadurch gerührt. In seiner vollkommenen Isoliertheit war er dankbar für jeden wärmeren Ton. «Es ist schön, daß du da bist», sagte er leise, «ich hatte nämlich für heute abend – etwas ganz Gräßliches vor.» Er zögerte, es fiel ihm schwer, weiterzusprechen. «Ich wollte all meine Manuskripte, alles, was ich überhaupt je geschrieben habe – eigentlich heute abend verbrennen.»

Unwillkürlich machte Sebastian eine Handbewegung, als müsse er ihn daran hindern. «Nein, das wäre sehr unrecht gewesen», sagte er erschrocken. «Besonders unrecht.»

Sylvester sprach heftiger. «Meine Arbeit ist zu schade für diese Zeit. Und zu etwas anderem lasse ich mich nicht herbei. Wer garantiert mir, daß künftige Generationen geistiger, menschenwürdiger, aristokratischer leben werden? Eine amerikanisierte oder eine bolschewistische Welt! Ich bedanke mich schön. Nein, da zünde ich lieber ein großes Feuer an, mit allen meinen Versen und Gedanken!»

«Wolltest du auch das Märchen verbrennen, von dem du mir damals auf der Kaffeehausterrasse erzählt hast?» Sebastian fragte vorwurfsvoll, als habe Sylvester geplant, ihm etwas zu stehlen. «Das schöne Märchen von der unbekannten Geliebten?»

«Ja», sagte Sylvester trotzig, «auch das.»

«Gott sei Dank, daß ich heut nachmittag gekommen bin!» Sebastian seufzte erlöst.

«Seit ein paar Wochen bin ich naturalisierter Franzose», erklärte Sylvester mit Stolz. «Un citoyen français. Ich trete in die französische Armee ein. Ich werde Soldat – und lasse das Schreiben. Meinen Ideen diene ich heute besser mit dem Schwerte und der Giftgasbombe als mit dem Wort, auf das niemand achtet.»

«Nicht doch», sagte Sebastian und hatte wieder die abwehrende Handbewegung.

«Ich schicke die Literatur zum Teufel!» Sylvester stand aufgereckt da. «Das Waffenhandwerk – –»

«Was soll nun wirklich aus deinen Manuskripten werden?» unterbrach ihn Sebastian.

Der Begeisterte dachte einen Augenblick nach, bis ein Einfall ihm kam. «Ich bringe sie meinem großen Freunde, dem Herzog!» entschied er schließlich. «Der Duc d'Acquitaine selber soll sie in Verwahrung nehmen. Dort sind sie sicher aufgehoben, und an nobler Stelle. In seinem Palais faßt keine unsaubere Hand sie an.»

«Beim Herzog?» überlegte Sebastian sachlich. «Das ist keine schlechte Idee. Das kann auch den Verlegern einen guten Eindruck machen. Denn jetzt werden Verleger auf dich gehetzt.»

«Ach Unsinn», sagte Sylvester. «Das führt zu nichts.»

Er kramte wieder in den Papierstößen auf dem Schreibtisch. «Es sind zehn Komödien, fünf Dramen, zwei fertige Romane und ein angefangener, sechs Folgen Gedichte, fünfundzwanzig große Essays –», zählte er nervös.

«Du könntest mir eigentlich das Märchen von der Unbekannten vorlesen», bat Sebastian. Sylvester wandte sich mit einem Ruck herum. «Ja?!» fragte er gierig. «Soll ich das?!» Er war etwas rot geworden, vor Freude.

Eilig traf er Vorbereitungen: rückte einen Stuhl an das Bett-Tischchen, auf dem eine Lampe stand, forderte Sebastian auf, sich bequem auf das Bett zu legen – «recht bequem, hörst du? Und hier steht der Aschenbecher». Dabei blätterte er schon fiebrig in seiner Handschrift.

Sie hatten das große Licht ausgemacht, nur Sylvesters Gesicht stand im Hellen. Auf seiner Stirne lag starkes Leuchten, aber Schatten fielen auf die untere Gesichtshälfte. Zu seinen Füßen ruhte Ariel, der wohl merkte, wie feierlich seinem Herrn zumute war. Er blickte gesammelt, erwartungsvoll, andächtig.

Sylvester verharrte einige Sekunden mit festgeschlossenen Lippen. Gespannte Stille. Dann fing er an.

«Unbekannte Freundin – du von tausend Reizen Schwere; die sich anzieht, anstatt sich zu schenken; die heimlich – ach, so verborgen – schenkt, während sie sich entzieht – –»

*

Sonjas Ford war grau mit dunkelroten Kotflügeln. Er sah nicht elegant, aber zuverlässig und sympathisch aus. Sonja liebte ihn zärtlich. «Mein herzensgutes altes Tier», hatte sie gesagt, als sie ihn wiedersah.

Der Abschied von Berlin war schnell und leicht gewesen. Inniges Händeschütteln, lange Blicke unter zuckenden Brauen, bebend aufeinandergepreßte Lippen des alten W. B. «Adieu, mein Sonja-Kind!» Kitzeln des schwarzen Schnurrbarts auf ihrer Hand. Adieu, W. B., sentimentaler Bulle! Adieu, wehleidiger alter Gewaltsmensch! – Froschele hatte sich nicht mehr sprechen lassen. Der Arzt, bei dem Sonja sich nach ihrem Zustand erkundigte, äußerte sich zurückhaltend.

Das Leben sah wieder besser und sauberer aus, als Sonja erst im Ford saß, den schmutzigen Trenchcoat und die mitgenommene Mütze wieder an sich spürte.

Die Strecke von Berlin nach Halle war trostlos häßlich. Aber Sonja fühlte sich vergnügt, als führe sie durch zauberhafte Täler und Wälder.

Einmal mußte sie anhalten, denn ein Körper lag quer über der Straße. Schlief der Mann, oder war er tot? Sonja rüttelt ihn. Sein schmutziges und verfallenes Gesicht blieb ganz starr. Was er am Leibe trug, waren Lumpen.

«Hoi, hoi!» machte Sonja. Da schlug er die eingesunke-

243

nen Augen auf. Er schien erstaunt, daß ein Mensch sich um ihn bemühte. Es stellte sich heraus, daß er seit drei Tagen nichts gegessen hatte. Er biß gierig in das Stück Schokolade, das Sonja ihm gab. Aber kaum daß er es herunterhatte, mußte er sich erbrechen. Einen Kognak konnte er bei sich behalten.

Sonja forderte ihn auf, sich neben sie zu setzten. Er sprach kein Wort, während sie weiterfuhren. Er zitterte, als friere er, trotz des Frühlingswetters.

«Geht es Ihnen besser?» fragte Sonja.

Er zitterte stumm und nickte.

Sie wagte kaum, sein Antlitz von der Seite zu betrachten, das Elend hatte zu schauerliche Spuren hineingegraben. Sie fürchtete sich. Es war ihr, als wenn das Elend der ganzen Welt neben ihr sitze.

Mit jedem Blick, den sie über sein verwüstetes Gesicht gleiten ließ, zerfiel ihr etwas von dem, was sie hinter sich hatte; es wurde ihr nicht unwesentlicher, aber selbstverständlicher, wie der Teil eines unendlichen Kummers, in dem sich alle Dinge befanden. Der Schmerz über Gregor; das traurige Verkommen Froscheles; Mitleid mit W. B.; Mitleid mit Julia; der Schmerz über den jungen Schauspieler: das Gefühl einer weiteren, ja grenzenlosen Betrübnis nahm all dies in sich auf.

«Ja», sagte der Mann neben ihr – wie hohl seine Stimme klang –, «wer hat denn jetzt noch sein Auskommen wie früher? Ob das überhaupt noch mal besser wird – –»

So entfernte sich Sonja von Berlin.

*

Sebastian, alleine an dem Tisch auf der Dôme-Terrasse, wo er so oft mit Greta und Gretas Verehrern gesessen hatte, dachte: «Mein letzter Pariser Abend. Morgen fahre ich. Bin ich traurig? Ich liebe Paris so – –»

Er dachte Paris, und meinte Greta. Er dachte Greta, und meinte Paris. Schönes Paris, arme Greta. – Er stützte sein Gesicht in die Hände und blinzelte in die Menge, die vorbeiflanierte. Wie frühlingshaft schon alles gekleidet war. Ob Greta ihre Frühlingsgarderobe in Auftrag gegeben hatte? Dann würden die Rechnugen kommen – – –

Ein junges Mädchen schlenderte dicht an seinem Tisch vorbei. Sie war von einer gewissen dürftigen Lieblichkeit, mit kleinem, blondem, aufgestülpten Gesicht. Über der Stupsnase hatte sie runde und helle Augen, die Sebastian leer und zärtlich musterten.

Die kenne ich doch.

Sie lächelte ihn an, schüchtern und herausfordernd. Freilich, das war das junge Mädchen, das im Zug ihm gegenübergesessen war. Er stand auf, um ihr die Hand zu geben. «Wie geht es Ihnen?» fragte er sie. Ihm fiel auf, daß sie im Gesicht magerer geworden war, dadurch wirkte ihr Mund voller, sie schminkte ihn auch stärker als damals. Um ihre wasserblauen Augen lagen ganz helle Schatten –, ‹taubengraue Schatten›, dachte Sebastian. Das graue Kleidchen, das sie trug, war zu eng und sehr abgetragen. Aber das grellrote Halstuch saß schmissig. ‹Sie hat gelern›, dachte Sebastian. ‹Ja, sie hat inzwischen mit recht vielen Männern geschlafen, mit einigen für Geld und mit anderen zu ihrem Vergnügen. Ich taxiere: mit zwanzig bis dreißig. Als ich sie kennenlernte, war sie noch Jungfrau – –›

Nach dem dritten Pernod Fils fragte er sie:

«Mit wieviel Männern haben Sie inzwischen geschlafen?»

«Mit vierundzwanzig», sagte sie und lächelte schüchtern.

Sie beschlossen, in die Rue de Lap zu den kleinen Bals zu fahren. Im Taxi sagte das Mädchen: «Sie hatten eine Freundin, die ich so bewundert habe. Ja, ich habe sie viel beobachtet. Wie Greta gewesen ist, möchte ich auch werden.»

«Kanntest du Greta?» fragte Sebastian.

Sie antwortete: «Nein, nein, ich habe sie nur beobachtet.»

(Arme Greta, schönes Paris. Bin ich jemals nachts mit ihr im Jardin du Luxembourg spaziert? Plätschern der Brunnen. Blütengerüche. Duft aus den dunklen Bäumen. Ach, der Luxembourg ist nachts ja überhaupt geschlossen.)

In der Rue de Lap tanzte das Mädchen Annemarie ununterbrochen. Sie lächelte allen Burschen zu, und alle Burschen forderten sie zum Tanz auf. In den kurzen Ruhepausen streichelte sie Sebastians Hände, lächelte leer und zärtlich. Mit einem großen, stämmigen Matrosen, der eine platte Nase, kleine Augen, dicke Lippen und ein breites Boxergesicht hatte, tanzte sie fünfmal hintereinander. Sie kam auch zwischen den Tänzen nicht mehr an Sebastians Tisch. Nach dem fünften Tanz war sie verschwunden.

«Wenn der Kerl sie nur nicht umbringt», dachte Sebastian.

Er mußte acht Cérises, vier Kognaks und fünf Pernod Fils bezahlen – wieviel Burschen waren denn an seinem Tisch gesessen?

Obwohl er im Lauf des Abends drei Kognaks und vier Pernods getrunken hatte, fühlte er sich merkwürdig nüchtern.

Das romantisch aufgeputzte kleine Lokal war entzaubert, mit einem Schlage. Die Burschen mit ihren Mützen, und mit ihren grellen Halstüchern die Mädchen, sahen wie der Apachenchorus in der Operette aus. Sebastians Finger fühlten mit Ekel das Holz des Tisches, klebrig von vergossenen Getränken. Er tastete mechanisch mit den Fingerspitzen die Rinnen und Unebenheiten dieses besudelten Holzes ab. Gleichzeitig spürte er eine starke Neigung, die Stirn vornüber auf die Tischplatte sinken zu lassen. Er war nüchtern, aber sehr müde. Da er sich schämte, hier den

Kopf auf die Tischplatte zu legen, schloß er wenigstens für einen Moment die Augen.

«Monsieur – monsieur –» Ein Bettler hielt ihm die ausgemergelte Hand hin. Sebastian suchte nervös in seiner Tasche nach Kleingeld. Der Bettler ließ seine Hand, die schrecklich zitterte, unbarmherzig vor Sebastians Nase. Er mußte sich die Form des bläulichen Daumennagels mit dem breiten, schwarzen, schartigen Rand genau einprägen, während er nach dem Zweifrankenstück kramte. Der Alte nickte und murmelte, mehr drohend als dankbar, im Davonhumpeln. Sebastian sah ihn sich zwischen den Tanzenden dem Ausgang zuschieben. Ein Kellner schimpfte hinter ihm her. Sebastian dachte plötzlich: ‹Der Mann wird draußen von Polizisten angehalten werden und heute nacht auf der Wache schlafen.› Er sah die Wache vor sich, den impertinenten Beamten, der den Alten verhörte. Gleichzeitig sah er das schmierige Absteigzimmer, in dem Annemarie neben dem Matrosen im Bett lag. Der Matrose schnarchte. Annemarie, den leichten Kopf aufgestützt, starrte ihm mit leeren und zärtlichen Augen in das rohe, ruhende Gesicht.

*

Sebastians Reiseroute: Paris, Marseille, Algier, Oran, Marokko, wo er sich in Marrakesch aufhalten wollte. Man hatte ihm gesagt, Marrakesch sei das Schönste.

Sonjas Reiseroute: Berlin, München, Zürich, Genf, Avignon, Marseille, Perpignan, Barcelona, Valencia, Granada, Sevilla, Alicante, Tetuan, Marokko, wo sie sich zunächst in einem Strandhotel bei Oran aufhalten wollte.

In München hatte sie zuletzt mit Menschen gesprochen, die sie kannte; mit Peti, dem Onkel und ein paar Freunden. Dann: das tagelange Allein-am-Steuer-Sitzen. Die einsamen Hotelzimmer abends. Die nächtlichen Spaziergänge durch Städte, die, ab Zürich, fremde Städte waren. Spiegelnde Lichter im Genfer See. Gerüche über dem Alten Hafen in Marseille. Palmen und grell beleuchtete Hochhäuser in Barcelona (südamerikanische Stimmungen; südliche Metropole mit Hochbetrieb). Maurische Zauberhöfe in Granada. Eine Vergnügungsstraße – Kaffeehaus neben Kaffeehaus – in Sevilla.

Sonja, immer alleine am Steuer; meistens im Neunzigkilometertempo, mit einem Gesicht, das härter zu werden schien, in das sich Falten gruben, zwischen den Augenbrauen und um den gespannten Mund, von einer Konzentration, die nicht nachlassen durfte.

Sonja mußte sich in Sevilla einige Medikamente besorgen. Sie fand kein anderes Geschäft als das, an dem sie gestern schon vorbeigekommen war. Es war keine Apotheke, sondern ein Magazin für chirurgische Geräte, für Krankenhausbedarf. Die Auslage hatte sie gleich auf eine grausige Art fasziniert. Es lief ihr, während sie eintrat, etwas kalt über den Rücken.

Alles voll Gummi, blinkendem Metall und weißem Porzellan. Prothesen, Zangengerät, Gummihandschuhe, Messer von jeder Form, Packen Verbandstoff, Schüsseln und Eimer für Blut. Man sah alles in Blut schwimmen, «in Blut und Eiter», dachte Sonja, während sie in mühsamem Spanisch die Gegenstände verlangte, die in ihrer Reiseapotheke ausgegangen waren. Es stellte sich heraus, daß der Herr im weißen Mantel, mit Glatze und goldener Brille, vorzüglich Deutsch konnte. Er bediente sehr freundlich. Sonja bezahlte, dabei dachte sie:

‹Einmal könnte es doch wirklich schiefgehen. Ich bin überanstrengt. Was ist neulich dieser armen Person in Paris passiert, der Freundin von Bayer? Das Auto an einen Baum. Rote Nacht. Blutgeschmack. Hand nicht mehr rühren können. Tot. Gleich tot, aber die Seele gaukelt noch weiß Gott wo. Tod ist vielleicht nicht sofort ein Ende, sondern zunächst gräßliche Spaltung. Die Seele trennt sich nicht so leicht vom Körper, keineswegs. Das Ich, angesiedelt in beiden, teilt sich in den Minuten, nachdem das Herz ausgesetzt hat, und springt hin und her.

Porzellanschüssel voll gestocktem Blut. Eine Chirurgenhand im Gummihandschuh drückt der Toten die Augen zu. Arme kleine Person in Paris. Lena hieß sie oder so ähnlich. Das Ich gaukelt. Tod ist Spaltung –›

Sonja wollte heute noch bis Cadiz. Sie setzte sich ans Steuer mit Gefühlen, die sie sonst nicht kannte. Ohne Frage, sie hatte *Angst* vor der Fahrt. Den Blutgeschmack auf der Zunge, den sie aus dem makabren Geschäft in Sevilla mitgenommen hatte, konnte sie nicht mehr loswerden. – Der Himmel sah drohend aus.

Die Einfahrt nach Cadiz ging über einen langen Damm, durchs Meer. Beinah in demselben Moment, als Sonja von der Hauptstraße, die nach Alicante weiterführte, in die Dammstraße einbog, brach das Unwetter los.

Aus dem Himmel, der niedrig finster gegangen hatte, stürzte Wolkenbruch, Sturm schleuderte das Regenwasser und empörte die Wellen des Meeres, die fast schwarz, mit gelben Schaumkronen, gegen den Damm schlugen.

‹Der gute Ford wird ins Meer geblasen werden; schonungslos; glatt ins Meer. Erst fliegt mal das Dach weg. Donnerwetter, die Schraube da vorne geht schon wieder los. Daß die *nie* hält! Und dieser Scheibenwischer, der macht das Glas ja nur noch trüber, man sieht wirklich gar nichts. So schnell *kann* er gar nicht hin- und herflitzen. Scheibe vollkommen blind. Tränenblind. Meine Augen auch bald. Hand – nicht – mehr – rühren – können. Gummihandschuh drückt die Augen zu. Wirklich eine *tolle* Anstrengung, bei diesem Sturm den Wagen in der Hand zu behalten. Ins Meer geweht. Das Meer verlangt – das Meer verlangt dringend – – Dieses Meer regt sich ja auch übertrieben auf, wegen des bißchen Sturms. Toller Regen. Er wäscht mich weg.›

Er wäscht mich weg, dachte sie am Steuer, und die Versuchung war groß, die Augen zu schließen, sich wirklich wegwaschen zu lassen.

Hand – nicht – mehr – rühren – können.

Als sie die ersten Lichter der Hafenstadt sah, fühlte sie sich halbtot.

In das kleine Hotel, etwas außerhalb der Stadt, trat man aus dieser Sturmnacht ein wie der im Hochgebirg Verirrte, fast Erfrorene in die warme Hütte, die er endlich findet. Es vereinigte letzten Komfort mit einer gewissen koketten Altmodischkeit der Einrichtung. Sonjas Zimmer hatte eine blumig-heitere Tapete, und die Lampen gaben durch rosa Pergamentschirme warmes Licht. Sonja, in einem Biedermeierlehnstuhl, ließ den Kopf zurücksinken; endlich durfte sie die Augen schließen.

Mit dem Portier hatte sie noch sehr vernünftig über alles gesprochen (Zimmerpreis, Garagenverhältnisse, Wecken am nächsten Morgen) und den triefenden, schmutzstarrenden Wagen selber in die Garage gefahren. Er sollte gewaschen werden, wahrscheinlich mußte man auch Öl wechseln. Der Preis, den der Mechaniker wollte, schien ihr zu hoch. Sie hatte gehandelt und mehrfach auf spanisch gesagt, die Hälfte wäre gerade genug. Gewohnheitsmäßig hatte sie mit dem Mann sogar ein wenig geflirtet – das Lächeln hatte aber ihrem Gesicht weh getan – und schließlich erreicht, daß er ein Viertel vom Verlangten nachließ. Ein Hotelboy hatte sie begleitet und sie dann unter einem großen, komischen, blauen Regenschirm zurückgebracht. Sie hatte ihn gefragt, wie er hieß, er hieß Alfonso und war fünfzehn Jahre alt, sah aber viel jünger aus. Sie hatte sich vom Portier eine Peseta für ihn als Trinkgeld geben lassen, da sie in ihrer Tasche kein Kleingeld fand.

Während all dieser mechanisch-intelligenten Verrichtungen aber waren in ihrem tief erschöpften Kopf Vorstellungen gewesen, wie sie nicht mehr zu ihr gekommen waren, seit das Wort «*Hingabe*» am Lützowufer sie so erschüttert hatte.

‹Meer greift nach mir. Schwarze Wellen verschlingen den Damm. Tod. Hand – nicht – mehr – rühren – können. Schuldbeladen. Todgeweiht. Zur Spaltung verflucht – Hand nicht mehr – Gummihandschuh drückt Augen zu. Les gants du ciel.›

Der Kellner fragt auf französisch, ob er Madame das Abendessen auf dem Zimmer servieren dürfe. (Hatte sie denn geklingelt?) Madame im Lehnstuhl wendet ihm ein bleiches Gesicht zu, das nichts zu verstehen scheint. ‹Schönes dunkles Gesicht›, denkt der Kellner, der französische Romane liest. ‹Die Augen, zugleich so brennend und so abgestorben. Alleinreisende Dame. Vom Geliebten verlassen. Elle souffre. Und welch schöner Mund. Wenn der nun erst geschminkt wäre.›

«Eine Kleinigkeit, bitte.»

«Ich kann Brathühnchen sehr empfehlen, Madame.»

Hand – nicht – mehr – rühren – können. Tod, Abfahrt zur Hölle. «Gut, geben Sie mir das. Ein bißchen Salat dazu.»

«Madame wünschen Wein?»

Spaltung. Weggespült. Meer bricht ins Zimmer. Gummihandschuhe.

«Eine halbe Flasche.»

«Rot oder weiß?»

«Rosé.»

Der Kellner ab.

Das Zimmer schwimmt in Blut. Porzellanschüsseln, Eimer, Messer jeder Form, Prothesen. Strafgericht Gottes. Verwüstung, Verwüstung. Strafgericht, triefend von Blut.

In einem Meere von Blut – Meer greift nach ihr – schwimmt der geblümte Biedermeiersessel.

Eine Stimme, durch das Niederrauschen von Blut (hinter dem Vorhang von Blut eine Stimme):

«Hingabe.»

Sonjas Hände, die nie beten gelernt haben, falten sich.

«Herr, ich bin bereit, mich aufzugeben! Zögere nicht länger, mich völlig in Anspruch zu nehmen, damit ich die Hochzeit feiere. Sind unsere Körper die Mauern, die uns voneinander trennen? Ach, wenn man nur einmal so zusammen wäre mit einem anderen, daß man *mit ihm* das Gefühl des eigenen Körpers verlöre – und körperlos eins mit ihm würde – und mit ihm singen, tanzen und fliegen könnte, ganz ohne Schwere, ganz ohne Ich, ganz identisch mit ihm und mit aller Schöpfung –»

*

«Was gibt es Interessantes in Algier?»

Der alte Barmixer – durchtriebener Kahlkopf von undefinierbarer Rasse und Nationalität – sah sich den jungen Mann, der fragte, an. Dem war schon allerhand zuzumuten, obwohl er sanft wirkte, auf den ersten Blick.

«Na, da gibt es so manches», meinte der Mixer und kratzte sich hinterm Ohr.

Sebastian bestellte noch einen Alexandre. Der schmeckte wie ein rahmiges Kindergetränk und wirkte stärker als ein doppelter Kirsch. Er bestand aus Kognak, Rahm und Crème de Cacao.

«Das machen Sie anständig», sagte Sebastian zum Mixer, nachdem er den Cocktail getrunken hatte.

«Merci, Monsieur. – Man muß immer crème fraîche dafür haben, und die wird so schnell sauer.»

«In Frankreich gibt es ihn nur in besonders guten Bars.»

«Ja, es lohnt sich nicht. Er wird so selten verlangt, und

dann sitzt man da, mit der Crème. – Gefällt Ihnen Algier, Monsieur?»

«Doch. Aber ich will nach Marokko.»

«Wohin da? Marokko ist groß.»

«Ich wollte in Marrakesch bleiben.»

«Bleiben Sie in Fez!»

«Ist Fez das Wichtigste?»

«Fez ist das Wichtigste.»

«Ich wäre ohnedies durchgekommen.»

«Dann bleiben Sie dort.»

«Ich habe mir eine Route von der Société Transatlantique zusammenstellen lassen.»

«Sie werden in Fez bleiben.»

«Ist es so wunderbar?»

«Warten Sie ab.»

«Geben Sie noch einen Alexandre, da die Crème schon da ist.»

Der Alte mixte, Sebastian sah ihm zu. Er fragte: «Arbeiten Sie schon lange in Algier?»

«Seit ein paar Jahren.»

«Und vorher?»

«Ich habe schon überall gearbeitet. Zuletzt in Amerika. Aber jetzt komme ich von Nordafrika nicht mehr weg.»

«Gefällt es Ihnen so sehr?»

«Algier ist am wenigsten schön. Aber es ist doch noch L'Afrique du nord.»

«Ist Algier immer so schmutzig?»

«Toujours. Une sale ville.»

«Ich mag Städte gern, die so – gemischt sind, so ein großartig stilloses Durcheinander.»

Der Mixer gab Sebastian die Adressen von einigen Häusern, die er «un peu plus intéressantes» nannte. Er riß ein Blatt aus seinem Notizbuch und zeichnete die Straßen auf, die man nehmen müßte. Sebastian nahm einen dritten Alexandre, trank ihn, zahlte und verabschiedete sich. Der Mixer sagte, geheimnisvoll – väterlich: «Amüsieren Sie sich gut, junger Herr.»

Der Abend verlief nicht anders, als Abende in Hafenstädten verlaufen, wo man nichts zu suchen hat als Abenteuer. Aber Sebastian befand sich in einer Stimmung, aus der heraus er alles in einer merkwürdigen, zugleich krassen und verwischten, ja verwunschenen Beleuchtung sah.

In dem Bordell, in das er geraten war, gab es Streit zwischen ein paar Arabern und englischen Matrosen. Die Araber, schwer betrunken, brüllten rauh durcheinander, die Engländer – helle Gesichter, die sich unter den weißen Mützen rot erhitzten – fluchten; Messer blitzten auf. Eine alte Hure, mit der Sebastian an der Bar saß und trank, zog ihn durch eine Tapetentüre eine finstere Treppe hinauf, in ihr kleines Zimmer. An der Wand hingen Familienphotographien und Fächer. Die Frau bat ihn, auf dem Bett Platz zu nehmen. Sie murmelte: «Fürchte dich nicht, fürchte dich nicht –» und neigte ihr verwüstetes Gesicht über ihn. Er erkannte Spuren von Mütterlichkeit in ihren verschminkten und verstörten Zügen. Sie holte aus der Kommode eine bunte Schachtel, aus der sie ihm Süßigkeiten anbot, eine Art gefärbter Mandeln, sie sagte, es sei arabische Spezialität.

Von unten hörte man den Lärm der Kämpfenden. Ein Schuß fiel. Die Frau schmiegte sich an Sebastian, wobei sie unaufhörlich die Lippen bewegte, als betete sie.

Er hatte plötzlich das Gefühl, als träume er; als befinde er sich eigentlich nicht hier, vielmehr an einem anderen, sehr weit entfernten Ort; und als würde er auch nicht so bald aufwachen können, sondern stünde am Anfang eines langen und großartigen Traumes.

Elftes Kapitel

Sonja, im maurischen Salon des Hotels Palais J. zu Fez, las in der «Times» über den ersten Ausgang des Königs von England nach längerer Krankheit. Seine Majestät war im offenen Paletot einmal um den ganzen Park spaziert.

Während sie las, hörte sie draußen eine Stimme sich mit dem Concierge unterhalten. Es mußte ein junger Mann sein, der sprach. Wahrscheinlich ein Deutscher, obwohl er keinen schlechten französischen Akzent hatte.

‹Die Stimme kenne ich doch.›

Sonja hob das Gesicht.

‹Nein, die Stimme habe ich noch nie gehört.›

Der junge Mann trat ein, er war ohne Hut, den Mantel trug er über dem Arm. Hinter ihm schleppte sich der arabische Hausdiener mit seinem Koffer.

‹Nein, ich habe ihn noch nie gesehen.›

Der Junge blieb stehen und sah Sonja an. Sonja hielt seinen Blick aus. Sebastian war immer noch drei oder vier Meter von ihr entfernt.

Er kam langsam näher, während der gepäckbeladene Araber stehenblieb und ihm verdutzt nachschaute. Gleichzeitig erhob Sonja sich langsam. Sie faltete mechanisch die große englische Zeitung zusammen, als sie sich schon Aug' in Aug' gegenüberstanden.

Mittags aßen Sonja und Sebastian am selben Tisch.

*

Sebastian erwachte. Er hatte im Schlaf geweint. Was für ein ungewöhnlich trauriger Traum:

Es hatte sich um eine Art Schlittenpartie gehandelt, die Sebastian mit einer größeren Gesellschaft von Menschen von irgendeiner Bergeshöhe in irgendein Tal hinunter machen mußte. Die Schlitten waren große und dunkle Coupés, wie Schlafwagen. Sie enthielten mehrere Betten, immer zwei übereinander. Die Decken waren gewölbt. Etwa achtzehn Personen sollten in ihnen untergebracht werden; auch Sebastian und Sonja. Es stellte sich aber heraus, daß für Sebastian kein Platz mehr im Schlafschlitten war, er mußte zu Fuß gehen. Man entschuldigte sich ausführlich bei ihm, er wanderte verärgert zu Tal. Lautlos glitt das Schlittencoupé an ihm vorüber. Übrigens kam auch er überraschend leicht vorwärts, schwebte recht angenehm durch dunkle Waldpfade, schneeige Abhänge hinunter, und kam bald ans Ziel. Unten erwartete ihn schon jemand – ein alter Mann mit runder Pelzmütze, der ihm erzählte, im Coupé sei ein Unglück geschehen; Gase seien eingedrungen, und alle Insassen seien erstickt. Sebastian fragte ganz ruhig: «Ist Sonja auch tot?» – und als der Alte nickte, begann er zu weinen. Er saß regungslos, verzog keine Miene, die Tränen flossen unendlich über sein schmerzerstarrtes Gesicht. Er weinte so lange, bis der Himmel sich seiner erbarmte.

Sonja durfte zu ihm kommen. Sie stieg aus einer sanften, grauen Wolke, die ins Zimmer wehte, im schlichten dunklen Nachmittagskleid, aufgeräumt und munter wie stets, nur Blick und Antlitz um einen Schatten umflorter. Sebastian fragte: «Du hast Urlaub bekommen?» Sie lächelte mit dem schönen, lustig-traurigen Mund: «Ja, Goldhase. Ich hätte es doch ohne dich nicht ausgehalten.» Er fragte weiter: «Aber du darfst mir natürlich nicht sagen, woher du kommst?» Sie schüttelte den Kopf und lächelte zerstreut. Dann unterhielten sie sich über gleichgültige Dinge.

Sie erschien jeden Nachmittag um dieselbe Stunde, immer in demselben Five-o'clock-Kostüm, und blieb zwanzig

Minuten. Einmal sagte sie: «Du ahnst nicht, was es mich kostet, diese Besuche für dich durchzusetzen, o mein Sebastian!» und führte mit sanfter Schamlosigkeit seine Hand auf ihre Brust, die unter dem schwarzen Schleiertuch kühl und weich atmete. Da begriff Sebastian plötzlich, daß sie aus der Hölle zu ihm kam. Ein unerträglich großes Mitleid schnürte sein Herz. Er weinte so bitterlich wie noch nie. –

Es war neun Uhr morgens. Er ging zu Sonja hinüber. Ihr Zimmer lag neben dem seinen.

«Schläfst du noch, Alte?»

«Salem war schon bei mir.»

«Hatte er seine neuen Gewänder noch?»

«Nein, die Pantoffel hatte er ‹verliehen›, wie er sagt.»

«Zu toll. Er hat sie natürlich verkauft.»

«Wie damals die Mundharmonika.»

«Freust du dich schon, Bärtchen bald in all seiner feinen Schönheit wiederzusehen?»

«Und erst Beutelhose.»

«Hast du denn auch was geträumt?»

«Ja», sagte Sonja, «sogar was Unheimliches. Denk dir, ich habe geträumt, daß ich die Hauptrolle in einem sehr frommen und heiligen Theaterstück probierte, und Gregor Gregori führte Regie. Er war sehr beweglich und elegant, wie immer, überhaupt groß in Form, das fromme Stück schien ihm ausgezeichnet zu liegen. Mir fiel nur auf, daß er ein wenig hinkte und daß sein einer Schuh ein gut Stück kürzer als der andere war. Ich dachte mir nichts weiter dabei, fragte ihn mehr so aus Höflichkeit: ‹Was ist eigentlich mit deinem Fuß, Gregor?› Daraufhin wurde er furchtbar aufgeregt und böse und schrie mich an: ‹Laß doch, es ist ja ohnedies ärgerlich genug! Ich habe ihn mir natürlich abgeschnitten.› Erst als ich sein verzerrtes Gesicht sah, wurde mir klar, daß es sich um einen *Pferdefuß* handelte. – Schauerlich, wie?»

«Hm», sagte Sebastian. «Ja, Gregor ist ein sehr, sehr interessanter Mensch», fügte er andächtig hinzu. Sie nickten beide. «Ich habe übrigens auch was geträumt», sagte Sebastian. – –

Sie waren seit vier Wochen in Fez, aber beiden kam es so vor, als seien sie nie woanders gewesen. Die Zeit hatte aufgehört.

Sonja hatte mit ihrem Ford zwei Tage in Fez Station machen wollen; sie kam von Tetuan. Sebastians Reiseprogramm sah nur anderthalb Tage für Fez vor; er wollte weiter nach Marrakesch. Sonja hatte in dem maurischen Salon des Palais J. gesessen, als Sebastian mit seinem Gepäck vorbeikam.

Denselben Abend telegraphierte Sebastian an Sylvester Marschalk: «Sylvester, Dein Märchen ist in Erfüllung gegangen stop tausend Dank, daß Du es geschrieben hast stop ach, sie war in abgelebten Zeiten – – –»

Die ersten Tage war schönes Wetter gewesen. Dann hatte es vierzehn Tage in Strömen geregnet. Dann war es wieder schön, und jetzt sehr heiß geworden. Sie kannten Fez, *ihr* Fez, Fez la mystérieuse, in jeder Stimmung und Beleuchtung. Sie hatten die engen Gassen von ständig niederstürzendem Wasser in Gießbäche verwandelt gesehen; und sie hatten die scharfen und süßlichen Gerüche der Stadt in sengender Hitze geatmet. O Abendspaziergänge, da das zauberhaft harte Land in schier überirdischer Klarheit lag. Wie diese vollkommene Verklärung traurig machte! Die Konturen der Hügel sind von einer übermäßigen, schmerzlichen Reinheit. Die Bäume, die Kakteen, die Felsen stehen zu regungslos, zu deutlich und zu feierlich in der ihnen zugeteilten Form. – Ihr Guide, ein sanfter, gelehrter und pedantischer Mann mit bläulichen Lippen in einem braunen, hageren und klugen Gesicht, hatte ihnen vieles gezeigt und erzählt; er hatte sie in Gotteshäuser, Basare, Irrenhäuser und Bordelle geführt und überall eine fromme oder witzige

Anekdote anzubringen gewußt. Sie hatten Ausflüge in die Umgebung gemacht, zu anderen, kleineren Araberstädten, heiligen Quellen und berühmten Aussichtspunkten; und abends waren sie auf Festen gewesen, wo arabisch getanzt und musiziert wurde; oder in den Kinos und Cafés der öden «europäischen» Stadt, der französischen Ville Nouvelle, die sie gleichsam mitliebten, weil sie doch noch zu Fez gehörte, wenn auch auf eine entartete und schändliche Weise.

Beinah immer war Salem bei ihnen. Salem, ihr Kind und ihre schönste Liebe; Salem, auf den sie alle Zärtlichkeit übertrugen, die sie voreinander nicht auszusprechen wagten, weil sie sich vor ihrem Übermaß fürchteten.

Sie hatten ihn unter den Kindern, die um das Hotel lungerten, gleich am ersten Tag als den erkannt, den sie lieben würden. Er ist Waise, hat keinen Menschen, der für ihn sorgt; schläft auf der Straße, ißt, was er stiehlt oder was er geschenkt bekommt. – Er trug ein Kapuzenmäntelchen aus Rupfenstoff, darunter einen rostbraunen Lumpen als Hemd – bis sie ihm andere Kleider einkauften. Er war unsagbar schmutzig, seine Füße vor allem, an denen der Lehm vieler Gassen verkrustete. Auch auf seinem Köpfchen war nicht alles in Ordnung, es fanden sich da ein paar kleine Auswüchse, die wie Zecken aussahen, festgefressen in seinem Haar. Sein dunkles Köpfchen auf schlankem Hals hat beinah negroid-nubischen Typus, vor allem die ziemlich dick vorspringenden Lippen, hinter denen die Zähne, die keine Zahnbürste kennen, blendend weiß waren. Freilich haben Neger selten solche Augen; Augen so voll Klugheit und Unschuld, die manchmal gefährlich sich erweitern und kriegerisch aufblitzen konnten. Er sprach ein bißchen Französisch, nicht eben viel – auf eine stoßweise zwitschernde Art, indem er kleine Satzbrocken, heftig und überzeugend, dabei häufig bis zum Unverständlichen entstellt, hinwarf und sie eifrig mit linkisch deutenden kleinen Handbewegungen begleitete. – Er wußte gar nichts, nicht einmal, wie alt er war. Wenn man ihn danach fragte, antwortete er mit einem desinteressierten: «Je ne sais pas.» – Er mußte etwa zwischen sieben und elf Jahren alt sein.

Sebastian und Sonja waren sich einig darin, daß sie noch niemals ein so liebliches und schlaues, ein so durch und durch zauberhaftes Kind gesehen hatten. Er log gerne, aber man merkte es gleich, und dann lachte er schelmisch. Er war habgierig, aber sie schenkten ihm das meiste, was er wollte. Sie nahmen ihn überallhin mit, sogar in die Restaurants der Neuen Stadt, wo die Kellner ihn wohl oder übel bedienen mußten und wo er Wein zu trinken bekam. Danach wiegte er das Köpfchen auf ganz besondere Art und plauderte träumerisch. Das Fräulein in einer Konditorei fragte sie, ob der Kleine ihr Fetisch wäre. Sie antworteten: «Nein, es ist unser Sohn.»

Sie waren fest dazu entschlossen, ihn mit nach Europa zu nehmen, wenn sie eines Tages dorthin zurückmüßten. Sie würden die Erlaubnis von der französischen Behörde erwirken. Er mußte bei ihnen bleiben. Sie würden ihn in eine Schule schicken und für einen nützlichen Beruf ausbilden lassen. Er würde bei ihnen wohnen, ihr kleiner Diener und ihr Sohn sein. –

Salem und der sanfte, gesprächige Führer bildeten ihr ständiges Gefolge bei den Streifzügen durch die große und geheimnisvolle Araberstadt: Fez – in das sie sich jeden Morgen mit einer neuen Neugierde, einer neuen Angst, einem neuen Entzücken versenkten.

Im Hotel waren schon verschiedene «Generationen» von Gästen an ihnen vorbeigezogen: reiche Engländer, Amerikaner, Franzosen. Das Personal kannten sie wie ihre Brüder: der Direktor des Etablissements, feinster Herr mit gezwirbeltem Schnurrbärtchen und tadellosem glatten Gesicht; der sympathische und schöne Hausdiener mit roter Beutelhose und blendenden Zähnen im freundlich braunen Gesicht; das verdächtige alte Zimmermädchen, das schielte; der Ober, der sie bei Tisch bediente und dessen zweites Wort ein meist ganz überflüssiges «Pardon» war. Jeder von diesen gehörte zu ihrem Leben, unabänderlich, wie ihnen schien.

Zu ihrem Leben gehörten: die arabischen Bettelkinder, die das Hotel umlungerten – Salems Freunde, und daher auch ihre –: der große Bub mit dem breiten Mongolengesicht; das penetrant heitere und etwas aufdringliche kleine Mädchen, mit dem schmutzigen, verschminkten Gesicht, in dem die Nase so gebogen war, daß es wie das Antlitz eines kleinen Ghetto-Hürchens wirkte. – Zu ihrem Leben: die paar Basare in den Souks, wo sie einkauften – Pantoffel, Ledertäschchen, Riechöl und Seidenburnus; die beiden Kinos in der Ville Nouvelle; die Postämter Batà und Medina in der Araberstadt.

Das Hotel bot den überraschenden Vorteil, daß es sich mitten in der alten, der eigentlichen, der arabischen Stadt befand, aber so raffiniert in sie hineinkomponiert, daß man sich auf einer anmutigen, dezent luxuriösen Insel von Terrassen, Blumen und Brunnen fand. Die Terrassen führten direkt hinunter zum Gäßchengewirr der Souks, in das man durch einen dunklen und kühlen Verbindungsgang eintreten konnte. In den Gärten des Hotels mischte sich der Geruch von weißen, roten und orangegelben Blütengebüschen mit dem Menschen- und Warengeruch, der aus der Araberstadt stieg, und übrigens auch mit dem fauligen Geruch des Wassers. Denn das Wasser stank nach fauligen Oliven und allerlei Zersetztem und Totem; an den weißplätschernden Brünnlein des Parks ging man nur mit zugehaltener Nase vorbei.

Auch abends roch es faulig in diesen Gärten, wenn das

261

Mondlicht alle Palmen und alle Blütendolden weiß verzauberte. Die Stufen, die hinunter zur Stadt führten: weiß beglänzt. Wind wehte die Laute eines rauhen Gespräches und einer monotonen Musik herüber.

Das Märchen hat sich erfüllt.

Das Märchen erfüllt sich, da ihr nebeneinander diese beglänzten Stufen hinuntergeht; nebeneinander diese verdächtigen und süßen Düfte atmet. Warum wagt ihr es nicht, euch die Arme um die Schultern zu legen? Ihr plaudert, lacht gedämpft, doch nur über gleichgültige Dinge.

Die Dame im Film gestern machte ein so ulkiges Gesicht, ehe sie den Tobsuchtsanfall bekam. Bärtchen war heute wieder besonders fein angezogen.

Ihr habt euch noch nie berührt.

Wagt ihr, da ihr euch so unwahrscheinlich nah gekommen seid, nicht den letzten Versuch zu einer vollkommenen Annäherung, zu einem Miteinander-Einswerden? Wartet ihr, daß neue und unerhörte Formen der Annäherung für euch erfunden werden? Wie hochmütig und wie ahnungslos ihr noch seid! Oder wollt ihr erst das Glück ganz und völlig auskosten, das euch nun schon beschieden? Das Wort «Glück» auskosten – dazu gehört lange Zeit.

Wir haben verschiedene Erinnerungen, und es scheinen dieselben.

Du mußt mein Bruder sein.

Du mußt meine Schwester sein.

Wir haben uns so lang aufeinander vorbereitet, um schließlich einander würdig zu werden. Wir haben so viele Gesichter durchforscht, um endlich einer des anderen Gesicht zu erkennen.

Sebastian wagte nicht zu fragen: «Weißt du noch, als du im maurischen Salon saßest, und ich kam mit meinem Gepäck vorbei?» – Sie wagen kaum ein Wort und eine Anspielung über das, was ihnen widerfahren ist. Was ihnen widerfahren ist, spricht in jeder Minute. Sie haben am liebsten, wenn Salem bei ihnen ist; dann wird die Gefahr geringer, daß sie sich voreinander verraten. – Nur die Freude darüber gestatten sie sich, daß einer dasselbe Buch wie der andere geliebt hat; oder daß sie auf eine ähnliche Art bestimmte Dinge zu essen pflegen.

«Das machst du auch so – –?»

(Ach, du warst in abgelebten Zeiten – –)

Das, was den Begriff «Glück» so unerträglich und gefährlich macht, ist wohl, daß er keine Steigerung mehr verträgt.

Er bedarf einer Steigerung, denn das Glück ist täuschend und ein Ungenügendes, solange man nicht eins mit dem Geliebten ist. Die Trennung der Körper gestattet nicht, daß man eins mit ihm werde. Wohin überschlägt sich das Glück, wenn es über sein Maß hinaus und vollkommen werden möchte?

*

Den Abend, als der Führer nach dem Abendessen im Garten auf Sonja und Sebastian wartete, schien kein Mond. Der Garten lag schwarz in seinen Blüten- und Fäulnisgerüchen.

Der Guide trat unvermutet hinter einem Palmenstamm hervor, als Sonja und Sebastian die dunkle Treppe hinunterkamen. Er trug einen anderen Mantel als sonst, einen schwarzen Kapuzenmantel. Sein Gesicht, mit eingefallenen Wangen, blauem Mund und wenigen vereinzelt sprießenden Barthaaren am Kinn, stand fahl und erregt unter der Kapuze, die es beschattete.

«Ich habe meinen Herrschaften etwas verschafft», raunte er.

«Ja, das ist *unser* Gift – Haschisch. Ich habe es direkt vom Lande bezogen, Prinzenqualität!»

Er hob wichtig den langen, braun verrunzelten Zeigefinger. Die beiden fanden ihn großartig. – «Was er für Einfälle hat!» riefen sie und rissen ihm das Päckchen aus der Hand.

«Es kostet nur dreihundert Francs», sagte er und senkte demütig das beschattete Antlitz.

*

Sebastian an Do

Fez (Maroc), den 6. V.

Do, mein Bestes –

sicher, schon ganz verschnupft und säuerlich wirst Du sein, wegen so langem Nicht-Schreiben. Dabei habe ich gar nicht so selten an Dich gedacht. An unser letztes Zusammensein habe ich sogar ziemlich oft denken müssen und was wir da alles geredet haben.

Denn wir haben uns geirrt.

Wir haben uns *doch* geirrt, Do.

Wir haben uns recht versündigt, indem wir behauptet haben, daß es etwas gar nicht gibt – was es *doch* gibt. Anstatt mich zu strafen, hat Gott mich so wunderbar belehrt.

Kennst Du nicht überhaupt Sonja?

Jetzt fängt das Leben für mich erst an, ich habe so lange gewartet. Verzeih mir, Do, daß ich Dir so etwas sage. Eigentlich war ich nie undankbar, und ich hoffe es auch jetzt nicht zu sein. Ich denke an Dich, bei allem – auch an Greta –: ach, muß ich Dir das erst sagen?

Ich werde arbeiten, Do. Nun kommen Bücher, mach Dich gefaßt. Was habe ich denn gewußt von allen meinen Kräften? Jetzt könnte mich *nichts* mehr stören. Weißt Du, so nach Bäumeausreißen fühle ich mich. Mögen Bürgerkriege die Zivilisation zerfetzen – das meine ich *ganz* im Ernst –: mögen sie, mögen sie. Solange *sie* lebt.

Darf ich Dir oft schreiben?

Wie geht es Dir, Do?

Und Massis?

Anfang Juni sind wir, denke ich, wieder am Kurfürstendamm. Denk Dir: für heute abend haben wir etwas sehr, sehr Komisches und Spannendes vor. Ich erzähle Dir dann, wie es ausgegangen – –

*

«Wir müssen das Päckchen öffnen!» verlangte Sonja. Sie gestalteten das Öffnen dieses kleinen Pakets zu einem feierlichen Akt. Es gab mehrere Hüllen zu entfernen. Erst ein blaues Seidenpapier, mit gelben Sternchen geziert; dann einen fremdartigen Papierstoff, sehr weich, leicht und dick, zugleich wattig und seidig, schmutzigrosa von Farbe. Sebastian mutmaßte, daß er chinesisch sei. Sonja behauptete: «Es ist echt arabisch.»

Nach dem rosa Papier kam ein schwarzes von derselben Art, vielleicht noch etwas wattiger und weicher; dann hielt Sonja die runde Büchse zwischen beiden Händen. Sie war fünf Zentimeter hoch und ebenso breit im Durchmesser; bestehend aus einem bronzeartigen Material, dunkelgolden mit blanken Rändern. Deckel und Seiten waren mit schwärzlichen Arabesken geziert, die sich zu allerlei Zeichen übereinanderlegten. Es schienen Schlangen, die Figuren formten.

«Sie fühlt sich schön kühl an», sagte Sonja, die die Büchse mit beiden Händen umschloß. – «Zeig sofort her!» forderte atemlos Sebastian; worauf sie den Deckel abnahm. Die Büchse war bis zum Rand voll von einem schokoladefarbenen Pulver. «Es sieht staubig aus», Sebastian war angewidert und entzückt. Das braune, lockere Pulver hatte einen Stich ins Grünlichschwärzliche, was ihm erst das Gefährliche gab. «Wie riecht es?» fragte einer von ihnen. Sie hielten die Nasen darüber. «Ob es wirklich mit Schokolade gemischt ist?»

Sonja behauptete plötzlich: «Man muß Tee dazu trinken.»

«Hat der Guide das verlangt?»

Er hatte es verlangt, und was von ihm kam, war Vorschrift. Sie klingelten, die häßliche Französin stand mißtrauisch in der Tür. Sie maß schrägen Blicks Sebastian und Sonja. Beide hatten Schlafröcke an, er den buntgestreiften amerikanischen, sie den priesterlich schwarzen. Sonja bemerkt erst auf deutsch etwas Kränkendes. «Starr nur, häßliche alte Mörderin! Träume schön von uns!» Dann bestellte sie Tee auf französisch.

Kaum war die Alte hinaus, holte Sonja das Büchschen hervor, das sie hinterm Rücken versteckt gehalten hatte: «Wir nehmen erst jeder zwei Teelöffel von der Prinzenqualität», beschloß sie. – «Der Guide hat uns nur einen gestattet», wandte einer von ihnen ein. Worauf der andere «Er hält uns für schwächlich» meinte.

Der Tee kam, nicht die Alte brachte ihn, sondern der nette Braune mit den roten Beutelhosen. Er wünschte guten Appetit, nickte freundlich und zeigte seine blendenden Zähne.

«Der hat was gemerkt», vermutete Sebastian, als er fort war.

«Ach, Unsinn», sagte resolut Sonja, die schon dabei war, einen Teelöffel mit dem Pulver zu füllen.

«Du mußt ihn gehäuft machen», verlangte Sebastian.

«Hab' ich doch schon», sagte sie.

Der Löffel war wirklich gehäuft voll. «Wie schmeckt es?» fragte sie noch, während er das Pulver schluckte.

Er dachte nach. «Komisch», sagte er.

«Ein bißchen wie ganz uralte Schokolade. Und dann doch wieder *ganz* anders. Komisch gewürzt. So ein bißchen bitter – nein, ganz fremd, man kann es gar nicht vergleichen. Na, versuch selbst!»

Nachdem jeder seine zwei gehäuften Löffel verspeist hatte, warteten sie. Nach etwa zehn Minuten:

«Spürst du was?»

«Aber auch kein Atömchen.»

«Prinzenqualität ist ein Reinfall.»

«Zauberkräutlein H. wirkt nicht.»

Sie beschlossen, noch jeder zwei Löffel zu nehmen. «Gehäuft – du häufst nicht –», schrien sie durcheinander. Sie lachten merkwürdig laut. – Dann legten sie sich nebeneinander aufs Bett.

«Wie komisch niedrig das Zimmer», sagte Sebastian und lachte.

«Schau mal: meine Pantoffel», sagte Sonja und lachte auch. Die Pantoffel standen auf dem Teppich, harmlos und rot. «Pantöffelchen, Löffelchen, gehäuftes Löffelchen», kicherte Sebastian. «Häufchen Unglück, Unrat, Ungemach.» – «Und unterm Schrank die Stiefelchen.» Sonja schien sich über ihre Halbschuhe unendlich zu amüsieren. «Stiefelchen, streitbares Stiefelchen, Löffelstielchen, Pantoffelhäufchen –»

»Wie fühlst du dich», sagte Sebastian.

Sonja, das dunkle lachende Haupt träg in den Kissen, erklärte: «Weißt du, ich bewege mich gar nicht mehr gern – wie ich auch liege, ist es immer gerade sehr angenehm – mein Köpfchen ist wie angeschmiedet, aber sehr zart –»

Auch hierüber amüsierte sich Sebastian und kicherte mit halbgeschlossenen Augen. «Angeschmiedet», kicherte er. «So, so, so. Ja, man bewegt das Köpfchen nicht gern, Köpfchen im Schmiedekissen, Wunderkräutlein H. im Köpfchen – –»

«Alberner Mensch», verwies ihn Sonja. Er verteidigte sich kichernd: «Du bist selbst nichts weniger als gescheut.» (Sie lachten lange, weil er «gescheut» gesagt hatte.)

Sonja, obwohl sie sich nicht mehr rühren konnte, wollte doch noch Geschichten erzählen. «Ja», sagte sie, und träumte zur Balkendecke, «ein Geschichtchen von der Art, wie es Omama in ihren letzten Jahren, Jährlein, Jahrestagen zum besten zu geben pflegte –» Sebastian nun kicherte mit immer verschwommeneren Augen. «Fasele nur!» sagte er mit schwerer Zunge. Sie hub umständlich an zu erzählen, etwas von einem Bürgermeister, seiner Schwiegermutter und einem Dieb; währenddessen verfiel Sebastian in einen reizend leichten Schlaf. Der Schlaf legte sich ihm wie Silbernebel leicht, doch unentrinnbar vor die Augen – Köpfchen zart festgeschmiedet –; dahinter klang dunkel, süß, monoton Sonjas erzählende Stimme. Sie mußte bei der Pointe angekommen sein, denn sie sagte, befriedigt abschließend: «Und dabei hatte er noch gar nichts genommen.» – «Was denn?» fragte Sebastian, der aus dem seligen Halbschlaf fuhr. *«Haschisch?»*

Sonja stutzte einen Moment, lachte dann aber herzlich und lange. «Jetzt warst du aber *wirklich* sehr komisch», brachte sie unter Lachen hervor. «Ich hatte doch von meinem Dieb erzählt.»

Daraufhin beschlossen sie, daß sie überhaupt noch keine Wirkung hätten. «Das ist gar nichts. Zauberkräutlein muß anders tanzen machen. Auf zur Büchse!» Keiner von beiden wollte aufstehen, die Büchse vom Tisch holen. Sie stritten sich lachend. Schließlich erhob sich kichernd Sebastian.

Sie nahmen noch jeder zwei von den gehäuften Teelöffeln. «Jetzt hat jeder sechs intus», konstatierten sie befriedigt. Die Büchse war schon fast leer. – Ein wenig plauderten und lallten sie noch – Wunderkräutlein – Prinzenqualität, angeschmiedet –, dann schliefen sie ein.

Sie lagen nebeneinander und schliefen. Ungewiß, wie lange. Hinter ihren glatten Stirnen schien nichts vorzugehen. Ihre Gesichter hatten friedlich entfernten Ausdruck. Sonja bewegte sich einmal. Sebastian lächelte.

Es mochten Stunden vergangen sein, als Sonja hochfuhr. Sie schnellte in die Höhe, starrte um sich, mit Augen, schwarz und aufgerissen vor Entsetzen; sprang vom Bett, rüttelte den schlafenden Sebastian.

«Sebastian – wach auf – um Gottes willen, wach auf – ich muß sterben, wir müssen sterben – wir haben zuviel von dem Zeug genommen – –»

Sie stürzte durchs Zimmer, von den schwarzen Falten des Schlafrocks umweht, über denen ihr Gesicht weiß in Todesangst stand. «Halte mich fest! –» schrie sie. «Halt mich fest – es kommt schon wieder – ich verschwinde, ich verschinde schon wieder – Sebastian, ich muß sterben –» Sebastian packte sie an den Schultern. Er war so entsetzt, daß er kein Wort sagen konnte. Sie stöhnte, er solle fester zupacken.

«Zwicke mich!» flehte sie. «Schüttle mich doch! Um Gottes willen, wenn es wieder kommt!» – Sie streichelte ihn hastig. (Diese Angst, diese ungeheuerliche Angst in den Augen.)

«Liebling», sie sprach gehetzt, was verfolgte sie nur? – «Bei dir wird es ja auch gleich losgehen. Armer Liebling, wie geht es dir denn?»

Sebastian fühlte sich nüchtern, auf eine merkwürdig trockene und gespannte Art. «Mir geht es tadellos», erklärte er. «Aber was hast du nur? Sonja – wovor fürchtest du dich nur?!»

Sie schrie auf: «Barmherziger Himmel – es kommt schon wieder –» und begann wieder, weiß im Gesicht, faltenumweht durchs Zimmer zu eilen. «Stoß mich! – Halt mich fest!» rief sie ihm im Vorbeihasten zu. Sie gab sich selbst Backenschläge und krallte ihre Nägel in den Oberarm, der aus dem weiten Ärmel bleich hervorwuchs. «Steh doch nicht so da! Sprich doch mit mir!»

Sebastian, inmitten eines Abgrundes von Entsetzen, sollte Konversation machen. Sonja, wahnsinnig; Sonja vergiftet; am Sterben Sonja. Das Kräutlein H: todbringend. ‹Man muß ihr den Magen auspumpen›, dachte er vage. Hilflos fragte er sie, ob ihr übel sei. Sie war dabei, sich kaltes Wasser über den Kopf zu schütten, wozu sie umhersprang und gräßlich trällerte. «Woher denn!» schrie sie ihn an. «Wenn es das wäre! O Gott – o Gott – o Gott –»

Was für entsetzliche Augen sie hatte. Abgründe von Angst, kohlschwarz, blicklos aufgerissen. – Sonja wird wahnsinnig. Sonja vergiftet. Die Welt geht unter. Die Welt – geht – unter.

«Wir müssen hinauf, einen Arzt holen», sagte Sebastian.

Er führte sie durch den Korridor, in den Garten, wo die Palmen und Blütenbüsche unbeweglich schwarz im Schwarzen standen. «Oh, im Dunklen wird es noch schlimmer», wimmerte sie, während er sie die Stufen hinaufführte. Daß der Mond gerade im Abnehmen war und schon fast verschwunden! «Sprich doch mit mir!» verlangte sie immer wieder. Während er sie am stinkenden Brünnlein vorbei zu der Portierloge brachte, redete er begütigend: «So – nun telephonieren wir gleich dem Arzt – der Arzt –» «Nein, nicht so einschläfernd, da macht es nur noch schlimmer», fuhr sie ihn an, fürchterlich hochfahrend und gereizt. Er hatte selber mit Schrecken gehört, wie seine Stimme monoton und singsanghaft wurde.

‹Was mache ich nur? Was geschieht nur?›

Der aussätzige Nachtwächter schlief. Sebastian mußte ihn wecken. Er zeigte sich kaum erstaunt, daß die beiden Herrschaften in Hausgewändern vor ihm standen, vielmehr blinzelte er verschlafen. Nein, ein Arzt sei nicht zu erreichen. Er wohne in der Neuen Stadt, ab neun Uhr gäbe es keine Telephonverbindungen. Während Sebastian mit dem Alten verhandelte, sprang hinter ihm Sonja herum, sang und kratzte sich.

Als Sebastian ihr auseinandersetzte, daß es mit dem Doktor Schwierigkeiten mache, nickte sie kurz. «Ja, ja, das habe ich mir gedacht.» Er führte sie wieder die Treppe hinunter, durch den Garten zurück.

«Im Augenblick ist es etwas besser», erklärte sie hastig. «Ich tanze und singe übrigens nicht aus Wahnsinn, wie du natürlich denkst. Nein, es wird besser, wenn ich das tue. Es ist auch gut, wenn du mich anschreist oder mich trittst. Sonst – sonst –» Sie brach ab und starrte entsetzensvoll ins Dunkel. «Schnell, schnell», keuchte sie und sprang davon. Erst im Zimmer holte er sie wieder ein.

Sie kramte im Beutelchen mit den Medikamenten. «Ich nehme ein Brechmittel», sagte sie fiebrig. «Im Kopf bin ich nämlich vollkommen klar. Vollkommen. Ich weiß alles. Du mußt mich anschreien und stoßen, wenn es wieder kommt. Damit ich mich nur spüre und *dableibe*», schloß sie geheimnisvoll. Grauenhafter als alles andere war, daß Sebastian sich ihren Zustand nicht vorstellen konnte, daß er nicht wußte, in was für schauerlichen Verzauberungen sie sich befand.

‹Sonja, Sonja, Sonja›, flehte sein Herz, ‹werde wieder verständlich! Ich will bei dir sein!› – Während sie sich das Medikament richtete, sagte sie wieder mit der gehetzten Zärtlichkeit: «Daß du immer noch gesund bist! Gebe Gott, daß es dir erspart bleibt.»

Sie schluckte das Mittel, würgte; aber es kam nichts. Sebastian hielt ihr den Kopf, klopfte ihr den Rücken. «Kotzen! Fest kotzen!» bat er von Herzen. «Kotz auf den Boden!» riet er ihr. Aber sie sagte verzweifelt: «Es kommt nichts – es ist ja alles ganz trocken –» Dann begann sie wieder umherzueilen.

Er, in seiner Angst, fragte: «Willst du dich nicht hinzulegen versuchen?» Aber sie schrie ihm von ihren Wanderungen zu: «Hinlegen!!» (Gellender Hohn.) «Damit ich wieder einschlafe! Und gleich *ganz* sterbe!» Unheimlicherweise hatte sie sich eine Zigarette angezündet und paffte, während sie dahineilte. Dann besprengte sie sich wieder mit kaltem Wasser, ja, sie goß sich den ganzen Inhalt der Karaffe in den Nacken. «Das tut alles ganz gut», behauptete sie mit jener fliegenden Sachlichkeit, die sie vorhin schon gehabt hatte. «Glaube *nur* nicht, daß ich es aus Narretei tue!» Sie war sonderbar rechthaberisch und reizbar. Aber dann wimmerte sie wieder: «Halt mich fest – wenn du mich nur anschreien wolltest –»

Er konnte sie nicht anschreien, denn er glaubte ohnmächtig werden zu müssen vor Angst. Sonja, wahnsinnig vor seinen sehenden Augen. Seine Frau, die Frau seines Lebens, vom Teufel geholt. Weltuntergang.

«Wir fahren zum Arzt», entschied er. Ihr schien alles recht zu sein, angstgeschüttelt und singend, die Zigarette im Mund, eilte sie im triefend nassen Gewand wieder neben ihm durch den schweigenden Garten. – Wieder hinauf zum Portier, der sich nicht erstaunter zeigte als das erstemal. Bärtchen mußte geweckt werden.

Nach wenigen Minuten erschien Bärtchen, adrett wie je, er mußte mit äußerster Geschwindigkeit in seine feinen grauen Sachen geschlüpft sein. Auch er wußte seine Verwunderung darüber, daß er die beiden morgens um drei Uhr in Schlafröcken auf der Terrasse fand, gewandt zu verbergen. Während Sebastian dem höflich Lauschenden auseinandersetzte, daß Madame eine Nervenkrise habe und des Arztes bedürfe, hörte Sonja hinter ihm nicht auf, von einem Fuß auf den anderen zu steigen, sich zu klopfen und gräßlich zu singen. «La, la, la.» Sie bat leise den räudigen Kapuzennachtwächter, sie zu puffen, was dieser aber mit ernstem Kopfschütteln ablehnte.

Bärtchen holte den Ford aus dem Schuppen, sie stiegen ein. Das Auto fuhr los, an Sebastians Seite regte sich in qualvoller Unruhe Sonja. Er sprach, um sie ruhiger zu machen: «So – jetzt kommt gleich die erste Mauer – das große Tor – so, so, so – –» Sie, außer sich, schimpfte: «Sprich doch nicht zu mir wie zu einer Verrückten, so märchenhaft, kleine Meta, jetzt kommt erst der Weiher, dann kommt der schwarze Brunnen, blonder Ekbert – –» Sie schüttelte sich, stampfte vor sich hin und stieg von einem Fuß auf den anderen. «La, la, la», trällerte sie.

Er flehte, am Ende seiner ganzen Kraft: *«Sei doch nicht so gespenstisch!»* Worauf sie kurz nickte und ihn mit einem Blick streifte, der aus weiß Gott welchen Fernen kam. Sie kratzte sich weiter am Oberarm, gab sich Nackenschläge und schüttelte summend das Haupt. «Ja, ja, ja», murmelte sie gehetzt, furchtbar fremd geworden an seiner Seite, die von Furien verfolgte, vom Wahnsinn geschlagene Heldin der antiken Tragödie. Mit den aufgerissenen Augen starrte sie dorthin, wo nur die Nacht war, aus der ein grelles Stück der Scheinwerfer riß.

Bärtchen fuhr gleichmäßig, ohne sich um seine exaltierten Passagiere zu kümmern, mit denen er kein Wort sprach. Sie brauchten eine Viertelstunde, wie immer, bis sie die öden Straßen der Ville Nouvelle erreichten. Sie hielten vorm Hause des Arztes. Der Doktor – grauer Spitzbart, soignierter älterer Beamter – empfing sie in Pantoffeln und Kamelhaarschlafrock.

Den aufgeregten Erzählungen des jungen Deutschen brachte er ein feines Lächeln gallischer Skepsis entgegen. So, so, man hatte sich von einem Indigène etwas Haschisch aufschwatzen lassen, das war unrecht, überflüssig, aber keineswegs gefährlich. Und Monsieur hatte dieselbe Quantität konsumiert wie Madame?

Sieh da, und Monsieur ging es ausgezeichnet. So neigte Madame wohl von Natur zu Exaltation? Worauf Sonja dazwischenfuhr: Nein, sie neige zu Exaltation keineswegs, der Arzt habe keine Ahnung. Der behielt sein überlegenes, ja amüsiertes Lächeln, obwohl Sonja auch in seiner Gegenwart fortfuhr, sich aufs unheimlichste zu gebärden. «Sie machen mir nicht den Eindruck einer Vergifteten», meinte der Mann der Wissenschaft freundlich. «Sie müssen schlafen. C'est tout.»

Worauf Sonja hochmütig den Kopf warf. Schlafen! Was der sich dachte! Damit sie wieder höllenwärts abreise! – Den Magen auszupumpen, erklärte der Arzt, sei völlig sinnlos, da die Droge längst im ganzen Organismus verteilt sei. Sie *müsse* schlafen. – Er machte ihr eine beruhigende Spritze.

«Du *mußt* schlafen», sagte ihr Sebastian, als er sie die Treppe hinunterführte. Sie nickte so tragisch, als habe man ihr gesagt, daß sie gleich sterben müsse. «War *das* ein Idiot», sagte sie haßerfüllt zur Wohnung des Arztes hinauf.

Auch auf Bärtchens Antlitz übrigens konnte man nun das feine skeptische Lächeln erkennen. Es wurde klar, daß er den Fall nie sehr ernst genommen hatte. Ja, was so Ausländerinnen trieben! – Der Wagen setzte sich wieder in Bewegung.

«Du mußt schlafen, Sonja! Hab keine Angst. Du fährst nicht zur Hölle.»

Nacht, aus der der Scheinwerfer immer das gleiche Stück riß. Schwarze Mauern, stumm vorübergleitend. Die Mauern von Fez. Fez, la mystérieuse. Wie still, wie still es in Fez drei Uhr nachts war. – Auch Sonja saß ruhiger. Sebastian hatte ihr den Arm um die Schulter gelegt. Der Arm schien ihm einzuschlafen, doch mochte er sich nicht rühren. ‹Ich will Sonja nicht stören›, dachte er, um sich nicht einzugestehen, daß er auch sonst keine Lust sich zu bewegen verspürte. Er konnte seine Augen nicht von dem Lichtkegel wenden, den aus der Dunkelheit Bärtchens Scheinwerfer schnitt.

Der Lichtkegel stand unbeweglich: die Dunkelheit war

es, die vorübereilte. Sebastian starrte wie ein Hypnotisierter auf dieses unbewegliche Licht.

Sein Arm war aber nicht eingeschlafen, sein Arm war ganz einfach weg. Scherz beiseite – auch der andere Arm verschwand. Wo sind meine Arme? Und nun begannen auch die Füße zu verschwinden.

»Halten Sie!« schrie Sebastian. Bärtchen zuckte herum. «Halten Sie sofort!» Sebastian sprang aus dem Wagen, der mit einem Ruck hielt. Er glaubte Sonjas Stimme zu hören: «Um Gottes willen – nun fängt es bei dir an –» Aber woher kam diese Stimme? Und womit hörte er sie?

Sein Körper war weg. Das Ich gehörte nicht mehr zu ihm. Das Ich, keineswegs besinnungslos, vielmehr in einem Zustand schmerzlich trockener Klarheit, gaukelte irgendwo in den Winden. Es war kein Rausch, Räusche sind harmlos, mit dem wohligen Befinden, zu dem uns das Morphium verhilft, hatte es nichts zu tun. Es war so ungeheuer entsetzlich, daß es sich mit nichts Irdischem vergleichen ließ. Die Bindungen, auf denen unser Dasein basiert, waren aufgehoben. Der Zusammenhang zwischen Ich und Körper dahin. Das Individuum – eine Täuschung. Urspaltung, Zerspringen ins Chaos. Der Sturz ins Chaos, die endgültige Katastrophe. Was inmitten des höllenhaft schizophrenen Wirbels blieb, war nur Todesangst. Aber wer empfand sie? Das isolierte Bewußtsein oder der verlassene Leib, der doch eigentlich *nichts* mehr empfand?

Sebastian tanzte, sang und zwickte sich, aber nicht aus Ekstase oder weil er nicht anders konnte, sondern nur, um doch noch *etwas* von seinem Körper zu spüren, um nicht ganz, nicht vollkommen ins Nichts zu stieben. Dabei hörte er aus unendlicher Ferne Sonjas «Sebastian – Bastian – sei doch lieb, komm doch wieder ins Auto –» Er aber sprang angstschreiend auf der dunklen Landstraße umher.

Dabei empfand er in verschiedenen Schichten seines tausendfach zersprengten Bewußtseins folgendes: Erstens –: um Gottes willen nicht die Augen zumachen. Wenn ich die Augen zumache, falle ich ins Boden – Boden – Bodenlose. Zweitens –: *ist so der Tod?* Kann so grauenhaft auch der Tod sein? Ist uns das allen beschieden? Und warum müssen wir es jetzt schon kennenlernen?

Das ist zuviel, er empfand es ganz klar, während er hüpfte. *Dieses Erlebnis, das das Leben aufhebt, wird das Leben uns nie verzeihen.* Er empfand es, während er hüpfte, durchdringend klar. Alle Sorgen, die wir uns jemals machten, alle Lebenssorgen: Lug und Trug, Teufelsscherz und Gelächter. Sechs Löffelchen braunen Pulvers genügen, und als Spuk zerspringen die Voraussetzungen, alles geht in die Luft. Das große Zerspringen.

Ich bin nicht ich. Du bist nicht du. Weltuntergang. Nichts ist so, wie es ist. Die Illusion hält nicht. Schizophrenie, Chaos, Todesangst – –

Nun merkte sogar Bärtchen, daß es ernst war. Damen sind zuweilen hysterisch, aber wenn ein junger Mann nachts um halb vier Uhr im bunten Schlafrock auf der Landstraße tanzt, ist irgend etwas nicht in Ordnung. Er packte Sebastian ins Auto, plötzlich energisch geworden; dann wendete er. Am Eingang der Neuen Stadt lag eine Art Militärkrankenhaus, dort wollte er die beiden Tollen einliefern.

Während Bärtchen gegangen war, den Arzt zu wecken, mußten Sonja und Sebastian in einer Wachstube warten, wo französische Soldaten auf Pritschen saßen oder lagen. Es dauerte ziemlich lang. Die Soldaten amüsierten sich über den bunten Jungen und das schwarze Fräulein, die sich gegenseitig pufften, stießen, rüttelten; die sangen, herumsprangen, sich die Haare rauften, wobei sie sich in einer fremden Sprache Dinge zuschrien, so laut, als wäre der eine weit vom andern entfernt. Man hielt sie für betrunkene Zigeuner, die man in ihren bunten Kitteln auf der Landstraße gefunden hatte. Man neckte sie gutmütig, aber die rasenden Fremdlinge wehrten hochmütig ab. Nein, betrunken seien sie keineswegs, sie wüßten sehr wohl, nur zu genau, warum sie derartig tanzten. «Wenn wir nämlich die Augen zumachen, zerspringen wir», rief Sebastian aufgebracht.

«Rüttle mich», bat er Sonja. «Bist du auch – so hoch oben –?» – «*Ganz* hoch», rief Sonja von irgendwoher. Sie standen sich direkt gegenüber und starrten sich an, mit wild geweiteten Augen, die nicht mehr das Naheliegende, nur schauerliche Fernen zu erkennen schienen. «Mein Hirn tanzt wie ein Irrlicht», empfand Sebastian. «Wie ein Irrlicht – ganz hoch –»

Endlich erschien der militärische Doktor. Er war in Uniform, im strengen Gesicht ein eisengraues Schnurrbärtchen, und behandelte die Hüpfenden mit Barschheit. «Folgen Sie mir!» sagte er kurz; Bärtchen, der sich unterwürfig hielt, ward mit einer Handbewegung entlassen.

Die beiden redeten erregt durcheinander, während sie über verschiedene Plätze geführt wurden, an denen Barakken lagen. Es fing an hell zu werden. Der Himmel war grau, die Konturen der Gebäude standen fahl und genau. Auch das Gesicht des militärischen Arztes blieb nüchtern, während er sie in eine von den Baracken einließ. Das Zimmer war klein und kahl, eine Zelle. Zwischen den vier weißgestrichenen Holzwänden stand nichts als die zwei kargen Eisenbetten. Eine Schwester erwartete sie.

«Ziehen Sie sich aus», befahl der Arzt.

Zwischen den Wänden dieser Krankenbaracke, die einem Gefängnis glich, erlitten Sebastian und Sonja unaufhörlich weiter ihren entsetzensvollen Höllenfahrtstraum.

«Wir können aber nicht die Augen zumachen», behauptete einer von ihnen.

«Sie müssen es tun», entgegnete die schneidende Stimme des Arztes.

«Nein – bitte nicht – wir sterben –»

«Sie sterben nicht», sagte der Arzt. Die beiden, die schon auf den Betten lagen, stritten mit ihm. «Nein, nein, nein – Sie mißverstehen die Lage – es ist ganz unmöglich –» Inzwischen machte die Schwester ihnen beruhigende Spritzen, ohne daß sie sich gewehrt hätten (ihre Körper existierten ja nicht).

«Schlafen Sie ein!» sagte der Arzt.

«Können wir es wagen?» fragte Sebastian Sonja. Sie wagten es gleichzeitig. Sie schlossen die Augen. In einer beispiellosen Explosion wurde auch ihr Hirn, das Irrlicht, das mit verzweifelter Anstrengung, sich zu bewahren, über dem Chaos getanzt hatte, in den Wirbel gezogen; sie schrien, beide gleichzeitig, leise auf, ehe sie nachgaben, und stürzten, beide gleichzeitig, in den gemeinsamen Schlaf, als in den Abgrund.

*

Es war sechs Uhr nachmittags, als der Arzt wieder in ihre Zelle trat. Sie hatten vierzehn Stunden geschlafen. Schräges Sonnenlicht vergoldete ihre dürftigen Betten, die kahle Wand.

Der Arzt, der die Nacht vorher so streng gewesen war, zeigte nun ein onkelhaft munteres Wesen. Er meinte: na, das seien ja schöne Geschichten, und wer ihnen denn das Teufelszeug verschafft hätte – ein Indigène, ohne Frage. Um ihren Guide nicht verraten zu müssen, erlogen die beiden gewandt etwas von einer kleinen Bude, mitten in der Araberstadt, leider hätten sie vergessen, wo – – Dort verkaufte eine uralte Frau angeblich Mandeln, in Wirklichkeit aber – – Der Arzt murmelte etwas von «verfluchten Eingeborenen» und «strenger verfolgen». Als einzige Erfrischung bot er den Patienten ein Brechmittel an, eine lauwarme Flüssigkeit von kalkig stumpfem Geschmack, sie mußten jeder ein ganzes Wasserglas davon trinken.

Als sie wieder alleine waren, sagte Sebastian: «Ich habe bestimmt gedacht, wir hätten beide graue Haare bekommen.»

Sonja antwortete schnell: «Ja? Hast du das auch gedacht? Ich nämlich auch.»

«Na – wie findest du eigentlich alles?» fragte Sebastian. Sie antworteten beide gleichzeitig sehr andächtig: «Nein, *so was.*» Dann schwiegen sie einen Moment, bis sie anfingen, aufgeregt durcheinanderzusprechen.

«Am tollsten war es doch, wie wir in der Wachtstube vor den Soldaten herumgetanzt sind –», «in unseren Schlafrökken –» – «Und wie Bärtchen auf der Landstraße plötzlich ängstlich wurde!» – «Von mir glaubte er ja, ich wäre eine hysterische Kuh –» – *«Das werden wir nie jemandem schildern können –»* – *«Nein, das wird nie, nie, nie ein Mensch begreifen.»* (Stolz in ihren Stimmen, weil dieses Abenteuer sie derart von allen Menschen trennte und ganz allein *ihr* unheimliches Eigentum blieb.) «Darüber kommt man so leicht auch nicht weg –», meinte einer von ihnen mit feierlich gesenkter Stimme. Der andere: «Nein, das muß Folgen haben. Es war zu sehr – außerhalb –»

Ihre Stimmen wurden immer gedämpfter. Übrigens verblich auch auf den Wänden ihrer Gefängniszelle mählich das goldene Licht, bald lagen die weißen Wände grau beschattet.

«Wenn ich weitergeschlafen hätte», sagte Sonja, «wäre ich bestimmt nie wieder aufgewacht. *Bestimmt* nicht. Du kannst dir nicht vorstellen, in was für Abgründe es mich gezogen hat, in was für Schlünde. Das war so ein Saugen, ein Aufgesaugtwerden, immer tiefer hinein. Ich merkte: da hört es auf – da hinten, da *ganz* hinten, da, wo ich hin soll, wo ich gleich, gleich sein werde – da gibt es einfach nichts mehr – da ist es aus – da bin ich tot –»

Sebastian sagte: «Dann hatte ich es vielleicht noch besser

279

– weil es zu mir im Wachen kam – erst war mein Arm weg –»

Seine Stimme bekam wieder diesen unheimlich sich entfernenden Ton, den sie in der Höllenfahrtsnacht gehabt hatte. «Erst war der Arm weg –», sagte er noch einmal. Er strich mit der Hand über die Decke, aber die Decke schien unter seiner Berührnunng auf eine merkwürdige Art zu flattern, ohne daß er sie eigentlich spürte. Seine Hand griff in eine wehende Leere – oder vielmehr: wo eigentlich seine Hand war, gab es nur noch wehende Leere. Gleichzeitig fühlte er sich am ganzen Leib einschrumpfen, winzig klein und verkrümmt werden. Auch seine Füße fanden weder Leintuch noch Decke – nur flatterndes Nichts –, und sein Kopf spürte kein Kissen.

«Du reist wohl schon wieder ab?» hörte er von weit her Sonjas Stimme.

«Ja – ein bißchen», antwortete er, schon ganz entfernt.

«Ich – nämlich – auch –», rief sie. Sie versuchten noch einer den anderen zu erkennen, aber sie fuhren schon wieder dahin, ergriffen wie von unwiderstehlich starkem Orkan, der sie mitten hineintrug in eine ungeheuer sich öffnende Nacht.

*

Sie schliefen wieder, bis zum nächsten Nachmittag um sechs Uhr, vierundzwanzig Stunden. Dann kam die Schwester und brachte ihnen was zu essen, graue Suppe und Brot, Gefängniskost. Wenig später erschien auch der Arzt. Er sagte ihnen, daß die Vergiftung vorüber sei, sie könnten ins Hotel zurückkehren. Ein Angestellter des Palais J. hatte ihre Kleider abgegeben; Sebastians Socken fehlten, er mußte die Halbschuhe an die nackten Füße ziehen, Sonja hatte weder Puder noch Kamm.

Sie traten auf den gestampften Platz, an dem die Barak-

ken lagen und den sie – wie lang war es her? – tanzend über-
quert hatten. Ihnen war schwindelig. Sebastians Arme hatten eine sehr fatale Neigung, abzusterben und zu verschwinden. Sonja behauptete, daß sie sich normal fühlte.

Der Arzt hatte ihnen gesagt, daß sie sich, ehe sie das Hospital verließen, bei einem Beamten zu melden hätten, der
ihnen die Entlassung bescheinigen würde. Sie mußten über
verschiedene Höfe gehen, das Krankenhaus erwies sich als
ein ganzer Komplex von Baulichkeiten, ein Barackendorf.
Überall saßen Kranke in gestreiften Joppen vor den Türen,
Schwestern gingen mit Schüsseln und Tabletts umher.

Der Beamte saß hinter einem Schalter und hatte das
militärische kurzangebundene Wesen, wie der Arzt es zu
Anfang gezeigt hatte. Sie mußten ihre Personalien ausführlich angeben und bekamen ein Papier, eine Art Zeugnis,
wie wenn man aus einem Gefängnis entlassen wird. Sie
blinzelten auch gegen das Licht, wie solche, die lange in
Gefangenschaft gesessen haben. Sie gaben an, die Rechnung würde vom Hotel beglichen werden, denn sie hatten
kein Geld bei sich. Der Autobus des Hotels erwartete sie
am Ausgang. Ein ihnen unbekannter französischer Mann,
mit glänzend schwarzem Schnurrbart in einem groben Gesicht, saß am Steuer. Sie stiegen ein. Der Nachmittag war
drückend heiß.

«Das war unsere Hochzeitsreise», sagte Sebastian, als sie
sich im Autobus gegenübersaßen. Sonja lachte leise. Erst
jetzt fiel Sebastian auf, daß sie sich doch verändert hatte,
wenn auch ihre Haare nicht grau geworden waren. Ihr Gesicht schien blasser und schmaler geworden, vor allem hatte
sie einen anderen Blick. Ihre Augen waren sehr trübe. Etwas von der Todesangst des ersten Anfalls war in ihnen geblieben.

Die Luft in dem geschlossenen Autobus war fast unerträglich. Das Leder der Bänke roch stark. Sebastian sagte

besorgt: «Mit meinen Armen ist noch gar nicht alles in Ordnung. Sie sind meistens weg – –» Vor allem schien es sehr unheimlich, irgend etwas anzufassen oder gar zu tragen, zum Beispiel den gestreiften Schlafrock und den Pyjama, die er über den Arm gelegt hatte. Die Tücher ließen nicht von ihrer Neigung zu flattern und, von einem lautlosen Wirbel ergriffen, einzuschrumpfen. Er *spürte* sie nicht. «Mein Tastvermögen scheint ernstlich beschädigt», erklärte er besorgt. «Das muß vom Gehirn ausgehen.» Sonja sagte: «Ich habe nur Kopfschmerzen.»

«Schließlich können wir froh sein, daß wir nicht endgültig verrückt geworden sind», meinte Sebastian. – «Was Salem inzwischen getrieben hat?» fragte Sonja. Merkwürdig und schlimm: sie hatten ihn ganz vergessen. Sie waren ihm untreu geworden während des entsetzlichen Ausflugs.

Im Hotel galt ihm ihre erste Frage. Salem war fort. Salem, einfach abhanden gekommen, während die beiden viel zu tief schliefen. Das war so traurig, daß es kaum glaublich war. Hatte man ihn denn gesucht? Ja, überall hatte man ihn gesucht. Wer weiß, vielleicht war doch plötzlich ein Vater, ein Verwandter aufgetaucht und hatte ihn mit sich aufs Land genommen. Oder Salem hatte mit anderen Kindern Entdeckungsfahrten ins Land gemacht, hatte sich veirrt oder war verhaftet worden. Vielleicht hatte er in irgendeinem Winkel der Stadt Unterkunft und Arbeit gefunden – Fez war so groß –: Niemand wußte etwas, auch der Guide nicht, der Sebastian und Sonja, abgemagert vor Kummer und Ängsten, empfing. Seine Lippen waren blauer denn je, und sie zitterten, als ihm die beiden, daß sie ihn nicht verraten hätten, erzählten. Er verneigte sich tief und murmelte Segensworte. «Mein Herr, meine Dame», sagte er feierlich, «Sie hätten die kleine Existenz eines Ehrenmannes vernichtet.»

Er überhäufte sie mit sanften Vorwürfen, daß sie so übermäßig viel von dem braunen Pulver genossen hätten. «Ich habe die beiden Nächte nicht geschlafen, vor Angst», raunte er, die braune Hand am Munde. «Mein Gott, wenn Ihnen etwas zugestoßen wäre.» – «Und ist schon allerlei zugestoßen», meinte Sebastian, aber auf deutsch.

Bärtchen empfing sie mit vollendeter Höflichkeit, als habe er sie nicht in Schlafröcken nächtens auf der Straße tanzen sehen. Der nette Braune freute sich sehr, da sie nun wieder da waren – «eine kleine Krankheit, ja, die Hitze geht auf die Nerven». – Die häßliche Französin schaute mißtrauisch und scheel, wie immer.

Sebastian und Sonja betraten ihr Zimmer ziemlich traurig. Salem war fort, ihr Kind verschwunden. Sie wußten beide, daß er nicht wiederkam – und sie empfanden es beide als ihre Schuld: sie waren treulos gewesen.

In den niedrigen Zimmern war es fast zu heiß, wie im Autobus. Sie hätten gerne gebadet, aber das Wasser stank. – Auf Sonjas Tisch stand die runde Büchse; die runde Büchse mit den Schlangenarabesken, aus welcher der Abgrund gestiegen war.

Es stellte sich heraus, daß man Sonjas letztes Geld gestohlen hatte – Sebastian hatte ohnehin keines mehr –: es war im Schrank bei der Wäsche verwahrt gewesen, der Schrank war unverschlossen geblieben. Die Schielende mußte es genommen haben, niemand anders kam in Frage.

«Was machen wir nun?»

Sie fühlten sich zu erschöpft, um Nachforschungen anzuordnen, sich bei der Direktion zu beklagen. Sie beschlossen, daß das zu nichts führen könne. «Ich telegraphiere W. B.», entschied Sonja. «Ich habe ihn noch nie angepumpt. Das ist auf die Dauer kein Zustand.» Beutelhose wurde auf die Poste Médina geschickt. «Es scheint mein Schicksal, von Geheimrat Bayer ausgehalten zu werden», sagte Sebastian und lächelte etwas matt. – «Das ist ganz passend», sagte

Sonja. «Für etwas muß er doch gut sein.» Sie streichelte Sebastians Hände. «Hast du noch Kopfschmerzen?» fragte er sie. Sie antwortete: «Ja, ein bißchen.» – –

Nachts träumte Sebastian von Salem, der im Rupfenmäntelchen vor ihm herlief. Sebastian wollte nach ihm fassen, aber das braune Kind flatterte, krümmte sich, ward immer kleiner; er behielt nichts in der Hand als einen wehenden Schatten. Sebastian fuhr auf, er hatte einen Zipfel seines Leintuches zwischen die Hände gekrampft und merkte mit Entsetzen, daß er ihn *nicht spürte*. Seine Hände waren nicht da, auch sein übriger Körper befand sich nicht, wie er sich befinden sollte. Sebastian dachte: «Mein Gott, mein Gott – ich bin also doch wahnsinnig – kein Wunder, ich bin wahnsinnig geworden – wir haben es uns doch gleich gedacht – darüber kommt man nicht weg – –»

Er fand mit letzter Kraft den Schalter der Nachttischlampe. Seine Hände, die er nicht fühlte, die ihm nicht gehörten und, rätselhafterweise, ihm doch gehorchten, bewegten den Knipser.

Schweißüberströmt saß er im Bett. Die niedrige Decke drückte; trotz der weitgeöffneten Fenster war es so schwül, daß man kaum atmen konnte. Sebastian ging im Pyjama in Sonjas Zimmer hinüber.

Auch Sonja war wach. Sie sagte: «Du brauchst mir nichts zu erzählen, ich habe dasselbe gehabt. Ja, es ist gräßlich. Leg dich hierher.»

Er legte sich neben sie auf das Bett.

«Diese niedrige Decke ist auch so abscheulich», sagte er. «Diese Balkendecke. Man wird ganz verrückt, wenn man sie immer anschauen muß.»

«Ja», sagte Sonja. «Mach die Augen zu.»

Sebastian, mit geschlossenen Augen, redete weiter. «Ob es jemals wieder gut wird? So etwas *sollte* man einfach nicht erleben.»

«Ich weiß nicht», antwortete Sonja.

Sie lag mit weitgeöffneten Augen da und schaute zur Decke. In ihrer Nähe wurde Sebastian ruhiger. Er legte seine Hand auf ihre und schlief bald ein.

Zwölftes Kapitel

Maurice Larue, der sich für einige Monate in seine kleine Pariser Wohnung, Boulevard Haussmann, zurückgezogen hatte, begann mit der Niederschrift seines großgeplanten Werkes: «Die europäischen Salons im zwanzigsten Jahrhundert», für das er seit dreißig Jahren Material gesammelt hatte.

Die ersten Sätze des Buches lauteten:

«Der Anblick des Meeres, der Wüste und des Urwaldes würden uns, selbst wenn wir die Menschengeschichte nicht richtig zu lesen verstünden, darüber belehren, daß die Zivilisation auf diesem Planeten nichts Endgültiges, vielmehr nur etwas sehr Vorübergehendes bedeutet; ein Phänomen, von dem man wohl behaupten kann, daß es auf höchst schwanken Füßen stehe. Urwald, Wüste und Meer werden die Städte wieder verschlingen, in denen wir heute leben, und wo eben jetzt noch Kinopaläste, Fabriken und Banken ragen, werden sich einst Büffel tummeln oder Riesenkrebse ihre Nahrung suchen. Wenn ich, alter und umgetriebener Kenner, Liebhaber und Genießer unserer Zivilisation, mich also daran mache, einige ihrer Kuriositäten zu beschreiben, tue ich das im vollen Bewußtsein der völligen Bedeutungslosigkeit alles menschlichen Treibens, das in der Tat nicht mehr ist als eine Laune, welche die große Natur sich leistet.»

*

Auf der ersten Seite des Berliner Morgenblattes:

«Sensationelle Premiere der Schauburg. – Die Eröffnung

der Schauburg wurde zum größten theatralischen Ereignis der Saison. Es war, als habe sich der Winter seine größte Sensation für den Schluß aufbewahrt. Der Name des Regisseurs Gregor Gregori wird neben den Namen der größten deutschen Theaterführer (Brahm, Max Reinhardt usw.) genannt werden, *solange es eine deutsche Kultur gibt.* (Näheres siehe auf Seite 3.)

Italien feiert den sechzehnten Jahrestag seines Eintrittes in den Weltkrieg. Große Feiern in allen Hauptstädten. Vereine früherer Kriegsteilnehmer und Kriegsverletzter ziehen durch die Straßen von Rom, Neapel, Florenz, Mailand usw. und werden überall von der *akademischen Jugend* enthusiastisch begrüßt. Zündende Rede Mussolinis in Rom. Fünfzigtausend junge Faschisten defilieren am Palast des Duce vorbei und bereiten ihm stürmische Ovationen. In Neapel wurde ein junger Rechtsanwalt von der Masse gelyncht, weil er behauptet hatte, beim Ausbruch des nächsten Krieges würde er sich erschießen, um dem Tod durch Gas zu entgehen.

In England soll ein neuer Verein für den Weltfrieden gegründet werden. Nach dem Muster des Völkerbundes in Genf. Jährlich mindestens ein Bankett zu Ehren des Friedens. Wird der König das Ehrenpräsidium akzeptieren?

Schießerei zwischen Kommunisten und Nazis in Berlin-Neukölln. Einige Nationalsozialisten, die ihr Versammlungslokal in der X-Straße verließen, wurden an der dunklen Ecke der X- und Y-Straße von Kommunisten überfallen. Es gab eine Schießerei. Die Nazis haben einen Toten zu beklagen. Sein Name ist *Willi Müller*, Bruder des in der Berliner Gesellschaft wohlbekannten Sportlehrers Hugo Müller. Der Täter konnte entweichen, wird aber verfolgt.»

*

Doktor Bernhard Massis an Gregor Gregori:

Dönbergstraße 9

Berlin W, am 13. Mai

Mein sehr verehrter Herr Gregor Gregori – wenngleich unsere Bekanntschaft als flüchtig zu bezeichnen ist, drängt es mich, Ihnen ein Wort zu sagen. Ich habe der Eröffnung Ihrer Schauburg beigewohnt, und es war für mich der zeitgemäßeste, aktuellste, herzerfrischendste Abend, den mir das sterile Berliner Theaterleben seit Jahren beschert hat. Ihr großstiliges Unternehmen wäre sowohl in New York als in Moskau möglich; für Europa ist es ein bedeutungsvolles Novum. Sie geben dem Volke, was des Volkes ist, ohne die verlogen idealistischen Kunstansprüche einer degenerierten Bourgeoisie zu berücksichtigen. Was dabei herauskommt, ist keineswegs «Kitsch» (denn Kitsch verlangt ja nur eben jene satte und verkommene Bourgeoisie, die sich auf ihr kulturelles Niveau was zugute tut), vielmehr eine neue, wahrhaft populäre Kunstart.

Ich sehe Ihre Sendung als eine eminent politische. Sowohl in einem faschistischen als in einem kommunistischen Staatswesen – die ich beide gleichermaßen begrüßen würde – wären Ihnen, Gregor Gregori, alle Angelegenheiten des Theaters wie des Films zu unterstellen. *Sie sind der geborene Diktator* – auf Ihrem Gebiet; denn Sie sind, im großartigen Gegensatz zu allen «Revolutionären», intellektualistischen Mätzchenmachern, eine *wirklich* radikale, weil wirklich kompromißfeindliche und sachliche Natur. Der große Erfolg, den Sie haben, entscheidet. *Ich bekenne mich als Erfolgsanbeter* – es scheint mir die einzig konsequente Haltung in unserer Zeit.

Ich stelle mich Ihnen voll und ganz zur Verfügung.

Ihr Bernhard Massis

Als Antwort telegraphierte Gregor Gregori:

«Ihr Brief war eine größere Genugtuung für mich als inhaltslose Lobhudeleien gesamter bürgerlicher Presse stop Sie haben mich erkannt stop ich bitte Sie mich zu besuchen Gregor Gregori»

*

Der Duc d'Acquitaine war ein Nachkomme jener Eleonora von Acquitanien, die erst Königin von Frankreich, dann von England gewesen war und die gleich ganz Westfrankreich als Morgengabe in ihre königliche Ehe gebracht hatte. Der Ururenkel dieser Dame, Renaud Duc d'Acquitaine, Vicomte du Liban, Pair et Maréchal de France, war fünfundachtzigjährig, schwerhörig und mit aller Welt verfeindet. Er duldete die Visiten Sylvester Marschalks, dieses merkwürdigen kleinen Phantasten, weil sonst kein Mensch mehr ihn besuchte, außer seiner Schwester, die dreiundachtzig Jahre alt und Äbtissin eines Nonnenklosters war.

Sylvester wartete im Salon des kleinen Palais, Rue St. Dominique, VII. Bezirk. Er war im schwarzen Cut, mit schwarzweiß gestreiften Beinkleidern und einem sehr hohen, breiten, steifen Kragen, einer Art Vatermörder. Vor sich, auf dem Ebenholztischchen, hatte er ein versiegeltes Paket liegen.

Der Kammerdiener hatte ihn vor einer Viertelstunde gemeldet. Sylvester nagte vor Nervosität an den Fingernägeln, was er nur tat, wenn er sich ganz bestimmt unbeobachtet wußte, denn er fand es eine plebejische Angewohnheit. Er war sehr aufgeregt, was sich in hektischer Röte auf der Höhe der Wangenknochen äußerte, denn der Herzog hatte ihn seit vier Wochen nicht empfangen, weil er unpäßlich gewesen war. Sylvester fürchtete aber, in Ungnade gefallen zu sein.

Im Salon war es halbdunkel. Die Jalousien waren vor die

Glastüre gelassen, welche zum Garten ging. Auf dem Marmorsims des Kamins tickte eine Barockuhr, auf der fette, vergoldete Putten einander Gewinde reichten. In den niederen Bücherschränken funkelten mattgold die Erstausgaben der französischen Klassiker. Mit den Augen suchte Sylvester den schönen Voltaire, aus dem er seinem Gönner zuweilen hatte vorlesen dürfen. Ob der Herzog je ein Wort davon verstanden hatte? Er lauschte der trockenen Musik dieser Sätze wie etwas Altbekanntem, das aus dem Munde dieses enthusiastischen jungen Fremden sonderbar verwandelt noch einmal zu ihm kam.

Der Diener öffnete die Tür, Sylvester stand auf. Der Duc d'Acquitaine kam, auf seinen elfenbeinernen Krückstock gestützt, ziemlich eilig herein. Klein, gebückt und doch majestätisch – wie es Sylvester schien – humpelte er über den Teppich. Sylvester verneigte sich tief. «Monsieur», sagte er aus seiner gebückten Haltung, er fühlte sich wie bei Hofe. Der alte Herr winkte, während er weiter zu seinem Sessel ging, mit der Greisenhand, auf der die Adern violett hervortraten. «Ça va toujours bien, mon jeune ami?» fragte er, während er sich mit einem ganz leisen Ächzen im Armstuhl niederließ.

«Et vous-même, Monsieur?» erwiderte der schwarze junge Mensch, der sich immer noch nicht völlig aus seiner Verneigung aufgerichtet hatte. – «Was macht Ihr Hund?» fragte der Herzog, der für das Rassetier ein wohlwollendes Interesse hatte. Sylvester antwortete, exakt und feierlich.

Dann erst wies der Alte auf das versiegelte Paket, das vor ihm lag. «Was bringen Sie mir da, junger Freund?»

«Ich möchte Ihnen etwas anvertrauen, Monsieur», sagte Sylvester, der sich noch immer nicht dazu entschlossen hatte, Platz zu nehmen, trotz der auffordernden Handbewegung des Duc, «und es würde mich äußerst ehren, wenn Sie sich dazu entschließen könnten, es anzunehmen. Dieses

Paket enthält alles, was ich je geschrieben habe.» – «Es ist ziemlich dick», lächelte der Herzog. – «Ich möchte, daß Sie es in Verwahrung nehmen, Monsieur», fuhr Sylvester fort. «Ich schreibe nicht mehr, ab heute. Die Literatur liegt hinter mir. Ich werde Soldat.»

Der Alte lächelte immer noch. «Sie fassen große Entschlüsse, junger Freund. Für was wollen Sie kämpfen?»

«Für Frankreich», sagte Sylvester.

Der Greis wiegte, immer undurchdringlicher lächelnd, das weiße und zarte Haupt; dieses beinahe fleischlose, schmale Knochenhaupt mit dem schneeweißen Spitzbart; das Haupt seiner alten Rasse, das erfahrene Haupt, hinfällig, skeptisch, immer noch herrschsüchtig. «Frankreich», sagte er und lächelte in die Ferne. «Eine schöne Sache, um als Soldat für sie einzustehen. Ja, ja – – –»

«Frankreich, das Europa und die Christenheit vorm Einfall der Barbaren schützen wird», schloß Sylvester.

«Und das da soll ich also aufbewahren?» erkundigte sich der Herzog und wies mit dem zittrigen Finger aufs versiegelte Paket.

«Wenn Sie die Güte haben», sagte Sylvester.

«Ich werde es zu den Familienpapieren legen.» Der Herzog lächelte wieder.

«Das ist mir die größte, die allergrößte Ehre –», begann Sylvester.

«Spielen wir Schach», sagte der Greis.

Der Enkel Eleonoras von Acquitanien und der Knabe aus dem Ostwinkel Europas saßen sich gegenüber am ebenhölzernen Tischchen.

*

Auf dem Berliner Sechstagerennen war um drei Uhr morgens die Stimmung recht flau. Von der Galerie wurde ab und zu «Schiebung! Schiebung!» geschrien, aber mehr, damit überhaupt etwas geschehe, denn aus Überzeugung. Erst als Gregor Gregori in seine Loge trat, schien wieder Leben in die Menge zu kommen. Ein Prominenter, ein Prominenter – und noch dazu der neueste, der sensationellste. Einige, die in der Nähe der Loge saßen, begannen zu klatschen. Gregor – blendend weiße Frackbrust, Monokel im festlich gestrafften Gesicht – verneigte sich lächelnd. Doktor Massis, der neben ihm saß, flüsterte ihm etwas zu, was geistreich schien, denn Gregori, sich ihm höflich entgegenneigend, lachte herzlich, wobei er etwas gelbliche Zähne und blasses Zahnfleisch entblößte. – Auf der anderen Seite Gregor Gregoris saß Do, großartig geputzt und geschminkt, im schwarzen Abendkleid, mit langen schwarzen Handschuhen. Sie schien noch magerer geworden, und da sie sich erhob, um den Stand des Rennens zu beurteilen, wirkte sie mit dem weißgepuderten Kindergesicht über der langen schwarzen Figur ganz wie ein Plakat des Toulouse-Lautrec. Gregor Gregori küßte plötzlich ihre Hand, was Doktor Massis, gnomenhaft zusammengekauert in seinem plumpen und staubigen Frack – das halbsteife Hemd bauschte sich ihm derart, daß er hochbrüstig und verwachsen aussah –, mit einem böse amüsierten Blick konstatierte. «Sie sehen *phantastisch* aus, Do –», sagte Gregor Gregori mit zärtlich miauendem Sington zu der Braut des Doktor Massis. Do wandte ihm das blasse, weiche Gesicht zu, in dem die Augen und der große Mund dankbar und ergriffen lächelten. Sie genoß es so, wenn man nett mit ihr war. Ihr Bernhard behandelte sie entweder mit einer grotesk stilisierten und recht unglaubwürdigen Ritterlichkeit oder mit einer väterlich belehrenden Strenge. Sie fühlte, daß jenes gierige Interesse, das er an ihr genommen hatte, schon nachzulassen begann – nun, da er sie so sicher zu besitzen glaubte –, und Do mußte zuweilen nachts weinen.

Hinter den dreien – Doktor Massis, Gregor Gregori und

Do – saß Goldberg-Rosenheim, der die Logenplätze bezahlt hatte.

Auf der großen Leinwand am Ende des Saals, auf der die Neuigkeiten des Rennens verkündet zu werden pflegten, erschien eine Karikatur Gregoris, wie er mit Monokel und Frack auf einer Geldkiste saß. Darüber stand in großen Lettern: «Gregor, schmeiß eine Prämie.» Von der Galerie schrie man: «Bravo!» Tausend Gesichter wandten sich nach Gregors Loge. Gregor flüsterte mit Massis und tat unbeteiligt. In Wahrheit genoß er seine Popularität mit jeder Faser; er legte sich in sie hinein wie in warmes Wasser.

«Die Leute wollen mich hochnehmen», sagte er und lächelte etwas verzerrt. Er mußte sich mit dem weißen Tüchlein den Schweiß von der Stirn wischen. – Goldberg-Rosenheim sagte hastig: «Du mußt mindestens dreihundert Mark stiften.» – Do inzwischen fühlte mit seligem Erschauern, daß auch auf ihr viele Blicke ruhten. ‹Oh, manchmal ist es doch prächtig zu leben›, dachte ihr kindliches Herz. Sie war tief dankbar für diesen gesteigerten und sensationellen Augenblick, und sie empfand: es würden immer schöne und bewegte Augenblicke für sie kommen, mochte sie auch an der Seite des Doktor Massis oder an der eines anderen Mannes, tragisch oder kummervoll, enden. Sie empfing die Abenteuer des Lebens hingebungsvoll und mit einem Herzen, das rein, tapfer und eifrig blieb, trotz allem Schweren und Sonderbaren, das ihm widerfuhr. –

Die Sechstagefahrer, die mit schweißglänzenden, bleichen Gesichtern über ihren Lenkstangen hingen – nun traten sie seit viermal vierundzwanzig Stunden –, verlangsamten ihr Tempo und schauten erwartungsvoll in Gregoris Loge.

Gregori stiftete einen Extrapreis von vierhundert Mark.

*

Mit der telegraphischen Geldüberweisung aus Berlin war etwas nicht in Ordnung. Sie schien irrtümlich an die Poste Batà gegangen, statt an die Médina, wie es sich gehört hätte; es gab ein Telephonieren hin und her, Sebastian und Sonja mußten mehrfach bei glühender Hitze durch die ganze Araberstadt sowohl zur Batà als zur Médina spazieren, wo ihnen aber nur die verwirrendsten Auskünfte erteilt wurden. Zunächst wollte man von einem Geldtelegramm überhaupt nichts wissen, schließlich stellte sich heraus, daß es nach Berlin zurückgeschickt worden war, Gott weiß, warum. Sonja mußte noch einmal drahten. So vergingen die Tage.

«Wir sind hier festgewachsen», sagte sie. Nun war es so glühend heiß, daß jeder Schritt Qual machte. Sie verbrachten den Tag auf den Hotelterrassen und im Garten. «Wir kommen von Fez nicht mehr los», sagte sie. Fez hielt sie. Die Gerüche von Fez waren wie eine Umklammerung.

Dem Sebastian ging es tagsüber ziemlich gut, nur vor den Nächten fürchtete er sich. Alle Ängste kamen wieder, im schwüldunklen, niedrigen Zimmer. Der faulige Olivengeruch des Wassers blieb in der Luft. Sebastian legte sich meistens zu Sonja, die ihn streichelte und ihm kleine Scherze erzählte, bis er endlich einschlafen konnte. Dabei merkte er nicht, wie schlecht sie selber daran war. Sie litt fast ununterbrochen unter Schmerzen im Hinterkopf, und die Beängstigungen ihres Schlafes waren womöglich noch ärger als seine; denn immer wieder erlebte sie, daß sie durch viele schwarze Gänge und Schlünde hindurch ins Innerste eines Abgrundes gesaugt wurde, in dem das Nichts kreiste. Sie nannte es «die große Abreise», und es war jedesmal, als wenn man den Tod erlebte. Sie erlebte den Tod jede Nacht. –

Salem blieb verloren. Jeden Abend betrübter meldete sich der Guide bei seiner jungen Herrschaft: Wieder keine Spur von ihrem Kinde. Die Buben, die man ausfragte und beschenkte, zuckten nur die Achseln, gestikulierten heftig und redeten rauh durcheinander; sie wußten nichts. Fez hatte seinen Salem wieder aufgeschluckt, das süßeste Geschenk, das es Sonja und Sebastian machen wollte, wieder an sich und in sich hineingenommen.

Salem war fort. – Als die telegraphische Überweisung endlich ausbezahlt wurde, hatten die beiden keinen Vorwand mehr, ihre Abreise noch einmal zu verschieben.

Sie zahlten die Rechnung bei Bärtchen, enorm hohe Rechnung. Großer Abschied von allen: vom feinen Oberkellner, der mehrfach «Pardon» sagte; vom netten Braunen, der ihnen lange die Hände schüttelte und noch einmal die Pracht seiner Zähne zeigte; vom Guide, der Segenswünsche deklamierte und ein übers andere Mal versicherte, daß er sie in der Tat wie seine Eltern liebte; schließlich von den Kindern, die Salems Freunde gewesen waren, der koketten Jüdin, dem Groben. (Und Salem – nicht da; Salem, von Fez aufgeschluckt.)

Es wurde vormittags elf Uhr, bis sie loskamen. Betäubende Hitze. «Wir hätten uns Tropenhelme kaufen sollen», sagte Sebastian. Aber Sonja: «Na, jetzt ist es zu spät. Wir kommen nicht mehr über die Neue Stadt.»

Noch einmal die Mauern von Fez. Noch einmal der Geruch. – Die Landstraße tat sich grauglühend auf. Die Sonne schlug auf ihre Köpfe, die nicht geschützt waren. Sonja behauptete, es habe keinen Sinn, das Verdeck aufzumachen, auf dem schwarzen Wachstuch brennten die Strahlen noch abscheulicher.

«Wie geht es dir?» fragte Sebastian.

«Danke. Ganz komisch.»

«Kein Kopfweh?»

«Unerheblich.»

Sebastian dachte: ‹Wenn nur ihr Kopf nicht weh tut. Ihr Kopf darf nicht weh tun.›

Ihre Route ging über Oran nach Algier. Den ersten Tag wollten sie bis zur Grenzstadt Ouidjda.

Nach ein paar Kilometern winkte ihnen ein Mann mit rotem Vollbart und Münzen auf der Brust, sie sollten ihn mitnehmen. Er sprach sächsisch, auch sein Weib und sein Kind, die er herbeibrachte, sprachen sächsisch. Sie ließen die Familie samt Rucksäcken einsteigen. Der Mann erzählte, daß sie im Begriffe seien, samt dem fünfjährigen Kinde um den Erdball zu wandern. Sebastian sagte, daß er sich eine solche Unternehmung sehr mühsam denke. Die sächsische Mutter erklärte, daß es vor allem sehr, sehr mühsam sei, seit ihnen auf der Insel Korsika ihr Kinderwagen zusammengebrochen ist und das Kind an der Hand geführt werden müsse. Das Kind machte auf den Boden des Wagens, man hörte es plätschern, aber die Mutter suchte es durch immer eifrigeres Reden zu vertuschen. Im Rucksack schienen die Wandersleute hauptsächlich rohen Reis mit sich zu führen; sie streuten die Körner um sich. Die Mutter erzählte von der Fremdenlegion. Alle rochen nach Schweiß. Sonja unterhielt sich nicht mit der Familie. Sie lenkte stumm, mit einem angestrengten Zug zwischen den Brauen.

Die Strecke war öde; teils braune Fläche, die fast Wüste schien; teils rot-gelbe Felsenlandschaft. – Ihre Häupter schlug unaufhörlich die Sonne.

«Das ist ja wohl teuflisch hier», sagte Sebastian. Sonja nickte und versuchte zu lächeln.

*

In Ouidjda setzten sie die sächsische Familie ab. Die packten ihr feuchtes Kind und den Rucksack mit den wollenen Socken und den Reiskörnern zusammen, sagten nur ziemlich flüchtig: «Na, dann danken wir auch recht schön –» und stiefelten fort, um irgendwo ein Asyl zu finden oder deutsche Fremdenlegionäre, die sie mitnehmen würden.

Sebastian fragte in einer kleinen Bar, welches Hotel in Ouidjda das empfehlenswerteste sei. Die Bar war gesteckt voll von Leuten, die, mit einem elektrischen Klavier zusammen, Lärm machten, daß man sein Wort nicht verstand. Zwischen den Männern, von denen viele Legionäre waren – aber auch die in Zivil hatten verwitterte braune Gesichter, als hätten sie lang mit der Wüste gekämpft –, saßen die buntesten Frauenzimmer, mittelalterlich aufgeputzt, mit hochgeschnürtem Busen in grellroter und grüner, stark knisternder Seide. Die da auf dem letzten Barstuhl, hinten im Lokal, hockte und mit einem ramponierten Gentleman (Adlernase, gegerbte Haut) plauderte, mußte die Patronne des Ladens sein, denn sie war würdiger angezogen (graue Seidenbluse); nur schwere blutrote Ohrringe und eine exzentrische Frisur mit Ponylocken verrieten, daß sie einstmals Kollegin der roten und grünen Blusen gewesen war.

Sebastian bestellte einen Pernod Fils und fragte, während er an dem weißlich-grünen Zeug nippte (Anisgeschmack, Absinth, warum kommen in einer ganzen literarischen Richtung ständig absinthene Räusche vor?), wie das mit den Hotels sich denn hier verhalte? Die Alte schwätzte gleich sehr eifrig los, ihr dreifaches Kinn (flaumig von Puder), das mit den hängenden Wangen in einen formlosen Sack überging, schwabbelte wie Gelatine-Pudding, an den man klopft.

«Mais, jeune homme – mais, alors – mais écoutez, enfin, ça sera bien difficile –»

Aus ihrem Wortschwall ergab sich, daß in Ouidjda drei Hotels existierten, von denen das beste, das einzig gute, geschlossen war. Die beiden anderen seien, soviel Madame wisse, überfüllt. Ob denn hier in Ouidjda ein Markt sei oder ein Volksfest, fragte Sebastian und wies mit dem Kopf auf den Menschenhaufen im Lokal. Das fand Madame fast beleidigend: «Mais pas du tout, du tout, du tout, jeune homme» (sie sagte mindestens sechsmal «du tout» und wiegte dabei mit einer schelmischen Entrüstung das verfettete Haupt); so sei es immer in dieser Stadt. Was wollen Sie? – Ein Grenzort, die Fremdenlegion, die Touristen und die Herren Geschäftsreisenden – – Der ramponierte Gentleman mit Adlernase betrachtete Sebastian aus starr aufgerissenen, stahlklaren und wimperlosen kleinen Augen, von denen eine dünne Hornhaut zu hängen schien, etwa wie vor den Augen der Hühner.

Sebastian bezahlte seinen Pernod, dankte der Madame und drängte sich an den Grölenden vorbei zum Ausgang. Ein Mädchen faßte ihn an: «Viens chez mois, mon chouchou –», worauf Sebastian höflich und bedauernd lächelte. Draußen saß Sonja merkwürdig starr im Wagen, sie hatte die Augen geschlossen, aber nicht mit einem Ausdruck, als schliefe sie, sondern als lausche sie angestrengt in sich hinein. Zwischen ihren Brauen stand eine mißtrauische Falte. Erst bemerkte sie Sebastian nicht. Als Sebastian zu erzählen anfing, riß sie die Augen erschrocken auf und lächelte dann. (Ein Lächeln, dachte Sebastian, als wenn ihr etwas fürchterlich weh täte; verwundetes Lächeln.)

«Ja, es scheinen da also erhebliche Schwierigkeiten zu bestehen», schloß er mit einer etwas forcierten Munterkeit.

Sonja fing daraufhin leise zu summen an, was Sebastian unheimlich berührte, denn eine gute Art Gesumme war das nicht. «Fehlt dir etwas?» Er hatte seinen Arm um ihre Schulter, nur einen Augenblick, denn gleich hob sie enerviert die Achsel.

«Keine Spur, mein Engel», sagte sie flüchtig. «Bißchen Kopfweh. Also, fahren wir los. Erst mal zum Grand Hotel, was?»

Das «was» hatte eine scharfe Betonung. – Sebastian stieg in den Wagen zu ihr, sie fuhr los, während sie immer noch beunruhigend durch die Zähne summte.

Das Grand Hotel lag nur ein paar Straßen entfernt. Es war ein recht stattlicher und ordinärer weißer Kasten. Sie mußten lange klingeln, bis der Nachtportier kam. Er war ein kleiner, bissiger Herr, französischer Beamtentypus, schwarzes gewichstes Schnurrbärtchen, im Zivilanzug, aber ohne Kragen und mit Filzpantoffeln. Er behandelte sie unwirsch. An Platz wäre nicht zu denken, sogar die Badezimmer seien besetzt, und überhaupt störe man nicht anständige Leute in ihrer Nachtruhe. Nachdem er ihnen die Tür vor den Nasen zugeschmissen hatte, sagte Sebastian: «Der verwaltet seinen Posten mit Anmut.» Sie stiegen wieder ins Auto. Sonja summte immer noch, und immer noch hatte sie den gequälten Zug zwischen den Brauen. Den habe ich doch noch nie an ihr gesehen, dachte Sebastian. «Also ins Metropol», sagte er munter.

Das Metropol lag an der Peripherie von Ouidjda. Die Straße, die nach dem Präsident Wilson hieß, war fast noch nicht bebaut; es gab leere Grundstücke, die zum Schuttabladen benutzt wurden; ein paar niedrige Buden, wo man tags Zigaretten, Obst oder Zeitungen verkaufte, und schräg dem Hotel gegenüber das Gerüst eines Neubaues. Das Hotel selbst war ein zweistöckiges Haus, das einerseits noch nicht ganz fertig, anderseits schon verbraucht und abgenutzt, ja verfallen wirkte. Sie mußten wieder ziemlich lang klingeln. Was dann endlich die Haustür einen Spalt weit öffnete, war diesmal eine weibliche Person. Sie hatte eine tiefe Stimme und ein braunes schweres Gesicht, mit Barthaaren auf dem Kinn. Es schien, daß sie mindestens halbe Araberin war, das Französisch, das sie sprach, war kehlig und dunkel.

Erst musterte sie Sebastian aus finster verkniffenen Augen; als sie den Wagen und darin die Dame bemerkte, wurde sie liebenswürdiger. – Aber Zimmer war keines frei, nein, da sei nichts zu machen.

Sebastian ging zu Sonja zurück, ihr den Bescheid auszurichten, die Frau inzwischen blieb an der Türe stehen, um mit träger Neugier zuzuschauen, wie die beiden jungen Leute miteinander verhandelten. Sonja antwortete gar nicht; sie machte die Augen zu. Ihr Gesicht war ganz weiß – ob das am Mondlicht lag? –, und mit den geschlossenen Augen war sein Ausdruck so schmerzensvoll, daß Sebastian erschrak. «Ich werde es noch einmal versuchen», sagte er schnell und ging zu der Braunen zurück. Madame sei sehr überanstrengt, erklärte Sebastian und wies auf Sonja, die unbeweglich im Wagen blieb, immer mit den geschlossenen Augen und dem gespannten, mißtrauisch horchenden Zug. (Worauf horcht sie nur? Mein Gott, seit wann hat sie denn diesen Zug?) – Ob denn da gar nichts zu arrangieren sei? Irgendeine kleine Stube freizumachen?

Sie parlamentierten lange. Schließlich stellte sich heraus, daß ein kleines Hinterzimmer morgens um vier Uhr frei werden sollte. Jetzt war es zwei Uhr nachts. Um vier Uhr reiste ein Monsieur ab, wenn sie sich so lang gedulden wollten – –

Sebastian wieder zu Sonja. Um vier Uhr, ein Hinterzimmer. Sie nickte. «All right. Warten wir eben so lang.» Sebastian ging wieder zur Wirtin, bat sie, das Zimmer zu reservieren, ging zum Wagen zurück.

«Was tun wir inzwischen?» Sonja hatte die Augen aufgemacht, sie waren zugleich glänzend und trübe.

«Sonja – du hast bestimmt Fieber –»

«Nur Kopfschmerzen. Wohin fahren wir also?»

«Na, vielleicht zurück in die idiotische Bar, wo ich vorhin gewesen bin.»

«All right.»

Auf den Straßen waren noch auffallend viel Menschen, Araber, Legionäre und Zivilisten. Sie schienen einander ähnlich zu sein, wenigstens einen verwandten Gesichtsausdruck hatten sie alle; etwas zugleich Geschärftes und Abgestumpftes in den braunen zerfurchten Mienen, und in den Blicken eine gewisse apathische Gier. Viele waren betrunken und sangen, aber es war eher Gegröl, das freudlos klang.

Ein paar Matrosen, rote Quasten auf den runden Mützen, schlenderten in Ketten von vier und fünf Mann. Sie riefen Sonja, die, ohne links und rechts zu sehen, mit gespanntem Gesichtsausdruck den Wagen führte, unanständige Witze zu.

Ein arabisches Viertel schien es hier nicht zu geben, oder es mußte weitab liegen. In dieser Gegend waren auch die meisten Eingeborenen europäisch gekleidet, mindestens trugen sie einige europäische Stücke, etwa zum Burnus den Filzhut, schwarze Stiefel und einen Regenschirm.

Die Stadt war sehr häßlich.

In der Bar war es inzwischen noch voller geworden. Sie suchten sich einen Tisch im hinteren Zimmer; an der Teebar kam man vor Gedränge kaum vorbei. Sebastian bestellte wieder einen Pernod, Sonja eine Orange pressée. «Ich habe ekelhaft Durst», sagte sie hastig.

Es wurde getanzt, obwohl das elektrische Klavier derart verstimmt war, daß man die Melodie kaum unterscheiden konnte. Das Stück, was gerade lief, hatte siegesgewissen Marschrhythmus.

Sonja schien unter dem Lärm sehr zu leiden. Ihr Gesicht sah jetzt noch blasser aus als draußen, sogar die Lippen waren beinah weiß. Alle Farbe schien konzentriert in die Augen, die tiefschwarz und sehr unruhig waren. Sebastian bekam furchtbare Angst.

«Du bist *doch* krank.»

«Aber nein, wirklich –» Dabei lächelte sie freilich so angegriffen, daß ihr auch ein schlechter Beobachter nicht geglaubt hätte.

«Willst du versuchen, hier zu schlafen? Lehn dich doch an mich, so –»

Sie lächelte mühsam: «Wird wohl kaum gehen.» Aber gehorsam versuchte sie es doch. Zwei oder drei Minuten lang lag an seiner Schulter ihr Kopf. (Weißes Gesicht nah an seinem, aber er ahnt nicht, wohin sie horcht. Wohin horchte sie? Beide grübeln, Sebastian und Sonja: Gemeinsam und doch getrennt.)

Sie richtete sich bald wieder auf (verwundetes Lächeln).

«Es ist doch nicht das Wahre. – Ich habe wirklich blödsinnige Kopfschmerzen.» Sie holte sich die Syphonflasche mit einem gierigen und schnellen Griff, spritzte sich Syphon in ihr Glas.

Die dicke Patronne, jetzt etwas angeheitert, winkte ihnen von der Bar zu: «Auch wieder da, junger Mann? Und die Braut mitgebracht?» – Andere wurden auf sie aufmerksam, ein paar von den Soldaten machten Witze, und eine von den strammen Busen im bunten Glitzerstoff, die noch keinen Kavalier gefunden hatte, wollte einen Whisky bezahlt haben.

Der Gentleman mit den starren Augen setzte sich an ihren Tisch, ohne daß sie ihn dazu aufgefordert hätten. Sie bestellten ihm einen Whisky, und er fragte sie, ob sie auf der Durchreise hier wären. Ja, das sei ein unheimlicher Ort, sagte er. – Er müsse das ganze Jahr hier leben, Gott sei es geklagt. Ob ihnen dieser Puff hier gefalle. Er machte eine verächtliche Handbewegung: «Das ist ja ein richtiges Bordell hier», sagte er streng. Und fügte hinzu: «Ich sitze hier jeden Abend.»

Die Unterhaltung ging schleppend und immer wieder unterbrochen vom Gelärm des elektrischen Klaviers und der Weiber. Schließlich fingen einige Fremdenlegionäre auch noch an, im Chor ein Marschlied zu singen. Sonja fragte, wieviel Uhr es sei. Es war erst Viertel nach drei Uhr.

Sie wollten trotzdem nachsehen, ob ihr Zimmer nicht schon frei geworden wäre. Sie zahlten und gingen.

Ihr Zimmer war wirklich schon frei, die braune Alte geleitete sie hin. Es war eine Kammer, in der nichts Platz gehabt hätte als das Bett. An die Wand gepreßt stand ein dürftiges unreines Waschgestell. Das Fenster ging auf den Hof.

Sonja sank in ihrem weißen Automantel aufs Bett. Plötzlich stöhnte sie.

«Ist das Kopfweh so schlimm?» fragte Sebastian, der sich über sie neigte. Sie antwortete nicht. «Ich will dir einen Umschlag machen», sagte er und tauchte ein Taschentuch in das Waschbecken. Er legte ihr das feuchte Tuch auf die Stirne. Sie lächelte mühsam. «Danke», sagte sie.

Ihre Stirne war glühend heiß. Sie hatte sehr hohes Fieber. Sebastian saß neben ihr auf dem unsauberen Bett. Er war stumm vor Angst.

«Ich muß einem Arzt telephonieren», sagte er schließlich.

«Nein, laß doch», sagte sie. «Jetzt kommt doch keiner. Vielleicht morgen früh.»

Ihre Wangen, die vorhin so weiß gewesen waren, glühten jetzt. Aber der angespannt lauschende, mißtrauische Zug zwischen den Brauen verschwand nicht. Er blieb die ganze Nacht.

Sebastian erneuerte die Umschläge. Er tauchte das Taschentuch hundertmal ins Becken. Manchmal fragte er, ob es sehr schlimm sei. Sie antwortete: «Nein, weißt du – nur so blödsinnige Kopfschmerzen – so ein Ziehen und Pochen – ganz blödsinnig. Aber schlaf du doch wenigstens, Liebling – wenn ich schon immer auf diese Schmerzen achtgeben muß.» Sie versuchte ihm zuzulächeln, aber ihre ausgetrockneten Lippen gehorchten nicht. Sebastian stand auf. Er fühlte, daß er gleich losweinen mußte.

Er machte ihr weiter Umschläge. Sie hatte Aspirin, Pyramidon, Pantopon geschluckt, aber es nutzte nicht. Auf dem Kissen bewegte sich unruhig ihr Kopf.

Ihr armer Kopf. Ihr armer Kopf. Ihr armer, armer geliebter Kopf.

«Es kommt von der Sonne», sagte Sebastian. «Wir hätten doch Tropenhelme kaufen sollen. Oder vielleicht noch vom Kräutlein H.»

«Es wird schon vorbeigehen», sagte sie.

Die Nacht ging vorbei. Sonja behauptete, daß die Schmerzen etwas nachgelassen hätten. Sie schlief eine Stunde.

Am Morgen gelang es Sebastian, ein besseres Zimmer für sie zu bekommen. Es war etwas größer, lag im ersten Stock und hatte den Blick auf die Straße. Sebastian führte Sonja die Treppe hinunter. Sie hatte den schwarzen Schlafrock an, wie in der Teufelsnacht. Ihr Gesicht war so weiß wie damals, aber ihre Augen glänzten noch auf andere Art. Bei jedem Schritt biß sie die Zähne aufeinander, um nicht vor Schmerzen aufschreien zu müssen. Sie grimassierte vor Qualen und mußte lachen, weil sie grimassierte.

In dem besseren Zimmer war die Decke von Fliegen schwarz. Das Bett war nicht sauberer als das andere. Die Wirtin brachte eine Limonade für Sonja. Sonja fragte, ob das Auto gut in der Garage aufgehoben sei.

Sebastian sagte wieder, daß man einen Arzt holen müßte, aber Sonja wehrte sich mit einer merkwürdigen Heftigkeit. «Was *soll* er mir?» fragte sie zornig. – Sebastian erkundigte sich trotzdem bei der Patronne, ob es einen Doktor in Ouidjda gebe. Ja, es gebe einen, aber der war gerade in Algier.

Trotz Morphium aus der Reiseapotheke wurden die Schmerzen gegen Mittag immer grauenhafter. Sonja stöhnte und warf den Kopf hin und her. An ihrer Seite, Sebastian, konnte nichts tun, als ihr die Fliegen wegwedeln und ihr kalte Umschläge machen.

Ihr Antlitz, das sich mit geschlossenen Augen vor ihm im Kissen bewegte, wurde ihm immer fremder. Es glühte, und es verfiel.

Mittags um zwei Uhr aß Sebastian unten im Restaurant. Es gab ein Hammelfleisch, das zu scharf schmeckte. Die Bärtige bediente selbst. Sie fragte, wie es dem Fräulein gehe. Im roten Wein schwammen Fliegen. Als Nachtisch gab es eine rote Wassermelone, die sehr erfrischend war.

Das einzige Antlitz auf dieser Welt, das ich gekannt habe und zu dem ich Vertrauen hatte, will sich mir entziehen. Es will fremd werden, damit ich es nicht mehr kenne.

Abschied ist das ewige – –

Wir haben uns um die gehäuften Löffel gezankt wie ein kleiner Bruder und eine kleine Schwester. Habe ich das nicht schon einmal erlebt?

Sebastian telegraphierte an Geheimrat Bayer und an Gregor Gregori: «Sonja sehr krank» – – und die Adresse.

Ihr Fieber stieg, sie sprach wirr. Es mußte Salem sein, von dem sie sprach, denn ein wehendes Kapuzenmäntelchen kam mehrmals vor. «Aber warum schlägst du mich so?» rief sie und warf das leidende Haupt.

Sie sang vor Schmerzen, wie damals, als sie gesungen hatte, um nicht «abreisen» zu müssen.

«Ich halt's nicht mehr aus!» schrie sie, jäh aufgerichtet.

Sebastian erkundigte sich wieder nach dem Arzt, aber er war noch nicht von Algier zurückgekommen.

Abends kam ein Telegramm von Bayer: «Abreise heute abend Marseille-Algier-Ouidjda. Drahtet mir Marseille, Hotel Noailles, Sonjas Befinden –»

Von Gregor kam keine Antwort.

Die Wirkung des Morphiums hielt immer kürzere Zeit, aber eine halbe Stunde konnte Sonja doch schlafen. Als sie aufwachte, kamen auch die Schmerzen wieder. Sebastian konnte es nicht mehr ertragen, zuzusehen, wie sie den Kopf bewegte. Er stürzte durchs Zimmer.

«Was soll aus ihrem Fordwagen werden?» dachte er plötzlich in einem panischen Schrecken. Er sah den Wagen, klein, grau, plump und einsam in dem Garagenverschlag des Metropol-Hotel stehen.– «Ob es Gehirnhautentzündung ist?»

Er tauchte das Taschentuch ins kalte Wasser. Über ihr Gesicht geneigt, hörte er, daß sie murmelte. Sie sprach von «abreisen». «Und es kommt doch vom Kräutlein H. –––», murmelte sie.

Sebastian blieb an Sonjas Bett; waren es noch zweimal vierundzwanzig Stunden oder eine dreifach so lange Zeit? Er verscheuchte die Fliegen und tauchte die Kompressen ins Wasser.

Er glaubte, daß sie ihn nicht mehr erkennen würde, so verändert war ihr Gesicht. Sie erkannte ihn aber noch einmal.

Ihre Schmerzen ließen nicht mehr nach, bis zum Ende.

*

Kleine Theater – B. Z. vom 18. Mai

Doktor Bernhard Massis hat eine Aufforderung Gregor Gregoris, Propagandachef der Schauburg und künstlerischer Berater der Direktion zu werden, *angenommen*.

*

Aus Petis Tagebuch

18. V.

In der Schule, scheußlich wie immer. «Sumpfquadrat» in der Geographie wahnsinnig gebrüllt. Schneiderhahn mich im Deutschen nicht drangenommen, obwohl ich mich gemeldet habe und etwas ganz Besonderes über die Jungfrau von Orleans sagen wollte (ich glaube, er hatte *Angst*). *Elmar hat gefehlt.* Ich habe *wahnsinnige* Angst, daß er wirklich krank ist. Vielleicht schwänzt er aber auch nur. Auf jeden Fall schaue ich nachmittags an seiner Wohnung vorbei. – Fräulein Blei, wieder recht spitz und blöd und urschelhaft beim Mittagessen. Onkel total vertrottelt. Ich will nächstens ein gepfeffertes Lustspiel schreiben, in dem ich die ganze Gesellschaft ausgiebig *verhöhne.*

Aber erst will ich ein ganz poetisches Stück schreiben, in dem Sonja die Hauptrolle spielen soll. Vielleicht ein bißchen wie «Schwanenweiß» oder wie «Leonce und Lena». Sonja, in einem weißen Gewand, mit Blumen im Haar. – Übrigens habe ich vergessen, hier aufzuschreiben, daß sie mir vor ein paar Tagen eine Karte geschrieben hat, aus einer Stadt, die Fez heißt (es waren so arabische Baulichkeiten darauf). Dieser Tage rechne ich wieder damit, eine Karte von ihr zu bekommen. Sie erlebt so viele *interessante* Dinge. Und wenn sie dann erst selber erzählt – –

Ich muß aufhören, denn ich habe wirklich *unbeschreibliche* Angst, daß mit Elmar etwas Ernsthaftes los ist.

Nachwort

«Treffpunkt im Unendlichen» ist der Roman Klaus Manns, der das Lebensgefühl und den Alltag dieses Autors und der Menschen um ihn am unmittelbarsten wiedergibt. Dennoch ist nicht bekannt, zu welchem Zeitpunkt und aus welchem Impuls heraus Klaus Mann dieses Werk konzipierte. Eine in den Tagebüchern des Jahres 1936 enthaltene summarische Rückschau weist auf einen möglichen Ausgangspunkt hin: «1929. [...] Große Zeit der ‹Bohème›.»[1] Spätestens im Herbst 1929 begann Klaus Mann, mit den Drogen zu experimentieren, die in «Treffpunkt im Unendlichen» einen breiten Raum einnehmen. Die Epoche der internationalen Bohème der zwanziger Jahre ging mit dem New Yorker Börsenkrach vom 24. Oktober 1929 zu Ende, der geradlinig zum ersten großen Wahlsieg der Nationalsozialisten am 14. September 1930 führte.

Der Geist der Zeit vom Oktober 1929 bis zur Machtübernahme der Nationalsozialisten am 30. Januar 1933 war für Klaus Mann von einem «Gefühl der Hohlheit, der Vergeblichkeit» geprägt, wie er in seiner Autobiographie «Der Wendepunkt» schrieb. «Inmitten der allgemeinen Auflösung wurde die eigene Betriebsamkeit zur makabren Farce. Man schwatzte, scherzte, warnte, predigte – und es gab keine Antwort.»[2]

Das Angebot einer illustrierten Zeitung, im Frühjahr 1930 eine Autoreise durch Nordafrika zu unternehmen, eröffnete Klaus Mann die Möglichkeit, für einige Wochen vor dieser bedrückenden Atmosphäre in Deutschland zu fliehen. Insbesondere galt es wohl, am Tag der Hochzeit seiner früheren Verlobten Pamela Wedekind mit Carl Sternheim am 17. April 1930 möglichst weit weg zu sein. Um mit ihrem Bruder zusammen fahren zu können, weigerte sich Erika Mann, ihren Vertrag für eine von ihr als schlecht empfundene Rolle an den Berliner Kammerspielen unter der Regie ihres geschiedenen Mannes Gustaf Gründgens zu verlängern. In «Treffpunkt im Unendlichen» ist die Entscheidung der Schauspielerin Sonja, ihre Verlobung mit dem Tänzer Gregor Gregori zu lösen, um im Auto nach Nordafrika zu fahren, eines der wichtigsten Momente der Handlung.[3]

Eine Vorstufe zum Roman war der «Afrikanische Reisebrief» mit der Überschrift «Salem», der bereits im Februar 1931 in der beliebten Zeitschrift «Velhagen und Klasings Monatshefte» erschien.[4] Zu diesem Zeitpunkt fuhren Erika und Klaus Mann im offenen Wagen «von Bayern nach Preußen», mit dem Ergebnis, daß das Auto «dicht vor Wittenberg [...] entzwei ging» und daß Klaus Mann «mit fast 40 Grad Fieber in Berlin ankam».[5] Auf dieses Ereignis wird am Schluß von «Treffpunkt im Unendlichen» angespielt; es stellt eventuell den äußeren Anstoß zur Entstehung des Romans dar.

Mitte April 1931 reiste Klaus Mann an die französische Riviera. Bald nach der Ankunft im Hotel du Pin Doré in Juan-les-Pins begann er mit der Niederschrift von «Treffpunkt im Unendlichen». An der Riviera fand er seine alte Schulfreundin Gert Frank vor, «sehr schmuck in großen Pyjama-Aufzügen»[6], die ihm Anregungen zur Figur der Do gab. Seine Verehrerin, die deutsch-amerikanische Malerin und Zeichnerin Eva Herrmann, und die beiden Schriftsteller Wilhelm Speyer und Peter de Mendelssohn waren ebenfalls an der südfranzösischen Küste. Letzterer beschreibt sehr anschaulich einen Besuch Klaus Manns bei ihm in der damaligen Zeit: «Ich öffnete und sah im halben

Licht der trüben Straßenlaterne Klaus auf meiner Schwelle stehen, begleitet von einem schmalen, liebreizenden Mädchen [Eva Herrmann], dessen elfenbeinerne Schönheit mich sogleich gefangennahm. [...] Ich weiß nicht, woher Klaus diesen meinen Aufenthalt überhaupt kannte, wie er ihn gefunden hatte, was ihn trieb, den beschwerlichen Weg den steilen Berg hinauf in dieses unwirtliche Nest zu machen. Daß er es tat, war charakteristisch für ihn. Er wußte immer, wo alle seine Freunde waren [...], daß er mir eine Freude machen würde, wenn er zu dieser Stunde, im Dämmerlicht, plötzlich erschiene. Und so nahm er sich die Mühe.»[7]

Nach kurzer Zeit in Juan-les-Pins zog Klaus Mann ins Grand Hôtel des Bains nach Bandol. Dort kostete der herrliche Mittelmeerblick siebzig Francs mit Vollpension. Um seine schöpferischen Kräfte auf Hochtouren zu bringen, ging Klaus Mann jeden Tag schwimmen, und es bestätigte sich, was er soeben im mit Erika Mann gemeinsam verfaßten «Buch von der Riviera» geschrieben hatte: «Arbeiten [...] ist eigentlich [...] das Schönste, was man dort unten tun kann, [...] ungewöhnlich ist die Kraft dieser zugleich beruhigend sanften und bunten Landschaft, *konzentrierend* zu wirken ...»[8] Offenbar fühlte er sich, wenn irgendwo auf der Welt, dann an der Riviera zu Hause, wo er achtzehn Jahre später, wie seine Romanfigur Richard Darmstädter, durch eigene Hand «seinen eigenen Tod» gestorben ist.

Im benachbarten Sanary lernte Klaus Mann den englischen Erzähler Aldous Huxley kennen, dessen Roman «Point Counter Point» strukturell wie inhaltlich als eines der Vorbilder zu «Treffpunkt im Unendlichen» gedient hat.

Wie um die vielen Freundschaften auszugleichen, gab es auch eine Feindschaft zu bewältigen. Der reiche Störenfried hieß Leo Sundheimer und wurde in «Treffpunkt im Unendlichen» als der Stimmenfetischist Konsul Bruch karikiert. Einen Brief an Erika Mann vom 16. April 1931 begann Klaus Mann ganz aufgeregt: «Du *mußt* wissen, daß kein anderer, als der Sundheimer hier an uns herangetreten ist. Er beträgt sich unsagbar lächerlich und schleimig, behauptet, daß Gert eben *genau* so spräche wie Du und schickt ihr deshalb langstilige [sic] Rosen.» Bald berichtete er stolz: «Sundi haben wir derart mit Frost traktiert, daß er sich dann doch zurückziehen mußte. Gleichzeitig hat es ihn natürlich sehr *beeindruckt.*»[9] Einer Ansichtskarte von Klaus Mann an Erika Mann fügte Gert Frank mit gegen Sundheimer gerichtetem Sarkasmus hinzu: «Erika, ich habe Dir Deinen Leo gelassen.»[10]

Am 6. Mai 1931 war «Treffpunkt im Unendlichen» bereits zu einem Drittel gediehen. Spätestens Mitte August, vier Monate nach Aufnahme der Arbeit – im Juni war Klaus Mann auf dem Umweg über Berlin ins Elternhaus nach München zurückgekehrt –, war der Roman abgeschlossen.

Gert Frank und Leo Sundheimer waren keineswegs die einzigen Personen, die Klaus Mann in «Treffpunkt im Unendlichen» literarisch «verwertet» hat. Kaum eine Handlung, kaum eine Figur Klaus Manns ist völlig frei erfunden. Er benutzt die Namen von flüchtigen Bekannten oder guten Freunden und verleiht sie Gestalten, die mit dem ursprünglichen Namensträger wenig oder nichts gemeinsam haben. Klaus Mann, wie Thomas Mann vor ihm, beobachtet das Erscheinungsbild, die Körpersprache der Menschen in seiner Umgebung und greift auf diese optischen Eindrücke zurück bei der äußeren Schilderung von Figuren. Diese weisen oft gänzlich andere Motive und Charaktereigenschaften auf als die äußerlich «Abgebildeten». Insbesondere verschmilzt Klaus Mann gern zwei oder mehr Personen des wirklichen Lebens zu einer einzigen dichterischen Figur. Züge eines Selbstporträts sind fast immer vorhanden. Bereits 1906 hatte Thomas Mann den Aufsatz «Bilse und ich» geschrieben, um die zahlreichen Menschen zu besänftigen, die sich von ihm abgebildet wähnten und sich beleidigt fühlten. In diesem Essay hatte Thomas Mann bekannt: «Nicht von euch ist die Rede, gar niemals, seid des nun getröstet, sondern von mir, von mir ...»[11] Der Zorn von Klaus Manns ehemaligem Schullehrer Paul Geheeb über die Erzählung «Der Alte»[12] gab Anlaß zu einer ähnlichen Stellungnahme Klaus Manns: «Ich habe eine Nacht-, Traum- und Spukphantasie veröffentlicht, [...] und in dieser Phantasie, die, wie alles was man schreibt, Maske, Hülle, Form für eigene Einsamkeit ist, kommt Ihr Bart, Ihr Blick, Ihr Mienenspiel vor.»[13] Ganz direkt bildet Klaus Mann sich selbst in «Treffpunkt im Unendlichen» in der Gestalt des Sebastian ab. Das Scheitern der Liebesbeziehung zwischen Sebastian und Sonja spiegelt die Grundwahrheit Klaus Manns wider, die er am 23. Januar 1933 seinem Tagebuch anvertraut hat: «Dies Leben, das eigentlich nur mit E[rika] zu teilen wäre; uns nicht beschieden.»[14]

Daß Klaus Mann immer sich selbst meinte, konnten Außenstehende nicht unbedingt nachvollziehen. Am meisten von «Treffpunkt im Unendlichen» beleidigt fühlte sich offensichtlich der Dramatiker Carl Sternheim, der Klaus Mann ursprünglich sehr freundlich gesonnen gewesen war. Nach dem Erscheinen des Romans richtete Sternheim einen offenen Brief an den S. Fischer Verlag, worin er «schallendsten Protest im Namen unserer geschändeten Literatur» gegen die in «Treffpunkt im Unendlichen» enthaltenen «teuflischen Schweinereien» erhob. Die «Gegner unseres Vaterlandes» im Ausland, befürchtete der aufgebrachte Sternheim, könnten anhand des Romans versuchen, «eine allgemeine Barbarei der Sitten in Deutschland zu beweisen».[15] Vermutlich bezog Sternheim die Figur des Dr. Massis – irrtümlicherweise – auf sich selbst. Dr. Massis hat in Wahrheit wohl etwas mehr – aber auch nur begrenzt – mit Gottfried Benn zu tun.

Richard Darmstädter hat nur seinen Namen von Klaus Manns Mitschüler Robert Darmstaedter; sonst ist er aus Klaus Manns Jugendfreunden Wolfgang Deutsch und Ricki Hallgarten «zusammengesetzt». Mit Froschele hat Klaus Mann versucht, sich vorzustellen, was Thea («Gockele») Frenzel, der Gouvernante seiner jüngsten Geschwister, widerfahren wäre, wenn es sie als junges Mädchen aus Landshut ins Sündenbabel Berlin verschlagen hätte. Greta Valentin spielt auf eine Figur des öffentlichen Lebens an, die Tänzerin Lena Amsel, die Klaus Mann wohl kaum persönlich gekannt hat.[16] Das frustrierte Universalgenie und Mitglied der rechtsextremen Action Française Sylvester Marschalk ist eine Anspielung auf den mit Klaus Mann befreundeten Dichter Georg Dobò aus dem Banat, der sehr viel später, unter dem Pseudonym Georges Devereux, als Ethnologe und Psychoanalytiker zu Ruhm gelangt ist.

Am eingehendsten ist die Verwandtschaft zwischen Gregor Gregori und der Hauptfigur Hendrik Höfgen des späteren Romans «Mephisto» untersucht worden, und zwar von Werner Rieck. Dieser stellte fest: «Gregor Gregori und Hendrik Höfgen, die Gestalten aus den Romanen von 1932 und 1936, sind weitgehend identisch, beide die stilisierte Figur des einen Typs, der in seinem Drang zum Erfolg und mit seinem Karrierestreben zum ‹Affen der Macht› und zum ‹Clown zur Zerstreuung der Mörder› im Dritten Reich wurde. Vergleicht man die Zeichnung des Äußeren, des Berufsweges und des Charakters dieser beiden Gestalten durch Klaus Mann, so tritt diese Identität in überzeugender Weise zutage. Geradezu leitmotivisch wird bei beiden Gestalten die Charakteristik ihres Äußeren durch die Beschreibung des markanten Kinns, der Augen, des Haares und der Hände gegeben. [...] Was der Autor im ‹Mephisto› als ‹zweite Konjunktur› Hendrik Höfgens bezeichnet und darstellt, den Aufstieg des Schauspielers ‹im Berlin der System-Zeit›, das ist im Grunde die Geschichte Gregor Gregoris.»[17] Inzwischen haben Klaus Manns Tagebücher Aspekte seiner Beziehung zu seinem einstigen Freund Gustaf Gründgens offenbart, welche die Entstehung der Romanfiguren Gregor Gregori und Hendrik Höfgen zusätzlich beleuchten.

Für das Jahr 1929 verzeichnet Klaus Mann einen «Streit mit Gustaf, Charlys wegen»[18]. Anscheinend hat Gründgens Klaus Manns Freund Charly Forcht an sich zu ziehen gewußt, was der eigentliche Anlaß des Bruchs der Freundschaft zwischen Gründgens und Klaus Mann gewesen sein mag. Der Verlust von Charly Forcht an Gustaf Gründgens scheint für Klaus Mann recht traumatisch gewesen zu sein. Vermutlich befürchtete er, neben der faszinierenden Ausstrahlung Gustaf Gründgens' verblasse seine eigene Anziehungskraft. Noch nach der Beendigung von «Treffpunkt im Unendlichen» hallte das Erlebnis schmerzhaft nach, wie den Tagebucheintragungen vom 19., 21. und 24. Dezember 1931 zu entnehmen ist: «Viel, und böse, an Gustaf und seinen Charly gedacht, die eben draußen bei Ricki sind. […] Innerlich böse auf Babs, der nicht bei mir anruft, solang Gustaf hier ist. […] E[rika] und Ricki mit Gustaf […] telephoniert. Ich nicht an den Apparat gegangen. Warum denke ich soviel und mit so bewegter Antipathie an ihn? Er ist nicht mein ‹Gegenspieler›, wenn ich es klarer sehe. Durch Gregor Gregori sollte ich ihn abgetan haben. Warum drängt er sich wieder in unsere Nähe? Warum gibt Ricki so mit ihm an? Er ist doch durchschaut.»[19]

Bei keinem anderen Roman Klaus Manns ist die literarische Qualität so umstritten wie bei «Treffpunkt im Unendlichen». Es ist bis heute beinahe das einzige erzählerische Werk Klaus Manns geblieben, das nur ein einziges Mal übersetzt wurde – und zwar gleich 1933, ins Dänische. Dabei gelangte die letzte Seite, Petis abschließende Tagebucheintragung, die an den brutalen Schluß von Georg Büchners «Woyzeck» erinnert, groteskerweise nicht zum Abdruck. Beim ersten Erscheinen des Romans im Frühjahr 1932 war zu spüren, daß die «Gehässigkeit», die Klaus Mann gewohnheitsmäßig von der Kritik nicht nur von rechts, sondern auch von links entgegenschlug, sich «vertieft» hatte; sie war «böser, kälter, feindlicher geworden». Wie Klaus Mann im «Wendepunkt» erkannt zu haben glaubt, war es «eine Gehässigkeit, die vernichten will. Erst quälen und dann töten. [...] Dies war nicht mehr von der komischen Seite zu nehmen wie die Skandale meiner früheren Zeit. Es wurde Ernst.»[20]

Vor allem der Marxist Siegfried Kracauer, später Autor eines Standardwerks über die Filmgeschichte und der bedeutendsten Biographie von Jacques Offenbach, blieb für die in «Treffpunkt im Unendlichen» enthaltene Gesellschaftskritik unempfänglich: «Klaus Mann mit seinem Schreibtalent schreibt das schmierige Leben einfach ab, ohne ihm irgendeine Bedeutung zu entnehmen, und fühlt sich ganz wohl dabei», verkündete er ex cathedra. «Einverschmiertes Talent. Eine wendige Schmiererei.» Als vermeintlich unpolitisches Dokument fand Kracauer den Roman «einfach zum Kotzen» – eine Beleidigung, die wahrscheinlich als Symptom der gewalttätigen Stimmung des Jahres 1932 angesehen werden kann. Viel eher könnte Siegfried Kracauers zweiter Vorwurf gegen Klaus Mann und die mit ihm befreundeten Schriftstellerkollegen zutreffen: «Sie sammeln Erfahrungen zum einzigen Zweck der sofortigen Verwendung, sammeln also in Wirklichkeit keine.»[21]

Der Klaus Mann bis 1933 nahestehende Schriftsteller und Freund Wilhelm Emanuel Süskind widerspricht Kracauers Kritik diametral: «An dem Buch verdrießt freilich [...] eine Sucht, durch eingesprengte soziale Hinweise die Hauptfiguren mit der Zeit zu verknüpfen; in Wirklichkeit müssen sie aus sich heraus Gültigkeit haben, sie gewinnen sie nicht durch angebliches Mitgefühl mit den Beladenen dieser Zeit.» Dieser Rüge zum Trotz meint Süskind, Klaus Manns Erzählkunst habe mit «Treffpunkt im Unendlichen» an Reife gewonnen: «Bisher hatte Klaus Mann dazu geneigt, seine Lieblingsfiguren (nämlich die strahlenden und die dekadenten Jugendlichen) zu idealisieren, die andern Gestalten dafür aber stark als Chargen zu behandeln; er hatte überdies die Welt der Dinge noch nicht mit der ganzen Fabulier- und Sinnenlust angegangen, die einem Schriftsteller eigen sein muß. [...] Aus dieser künstlerischen Beschränkung schreibt er sich in dem neuen Roman ganz sichtbar frei ...»[22] Auch der Verleger Samuel Fischer glaubte, in «Treffpunkt im Unendlichen» Klaus Manns «erstes richtiges Buch» zu entdecken.[23]

Mit fast pedantischer Genauigkeit wurde «Treffpunkt im Unendlichen» von Hermann Hesse gelesen, der das Werk erst im Mai 1933, dem Monat der nationalsozialistischen Bücherverbrennung, ohne den Titel und den Autor zu nennen, in der «Neuen Rundschau» besprach: «Neulich las ich einen neuen Roman, die Dichtung eines begabten jungen Autors, der schon einen gewissen Namen hat, ein hübsches, gutgesinntes jugendliches Werk, das mich interessierte und an manchen Stellen erfreute. [...] Ich las also mit Teilnahme und mit kollegialer Achtung den Roman, nicht Alles verstehend, nur Weniges belächelnd, Vieles aufrichtig anerkennend. [...] Der Held kommt nach Berlin, steigt im Hotel ab, und zwar im Zimmer Nummer Elf, und wie ich das lese (wie bei jeder Zeile als Kollege des Autors handwerklich interessiert und lernbegierig), denke ich: ‹Wozu braucht er diese genaue Bezeichnung der Zimmernummer?› Ich warte, bin überzeugt, die Elf werde schon irgendeinen Sinn haben, vielleicht sogar einen sehr überraschenden, hübschen, reizvollen. Aber ich werde enttäuscht. Der Held kehrt, eine oder zwei Buchseiten später, in sein Hotel zurück – und hat jetzt plötzlich die Nummer Zwölf! [...] Der Autor [...] hat seine Arbeit nachher nicht wieder durchgelesen, hat offenbar auch keine Korrektur gelesen oder er las sie eben gerade so gleichgültig und obenhin wie er jene Zahlen hingeschrieben hat: [...] Und auf einmal verliert das ganze Buch an innerem Gewicht, an Verantwortung, an Echtheit und Substanz, alles wegen dieser dummen Nummer Zwölf.»[24] Wie sehr schämte sich Klaus Mann nun «wegen Nummer Zwölf! Wie konnte mir das passieren – und denken Sie sich, ich hatte es bis jetzt nicht gemerkt! Dieses problematische Buch, gegen das sich so furchtbar viel sagen läßt, ist ja von unserer Presse besonders dumm und ungerecht beurteilt worden. Und nun finden Sie doch auch, daß ganz gute Sachen drin zu finden wären. Der Selbstmord in Nizza, zum Beispiel, oder der Haschisch-Rausch sind doch wirklich ganz geglückte Abschnitte.»[25]

Um zwei Jahre verspätete sich die Reaktion von Katia Manns Zwillingsbruder Klaus Pringsheim auf das Buch in seinem bisher unveröffentlichten Brief an Klaus Mann vom 18. Juli 1934. Über das Werk, das er mit «Gustafs Benehmen» betitelt und als «Romanfortsetzung» der Autobiographie «Kind einer verschollenen Zeit» bezeichnet[26], schreibt Klaus Pringsheim seine «erste und auch [...] bei weitem längste Romankritik». «Der Haschischrausch ist echt prächtig», befindet der Onkel, «und Eri's Tod ganz große Klasse, man kann sagen, er wirkt erschütternd. Einen kleinen Ruck gab es mir aber, daß Du Dir, als es zu Ende geht, Gedanken machst, was mit ihrem feinen Auto wird. [...] Eine ausgesprochene Pracht ist Froscheles Weihnachtsfeier im Sanatorium. [...] Bei W. B.'s Abendgesellschaft glaubt man Heinrich Mann zu lesen; stellenweise auch Wedekind; stellenweise auch Sudermann. Kein Wunder denn, daß sich hie und da heimlich als Vierter der kl. Moritz in den Bund geschlichen hat. Daß Du Deinen Stil auch an Kerr gebildet hast, war mir eine neue Nuance. [...] Auch wird in dem Roman viel Mann-Jargon gesprochen, nicht nur von den zweifellos dazu berechtigten Personen; stellenweise auch vom Autor.»[27] Dieser geistreiche Brief übersieht den Einfluß des Romans «Die Vaterlandslosen» des Dänen Herman Bang, der sich neben dem Ernest Hemingways in «Treffpunkt im Unendlichen» weitaus stärker bemerkbar macht als der Heinrich Manns oder gar Sudermanns. Frank Wedekind hinterläßt vor allem bei der Figur der Greta Valentin seine Spuren.

Klaus Manns Freund Erich Ebermayer scheint das Buch einer recht strengen Kritik unterworfen zu haben. Am 3. Mai 1932 hatte Klaus Mann, trotz der Begeisterung seines Bruders Golo Mann über das Werk, sich in seinem Tagebuch gefragt: «Wieweit soll diese im Ganzen zunächst mehr negative Aufnahme bestürzen?»[28] Sein Brief an Erich Ebermayer vom 4. Juni 1932 enthält eine recht differenzierte Antwort auf diese Frage: «Ich bin der erste, der die vielfach kühle und sogar feindliche Reaktion versteht, die dieser Roman auslöst. Das hat seine guten Gründe, und ich tue gut, aus ihnen zu lernen. Andererseits kenne ich den Rang des Buches und weiß ganz genau, daß viele Urteile nicht definitiv und keineswegs das letzte Wort sein werden. – Immerhin: Urteile wie Deines überdenke ich mir genau und lasse sie mir gesagt sein. Eine andere Sache hingegen ist es – und eine reine Frage der Nervenstärke – dem widerlichen Ansturm der Gehässigkeiten standzuhalten, der sich gerade eben wieder über mich ergießt. [...] Es ist sehr anstrengend, so viel gehaßt zu werden – auch wenn man die äußeren Gründe dafür kennt.»[29]

Auf eine wirklich verständnisvolle Reaktion – allerdings nicht aus Deutschland, sondern aus Prag – mußte Klaus

Mann bis zum September 1933 warten. Zwar spricht die junge Autorin P. Lestschinsky in ihrem Essay «Klaus Mann: Profil einer jungen Generation» dem Roman «gedankliche Tiefe» ab, würdigt jedoch den Stil, «der sich demjenigen nähert, der uns als der literarische Zukunftsstil erscheinen mag – der nur geahnte Stil des Morgen». Dem Leitgedanken des Buches schenkt Lestschinsky ihre volle Sympathie: «Es ist eine pessimistische Lösung für die Sehnsucht der Einzelwesen nach Vereinigung – Treffpunkt im Unendlichen! Die etwas mystische Art, mit der er die Hauptdarsteller – dieses Wort scheint treffend, es haftet ihnen etwas von Theater und Rolle an – [...] aneinander vorbeileben läßt, [...] ist symbolhaft die Antwort auf das Problem der Sehnsucht: die Vereinigung liegt im Ungreifbaren, Unerreichbaren.»[30] Ähnlich – aber viel schöner formuliert – faßt Fritz Strich 1950 in seinem Nachruf auf Klaus Mann den Roman auf: «Manchmal finden Begegnungen statt, und manchmal sprüht es bei Berührungen wie von elektrischen Funken – bloße Augenblicke, auf die bald der Abschied folgt, und wieder laufen die Parallelen nebeneinander fort. So bildet sich eine Form, die man nicht mit einem Mosaik vergleichen darf, aber mit einer Fuge, deren Tonreihen wie in moderner Musik nicht aufeinander abgestimmt sind, sondern in schmerzlicher Einsamkeit und dissonierender Fügung nebeneinander ablaufen.»[31]

In «Treffpunkt im Unendlichen» greift Klaus Mann zu einer relativ neuen Form, in der vielfache Handlungsabläufe verfolgt werden: dem Roman des Nebeneinanders. Diesen Ausdruck erfand Karl Gutzkow 1851 im Vorwort zu seinem Roman «Die Ritter vom Geiste»: «Ich glaube, daß der Roman eine neue Phase erlebt. Er soll in der That mehr werden, als der Roman von früher war. [...] Der neue Roman ist der Roman des Nebeneinanders. Da liegt die ganze Welt. [...] Nun fällt die Willkür der Erfinder fort.

320

Kein Abschnitt des Lebens mehr, der ganze, runde volle Kreis liegt vor uns.»[32]

1928, in einer Rezension von André Gides «Les Faux-Monnayeurs», bezeichnet Klaus Mann den Roman des Nebeneinanders als «Ideenroman», zugleich als die Form, auf die er gewartet hätte.[33] Zwei Jahre später untersucht er sie eingehend in einer Rezension von «To the Lighthouse» von Virginia Woolf. Hier reicht seine Einsicht weit über Gutzkow hinaus, indem er die Ethik und das mystische Bewußtsein erkennt, die dieser Form innewohnen: «Man hat sich früher unter einem Roman etwas anderes vorgestellt. Einen Roman schreiben hieß, eine ganz bestimmte Geschichte erzählen. Hier soll Leben gezeigt werden, scheinbar ohne jegliche Auswahl; wie es als Geruch, als Lärm, als Geschmack uns bestürmt. Denn kein Ding existiert vom anderen abgetrennt, alles ist Gewebe, Muster, Teppich und mystische Einheit. Freilich [...] ein Mittelpunkt des verschlungenen Systems ist anzunehmen, das bedeutet also schon wieder Willkür und Auswahl, schon wieder Roman. Nur daß diese Mittelpunkts- und Hauptperson nicht mehr gezeigt wird, weil gerade ihr Schicksal so über alle anderen hinaus interessant und wesentlich wäre; vielmehr damit man von ihr, als von irgendeinem angenommenen Ausgangspunkt, den Weg ins Labyrinth hinein und wieder aus ihm herausfände.»[34]

Jeder einzelne ist vom ganzen Sein untrennbar und unterzieht sich ständigem Wachstum und unaufhörlicher Wandlung. Besitz ist undenkbar. Der Erzähler im Roman des Nebeneinanders besitzt seinen Protagonisten ebensowenig ganz und ausschließlich wie man im wirklichen Leben, nach der Grundethik Klaus Manns, einen Menschen besitzen kann oder darf. Diese Ethik beruht auf dem Erlebnis, daß jeder einzelne jedem anderen im wesentlichen unzugänglich bleibt.

Wie «Manhattan Transfer» von John Dos Passos, der in wechselnder Reihenfolge die Geschicke von Jimmy und Ellen verfolgt, wie René Schickeles «Symphonie für Jazz», die ein Ehepaar auseinanderführt und die Abenteuer beider Partner aufzeichnet, besitzt «Treffpunkt im Unendlichen» nicht einen «Mittelpunkt des verschlungenen Systems», sondern zwei, Sonja und Sebastian. Der Titel des Romans bezeichnet keinen konkreten Raum, wie etwa Alfred Döblins «Berlin Alexanderplatz», ein weiteres strukturelles Vorbild für «Treffpunkt im Unendlichen», sondern ein geometrisches Postulat: Parallele Linien schneiden sich im Unendlichen. Im Laufe der Handlung werden zwei parallele Linien gezogen: Zwei Hauptfiguren leben voneinander getrennt und versuchen zusammenzukommen – umsonst, denn das Unendliche ist ein metaphysischer Raum. Alle Hauptfiguren des Werkes würden Darmstädters Wort unterschreiben, das in konzentriertester Form das zentrale Dilemma von «Treffpunkt im Unendlichen» umreißt: «Daß das Allgemeine zugleich und ebenso unmittelbar das Einzelne ist [...] was nützt uns das? Wie hilft uns das weiter? – Daß wir als Idee identisch sind, ist eine Tatsache der Logik, keine erlebte ...»

Klaus Mann will durch die Form des Romans dem Leser eine Veranschaulichung der «mystischen Einheit» allen Seins vermitteln. Die ethische Aussage wohnt der Form inne. Der Roman, der über die in der Handlung geschilderten Grenzen von Raum und Zeit hinausdrängt, bildet die einzige Unendlichkeit, in der die Figuren sich treffen können, trotz einer Handlung, die sie sogar im Tode trennt. Der Roman des Nebeneinanders stellt ein umfassendes Gespräch zwischen Gestalten dar, die sich gegenseitig nicht kennen. Im Vergleich mit der totalen Abwesenheit jeglichen Bezuges bedeuten vielleicht selbst parallele Linien einen Treffpunkt. Sebastian und Sonja brauchen sich nicht zu treffen: «Weil ich dich nicht kenne, bist du schön», heißt es in Sylvesters Märchen. Die bloße Tatsache, daß ihre miteinander verwandten Probleme und Reaktionen in dem gleichen Roman geschildert werden, ist Begegnung genug. Einzig der Roman des Nebeneinanders bildet den Raum, worin eine derart transzendentale Vertrautheit sich verwirklicht. Der Autor vermag eine Wirklichkeit aufzubauen, worin er und der Leser sehen können, «daß das Allgemeine zugleich und ebenso unmittelbar das Einzelne ist». Diese Veranschaulichung jedoch stellt kein unmittelbares Erlebnis dar. Außer in der Phantasie bleiben Schriftsteller und Leser wie die Figuren des Romans der Zeit und der Individuation verhaftet.

Den Kern der Handlung bildet, wie in fast allen Theaterstücken Klaus Manns, der Partnertausch. Durch ihn setzt sich Klaus Manns Ethos des Nichtbesitzens und sein Glaubenssatz, daß nur der sich findet, der sich verliert, in die Praxis um.

Die Komödie «Revue zu Vieren» bietet das grundlegende Muster dieses Verfahrens: Ursula Pia verläßt Allan zugunsten von Michael; dessen Freundin Renate und Allan halten sich aneinander schadlos, so gut es eben geht. Daß es keineswegs leicht geht, gibt Renate ihrer Rivalin deutlich zu verstehen: «Was würden Sie sagen, wenn ich nun vor Ihnen niederfiele und Sie *zwänge*, ihn mir zu lassen, und Ihnen zuschrie, daß ich sterben müßte, wenn ich ohne ihn bin?! Sie wissen ja, wir tun das nicht mehr. Aber vielleicht käme ein so veralteter Auftritt der Wahrheit näher als unsere sachliche Art. Gut, nach verschiedenen Richtungen trennen wir uns und jeder nimmt sich ein anderes Ziel und jeder einen anderen Weggenossen – aber niemand sage, daß dadurch etwas erleichtert sei. Das singende Zurückbleiben und das In-Sehnsucht-Ergrauen war eine weiche schwelgerische Form zu leiden, mit den Formen verglichen, die nun die unsren sind. *Gott stehe mir bei, es ist nichts leichter geworden.*»[35]

Die Angst vor dem Verlust steigert die Angst vor der an und für sich ersehnten Hingabe. Die vielleicht faszinierendste Episode im Roman «Treffpunkt im Unendlichen», in der Sonja eines Morgens das Wort «HINGABE» an allen Wänden Berlins gemalt sieht, geht auf eine reale Begebenheit zurück: In den zwanziger Jahren zog ein holländischer «Prophet» namens Peter durch Deutschland und malte das Wort «Hingabe» an geeignete Häuserwände.

Eine Gesellschaft, in der es sich zu leben lohnt, kann für Klaus Mann nur dann aufgebaut werden, wenn das Ethos des Nichtbesitzens, das dem wirtschaftlichen Denken des Marxismus zugrunde liegt, sich in der privaten Sphäre verwirklicht; wenn die Imperialisten des Herzens wie Gregor Gregori und Dr. Massis sich dazu bekehren lassen, den Freiheitswillen ihrer Mitmenschen zu respektieren. Wird die Gesellschaft von oben umstrukturiert, während im Privatleben weiterhin der Egoismus herrscht, kann eine revolutionäre soziale Struktur schwerlich von Dauer sein.

Immerhin interessieren Klaus Mann die Auswirkungen des Besitzergreifens im wirtschaftlichen Bereich jetzt mehr als früher. Zum erstenmal in seinem Romanschaffen karikiert er die Reichen und geht auf die Verhältnisse der Armen in der Gesellschaft der untergehenden Weimarer Republik ein. Der von der Weltwirtschaftskrise verdeutlichte Bankrott des Kapitalismus, das Brodeln der arbeitslosen Massen verleihen dem Werk einen unentrinnbaren, unheilverkündenden Unterton. Im Gesamtwerk Klaus Manns verkörpert «Treffpunkt im Unendlichen» den Übergang vom extremen Individualismus der zwanziger Jahre zum Engagement für soziale Gerechtigkeit der dreißiger Jahre.

Weit mehr als in die Vergangenheit, zu den frühen Theaterstücken «Anja und Esther» und «Revue zu Vieren» zurück, schaut Klaus Mann in «Treffpunkt im Unendlichen» in die Zukunft. Beispiele dafür sind seine Verwendung der Technik des «Bewußtseinsstroms» und der freien Assoziation innerhalb des inneren Monologs. Diese Techniken hat Klaus Mann von der Psychoanalyse sowie von James Joyce' «Ulysses» gelernt. Darüber hinaus bildet «Treffpunkt im Unendlichen» die Keimzelle zum gesamten künftigen erzählerischen Werk Klaus Manns. Am Schluß von «Treffpunkt im Unendlichen» hält Peti in seinem Tagebuch fest: «Ich will nächstens ein gepfefertes Lustspiel schreiben, in dem ich die ganze Gesellschaft ausgiebig verhöhne.» Daraus wurde in Klaus Manns Werk der «Mephisto» – worin Hendrik Höfgen vom allwissenden Erzähler plakativ verurteilt wird, während Gregor Gregori in «Treffpunkt im Unendlichen» mittels seiner inneren Monologe sich selbst denunziert. Als Gregor Gregori zum Beispiel im Taxi am Opernhaus ankommt, denkt er: «Ich muß hier bald mit einem eigenen Wagen vorfahren, das geht nicht so weiter. Aber unter einem starken Amerikaner tu' ich's nicht. Mit Opel wird nicht erst angefangen – –.» Somit ist Eberhard Spangenberg zuzustimmen, wenn er schreibt: «Hätte in den ‹Mephisto›-Prozessen die Verteidigung diesen Roman [«Treffpunkt im Unendlichen»] […] gekannt und ins Feld geführt, hätten Kläger und Richter nicht damit argumentieren können, daß es Klaus Mann im ‹Mephisto› darum gegangen wäre, in der Situation des Exils in Unkenntnis der wahren Verhältnisse in Deutschland dem im Nazireich erfolgreichen Gründgens Charakterlosigkeit anzudichten. Klaus Mann hatte in Gregor Gregori schon vorher einem Typ des karrieresüchtigen Aufsteigers aus nächster Anschauung dichterische Gestalt gegeben.»[36]

Übrigens wird in «Mephisto» nicht nur Gregor Gregori in Hendrik Höfgen abgewandelt, sondern auch Sonja in Barbara Bruckner und Maurice Larue in Pierre Larue. Die autobiographische Figur Sebastian kommt unter demselben Namen als eine Art Reminiszenz am Rande ebenfalls vor, und zur gesamten Schilderung des Theatermilieus im «Mephisto» wird in «Treffpunkt im Unendlichen» das Fundament gelegt.

«Aber erst», fährt Petis Tagebuch fort, «will ich ein ganz poetisches Stück schreiben, in dem Sonja die Hauptrolle spielen soll.» Klaus Manns nächste Buchveröffentlichung nach «Treffpunkt im Unendlichen» war der lyrisch gehaltene Exilroman «Flucht in den Norden», dessen Hauptfigur eine Frau, die einer aussichtslosen Liebe verfallene Kommunistin Johanna, ist.

Zwischen «Flucht in den Norden» und «Mephisto» kam der Tschaikowsky-Roman «Symphonie Pathétique». Die großen inneren Monologe Tschaikowskys wie die des Königs Ludwig II. in der meisterhaften Novelle «Vergittertes Fenster» sind kaum zu denken ohne das neunte Kapitel von «Treffpunkt im Unendlichen», das fast ausschließlich dem Selbstmord Richard Darmstädters gewidmet ist. Dieses Kapital bereitet die inneren Monologe Tillys im Exilroman «Der Vulkan» wie die der Hauptfiguren Albert und Julian im Romanfragment «The Last Day» vor, an dem Klaus Mann während der letzten Wochen und Monate seines Lebens gearbeitet hat.

Dies soll jedoch nicht heißen, «Treffpunkt im Unendlichen» wäre etwa nur von historischem Interesse und beleuchte lediglich Klaus Manns handwerkliche Entwicklung, wie der Autor selbst befürchtete. Als Klaus Mann «Treffpunkt im Unendlichen» im Herbst 1935 in Ungarn wieder zu Gesicht bekam, übte er heftige Selbstkritik am literarischen Wert des Romans: «Wie fremd das ist, wie weit weg. Ohne Frage: ein zu *hastig* gearbeitetes Buch. Es ist nicht *dicht*.»[37] Trotz dieser Selbsteinschätzung bleibt die Frage, ob Klaus Mann «Treffpunkt im Unendlichen» jemals an Dichte übertroffen hat, ob die politischen Anforderungen wie die finanziellen und seelischen Strapazen des Exils seine dichterische Entfaltung nicht gehemmt haben. Symptomatisch für solche hemmenden Skrupel kann das Urteil stehen, das Klaus Mann 1942 im amerikanischen Exil beim Skizzieren seiner Autobiographie «The Turning Point» über «Treffpunkt im Unendlichen» gefällt hat. Da empfand er den Roman als defaitistisch und verantwortungslos, denn er habe die Heimatlosigkeit der Verbannung fast ohne Auflehnung vorweggenommen.[38] In der Tat ist es nicht unbedenklich, daß ein Kommunist in «Treffpunkt im Unendlichen» einen Trupp vorbeimarschierender Nationalsozialisten mit einer Mischung aus Verachtung und Hoffnungslosigkeit als «unsere zukünftigen Herren» bezeichnet.

Diese inhaltlichen Bedenken ändern jedoch nichts an der straffen Einheitlichkeit des Werkes. «Treffpunkt im Unendlichen» zeichnet sich aus durch die Wiederholung und Variation von Bildern und Motiven. Diese strukturelle Dichte ist in der Tat der große Vorzug des Romans. «Treffpunkt im Unendlichen» ist eher aus einem Guß als der ausufernde, allzu personenreiche Roman «Der Vulkan».

Vor allem aufgrund des in ihm zum Ausdruck gebrachten Lebensgefühls einer «Lost Generation» könnte «Treffpunkt im Unendlichen» zum «Kultbuch» werden. Wie Hemingway, Gertrude Stein und andere Autoren im freiwilligen Pariser Exil der zwanziger Jahre rang Klaus Mann darum, der allgemeinen Entwertung der Werte der bürgerlichen Demokratien, die letztlich in den Faschismus führte, eine Umwertung aller Werte im Sinne Nietzsches entgegenzusetzen. So schildert «Treffpunkt im Unendlichen» die Ratlosigkeit junger Menschen, ihre Kritik an der ungerechten Verteilung der irdischen Güter, ihre Versuche, Sexualität, Drogen und schonungslose Gespräche einer tiefen Vereinsamung und einer Empfindung der Sinnlosigkeit des Daseins entgegenzusetzen. Alle diese Momente sind auch für die heutige Jugend lebenswichtig.

Es spricht vieles dafür, «Treffpunkt im Unendlichen» als den besten Roman Klaus Manns einzustufen. Erst «The Last Day» hätte «Treffpunkt im Unendlichen» vom Konzept her übertreffen können. Vor lauter «Radikalismus des Herzens»[39] hat Klaus Mann jedoch mit seinen Kräften nicht genügend hausgehalten. Als Deutschland und die Welt scheinbar endgültig in feindliche Lager geteilt wurden, fehlte ihm die Kraft, um den ganz großen, letzten Wurf – und dies auch noch in amerikanischer Sprache – zu wagen. So bleibt «Treffpunkt im Unendlichen» als beredtes Zeugnis von Klaus Manns psychologischem und dichterischem Können.

Fredric Kroll

Anmerkungen

1 Klaus Mann: Tagebücher 1936 bis 1937. Hg. von Joachim Heimannsberg, Peter Laemmle und Wilfried F. Schoeller. Reinbek 1995, S. 43.
2 Klaus Mann: Der Wendepunkt. Ein Lebensbericht. Reinbek 1984, S. 265.
3 Der in Fez erlittene, durch eine Überdosis Haschisch ausgelöste Horrortrip wird nicht nur in «Treffpunkt im Unendlichen», sondern, mit fast gleichem Wortlaut, im «Wendepunkt» (Klaus Mann: Der Wendepunkt, a. a. O., S. 242–246) und in der Erzählung «Afrikanische Romanze» (Klaus Mann: Speed. Die Erzählungen aus dem Exil. Hg. von Uwe Naumann. Reinbek 1990, S. 208–216) geschildert; er verkörpert womöglich die größte seelische Annäherung des Geschwisterpaars Erika und Klaus Mann.
4 Vgl. Klaus Mann: Die neuen Eltern. Aufsätze, Reden, Kritiken

1924–1933. Hg. von Uwe Naumann und Michael Töteberg. Reinbek 1992, S. 338–348.

5 Klaus Mann: Briefe und Antworten 1922–1949. Hg. von Martin Gregor-Dellin. Reinbek 1991, S. 72.

6 Unveröffentlichter Brief von Klaus Mann an Erika Mann, 13. April 1931, in der Handschriftensammlung der Monacensia, Stadtbibliothek München.

7 Klaus Mann zum Gedächtnis. [Hg. von Erika Mann.] Amsterdam 1950, S. 113–114.

8 Erika und Klaus Mann: Das Buch von der Riviera. Was nicht im «Baedeker» steht. Berlin 1931, S. 14.

9 Unveröffentlicht. Handschriftensammlung der Monacensia, Stadtbibliothek München.

10 Ansichtskarte von Klaus Mann an Erika Mann, 24. April 1931. Handschriftensammlung der Monacensia, Stadtbibliothek München.

11 Thomas Mann: Gesammelte Werke, Bd. 10. Frankfurt 1974, S. 22.

12 Vgl. Klaus Mann: Der Alte. In: Maskenscherz. Die frühen Erzählungen. Hg. von Uwe Naumann. Reinbek 1990, S. 97–99.

13 Klaus Mann: Briefe und Antworten, a. a. O., S. 20.

14 Klaus Mann: Tagebücher 1931 bis 1933. Hg. von Joachim Heimannsberg, Peter Laemmle und Wilfried F. Schoeller. Reinbek 1995, S. 111–112.

15 Carl Sternheim: Das Gesamtwerk, Bd. 6. Zeitkritik. Hg. von Wilhelm Emrich. Neuwied 1966, S. 455–456.

16 Klaus Mann: Lena Amsel. In: Auf der Suche nach einem Weg. Aufsätze. Berlin 1931, S. 284–287.

17 Werner Rieck: Hendrik Höfgen. Zur Genesis einer Romanfigur Klaus Manns. In: Klaus Mann: Treffpunkt im Unendlichen. Roman. Reinbek 1981, S. 14 und 16.

18 Klaus Mann: Tagebücher 1936 bis 1937, a. a. O., S. 44.

19 Klaus Mann: Tagebücher 1931 bis 1933, a. a. O., S. 20–22.

20 Klaus Mann: Der Wendepunkt, a. a. O., S. 264–265.

21 Siegfried Kracauer: Zur Produktion der Jungen. In: Frankfurter Zeitung, 1. Mai 1932.

22 Wilhelm Emanuel Süskind: Klaus Mann. Treffpunkt im Unendlichen. In: Die Literatur, Jg. 34, H. 12 (Sept. 1932), S. 700.

23 Eberhard Thieme: Klaus Mann zum 70. Geburtstag. In: Buchhändler heute, Jg. 30, H. 11/12 (Nov./Dez. 1976), S. 1299.

24 Hermann Hesse: Beim Lesen eines Romans. In: Die Neue Rundschau, Jg. 64, H. 5 (Mai 1933), S. 698–700.

25 Klaus Mann: Briefe und Antworten, a. a. O., S. 89–90.

26 Gemeint ist Klaus Mann: Kind dieser Zeit. Berlin 1932.

27 Handschriftensammlung der Monacensia, Stadtbibliothek München.

28 Klaus Mann: Tagebücher 1931 bis 1933, a. a. O., S. 51.

29 Klaus Mann: Briefe und Antworten, a. a. O., S. 77.

30 P. Lestschinsky: Klaus Mann. Profil einer jungen Generation. In: Die Kritik. Theater und Film, Nr. 2 (Sept. 1933), Prag, S. 5.

31 Klaus Mann zum Gedächtnis, a. a. O., S. 164.

32 Karl Gutzkow: Die Ritter vom Geiste, Bd. 1. Leipzig 1851, S. VIII.

33 Klaus Mann: Der Ideenroman. In: Die neuen Eltern, a. a. O., S. 201–206.

34 Klaus Mann: Zwei europäische Romane. In: Die neuen Eltern, a. a. O., S. 207.

35 Klaus Mann: Der siebente Engel. Die Theaterstücke. Hg. von Uwe Naumann und Michael Töteberg. Reinbek 1989, S. 124. «Das singende Zurückbleiben und das In-Sehnsucht-Ergrauen» ist vermutlich eine Anspielung auf die Figur der Anja in Klaus Manns erstem Theaterstück «Anja und Esther» (vgl. ebenda, S. 71–72).

36 Eberhard Spangenberg: Karriere eines Romans. Mephisto, Klaus Mann und Gustaf Gründgens. Ein dokumentarischer Bericht aus Deutschland und dem Exil 1925–1981. München 1982, S. 44.

37 Klaus Mann: Tagebücher 1934 bis 1935. Hg. von Joachim Heimannsberg, Peter Laemmle und Wilfried F. Schoeller. Reinbek 1995, S. 133.

38 Klaus Mann: The Turning Point. Thirty-Five Years in This Century. Skizzen zum 9. Kapitel, S. 17. Unveröffentlichtes Manuskript in der Handschriftensammlung der Monacensia, Stadtbibliothek München.

39 So der Titel von Klaus Manns Nachruf auf Ricki Hallgarten. Vgl. Klaus Mann: Die neuen Eltern, a. a. O., S. 390–411.

Editorische Notiz

Die Textfassung der vorliegenden Ausgabe folgt in allen wesentlichen Punkten der 1932 im S. Fischer Verlag erschienenen Erstausgabe des Romans. Einige kleinere offensichtliche Flüchtigkeits- und Satzfehler wurden stillschweigend korrigiert. Auch der dem Autor später peinliche Lapsus der Angabe zweier abweichender Nummern von Sebastians Hotelzimmer, auf den Hermann Hesse hinwies (vgl. Nachwort, S. 317f.), wurde verbessert: Sebastian wohnt nun durchgängig im Zimmer Nummer zwölf.

Klaus Mann

«Er liebte die ganze Erde, und besonders Paris und New York, und floh vor sich selbst. Er zerrte am dünnen, flatternden Vorhang, der den Tag vom Nichts trennt, und suchte überall den Traum und den Rausch und die Poesie, die drei brüderlichen Illusionen der allzufrüh Ernüchterten. Er war voller nervöser Daseinslust und heimlicher Todesbegier, frühreif und unvollendet, flüchtig und ein ergebener Freund, gescheit und verspielt. Bei all seiner verbindlichen Grazie im Werk und im Leben, ward dieser leise Spötter über philiströse Moralschranken ein lauter Ankläger vor dem eigentlichen Geschäft der Welt, der Regelung des öffentlichen Lebens und der Gesellschaft. Zum Spaß war er ein Spötter, und wenn es ernst wurde, ein Idealist. Er bewies es, als ihn der Umschwung der Zeit aus einem Ästheten zu einem Moralisten machte; er bewies es im Exil.»
Hermann Kesten, 1950

Die neuen Eltern
*Aufsätze, Reden, Kritiken
1924 - 1933*
(rororo 12741)

Zahnärzte und Künstler
*Aufsätze, Reden, Kritiken
1933 - 1936*
(rororo 12742)

Das Wunder von Madrid
*Aufsätze, Reden, Kritiken
1936 - 1938*
(rororo 12744)

Zweimal Deutschland
*Aufsätze, Reden, Kritiken
1938 - 1942*
(rororo 12743)

Auf verlorenem Posten
*Aufsätze, Reden, Kritiken
1942 - 1949*
(rororo 12751)

Tagebücher (1931 - 1949)
Band 1-6 als Kassette
(rororo 13237)

Briefe und Antworten
1922 - 1949
(rororo 12784)

André Gide und die Krise des modernen Denkens
Essay
(rororo 5378)

Distinguished Visitors
Der amerikanische Traum
(rororo 13739)

Klaus Mann
dargestellt von
Uwe Naumann
(rowohlts monographien 332)

rororo Literatur

3253/5b

Klaus Mann

Klaus Mann, 1906 in München als ältester Sohn von Thomas und Katia Mann geboren, schrieb schon als Schüler Gedichte und Novellen. 1924 ging er als Theaterkritiker nach Berlin und lebte dort als exzentrischer Bohemien, der aus seiner Homosexualität nie einen Hehl machte. Während sein Vater mit pedantischer Disziplin Weltliteratur verfaßte, reiste Klaus Mann ruhelos durch die Welt. 1933 emigrierte er vor den Nazis. Im Exil schrieb er den Roman *Mephisto*, dessen Hauptfigur, der Schauspieler Höfgen, für Klaus Mann zum Symbol eines «durchaus komödiantischen, zutiefst unwahren, unwirklichen Regimes» wurde. Am 21. Mai 1949 starb Klaus Mann in Cannes an einer Überdosis Schlaftabletten.

Alexander *Roman der Utopie*
(rororo 15141)

Flucht in den Norden *Roman*
(rororo 14858)

Der fromme Tanz *Das Abenteuerbuch einer Jugend*
(rororo 15674)

Maskenscherz *Die frühen Erzählungen*
(rororo 12745)

Der siebente Engel *Die Theaterstücke*
(rororo 12594)

Speed *Die Erzählungen aus dem Exil*
(rororo 12746)

Mephisto *Roman einer Karriere*
(rororo 14821)

Symphonie Pathétique *Ein Tschaikowsky-Roman*
(rororo 14844)

Treffpunkt im Unendlichen *Roman*
(rororo 22377)

Der Vulkan *Roman unter Emigranten*
(rororo 14842)

Kind dieser Zeit
(rororo 4996)

Der Wendepunkt *Ein Lebensbericht*
(rororo 15325)

Ein Gesamtverzeichnis aller lieferbaren Titel der *Rowohlt Verlage, Wunderlich* und *Wunderlich Taschenbuch* finden Sie in der *Rowohlt Revue.* Vierteljährlich neu. Kostenlos in Ihrer Buchhandlung.
Rowohlt im Internet:
www.rowohlt.de

rororo Literatur

Erika Mann

Erika Mann wurde am 9. November 1905 in München geboren, als ältestes Kind von Thomas und Katia Mann. Sie arbeitete zunächst als Schauspielerin und Journalistin. Anfang 1933 gründete sie in München das Kabarett «Die Pfeffermühle»; wenige Wochen später ging sie mit der Truppe ins Exil. Ab 1936 lebte sie überwiegend in den USA. Während des Zweiten Weltkriegs wirkte sie u. a. an den Deutschland-Programmen der BBC mit. 1952 kehrte sie nach Europa zurück, wo sie am 27. August 1969 in Zürich starb.

Mein Vater, der Zauberer
Herausgegeben von Irmela von der Lühe und Uwe Naumann
560 Seiten + 16 Seiten einfarbige Tafeln. Gebunden
Dieser Band dokumentiert die Geschichte einer außergewöhnlichen Vater-Tochter-Beziehung. Alle wichtigen Äußerungen Erika Manns über ihren Vater werden erstmals umfassend dokumentiert und kommentiert. Die zahlreichen Essays, Interviews und Briefe vermitteln ein höchst subjektives, aufschlußreiches Bild von Thomas Mann – eine Nahaufnahme des Schriftstellers, wie sie nur aus Sicht einer besonders engen Vertrauten möglich ist.

Zehn Millionen Kinder
Die Erziehung der Jugend im Dritten Reich.
Mit einem Geleitwort von Thomas Mann
(rororo 22169)

Briefe und Antworten
Herausgegeben von Anna Zanco Prestel
Band 1. 1922 - 1950.
296 Seiten. Gebunden
Band 2. 1951 - 1969.
272 Seiten. Gebunden

Erika und Klaus Mann
Escape to Life *Deutsche Kultur im Exil*
Herausgegeben und mit einem Nachwort von Heribert Hoven.
(rororo 13992)

Erika und Klaus Mann
Rundherum *Abenteuer einer Weltreise. Mit Originalfotos. Nachwort von Uwe Naumann*
(rororo 13931)

Helga Keiser-Hayne
Erika Mann und ihr politisches Kabarett "Die Pfeffermühle" 1933 - 1937 *Texte, Bilder, Hintergründe*
(rororo 13656)

rororo Literatur